归心

秦北 著

人民文学出版社

图书在版编目（CIP）数据

归心/秦北著．—北京：人民文学出版社，2021
ISBN 978-7-02-016750-0

Ⅰ.①归… Ⅱ.①秦… Ⅲ.①长篇小说—中国—当代 Ⅳ.①I247.5

中国版本图书馆CIP数据核字（2020）第254020号

责任编辑	孔令燕 郭 婷
装帧设计	刘 远
责任印制	任 祎

出版发行	人民文学出版社
社　　址	北京市朝内大街166号
邮政编码	100705
网　　址	http://www.rw-cn.com
印　　刷	三河市鑫金马印装有限公司
经　　销	全国新华书店等
字　　数	295千字
开　　本	880毫米×1230毫米　1/32
印　　张	13.875　插页2
版　　次	2021年3月北京第1版
印　　次	2021年3月第1次印刷
书　　号	978-7-02-016750-0
定　　价	49.00元

如有印装质量问题，请与本社图书销售中心调换。电话：010-65233595

叶
明
义

飞机从纽约起飞的时候,叶明义还在想,也许北美的原住民真是从亚洲一步一个脚印走过来的。

地面的物体在舷窗里变小,化作线条和网格,还有不规则的色块。陆地的模样越来越像显微镜下他钻研了一辈子的半导体芯片。

陆地与半导体本来也是同质的。岩石、沙砾里富含的硅元素,提纯,生长成单晶硅棒,再经过切割、抛光、清洗等工序,就处理成用来制造半导体芯片的晶圆。

晶圆表面镀膜和覆盖光刻胶,像是地壳被海水覆盖。光刻技术对光刻胶的消融,就如同开辟航路。

没有航海技术,一万多年前亚洲的先民只有步行穿越冰封的白令海峡才能到达北美;有了航海技术,三百多年前叶明义的祖先可以划着船从大陆去往台湾。

是技术进步深刻地改变了这个星球。

EUV(极紫外光刻)工艺的出现,令晶圆光刻变得更有效率,就像叶明义乘坐的飞机循着航路从美国直飞中国。

地球因而成为"地球村"。这个星球上的各个国家和各国人民也被紧密联结在一起，又依据各自的比较优势进行了全球化的分工协作，大大提高了生产效率，降低了生产成本，加速了商品和技术在全球范围内的流通，催生出5G领衔的全新技术革命，让参与全球化进程的国家和人民都大受裨益。

叶明义是全球化和分工协作的坚定支持者。他这大半生，完整见证了他所从事的半导体行业在全球范围内的数次产业转移——原本"大而全"的IDM（垂直整合制造）企业不断拆分重组，分散到世界各地，从半导体材料、设备、IP core（知识产权核）到芯片设计、制造、封装、测试的产业链各环节也诞生出众多全球性企业。这些企业对各自专注的领域持续投入，不断深入，使半导体技术实现一次次飞跃，直至逼近"摩尔定律"的物理极限。

叶明义所在的晶圆代工行业即是这产业链的关键一环。晶圆代工只负责芯片制造，他们所依据的，是上游芯片设计公司交与他们的电路设计方案。他们的客户也散落世界各地。

飞机还要飞行将近十个小时才能落地。这是叶明义头一回从这么远的地方去大陆，以前他都是从台湾出发。机舱广播里说，这趟航程有一万三千多公里，正好是台湾到大陆距离的一百倍。

前排的小男孩是个混血，调皮得像只想要跃过椅背的小瞪羚羊。

这小家伙告诉叶明义，他和爸爸妈妈去美国看爷爷奶奶了，然后问叶明义："爷爷，您去美国干什么啦？"

"爷爷的家在美国。"叶明义笑呵呵地告诉小男孩。

"您是美国人吗？您跟我爷爷奶奶长得不像呀！我觉得您是中

国人，因为您和我外公外婆长得像。"

叶明义慈祥地端详着小男孩，如果女儿早点儿结婚生子，他的外孙应该也差不多这么大了，没准儿也跟这小男孩一样，中国话讲得跟倒豆子一样流利。

他偷偷瞥了眼邻座的女儿，女儿也还没睡，正直勾勾地盯着机舱顶，就像眼神被拴在了上面似的。

"爷爷，您去中国干什么呀？"小男孩又问。

"去开会。"叶明义又愉快起来，胸中块垒如被"小瞪羚羊"顶开了一样。

小男孩撇撇嘴说："我最讨厌开会了，我爸爸妈妈就经常开会，每次都很晚才回家。爷爷，您开会也很晚才回家吗？"

"是的。"叶明义又笑了，女儿小时候也跟这小男孩一样抱怨过。

"那您为什么不把家搬到中国呢？那样就不用坐飞机了，还能早点儿到家。"

"That's a good idea（好主意）！"叶明义赞同说。

空姐过来提醒这只跃跃欲试的"小瞪羚羊"赶快坐好。小男孩的妈妈如梦初醒般赶紧拉小家伙坐下，他的爸爸则用可以媲美中国人的普通话跟空姐道歉，然后回过头来和叶明义说："对不起了，打搅您啦！"

"没关系的。"叶明义勉强挤出个笑容，他又想起女儿的前未婚夫来。那个中国话也讲得不输中国人的混蛋，竟然为了一个来自加拿大的乡下姑娘，抛弃了他女儿。他这辈子都没和人动过手，但是为了女儿，他会揍那个混蛋。

他闭起了眼睛。飞机遭遇强烈气流,颠簸得厉害。叶明义感到手臂被人轻轻攥住。他睁开眼,女儿正朝着他笑。他也笑笑,拍了拍女儿手背。他的夫人自幼离开大陆就再没回去过,这次却主动提议让女儿随他同往。也幸好有女儿相伴,叶明义心想,不知道那支穿越白令海峡的队伍里是否也有一对父女?

错过太多和女儿在一起的时光,是叶明义这辈子最遗憾的事情。女儿初中毕业就去美国读书了,他夫人也跟去陪读。后来,女儿留在美国工作,他夫人索性把家也搬了过去。那些年,一家人聚少离多。现在很多台湾家长都把子女送到大陆读书,很多台湾年轻人也去大陆工作,家人团聚比他们当年可容易多了,这让叶明义好生羡慕。

家人在的地方才是家啊,叶明义已经离家太久了。

所以,如果不是岳敏行亲自打电话邀请,退休已经一年多的叶明义,是绝对不会车马劳顿地专程赴大陆参加这场半导体论坛的。而这,也是岳敏行主政海川市之后,他和岳敏行的头一次晤面。

叶明义和岳敏行是老朋友,他俩认识那会儿,岳敏行还在北京当司长。叶明义很喜欢这位几乎年轻他二十岁的"小伙子",因为岳敏行跟他一样低调、务实,一聊起半导体就两眼放光。叶明义深信,岳敏行对半导体不仅是真懂,而且是真爱。

他第一次游北京,也是岳敏行给他当向导。岳敏行带他去了故宫和颐和园,又开车经过圆明园。烤鸭,叶明义已经吃了好几顿,所以岳敏行请他去了一家藏身胡同的小馆子。叶明义永远都忘不了老北京卤煮那"掏心掏肺"的味道。

飞行终于平稳,机舱内的乘客大都睡了,女儿也睡了。叶明义却怎么都睡不着，他的思绪仍被陆地上那条亚洲先民所走过的道路牵引着。退休没多久，他就被拉去参与北美两岸叶氏宗亲共修族谱的活动，从未思考过从何处来、到何处去的他，也开始琢磨起"其来有自"这个词。

叶明义忽然很感慨。直到一万多年之后，他乘坐的这架飞机，哪怕是在天上，也依然循着那条亚洲先民所开辟的古老路线行进着，只是朝着相反的方向。

世上本没有那条亚洲先民所走过的路，因为他们走过，所以才有了路。

这就如同电荷的定向移动形成了电流，叶明义这一生所致力的，不也正是在芯片之上为电流开辟道路吗？

没有路就没有世界。半导体芯片上的路，创造了芯片的世界。

叶明义一路上睡着几次。每次醒来，他都继续思考路的问题。甚至在梦里，他也梦见自己一会儿驱车于秦时的驰道，一会儿又策马在汉时的西域。直到飞机落地，他从舷窗里望见了冉冉而起的朝阳。

"我们到了。"他叫醒女儿。

叶明义刚换了新手机。这手机虽然是大陆品牌，供应链却来自世界各地，尤其芯片还是他老东家晶益电子代工制造的。

他刚开机，三条信息就不分先后地跳了出来。其中一条是岳敏行的大秘发来的，告诉叶明义他和司机已在出口恭候。其他两条，一条是晶益电子创办人、董事长林道简发来的，另一条是同芯半导体创办人、首席执行官林同根发来的。林道简是叶明义的老长官，林同根是叶明义的老部下，这俩人都问他抵达海川了没有。

他俩有多久没在同一个场合出现过了？叶明义记不清了。这两位都是他的至交，个性却天差地别，堪比绝缘体和导电体，让叶明义时常感觉自己就像半导体一样夹在他们中间，挺难受的。

想当年，他们仨曾经共事于同一家美国顶级半导体公司。那时候，半导体在美国正如日中天。林道简是那家公司的全球执行副总裁，叶明义是林道简的得力助手，而林同根只是个普普通通的产品线经理。

当时的华人在欧美高科技企业罕有居高位者，林道简就如同神一样的存在。

叶明义记不清从何时开始，林道简注意到了林同根。也许是那次公司内部的高尔夫球慈善赛？或者更早，他不确定。但他清楚记得，就在那次比赛之后，林道简向他询问了林同根的情况。

那次比赛，林同根仅以两杆之差惜败林道简，屈居亚军，还捐了不逊于公司任何一位高管的善款，这在公司内部甚至整个北美华人社会都一时传为佳话。

林道简是超级高尔夫球迷，叶明义认为他日后对林同根的提携和重用，多少跟这有关。当然，林同根也确实非常能干，于是公司内部很快就有了"大小林"之称。华人讲究位阶和辈分，林道简却并未以此为忤，反而亲自邀请林同根参加他的家宴。

等待行李的叶明义继续翻检着陈年旧事。有关那次家宴，他的记忆格外清晰。

林道简出身名门世家，即使家宴也极其讲究。那天，是叶明义给林同根开的门。林同根一身红格衬衫搭配牛仔裤的装扮,进到身着礼服的来宾堆里,显得格外扎眼。

宴席上,林道简开玩笑说,林同根穿上这身衣服,像极了当时很红但是特土的一位美国著名乡村歌手,引来他亲朋好友们的哄堂大笑。

林同根的脸当时就红到了脖子根儿。

宴席结束,林同根搭叶明义的车回家。叶明义主动跟他聊起这个话题,并向林同根保证,说者绝对无心,要听者也别太在意。林同根说他当然不会在意,还说副总裁肯定是太忙了,才忘记告诉他要穿礼服来参加这场"家宴"。

从此,叶明义再没见林同根穿过那件红格衬衫,业绩突出的林同根也仍然深得林道简器重。

后来,为了创办晶益电子,林道简将叶明义和林同根先后召回台湾,并且委以重任。

然而,就在庆祝晶益电子成立五周年的高尔夫球表演赛上,林同根又穿上了他那件红格衬衫搭配牛仔裤,并且以两杆优势力压林道简夺冠。不久,林同根便离开了晶益电子,创办了他自己的晶圆代工企业。林道简那套使了将近十年的球杆,也再没见他拿出来用过。

往昔和行李一起被传送带运送至叶明义眼前。女儿叶韵帮他提起行李,放到行李车上。

在过去的十几年间,晶益电子曾经两次把同芯半导体告上法庭,最后都以同芯半导体支付巨额赔偿收场。

同芯半导体付出的代价还不止金钱。两次旷日持久的诉讼,均拖延了它技术升级的进程。如今,同芯半导体的14纳米①工艺又赶了上来,虽然试产良率不高,也已经让在大陆只有16纳米生产线的晶益电子芒刺在背了。

沉浸在回忆里的叶明义看了眼女儿。女儿此时正在跟她妈妈通电话,温婉的声音吸引了旁人的注意。

叶明义忽然有种预感……

叶明义和叶韵入住的酒店接待过许多名流大咖,林道简也下榻于此。

许是年纪真的大了,虽然路上没少睡觉,但叶明义仍觉疲惫。他想再倒头睡会儿,可是不先去跟老长官打个招呼,他就睡不安稳。于是,在房间里做了会儿拉伸,叶明义就去找林道简报到了。

从晶益电子副董事长的位子退下来之后,叶明义仍然保留着董事长特别顾问的名誉职衔。这是林道简要求的。这位全球半导体行业的教父级人物,还有许多问题需要叶明义帮他出谋划策,哪怕只是陪他说说话也好。

虽然保持着相对频繁的通信往来,但是甫一退休就回美国定居的叶明义也已经一年多没有见过老长官了。两个人都有些感慨,然而一开口,就又好似昨天才见面聊过一样。

"这里比台湾还热。"林道简讲起话来缓如溪流,疏淡的江浙口音里透着不容置疑的气度,"好在不缺电,不用限电。"

---

① 纳米,台湾地区也称"奈米",为长度单位,1纳米等于一百万分之一毫米。

叶明义报以微笑，问道："这次环境评估能过关吗？"

"天知道。"林道简端坐在沙发里，婴儿般细嫩的手掌摩挲着宽大的沙发扶手，仿佛那是一只慵懒又倨傲的肥猫。"foundry（晶圆代工）本来就是耗水耗电的行业，我们对环保的配合度已经很高了，可还是满足不了他们的要求。"他用力拍了那"肥猫"一下，"弹丸小岛，如果连水电都保证不了，还要我们怎么永续发展下去？"

"等等看吧。"叶明义颇感无奈地说。

"等多久？四年？八年？"林道简少见地动了肝火，"他们等得起，我们等不起，让我们陪着他们原地转圈圈，就什么都来不及了！"

他又重重拍了那"肥猫"一下，"如果不是他们屡次卡关，我们的建厂计划也不至于延宕到今天，让银河电子后来居上。最先提出建设全球首座3奈米厂的可是我们！"

"您别气到自己了……"

"怎么可能不气？银河电子的3奈米厂就快要完工了！我们的呢？连影子都还没有见到！"

"如果换去其他地方，不建在高雄呢？"

"那要建在哪里？台湾就这么巴掌大小！"林道简手一扬，又愠怒地落下，"就算换去其他地方，各种流程还要再跑一遍，还要重新做环评，我们落后银河电子只会越来越多！"

叶明义叹了口气。也难怪老长官动怒，晶益电子三十多年来独霸全球晶圆代工市场，凭的就是事事先人一步，可如今却被死死拖住了后腿。

"我们被绑架啦……"林道简幽幽地说。激动过后，脸上的潮红虽然退去，但是倦意仍旧紧紧将他包围。"看新闻没有？"他问叶明义。

"是银河电子得到政府支持的新闻吗？"

林道简颔首："他们的政府要帮助他们取代我们，其志不小啊！"

"野心确实不小，"叶明义说，"可是第二名要超越第一名，也没有那么容易吧？"

"不要小看人家。虽然全世界一半以上的市场份额还在我们手里，但是他们背后有整个国家的支持，我们有什么？不被背后捅刀子就谢天谢地了！"

叶明义没辩解，他并未小看银河电子。上飞机之前，他乍见这条新闻的时候，也倒吸了一口冷气。可是又能怎么办呢？

"3奈米厂一天不建好，我就一天不能退休。"林道简少见地叹了口气，"前段时间开董事会，我也表达过退休的意愿，希望让Jack全面接手，但是董事会不同意。"

Jack是晶益电子现任执行长田行健的英文名。田行健是林道简亲自选定的接班人，也是他一手栽培起来的嫡传弟子。

"公司里，Jack的资历和能力没人比得上。"叶明义说。

田行健酷似林道简在业内和公司内都是公认的。常年的卡其色裤子搭配深色西服，或许是他与林道简唯一不像的地方——衣着讲究的林道简身上，永远都是一袭做工考究的订制西装。

即使从执行副总经理升任为总经理暨营运长，田行健也依然本色不改。他是在全球半导体业最惨淡的年景里履新的，叶明义那时对他还有几许担心。

"沧海横流，才显英雄本色。"林道简说起这个让他和田行健都承受着不小压力的任命时，就像是在说笑。

但田行健这根林道简插在营运长位置上的"定海神针"，的确起到了中流砥柱的作用。晶益电子在他强势的作为之下，迅速冲出了当时笼罩着整个业界的愁云惨雾，在逆势当中一跃成为当年最赚钱的晶圆代工企业，并且在翌年作为全世界第一家，也是最大的一家晶圆代工企业，跨入了全球半导体业 Top 10（排名前十）的行列。

田行健证明了自己，也证明了林道简。然而，他的强势也给他带来了"铁血"的名声。他不讲情面的管理风格同不近人情甚至无情画上了等号。

"'铁血'就'铁血'吧，只要能把事情做好。"那些非议，田行健淡然以对，依然故我得就像他常年穿着卡其色裤子配深色西服一样。

叶明义没问过林道简，究竟更欣赏田行健的"铁血"还是他的"故我"。但是显然，这两种品格都帮助田行健最终坐到了执行长这个林道简坐了将近二十年的位子上。

"可是我们的大股东不信任 Jack，他们想从美国派个人过来接替我，我当然也不同意。岛内也有人不喜欢他，他们担心 Jack 再把其他产线也迁来大陆，一条16奈米产线就已经让他们把 Jack 当成眼中钉了。所以这董事长的位子我还得继续坐着，不然……"

"难为您了。"叶明义感同身受地说。

"现在就退休，我也确实不放心。3奈米厂遥遥无期，5奈米厂试产良率也很低，银河电子的 EUV 7奈米又赶了上来。"林道简说罢，摇了摇头。

"前几天，他们的社长亲自去美国拜访了艾普尔总部。"叶明义说。

"冲着订单去的，"林道简冷笑，"艾普尔正在犹豫要不要把新处理器的订单分一部分给他们呢。"

"会分给他们吗？他们只是良率暂时领先，对艾普尔处理器架构的了解和参数的掌握，都远远不如我们熟悉，艾普尔也得考虑制程的连续性问题。"

"但愿如此吧。"林道简向后拢了拢满头白发，"据说他们的报价比我们低20%，这对业绩不佳的艾普尔来说，也是不小的诱惑。"

叶明义也有些揪心了。回想他刚退休的时候，晶益电子的EUV（极紫外光刻）7纳米工艺横空出世，DUV（深紫外光刻）7纳米工艺正如日中天，不仅稳操艾普尔处理器芯片订单，还几乎拿下了其他所有大客户的最新晶圆代工订单。

然而，EUV工艺在相同复杂度和频率之下，能比DUV工艺提高20%的晶体管密度，功耗也有10%的降低，这让策略性跳过DUV 7纳米工艺而直接研发EUV 7纳米工艺的银河电子打了个漂亮的翻身仗，在良率上超越晶益电子，为其撬动全球晶圆代工市场版图平添了可能。

"你和John联系多吗？"林道简忽然问。

"很久没联系了。"叶明义不自然地说。

John是叶明义的高徒萧牧云的英文名。萧牧云曾是晶益电子的技术长，跟时任营运长的田行健一样，同是林道简的接班候选人。

"如果当初选的是John，现在会怎么样？"林道简问。

叶明义沉默了。田行健升任执行长后没多久，萧牧云就离开了晶益电子，辗转加入银河电子新成立的晶圆代工事业部门，担任主管研发的副总。

晶益电子虽曾动用法律手段极力阻挠萧牧云任职银河电子，但是最终也没能如愿，反倒让萧牧云率领银河电子追赶晶益电子的步伐更加快速和坚定了。

"算了，都过去了。"林道简挥挥手，像在把烦扰赶走。

"都怪我。"叶明义自责。在接班人问题上，林道简曾经反复征询过他的意见。叶明义有心推荐萧牧云，但也心知林道简更属意田行健。最后，两人得出的共识是，田行健长于经营，萧牧云精于研发，让田行健升任执行长，让萧牧云续任技术长，是对林道简和叶明义这对最佳搭档的完美复制。

可是，当他把这个任命决定告诉萧牧云后，却在萧牧云的嘴角看到了一丝讥笑。"是因为我没念过台大电机系吧？"萧牧云问叶明义。

"跟这个没关系。"叶明义耐心解释，"主要还是因为你们各自的长处。你更懂技术，这点 Jack 比不了你。董事长和我都希望你能把全部精力都放在研发上，这对公司未来发展更有助益。"

萧牧云当时听了就没再说什么。不久，接班人的任命决定便在公司内部流传开来。

叶明义还记得那个清冷的下午，萧牧云拿着辞职信来找他。信比天凉，而萧牧云的表情比信冷。

"不怪你，决定是我做的，我不后悔。"林道简的话，把叶明义从不堪的回忆里拽了出来，"我只是觉得，他在银河电子对我们的威胁实在是太大了。"他似是喃喃自语。

"如果需要，我可以试着请他回来。"叶明义硬着头皮说。

"不需要，那样对 Jack 也不好。"林道简停顿了一下，盯着叶明义认真地问，"你能不能回来帮我？"

叶明义愣住了。

"我太累了。"深深的倦意拖长了林道简的声音。自从叶明义退休，晶益电子的技术研发便一直由林道简亲手主抓，可他毕竟年事已高，又是董事长，不可能像真正的技术长一样亲力亲为。而且，额外增添的工作量也压榨了他的身体，透支了他的健康，令他气色不佳。

"Andy 能够帮您，他可以做得很出色的。"

Andy 是晶益电子现任技术长安亿瑜的英文名。也是叶明义赏识的继任者。

"能够做得比你还出色吗？"林道简问。

"后生可畏，您应该给他机会，让他独当一面。"

"如果他不能独当一面呢？这种时候，试错的成本太高了，必须万无一失才行。"

叶明义默然。

"现在几乎所有媒体都认为我们陷入危机了，就好像我们从来没遇到过危机一样。"林道简自嘲地说。

"媒体就喜欢危言耸听，您什么风浪没有见过？"

"风浪都是我们两个一起闯过来的。"林道简望着叶明义，仿佛叶明义背后放映着当年的画面，"我们当年真是风风火火。为了订单，连家都顾不上回，买了机票直奔美国，下了飞机又直奔客户。"他的声音里也有了当年的豪迈。

"是啊，白天马不停蹄地拜访客户，晚上还要熬夜开电话会议，处理公司的其他事情。我记得有一次,您和我一直加班到第二天上午,连眼都没合,就又出门去和客户开会了。"

"现在可做不到了。"林道简唏嘘。

"即使那个时候,我也是靠咖啡强撑着的。从美国回来,我每天喝的咖啡,足足比去美国之前翻了一倍。"

"咖啡喝太多,对身体不好。"

"最近这两年,喝得比从前少多了。您还是每天两杯咖啡吗?"

"也变成一杯了,两杯会失眠。我本来睡得就不多。"

"您的精力一直都比我旺盛,即使前一晚不睡,第二天照样有力气一遍一遍去给客户宣讲 foundry 是什么,不厌其烦地回答他们的各式提问。"

"不然就没有订单呀!当时,谁知道 foundry 是个什么东西?即便我们那样卖力去行销自己,人家不认可我们,我们也照样拿不到订单。"

"所以,我们拜访完老东家、老朋友,又去拜访了老对手,把能跑的全都跑了一遍。"叶明义随林道简奔赴过的那一间间会议室、办公室,拜托过的那一张张脸孔,又全都历历在目了。"在那个 IDM(垂直整合制造)一统天下的年代,您开创和推动 foundry,不啻一场革命。您当时想过会这么成功吗?"他问林道简。

"没想过会这么成功。但是我们两个当时不都坚信一定会成功吗?"林道简的表情也浮现出当年的豪情,"IDM 的弊端,那时候已经很凸显了,既要兼顾设计,又要兼顾生产,结果体量越来越大,成为巨人的同时,也患上了'肥胖症'。"

"可您当时也是费了好大的气力,才说服他们下定决心'减肥'的。说服的过程,远比实行起来还要困难。所以我常想,如果换作其他人去推行 foundry,很可能就没有后续的成功了。他们之所以肯相信 foundry,也是因为他们相信您,敬重您。"

"他们对我们的信任是一方面。更重要的是,我们让他们意识到了有利可图。那时候,大家的 balance sheet(资产负债表)都不太好看,而我们恰好提出了一套 solution(解决方案)出来。"

"如果没有 foundry 出现,当年的那些 IDM 也没法把重心转移到设计研发上去。如果不是及时转型成为 fabless(无晶圆厂)和 fablite(轻晶圆厂),很多可能早就已经消失不见了。"

"银河电子是个例外,不仅没有转型,还侵门踏户,闯进了我们的地盘。"

"也只有这一个例外。"叶明义说。

"一个就已经够让我头疼了……回来帮我吧。"林道简再次发出召唤。背对天光的他,面色黯淡。

叶明义于心不忍地望着老长官的皓首苍颜,嘴唇几次开启,都没能吐出那个 OK 来。

"为难你了——没有关系!"林道简使劲儿笑笑,拍了拍沙发扶手,看上去又是那个睥睨天下的王者了。

送叶明义出门的时候,林道简叮嘱他晚上和叶韵早点儿过来,一起吃饭。

叶韵甚得林道简喜爱,被他视如己出。林道简神秘地告诉叶明义,他要把一件十分重要的事情,交给他的侄女去办。

叶
韵

叶韵正在跑步机上挥汗。

酒店的健身房没什么人来。如果不是想蒸发身体里的泪水,才飞了十几个小时的她也不会来。大厅里只有她的脚步回响,比她的心还空荡。

失恋造成的虚弱和时差导致的沉重快速消耗了她的体力,才跑了二十来分钟,她就气喘吁吁了。她调慢步速,准备离开,耳畔却传来比她有力又轻快的回响。她看了一眼,和她隔了两台跑步机,一个个子挺高、身材不错长相也不错的男人正在跑步。

一阵强烈的厌烦从她脚底猛地蹿到头顶。她头皮酥麻。她心口颤抖。她恨不能一脚把这个男人踢飞,因为她前未婚夫也是个个子挺高、身材不错长相也不错的男人。

不,他不是男人!叶韵在心底呐喊。

她重新将步速调快,跑了起来,跑得跟旁边那个男人一样快。

那个男人一定是他派来的,她边跑边想,派来气她,笑她,看她难过,看她出丑,所以她不能输,更不能哭!

可泪水还是不争气地掉在了跑步机上。幸好她也在流汗，哪怕是虚汗，和泪水混在一起分不清。

男人的举动证实了叶韵的猜测，他果然加快速度，加大了嘲讽她的力度。

叶韵咬紧牙，忍着累，更忍住泪。她也加快速度，追赶那个男人的步伐。

那个男人又加快了速度。

叶韵哭了，她认输了。她再也追不上了，也追不动了。

她飞了一万多公里，从美国，到中国，为的就是逃避痛苦的追杀。可是"杀手"又从天边追到了近前，拿一把钝刀子来回割她的肉，扎她的心……

叶韵再次调快了步速。然后，整个人向后飞了出去。

叶明义

叶明义没有敲开女儿的房门，他也没在意，因为叶韵跟他说过她要去跑步。

他和林同根约在酒店大堂的咖啡厅见面。

咖啡厅是半开放式的，可以看到参加明天半导体论坛的嘉宾陆续抵达。

林同根给他点了美式咖啡，不加糖，也不加奶。老部下还是老样子，原来黑的头发还黑着，原来白的头发也白着。

"咱们将近四年没有见了，除了口音，你都没什么变化。"叶明义徐徐搅动着咖啡。他手背上的斑，不知何时又多了一枚。

"我是外壳老化得慢，但是里面的零组件全部都耗损严重。"林同根用带着京腔的台普说道，"尤其我这腰和背，跟种了一辈子地似的，都快要直不起来了。"

"你有时间可以学习一下'五禽戏'。"叶明义停下手来，咖啡匙拈在指端，儒雅得如同提笔蘸墨，为林同根开出了方子，"之前我的脊柱也不是太好，后来，我认识了一位本家的族兄，他是中医世家，教给了我'五禽戏',我才坚持练习了半年多,腰背的状况就有了非常明显的改善。刚刚在房间里,我简单地做了几个动作,立时就感觉身体舒爽多了。"

"老祖宗传下来的东西就是好。"林同根钦敬地附和,"我在大陆看医生,医生也建议我练习'五禽戏',可是真的没有时间,恐怕要等到像您一样归隐田园再说了。"

"你总是没有时间。"叶明义兄长般"批评"这位老部下,"时间都是挤出来的。这边不是讲'身体是革命的本钱'吗?"

"但是革命更需要时间呀。我还要在我的有生之年,打败晶益电子呢!"林同根的大笑咧到了耳根,笑声也依然爽朗,如同他世居台南的父祖和乡亲们一样。

叶明义端起咖啡。这话他听过。二十多年前,在他家,林同根带人离开晶益电子创立大同积电后对他说的。

"如果你不出走,接替董事长的人肯定是你。"叶明义把他当年的话也重复了一遍。

林同根轻蔑一笑:"晶益电子永远是林道简的,谁都接替不了。"

"董事长曾经很赏识你,你为什么这么怨恨他?"

"阶级仇恨吧。"林同根半开玩笑地说,"像我这种本省农民,就是看不惯他那种外省权贵。"

叶明义心里叹了口气。林同根确实是最接近林道简的人,也是几乎战胜了林道简的人。当年,大同积电迅速崛起,步步进逼晶益电子一家独大的统治宝座。那段时期,林道简承受了巨大的压力。

出乎所有人意料的是,就在林同根踌躇满志,准备将晶益电子赶下宝座之际，林道简却出其不意地绕过林同根，直接和大同积电的大股东谈妥价格，把大同积电收入囊中。

那次行动，林道简即便对叶明义也是守口如瓶。叶明义想象不出，林道简当时是如何说服大同积电的大股东的。

那次事件的直接后果是，林同根被他一手创立的大同积电扫地出门，晶益电子的全球晶圆代工王者地位更加无法撼动。

"我承认，他教会我很多东西。"林同根山根上的两道横纹仿佛是刀斫斧砍出来的，横亘在鼻梁生处，"我要用他教会我的，打败他，所以他也非常恨我。"

他停顿住，侧了下肩，像在卸下什么。"大同积电的事情对我打击很大，我甚至产生过轻生的念头。但是后来我想明白了，在台湾我永远都不可能打败林道简，所以我才去了大陆。"林同根回忆着，眼角的鱼尾纹渐渐荡开，"来大陆之前，我在网上认真学习了共产党的《论持久战》和'农村包围城市'，这真的启发了我。虽然大陆的半导体产业那时候还不如台湾，但是市场空间无限，只要扎下根，就一定能打造出比晶益电子更大的代工平台来！"

老部下讲起故事来眉飞色舞，把叶明义逗乐了。离开台湾前，林同根拜访过他，发誓不打败晶益电子就绝不回台湾。而此刻，他看见林同根的目光依然如炬，证明那团火焰还在他心头熊熊燃烧着。

"你能东山再起，做到今天这么成功，我真的很欣慰。"叶明义由衷地说。

"这要感谢您当年对我的开导和鼓励。"林同根也感激地说。

"和我没关系啦，全靠你自己努力。"叶明义问林同根，"你和

John 最近有联络吗？"

"好久没联络了。"林同根端起粉青釉色的浅盏，抿了口茶，"他在银河电子干得不错，听说 EUV 7奈米良率已经超过了八成，我们14奈米试产良率还不到一成，真是望尘莫及！"

"你们的进步已经非常神速了。"

"可是我们的研发现在撞到了天花板。按照目前的进度，恐怕要到后年才能量产。"

"你们原计划不也是后年量产吗？"

"那是'原计划'啦！现今大陆其他同业的制程精进得相当迅速，和我们的差距正变得越来越小，我们的计划要是不赶上变化，'大陆第一'这头把交椅恐怕就要换人来坐了。"

短暂的沉默，叶明义说："你们的规模扩张得很快，在产能方面，还是拥有很大优势的。"

"产能优势很容易就被追赶上，所以我们才实施了差异化策略，对 NOR flash（一种非易失性闪存技术）、MCU（微控制器）、CMOS sensor（互补金属氧化物半导体传感器）、high voltage（高电压）制程全都有投入。"见底的浅盏又被斟满，林同根把着匏瓜形的茶壶，腕翻水断。

"这很对呀！制程不仅要追求先进性，还要保持多样性。晶益电子这几年不也掉回头来，对成熟和特殊制程做了产能扩充吗？"

"他们扩充也只能扩充他们现有的制程。"林同根冷笑，"那些被他们淘汰掉的制程，即使想扩充也扩充不了了。现在需求出来，他们是看得到，吃不到！"

"落后反而成为你们的优势了。"叶明义调侃说。

"确实给了我们不小的挹注。我们也不能白落后嘛！"

"各擅胜场。今后一定还会有更多需求出现的。"叶明义的目光越过他的深杯，落在林同根的浅盏上。

眼前的一幕仿佛昨日重现：林道简也曾说过与他刚刚那句相似的话，而当时，他正喝着咖啡，林同根啜饮着茶。

晶益电子初创的那段岁月，他们是志同道合的战友，是亲密无间的同志，是所向披靡的"铁三角"。叶明义负责工艺，林同根负责客户，林道简则统揽着全局。

那时候，叶明义的咖啡已经喝得够多了，而那时也是他喝茶最多的一段时光。

林同根爱茶，不止于喝，更在于冲、泡。不管多忙，他那套茶具都要卫队一样拉出来操演一番，仿佛一天不练就久疏战阵了似的。赶上开长会，或者开会到深夜，茶具就会被他搬到会议室，亲兵一样在他面前排开阵势。

那套茶具也是粉青釉的。据说出自一位从大陆赴台湾的匠人之手。那位老先生矢志不渝地要在台湾的土地上烧制出与大陆一般无二的瓷器，可每一窑出来，他都摇头叹息。

那套粉青釉茶具是老先生的"封窑"之作。叶明义曾经对着阳光把玩，品茗杯清雅中泛着粉晕，犹如一朵绽开的桃花。

他向林同根请教这粉青釉的成因。林同根却从北宋讲起，直讲到最后，才告诉他呈色剂主要为铁的氧化物，釉药里还有少许的锰和钛。

对瓷器一窍不通的叶明义没想到古人是通过这种方式来为瓷土着色的，这要比同样往瓷釉里添加金属氧化物的半导体釉早了将近千年。

叶明义既赞叹又惋惜，如果工业革命发生在中国……

那套茶具虽然也未达到老先生的预期，但在叶明义眼中，已经足够美轮美奂了。

茶具以粉彩勾勒着《三国演义》的故事，叶明义还记得自己专用的那只茶杯上描绘的是"三顾茅庐"的画面。

起初，他还坚守着美式咖啡，只喝一两杯茶，以免驳了林同根好意。可渐渐地，茶杯中的清香与醇厚不断攻陷和占领了他的味蕾，有时满满一杯咖啡，直到散会都一口未动，被冷落到发凉。

但是，自从林同根出走，叶明义的饮茶量便断崖式下降。有很长一段时间，都没人敢在林道简面前喝茶。

"雨过天青云破处，这般颜色作将来……可是落后终归还是落后。"许是捕捉到了叶明义的目光，林同根的声音里满是惆怅。

"所以，14奈米这个节点实在是太关键了，必须尽快突破才行，否则我们缩减代差的脚步就会被打乱……"林同根不断倾吐着苦水，发黄的眼珠上，红血丝明显。

从族兄那里，叶明义听闻过造成这种症状的原因。他静不下心来练习"五禽戏"，也是因为这个缘故吧？

"我们现在亟须有人来帮助我们穿针引线……"林同根定定地盯着叶明义，目光中充满恳切。

叶明义背部一紧，动了动身子。

"您能出山帮助我们闯过这道难关吗？"林同根果然问道。

叶明义面露难色。刚刚和林道简的会谈，还印刻在他脑海里。

"研发我会全部遵照您的指示，预算您不用担心，绝对会大大超出您的预期，薪资也绝对会让您满意，您还不用常住大陆……"林同根不断承诺着。

"Tony，我考虑的不是这些。"叶明义打断了林同根。

"您放心，董事会非常支持我，同芯半导体绝不是第二个大同积电！"

"我没有那样认为。"叶明义赶忙否认。

"我知道赚钱从来不是您的人生目的，可是大陆现在上上下下这么重视半导体，您就不想在您手里再缔造一个晶益电子出来吗？"

这次，叶明义没再说话。他又默默端起他喝了大半辈子的美式咖啡。林同根也低头给自己斟满了茶。叶明义忽然惦记起女儿来。

叶
韵

叶韵醒来的时候,那个男人正一脸关切地掐着她的人中。

她想了十几秒才想明白自己为什么躺在地上。

"你掐疼我了。"叶韵故作冰冷。真实的疼痛感告诉她,她刚刚的确在这个男人面前丢人了,不是在做梦。

那个男人缩回手,又伸出手。

她挣扎了几下,没能自己起来,只好红着脸把手递给他,让他拉她起来。

"要不要去医院检查一下?"那个男人问。

他声音真好听,叶韵心想,他一定对所有女人说话都这么好听,就像她前未婚夫一样……"你走开!不要你管啦!"话说出口,叶韵把自己吓了一跳。

那个男人也是一愣,随即笑笑,摇摇头,转身走了。

叶韵盯着那个男人的背影,不知在看些什么。直到他昂首挺胸重新开始跑步,她才咬牙朝门口走去。还没走到门口,叶韵就又倒在了地上。

那个男人架着叶韵进了电梯。

电梯里有好几个人。叶韵推开那个男人，自己扶稳站好。

电梯里的人楼层都比她高，叶韵只得又在好几个人的注视之下，被那个男人架出了电梯。

男人把她架到了房门口。

她没跟他道谢，甚至连人家姓什么叫什么都没问。

她靠在门上，听着门外的声音。门外没有声音。她打开门，门外也没有人。

她走到门外，朝左右看看，确认了走廊里确实没人。

她回到房间，重重地关上门。

躺到床上，她确信那个男人是贼。不是贼，怎么能跑那么快，连一丁丁动静都没有呢？

叶明义、叶韵

叶明义来叫叶韵的时候，叶韵还在生闷气。要不是林道简邀请，她恐怕连晚饭都不会吃了。

林道简的晚餐向来吃得极简。一碗粥或者一碗面，有时连青菜都免了。这晚，他请叶氏父女吃的是面。这面，是他的助理在海川市所能找到的最好吃的面。

林道简一直在和叶韵聊天，他和他这位侄女已有两年未见。

说到结婚，叶韵眼圈儿红了。她原本邀请了林道简当她的证婚人，结果又不得不亲口告诉人家，她未婚夫悔婚了。

叶韵的泪落在碗里。叶明义忙岔开话题，对林道简说："Tony下午约我见面，他想请我去他那里，我没有答应。"

"还是老样子，喜欢东挖西挖。"林道简的轻蔑，轻描淡写，"成立大同积电，靠的就是从晶益电子拉出去的队伍，建立同芯半导体，又从晶益电子网罗了不少人马。他当晶益电子是什么？他的黄埔军校吗？"

"您放心，关键人才他挖不走的。"

"那也不能任由他挖下去。"

叶明义默默听着。老长官的怒气里也有对他的怨气。

这时，林道简的助理递过来手机，报告说是执行长田行健打来的。林道简听电话的时候面色极差，基本没怎么说话，就挂断了电话。

叶明义盯着林道简。叶韵也一眨不眨地看着他。

"Jack 说，艾普尔已经同意把订单分给银河电子了。"林道简声音低缓，像溪流被磐石阻滞。

叶明义放下了筷子。

艾普尔是全球最知名也是销量第二大的智能手机品牌。作为晶益电子在全球市场最有力的挑战者，银河电子能和晶益电子分食最新一代艾普尔手机处理器芯片的代工订单，就意味着，它的 EUV 7 纳米工艺水平已经得到了全球最知名高科技公司的认可。有了这份背书，未来它的 EUV 7 纳米工艺攻城略地，将变得更加势如破竹。

更何况，银河电子自己的品牌手机还是市场占有率比艾普尔都高的全球第一，本身庞大的芯片需求，就已经为银河电子的晶圆代工业务提供了巨大支撑。曾经落伍的 IDM（垂直整合制造）模式如今卷土重来，对林道简开创的 "fabless/fablite+foundry"（无晶圆厂 / 轻晶圆厂 + 晶圆代工）的分工合作模式构成了极大威胁，甚至都有可能动摇晶益电子这个晶圆代工帝国的根基。

而这一切的幕后推手，就是叶明义的那位高徒——萧牧云。

没有萧牧云，银河电子绝不可能在这么短的时间之内，就达到并超过晶益电子的工艺和良率水平。身负几百项专利的他，甚至无须分享晶益电子的技术机密给银河电子，仅凭浸淫工艺研发近三十年所累积的丰富经验，就能让银河电子少走许多晶益电子曾经走过的弯路。

萧牧云推倒了第一块多米诺骨牌，在全球晶圆代工市场引发了连锁反应。

没能阻挡这第一块骨牌倒下，叶明义深感自责并懊悔不已。他面向林道简，静候老长官兴师问罪。

"面凉了。"林道简说。他挑起碗里最后一箸面吃了下去，又用汤匙一匙一匙把汤喝净。他放下汤匙，问叶明义："怎么不吃了？"

叶明义又拿起筷子。筷子有些沉重。

叶韵不解地问："银河电子不是艾普尔最大的竞争对手吗？为什么还把订单交给银河电子呢？"

"可能是因为5G的基频晶片吧。"林道简给叶韵解惑，"艾普尔手机的基频晶片之前由英泰提供，更早之前由高博提供，艾普尔只负责设计自己的作业系统和处理器晶片。结果英泰在5G竞争当中落伍了，没法继续给艾普尔提供5G基频晶片，而艾普尔自己又没有这方面的研发，所以只能去寻找新的供应商。目前，世界上真正能够提供5G基频晶片的业者只有星东方、高博和银河电子。星东方的晶片再领先，艾普尔也不会用，高博和艾普尔又有智财权[①]官司在进行，银河电子就成为艾普尔眼下唯一的选择了。"

"银河电子的目标可能不止艾普尔，您明天应该和游东云好好谈谈。"叶明义提醒。

---

① 智财权，即智慧财产权，是台湾地区对知识产权的说法。

游东云是星东方科技的轮值 CEO，也是这次半导体论坛的演讲嘉宾之一。

星东方是中国最大、全球第三的智能手机企业，他们的智能手机销量很快就将超越艾普尔，增长势头也比银河电子迅猛。叶明义的新手机就是星东方的。当然，星东方最厉害的产品并不是手机，全球排名也不只第三。

"他之前找过 Jack，希望我们尽可能多地安排 EUV 7奈米产能给他们，他们要扩大5G晶片的量产规模。"林道简面露忧色，"其实，我倒不是很担心他们，毕竟他们和我们交情一直很好，手机业务和银河电子又竞争很激烈，对银河电子也没所求。"

"您是担心高博重新把订单交给银河电子？"

林道简微觑细目："银河电子和高博合作时间更长。当初高博把订单从银河电子那里转给我们，也是因为我们比银河电子更先拿了DUV 7奈米制程出来。"

"高博最近的确对银河电子的 EUV 7奈米制程评价很高。"叶明义也忧心起来。

"先不想这些了。"林道简扭头对叶韵说，"有件事情我想交给你办——我准备在美国起诉同芯半导体，希望你能做我们的代理律师。"

叶韵睁大了眼睛。叶明义也吃了一惊。

"如果胜诉，晶益电子以后就是你们的长期客户了。"林道简告诉叶韵。

"可是，我已经准备辞职了……"

"为什么？就因为那个混蛋吗？"林道简语气湍急起来，教导他的侄女，"那个混蛋越是伤害你，你就越要坚强，变强大。虽然那家律所是那个混蛋老爸创办的，但是如果你能拿下晶益电子这样量级的客户，就完全有资格跟他谈 equity partner（权益合伙人）了。他也不过是继承他老爸才当上的 name partner（冠名合伙人），除此之外，他还有什么过人之处？"

"离开也许对她更好。"叶明义面对着女儿说，他不愿她掺和到上一代的恩怨中来。

可是，叶韵却故意和叶明义作对似的，答应林道简："您说得对，我不辞职了，这件案子我接了。"

"这才是你嘛。"林道简终于露出笑容。

叶明义暗自叹了口气。"您真要这样做吗？"他问林道简。

"我不能这样做吗？"林道简也问他。

"您当然能，但是……"

"没有但是。他可以挖我，我也可以告他。这个世界是公平的。"

助理也在，叶明义把话咽了回去。"订单的事情，您打算怎么处理？"他又问林道简。

"这个问题，你应该提给田行健。我把公司交给了他，他不能总指望我来替他收拾这些烂摊子。"

"您还是要帮帮他的，毕竟——"

"我帮他，谁帮我？"林道简再次打断了叶明义。

叶明义不再说了。走的时候，林道简的步履比来时蹒跚许多，也沉重许多。他知道，老长官的心，仍然被磐石压着。

他的心头也压着磐石。林道简长他十岁，两人相识至今，林道简都是位宽厚兄长。即使在发生争论的时候，他的话，林道简也全都耐心倾听。可今晚，这位兄长却接连反驳他、打断他，如同撒气的孩子，朝不肯陪自己再多玩儿一会儿的伙伴发泄不满。

人真是越老越小吗？叶明义心想。林道简在他前面走着，虽有助理在侧，可看上去仍然形单影只。

叶明义也有些孤单。女儿落后他几步，应该也是有意的，就像他有意不赶上林道简一样。

三个本该并肩的人，却奇怪地排起了队，在喧嚣熙攘的夜幕中穿行。地面湿漉漉的，雨应该刚停不久。空气里雨的余味还浓着，人们就迫不及待地回到了街上。叶明义打量着这座夜以继日繁忙着的都市，它的成长比它的诞生更令人惊叹。各色的人不断从他身旁经过，他们神色各异，却都带着股往前奔的劲头儿。

老长官也不得不继续往前奔。本该伏枥的老骥，却还要远行，如果让他独行，会不会太残忍？

只要他再坚持一下，自己恐怕就答应了。

叶明义难以招架的，不只是对长官加兄长的不忍和自责，还有他对公司、对工作的不舍和热爱。他害怕一旦回去，便又难割舍了。好容易才回到家人身边，哪怕用余生去弥补，都仍嫌不够。

叶明义想女儿了，虽然她就在身后。他想回头，却又怵她那故意作对一样的眼神。

那眼神像针，而叶明义怕针。

早年离家求学，叶明义都是自己缝补衣物。本就没做过针线活儿的他，还总是缝着缝着，就琢磨跟专业相关的事儿去了，因而没少挨扎。哪怕他后来强迫自己集中注意力，但由于过度集中，也还是难逃挨扎的下场。针就像游移在草丛中的蛇，冷不丁就从看不见的地方蹿出来狠咬他一口。

这一口口不仅把叶明义咬出了血，还咬出了他一身身冷汗。久而久之，哪怕是听到"针"这个字眼儿，叶明义都会条件反射地感觉到不适。

是妻子神勇地捉住了那针，将它紧紧攥在手中。再后来日子好了，针就销声匿迹了。

然而多年之后，那针又从女儿初次失恋后的泪眼中露出锋芒来。叶明义于是又被狠狠地扎到了。

所幸，女儿不久之后就去了美国，父女俩也只有到了假期才能相见。于是，那针又不知所踪了。

但它并未离开。女儿原本柔弱的目光变得犀利，敢于跟任何对手在法庭上针锋相对。

一次次当庭较量把那针磨得更尖。何况，再次失恋的打击，也已让女儿无心将针收起来了。

这样的针，妻子也无能为力。直到叶明义再次被扎疼，才意识到"躲过"了女儿整个青春期的自己，究竟错过了什么。

从小就喜欢亲他、抱他，和他无话不讲的女儿，在他面前变得欲言又止。他对女儿的爱和关心，也像精心打好了包装的礼物，被女儿接过去之后，又转手放到了一旁。

这比针尖儿扎进指尖儿还要疼。可是又能怪谁呢？是谁一针针缝出了这件"小棉袄",却又疏忽大意地留了针在里面?"小棉袄"依旧贴身贴心,然而一天没将针寻见,叶明义和妻子的心病就一天不能治愈。

所以,妻子硬要女儿放下工作,让叶明义带上"小棉袄"一起回国。她冀望这趟旅行,能令亟须散心的女儿重新向父亲敞开心扉,让叶明义有机会将针找出来,拔出来。

可这一路上,父女俩的交谈并不多,就像女儿第一次失恋之后,也没对父亲说什么一样。

外貌出众又成绩出色的女儿向来不乏追求者,但她却在许多年之后,才又开始她的第二段恋情。

这段恋情远比上一段持久。或许是持续得过久了,才使它超出了保质期。叶明义不知该如何开导女儿。没陪女儿走过青春期的他,也失去了这个他曾经拥有的能力。

女儿真的很爱那个混蛋吗?叶明义不知道,也不敢问。叶明义始终掩藏着自己的好恶,不管是在女儿这次失恋之前还是之后。女儿已然过了需要被干涉的年纪,他也没了干涉女儿的权利。

可女儿对他一直都很警惕。叶明义几次想把话题引到感情上来,都被女儿生硬地岔了开去。

红灯亮了。叶明义停在斑马线前,林道简身后。

女儿终于站到了他身旁,并未看他。

老长官一定知道他就在身后,也没转过头来。

从前在公司,两人经常在园区里散步,无话不谈。而今晚,许久之后再次一起散步的两个人,却无话可说了。

信号灯换了颜色。叶明义脚步略慢,被后面的行人超了过去。

女儿仍在他身旁,也仍未和他讲话。他心里好过了一些,也更难过了一些。

路对面是全亚洲最高的楼,有半截藏在浓厚的云雾里。云层和雾气令它高不可测。这座通明的圆柱形建筑,透射出荧白耀眼的光,仿若一根巨型的能量棒,直立在城市间,连接着天地。

林道简也在抬头仰望。叶明义看不到他的表情。如果能看到,他就一定能猜到老长官正在想些什么。

的确如林道简所说,风浪都是他俩一起闯过来的。如果晶益电子是一艘巨轮,那么林道简同他就是船长与大副。

船长和大副通力配合,才能让巨轮避开风暴,躲过冰山,即使穿越滔天巨浪,也不翻覆。

而如今,巨轮又驶入了一片迷雾,却只有船长独自承受和面对。

假如船长倒下……

"小心!"

脚下打滑的林道简险些跌倒,被身后的叶明义下意识地伸手,稳稳扶住。

"谢谢。"入夜的海川更显绚烂、繁华,林道简的面容却难掩孤寂和萧索。他很快转过身去,面对着那座高楼,仿佛它是座灯塔。

叶明义踟蹰了几秒,终于对林道简说:"我和您一起回台湾,住些日子。"

林道简扭回头来,眼睛里也有了这城市一样的光彩在闪烁。

第二天，晴得透亮。

天光把叶明义叫了起来。他被满室的晨光吓了一跳，还以为自己睡过头了。

可定下心来一琢磨，酒店的确还没叫早，自己设定的手机闹铃也没响过。摸过手机来一瞧，他可以惬意地在床上再躺个十几二十分钟。

恰到好处的自然醒最使人身心通泰。叶明义望着窗外，像是又躺到了老家高雄那间不足十平方米的斗室里。

既是斗室，也是陋室。去台大读书前，叶明义就住在这间屋子里。之后不久，这屋子挪作了他用。再之后，就被拆掉了。

没有带花纹的壁纸，没有带图案的地毯，也没有舒舒服服躺下去就不想起来的床。但从窗外照进那间屋子的晨光和此刻是一样的。同样，还有昨夜风雨大作之后如洗的碧空。

叶明义出了神。无数次，他枕着风雨，沐着晨光。这个早上，就如同曾经的那些早上。这时醒来的，也仿佛仍是那个少年。

抬起手臂，叶明义仔细端详着那枚新冒出来的斑。他还不太习惯，虽然他已经习惯了手背上不时有斑出现。这是岁月打下的烙印。不管愿意不愿意，时间总会以它的方式提醒着人这一生究竟已经走到了哪里。

"执子之手，与子偕老"，这句诗也是这只手写给妻子的。这只手还是妻子更习惯握着的那只，即便另一只手已将她的手牵起，她也会要求换到这一侧来。

叶明义问妻子原因。妻子告诉他说，第一次牵起她手的，就是这只手。

那一刻,他和妻子又变回了夕阳下第一次牵手的那对少男少女。而那对少男少女,也如愿从少年夫妻牵手到了白头。

"与子偕老……"那枚新斑忽然顺眼许多,不仅不再突兀,还增添了几分亲近。

叶明义虚握手掌,如同攥住了妻子的手。退休之后,他没有再错过任何一次"执子之手"的机会,妻子手上的皱纹甚至因而变得平展。

"你要好好地补偿我……"妻子的爱与怨都在这呢喃中。

叶明义感到了棘手,不由得张开了手掌。他虽然一直在向妻子汇报着行程,却唯独"漏报"了答应林道简回台湾帮忙的决定。这一回,他不知又要停留多久;这一回,他也不知该如何向妻子开口。

叶明义起来了。即便还能再多躺五分钟,他也还是离开了那张不再舒服的床。

女儿昨晚已帮他将衬衫和西装熨烫好,跟新领带一起挂在衣橱内,没有一丝褶皱。

叶韵做这些的时候,叶明义正在林道简房里。等他回来,叶韵已回自己房间睡了。

洗漱完毕的叶明义对着镜子穿戴好。这一身穿戴都是女儿买给他的,既合身,又合心。

人无再少年呀。镜子里的叶明义审视着自己。他的发际线在岁月进逼之下步步退却。岁月不仅催人老,还催人急着想把还要做的事情全都抓紧做完。

叶明义出了门。叶韵也恰巧从房里出来。她的妆容没能遮住她的憔悴。

"正想叫你。"叶明义说。

"早安,爸爸。"叶韵连声音都无精打采。

"没睡好吗?"

"还好吧。您呢? 睡好了吗?"

"也还好。去吃早饭吧,董事长在等咱们。"

走廊里铺着厚厚的地毯,脚步安静地落在上面。从电梯出来,叶明义才小心翼翼地说:"如果不想接手那件 case(案子),也不必勉强,我去和董事长讲。"

"我想接。"叶韵还像昨晚那样坚决。

"即使胜诉,也是有利有弊,你要考虑清楚。"

"我考虑清楚了。您不希望我接手,是怕夹在中间不好做人吧?"

"我都夹在中间半辈子了,"叶明义苦笑,"可这次不一样。"

"有什么不一样?"

"现在正是同芯半导体的关键时期。这个时候起诉他们,会再一次打乱他们进步的时程,影响也更严重。所以,即使一定要这样做,我也希望做这件事的人不是你。"

"我一直都在做您希望我做的事,可这次不一样。"叶韵学着叶明义的话。穿过酒店大堂,高跟鞋的声音在凉冰冰的大理石上坚硬地回响。"我现在只想狠狠扇那个混蛋的耳光!"她恨恨地说。

酒店的中餐厅叫"旺海阁"。大概是"兴旺海川"的意思吧? 叶明义猜。

身着中式服装的女服务员在前引导。过道并不宽，铺着厚实的带有云气纹的深褐色地毯。这地毯还颇有弹性，叶明义踏着它，步子也轻快了一些。

过道两侧的壁板以及门和假窗都是实木的，刷着大漆。雕镂精湛的门与假窗还勾了金线，镶了金边，其上锦簇的花团也全都用金漆漆了，在同样精致的中式吊灯的暖照下，映出低调又华贵的光泽。

过道两侧裱在框中的书法作品透着古意。裱框也是大漆颜色的实木，同壁板合为一体，纸的白与墨的黑更彰显了出来。还有古音在耳畔回荡。这里的商务气息被尽力稀释着，消散了铜臭，尽是古色古香。

服务员在一扇门前停下。门匾上刻着"百川"两个金色小篆。

"学长，好久不见！"叶明义才进门，即有人起身相迎。

欢迎叶明义的人头发灰白，梳理齐整，笔挺的衣装，抬手间现出了别在袖口的铂金袖扣。

他姓邰，同样毕业于台大电机系，比叶明义低两届。他也是一家台湾上市柜公司①的创办人和董事长，他的公司在大陆也有工厂。多家美国半导体公司设计的 PA（功率放大器）芯片，都由他的企业代工制造。

林道简昨晚告诉叶明义，这位邰董约他今早餐叙。他让叶明义带叶韵一起过来，为她累积更多的人脉。

叶韵不知何时换上了热络而不失矜持的笑容，在叶明义之后，

---

① 上市柜公司，即上市公司。

优雅地同这位邰董轻轻握了握手。

"果然继承了您的全部优点！"邰董向叶明义夸奖叶韵，赞赏也全部摆在了他脸上。

"别看她年纪轻轻，已经为许多国际大企业打赢过智财权官司了。"林道简端坐着，老神在在地告诉邰董。

"有机会，还要请您多多关照。"叶韵适时递出了名片，名片上印着她手写的英文签名，如飞花飘叶一般。

"也要请你多多指教！"邰董双手接过名片。落座后，他端详着名片赞叹："你们好厉害，全世界都有你们的office（办公点）……好像台湾没有呀？"

"我们目前在亚洲，只有香港的office。不过，我有许多客户在台湾。"

"平时你base（驻扎）在哪里？香港吗？"

"我大多数时间都在纽约，如果客户需要，也会飞去台湾和香港。"

"你也有不少大陆客户吧？"

"有，但还不是很多。我正在积极地拓展。"

"我在大陆有不少好朋友，到时候可以介绍给你。"邰董转而向林道简感叹，"现在全世界都想和大陆做生意，好像只有台湾不想，搞得我们这些经营企业的，日子都不好过。"

"台湾也会越来越不好过。"林道简说，"离开大陆，我们连区域的贸易协定都加入不了，越来越把自己限缩在小岛上了。"

"大陆牵头的5G起来，你们的日子应该会好过许多啊？"叶明义不解地问邰董。

"喜忧参半呀！"邰董将名片收入了名片夹，"5G出来呢，确实对市场刺激蛮大的，会形成一波提振，毕竟这二三年PA晶片的市场需求不温不火，行业整体都没有赚到什么钱。"

"5G的smartphone（智能手机）要用到十几颗PA芯片吧？"叶明义又问。

"最多可以用到16颗，比4G的时候翻了两三倍。另外，包括基地台，因为采用64T64R（64通道天线）作为主流方案，也可以用到192颗。4G的基地台才只要12颗。"

"Wow（哇）!"叶韵小声惊呼。

邰董却苦笑："用量虽然多了，单颗晶片的价格也有上涨，但是由于使用了sub-6 GHz（低于6赫兹频段）和mmWave（毫米波）的问题，也由于CA（载波聚合）和massive MIMO（大规模天线）的复杂性问题，设计和制程的难度都大幅提升，给客户和我们都带来了不小的困难和挑战。"

"成本未来也是问题。"林道简点出了另一个关键问题，"5G手机迟早也会从高阶向中低阶转移，就像4G手机曾经那样。"

"到时候，这部分成本压力也会从客户那里转嫁到我们头上。"邰董笑得更苦了。

"那样，大陆市场对你们而言就更加重要了。"叶明义深表同情，也深有同感。绝大多数台湾代工厂商都如邰董的企业一样，需要想尽办法消化来自客户的成本压力，即使像晶益电子这样的"巨无霸"，有时也不得不如此。

薄利就得多销。大陆手机上网用户已近十三亿户。任何想要立足5G市场的业者，都必须在大陆市场找到自己的位置和空间。"但凡'数人头'的行业，大陆都能够做好。"林道简很早之前就曾这样预言。叶明义也深以为然。大陆人多，聪明的脑袋瓜自然就多，如今购买力又越来越强，所以那些"能够做好"的行业就不仅要做好，还要做到第一名才行。

"星东方在5G这块的确走到了老美前面。从前他们都是购买老美的PA晶片，美国业者再交由我们代工。但是现在人家搞出了自己的PA晶片，然后把订单交给了大陆业者。星东方转单的消息一出来，我们的股价当天就跌了4%下去。"尽管餐点既精美又可口，邰董看上去却食不甘味。

"大陆业者和你们相比，还有不小的差距吧？"叶明义虽在劝慰，但4%的跌幅也着实令他吃惊不小。

"差距当然有，但是有了星东方的订单加持，他们追赶我们的速度会大大加快。所以，我担心的不是眼前，而是将来。股票市场也是因为看到了这个趋势，才做出了激烈的反应。"

大家都在忧心将来。林道简也面色凝重。

"大陆在PA晶片这块其实早有布局。"邰董告诉叶明义父女俩，"去年他们就有业者完成了氮化镓PA晶片的设计和客户认证，星东方自研的PA晶片又是砷化镓的，等于说，大陆现在在基地台和手机用PA晶片这两块，都有了替代方案。"

"鸭子划水，功夫在下面。"林道简虽面色凝重，但声音里却透着欣赏，"人家一面自研，一面收购，双管齐下，游得只会越来越快。"

"最怕的就是有钱的大陆企业买买买。"邰董犯愁说，"5G起来，大多数小型PA晶片企业都会出局，所以现在正是出手收购的好机会。这些小型PA晶片企业也乐于让大陆企业入股他们，那样等同于让他们一下子就进入了大陆的5G市场。否则，这些小企业是很难得到这种机会的。"

"也是变局啊。"叶明义感慨。

"所以我刚刚特意拜托林董事长帮我们多美言几句，让星东方把我们也纳入他们的供应链体系里去。我知道，星东方上下对董事长都非常敬重。"

林道简虽未回应邰董的话，但叶明义深知老长官一定会尽力去帮这个忙。

这位耄耋老人自己也还亟须人来帮他。他的面色依然凝重，气色却比昨日好了许多。看来真如林道简昨夜深谈时所言，叶明义的回归，就是为他服下的一颗"定心丸"。

鼻子忽然酸了，叶明义忙抬手掩饰。这个世上，这么需要他、受他影响这么大的人，除了妻女，也就只有老长官了吧？

这种需要甚至依赖弥足珍贵，这会为人生平添许多的值得。

叶明义在心中暗自向妻子说了句"对不起"。对妻子的情与对老长官的义是天平的两端，他没有两全其美的解决方案，就只能先让天平向一端倾斜了。

林道简此时与他眼神相交。老长官脸上虽无笑容，但叶明义的所思所想似乎全都被他洞悉了，一切他也都了然于胸，莫逆于心。

他们的对话，叶韵也一直在用心听着，即便不一定能够完全听懂。女儿选择了一条艰险的路，这条路，或许还需要父亲陪着。

"你的 speech（演讲）在什么时候？"叶明义问邰董。

"今天下午四点，5G 的 sub-forum（分论坛）上面。"

"如果时间允许，我和 Irene（叶韵）会过去听。"叶明义告诉邰董。

上午的高峰论坛，因为林道简的到来更显隆重。在过去的十年中，有他出席的活动屈指可数。

叶明义陪坐在林道简身旁。许久不露面的他也引起了不小的轰动。

同样引起轰动的还有萧牧云。这是他竞业禁止期满，重归银河电子之后的首次现身。银河电子在大力开拓中国市场，其技术当家人自然一马当先。

叶韵也被建议参加论坛，以增进她对即将成为被告的同芯半导体的认识和了解。她不是圈内人，没有坐进嘉宾区，但她惊讶地发现——昨晚那个男人竟然也坐在嘉宾区里，位子还十分靠近林道简和她父亲。

海川市的市委书记、市长岳敏行，作为东道主致开幕词。叶明义欣赏地注视着这位小老弟，他果然比从前更有风度了，气场也更足。

"中国是全球最大的集成电路消费市场，预计到明年，中国集成电路市场就将占据全球60%的市场份额。"岳敏行底气十足，"中国集成电路市场的持续快速增长，已经成为全球集成电路产业发展的引擎之一，在华收入也已经成为全球主要集成电路企业营收增长的重要支持和保证。"

叶明义默记下了60%这个数字。他记得，在2000年的时候，大陆市场的规模还只占全球市场的8%左右。他又想起了林同根昨天所说的话。

"海川在5G、人工智能、工业互联网、物联网、云计算和大数据等领域都取得了不小的进展，对集成电路的需求也更加旺盛，这就为在座的各位和海川市的合作共赢创造了巨大空间。"岳敏行从口袋里掏出一颗芯片，转身看了看大屏幕，展示给大家，"我手里这颗芯片是由星东方设计、台湾厂商制造和封装的。我知道，台湾朋友管芯片叫晶片，所以，这颗芯片就是我们两岸半导体业界合作共生的'结晶'！"

岳敏行的比喻很有"笑"果，大家对他报以热烈掌声。

叶明义的嘴角也升起一轮微笑，关于到底该叫"芯片"还是该叫"晶片"，岳敏行和他还为此进行过一场"争论"。

岳敏行认为，相对于"晶片"，把chip翻译成"芯片"更合适。叶明义则反问，chip是由晶圆切割而成的，叫"晶片"不是更准确吗？

岳敏行当时反驳道："chip固然是由晶圆切割来的，但是晶片这个叫法只表明了它材料的性质，没有把更深层的意义体现出来。而'芯'这个字，我查过，指的是物体的中心部分。我觉得这个解释就准确指出了chip的重要性——芯片是电子设备的核心，芯片行业是电子行业的基础，芯片技术是整个国家科学技术的集大成者，是硬实力的展现，是核心竞争力。所以，把chip翻译成'芯片'不光准确地定义了它，同时还把它的巨大意义体现出来了，让它时刻提醒我们这些干这一行的人要爱这一行，就算手头儿的工作再渺小、再微不足道，或者再繁重、再艰难，只要能对整个国家的产业发展和技术进步有帮助，就值得义无反顾去做。"

叶明义当时哑巴着岳敏行这番话，半天没吭声。他体味着这"芯"的味道，心忽然也跳得更带劲了。"你说得对！"他赞同说，"确实应该翻译成'芯片'，而不是'晶片'。"

他颇感惭愧地继续说道："我从事这一行将近三十年了，从来没有像你这样深入地思考过意义的问题，也没有像你一样的使命感。对我来说，从事这份工作的意义，仅止于做好这项职业，成就个人的事业，做到对自己负责、对公司负责、对股东和投资人负责。可这些和你所说的意义比较起来，就显得太单薄，格局也太小了。"

"您和我所处的环境不同。"岳敏行说，"我能感觉出来，您对这行的热爱是绝对不输任何人的。"

"我的热爱是小爱，你的热爱才是大爱。"

"我只是把小我融进了大我，每个人的小爱汇集到一起，就成了大爱。"

"是什么让你们把小爱汇集成了大爱？"

岳敏行想了想，说："是我们这代人对国家强大的渴望吧。希望中国能在我们这一代人的手里面真正强大起来。"

叶明义的心头像腾地燃起了火焰："我也希望中国能越来越强大。"

"一定能！"岳敏行笃定地说，"每一个中国人都怀着这样的希望，所以才能用几十年时间就走完了西方几百年才走完的路。当然，有人说我们是利用了后发优势，可是世界上后发的国家多了去了，也没几个能像中国这样后发出优势来呀。"

"走自己的路，让别人说去吧。"

"中国这么些年，就是因为选择走自己的路，才发展变化这么巨大。"

"巨大的发展变化能够带来更多的自信，更坚定地走自己选择的路。"

"咱们两岸是同路人。"岳敏行说。

叶明义当时建议："台湾和大陆还有很多科技词汇的翻译都不尽相同，我觉得有必要编写一本词典，把两岸的科技用语先统一起来，这样才有利于双方交流。"

"您这想法真是太棒了！"岳敏行大加赞同，"这本词典一定要集合两岸的智慧，找出最准确的中文词汇来。"

岳敏行彼时的声音和神情，就如他此刻一样。

"集成电路的英文缩写是 IC，integrated circuit。"他真诚地呼吁，"中国集成电路产业的发展，需要海峡两岸的从业者通力合作，所以这 IC 就不仅是 integrated circuit，还是包括了大陆和台湾在内的 integrated China（完整统一的中国）！我们两岸的中国人一定要携起手来，同闯集成电路这条中华民族伟大复兴的必由之路！"

全场观众再次报以掌声。这次的掌声更热烈，也更持久。

林道简和林同根都赞许地鼓起掌来。坐在他俩中间的叶明义隐约感到，互相视而不见的两个人，连鼓掌都似乎在较劲。

早上，叶明义和林道简没有如其他嘉宾那样先去贵宾室会合，而是开场前十分钟才来到会场。贵宾室的嘉宾们比他俩先行入场，林同根远远就望见了两人，随即放下正在交谈的来宾，微笑着径直朝他们走来。

叶明义的心当时就忐忑起来。林道简却面无波澜，仿若久经战阵的沙场老将，端坐在马上，手提长枪，在随扈簇拥之下，迎着锋芒,也向来犯之敌步步逼近。

相比之下,只有一名"副将"跟随的林同根就显得势单力孤了。可是,他脸上仍然挂着不动声色的微笑。叶明义深知林同根"输人不输阵,输阵歹看面"①的个性,担心他在憋着什么以弱胜强的大招。

林同根果然先出手了。他的手抬了起来,四指并拢,拇指微张,这五根手指仿佛随时都有可能攥成拳头,向林道简击来。

如果真有拳头击来,叶明义一定会挡在林道简身前。倒不是他更偏向林道简,而是这一拳打在他身上,要比打在林道简身上威力小多了。毕竟,这里是会场,不是拳击场,更不是你死我活、了结宿怨的战场。

林同根的手并没有攥成拳,他的手也没有伸向林道简。他口中说着"一直在找您",然后结实地握住了叶明义的手。

叶明义被林同根留在了原地,林道简径直经过了林同根。二马错镫之间,两人隔空碰撞出仓啷啷的回响。

叶明义还是久疏战阵了,这回响震得他心房颤抖。

虽然林道简没有拨马再战,但是叶明义知道,刚刚两人打照面才只是半个回合而已,林道简指不定什么时候就会再来一招"回马枪",或者反手一记"杀手锏",因为林道简常言:"有来无往,非礼也!"

幸好当时岳敏行也在场,他盛情欢迎了林道简,才没让林道简的尴尬暴露在大庭广众之下。否则叶明义就懊悔死了,因为正是他一手促成了林道简这次海川之行。

---

① "输人不输阵,输阵歹看面",意为再差也要尽全力,不能被人看轻。

当然,已经"深居简出"的林道简肯来海川,也是由于认定了这座城市本身的重要性,特别是在他认真研究了"大湾区"整体发展规划之后。

"这真是一个超级宏大的构想。"林道简在越洋电话里和叶明义聊了起来,"以目前世界上已有的三大湾区来看,纽约湾是金融湾区,旧金山湾是科技湾区,东京湾是产业湾区,而大陆要打造的这个湾区,则是金融、科技、产业三位一体。他们要以金融撬动科技,以科技推动产业,然后再以实体产业作为带动金融发展的坚实基础,这样,就在金融、科技和实体产业三者之间,为资本的良性流动开辟了顺畅的通路。而资本一旦良性地流动起来,对实体经济,对科技创新和金融创新所产生的放大效应,又会为这三者带来更高的efficiencies(效率)和benefits(效益)。"

"这段时间,不少美国媒体都报道了大湾区的相关消息。"叶明义说,"真的很少见,美国对其他国家的事情这么care(在意)。"

"是啊,美国什么时候care过其他国家呢?"林道简感慨,"巨龙入海,这种在中国几千年的历史上都不曾发生过的事情,在当今这个时代就发生了。一旦中国开始拥抱海洋、拥抱世界,不管其他国家是'闭关自守'也好,还是'光荣孤立'也罢,中国都会带领那些愿意和他一道的国家,沿着全球化的路径继续走下去,而且要远比当年西方国家开辟航路、开展全球贸易公平得多,也正义得多。"

"真是沧海桑田。"叶明义也感慨不已。

"就是沧海桑田!谁又能想象得到,海川可以从当年一个靠海的小渔村,转变成为如今这个巨龙的出海口?如果大湾区是巨龙入海的龙头，那么海川就是巨龙点睛的所在。海川让巨龙放眼世界，世界也可以借由注视海川，来预知中国未来的发展。"

"所以，您一定要亲自去海川看一看。"

"是啊，一定要亲自去看一看才行。台湾当年也有机会为大陆扮演海川现在的角色，但是却被自己活生生地错过了。所以台湾不能再走弯路了，如果现在还不主动融入大湾区的发展，继续不闻不问、不管不顾，假装自己一切安好，那么将来一定会被彻底地边缘化。而且，这种边缘化，是没有办法逆转的。"

"留给台湾的机会真的不多了。"叶明义彼时回应，"如果能够抓住这次机会，台湾还有希望成为世界和大湾区之间技术、资本的一个中转站，也能给台湾的青年人带来更多的发展机会。"

"更重要的是，也能为我们搭建更大的平台。"林道简叹息，"台湾对我们而言，实在是太小了，而我们对台湾来说，又已经变得太大了。"

"您这次可以和岳敏行好好地谈一谈，他对产业和技术都非常在行，也很乐于为我们提供一切必要的帮助。"

"听你讲了那么多他的事情，我也非常有兴趣结识像他这样的朋友了。"

叶明义打量着仍在演讲的岳敏行，他的发言中也提到了"大湾区"。

"海川拥有非常优秀的集成电路设计和应用企业群体，作为大湾区的中心城市之一，海川将为这些企业提供更广阔的平台。所以，我衷心希望将来能有同样优秀的集成电路制造企业落户海川，和我们当地的企业一道，推动海川乃至全国的半导体产业向更高层次、更大规模不断迈进。"岳敏行郑重承诺，"来海川建厂，土地不是问题，水电也不是问题，我们必会竭尽所能，为企业创造更优良的营商环境……"

岳敏行的盛情邀请，让林同根笑容满面。相形之下，林道简的表情则要低调甚多。但是，叶明义仍从林道简脸上捕捉到了一丝波动。

由于限制，晶益电子不能将最先进的生产线建在大陆，因而只能坐视工艺日益精进的同芯半导体利用主场优势，拿下不少原本宁可花高价也要跨海来求晶益电子安排产能的大陆订单。

林道简对此非常在意，虽然同芯半导体的实力还威胁不到晶益电子的霸主地位，但是他总说："疖子再小，也能要命。"

叶明义对此不敢苟同。在他看来，同芯半导体还只是远虑而非近忧，所以昨夜和林道简深谈，他极力规劝老长官不要再对同芯半导体提起诉讼，因为"他们的制程和我们差了两三个世代，七八年之内都不可能赶上我们，何况他们也受制于人，很难买到先进制程的机台……"

"他们已经买到了。"林道简打断他。

叶明义愣了几秒。

"没想到吧？"林道简与他对视着，"大陆自研的 EUV 机台取得了突破，安森梅尔的董事会立刻就批准了同芯半导体购买 7 奈米 EUV 机台的请求。以大陆现在的实力，如果想要搞好一个产业，就一定能够搞好。国运上升的时候，是谁都压不住的，这种上升势头能把同芯半导体带到什么高度？你还能说同芯半导体不足为虑吗？"

"但是现在这种情势，我们起诉同芯半导体，很有可能会被人利用,更会让我们模糊焦点、分散火力,没法全力应对银河电子这个近在眼前的大敌。"

林道简仍然固执己见。

致辞完毕的岳敏行在落座之前,特意与邻座的林道简握手致谢。叶明义目送老长官登台演讲。这样的场景,他也是多年未见了。

林道简一如往昔,进止雍容。他讲到了"摩尔定律",预言这则自1965年至今一直被全球半导体行业奉为圭臬的法则,最快到2025年就将走向终结。听到这里,叶明义颇为伤感。

所谓"摩尔定律",指的是每隔18到24个月,单位面积晶圆上所能容纳的晶体管数量就将增加一倍,性能也将提升一倍。与此同时,芯片的体积和功耗也会得到缩减,进而带动终端产品快速迭代出新。

林道简还提到了因他而著名的"林道简定律",即每隔五年左右,全球半导体产业就会结束一次景气循环。叶明义算了算,距离上一次谷底已经有四年多时间了,不知道这一次探底将会到何种地步。

他瞥了眼林同根,林同根正板着脸。

他又多看了林同根身旁的年轻男子一眼,那年轻人目光如炬。

林同根和叶明义握手时,特意向叶明义介绍了这位年轻人,并称他是自己的左膀右臂。

能成为林同根的左膀右臂,必定有着不凡的履历和不俗的能力。

那年轻人也和叶明义握了握手,他的手很温暖,虽然没有用力,但叶明义相信他的手一定非常有力。他的谈吐也很得体,声音不高不低,每一句话都透着谦逊,每一个字又都充满了自信。

不只叶明义,就连对林同根视若无睹的林道简,也没有忽略这位年轻人的存在。他在询问了叶明义之后,惋惜地说:"他怎么总能挖到这样的人才?"

老长官也是个惜才爱才的人,但是大陆年轻人在台企,的确不如台湾年轻人在陆企更有上升空间。

萧牧云和叶明义隔着几个座位,他正目光炯炯地注视着台上的林道简。如果他还在晶益电子……叶明义轻叹。他忍不住回头张望,在现场三千多人的观众里,没有寻到女儿的脸。

坐在后排的叶韵,却望见父亲正在回头看。

"大陆半导体产业的实力,是谁都无法轻视和否认的事实。当景气下行的时候,尤其需要大陆市场这样强大的需求力量,把全球半导体产业景气向上拉抬。"林道简脱稿说道,"我个人非常赞赏大陆对全球半导体产业发展负责任的态度,也非常看好大陆能够肩负起引领全球半导体产业发展的重任。据我所看到的数据,大陆的半导体设备销售额,在今年和明年都将保持高速增长,预计明年,大陆就会成为全球最大的半导体设备市场。"

林道简继续演说:"晶圆代工企业通常会在景气下行的时候,加大设备的投资力度,因此可以想见,当未来景气再度上行之后,大陆半导体制造的整体实力和规模,将会呈现怎样的爆发态势。所以,晶益电子一定不能也不会缺席……"

叶韵心不在焉地听着。她对台上的兴趣远不如台下。当演讲结束时,她的心思才短暂回到伯父身上。这是她长这么大头一回亲身感受到林道简在半导体业界的分量，从前只是耳闻，她身为全球执行副总裁的林伯父因被排挤，愤而回台湾创立了晶益电子的传奇。

全场观众起立鼓掌，掌声经久不息。林道简也动容地向观众合掌致意。岳敏行再度起身，向回到座位的林道简握手致敬。

叶韵被现场气氛感染了，心中油然生出一种使命感来。

林道简落座后，叶明义把手轻放在他右臂上，他察觉到，老长官的右手指尖在微微颤抖。

林道简一面把右手收进了沙发，一面跟岳敏行低声耳语着。

叶明义听不清他们在聊些什么。在两人的私语声里，美国半导体产业发展促进协会的会长开始了演讲。

"我不会讲中文，因为中文太难学了！"这位会长先生故意面露苦相，"但是，我非常喜欢和中国人交朋友，因为中国人非常友善，非常容易成为朋友！"

叶明义跟着大家一起给这位国际友人送上掌声。中国人确实喜欢把朋友搞得多多的，他心想。

"美中两国的半导体产业也同样是朋友。"会长形容，"在半导体这个全球化的产业中，美国是最大的芯片供给国，中国是最大的芯片需求国，美中两国的半导体行业高度融合。这种融合是一种相互促进、相互驱动、相互依存的和谐共生关系。美国主要半导体公司的总体销售额，有五成以上来自中国大陆市场。"这位会长开玩笑说，半导体行业其实就是卖沙子，如果有一半的芯片不能顺利销售，难道真要像沙子一样堆在那里，等着它们重新变回沙子吗？

叶明义和林道简轻声议论这位会长："他做亚太区总裁的那段时

间,应该是高博在大陆市场增长最快的一段时期了。"

"前人种树,后人乘凉啊。大陆市场现在已经占到高博整体营收的六成以上了。"林道简调侃,"高博现在究竟应该算作美国公司,还是中国公司?"

叶明义莞尔。不只半导体,在其他行业,像高博这样的美国公司也还有许多许多。

那位会长继续演讲:"全球半导体行业庞大的产业链和供应链,离不开中国这关键的一环。全球半导体行业的发展和创新,也都与中国紧密相连,并且受益匪浅。中国在半导体领域的巨大进步,不仅为全球半导体产业链和供应链的深化与拓展做出了卓越贡献,同样也给美国半导体行业提供了许多有益的启迪和促进。"

"你中有我,我中有你呀!"叶明义一边鼓掌,一边心中感叹。

美国人演讲结束,之后是萧牧云。叶明义怕林道简不快,便问:"我们走吗?"

"再听一听。"林道简说。

萧牧云意气风发。这之前,叶明义和他在公开场合也见过几次。那时候萧牧云已经跳槽至银河电子。

起初,师徒俩还能简单交谈,内容当然避免令人尴尬的话题。后来,晶益电子向法院提交了针对萧牧云的竞业禁止申请,再相遇的两人,就仅仅是打个招呼,或者干脆避而不见了。

而这回,令叶明义没想到的是,萧牧云竟然主动过来向他和林道简请安,还跟两个人寒暄了一小会儿。

萧牧云的真诚不是装出来的,他也没见林道简对萧牧云表现出恶感。甚至，他反倒觉得老长官对他这位高徒的欣赏，又增添了几分。

台上的萧牧云没有盛气凌人，更没有咄咄逼人。他介绍了银河电子的工艺进展。叶明义没想到，银河电子的EUV 7纳米工艺良率竟然已经高达九成，比林同根所说的八成还要惊人。

"我们的3奈米制程，预计在明年年中就能风险试产，并且力争在年底之前，实现商业化量产。"萧牧云郑重预告。这一宣告在观众中引发回响，大家不约而同都将目光投向了林道简。

"我给大家show（展示）的这张PPT，就是我们的新世代3奈米GAA（环绕栅极）技术。"萧牧云用激光笔点指大屏幕，他戴着耳麦，另一只手恰到好处地帮着他表达。

"我们公司的GAA技术研发，始于2002年，那个时候，我还没有加入银河电子。"他稍做停顿，又说，"众所周知，FinFET（鳍式场效应晶体管）结构在历经14/16奈米和7/10奈米两个制程世代之后，不断拉高的aspect ratio（深宽比）已令前道制程逼近了物理极限。

"FinFET结构允许栅极三面环绕通道，而GAA技术的结构允许栅极四面环绕通道，能够提供更好的开关特性，并且允许处理器将运行电压降低到0.75伏特以下。"萧牧云将激光笔换了只手，"GAA结构可以通过奈米片替换奈米线周围的栅极，来获得更强的性能和更大的驱动电流。由于奈米片宽度可变，因而这种结构还具有非常高的设计灵活性。此外，GAA采用了90%甚至更多的FinFET制程进行制造，只需要修改非常少量的mask（光罩），可以说是完全与FinFET兼容。"

他切换到下一张PPT，表情也更亮了，"在performance（性能）方面，就同我们自家的EUV 7奈米FinFET制程相比好啦，新的3奈米GAA制程，能够使晶片功耗降低50％，尺寸减小45％，性能提升35％……"

"没留住他，实在是太可惜了。"林同根故意很大声，既像是在同叶明义讲，又像是在自言自语。

和他隔着叶明义的林道简，目不转睛。

也许是顾及老东家的颜面，萧牧云始终没有提及抢下艾普尔订单的事情，而是呼应了林道简之前讲到的"摩尔定律"。

"林董事长从技术的角度，向大家阐释了'摩尔定律'的不可持续性。其实，从成本效益的角度考量，'摩尔定律'也将无以为继。"萧牧云踱步至台中央，让光洒在他身上。

"以我们银河电子的3奈米制程为例。这个节点的研发投入，有将近40亿到50亿美元之多。而兴建一座月产能4万片的3奈米晶圆厂，其建设成本更是高达150亿到200亿美元。

"所以，当制程节点再进一步延伸至2奈米甚至1奈米的时候，我们真的能够找到一种符合成本效益的商业模式吗？I'm not sure（我不确定），但我确定的是，不管未来诞生出怎样的商业模式，都需要一个庞大的IC（集成电路）消费市场作为支撑。"

萧牧云回到演讲台前，开始总结他的演讲："能够承受高额设计费用和流片成本的IC设计业者将越来越少，采用先进制程的下游应用场景，也将进一步集中到智慧型手机、PC（个人电脑）和伺服器①这些首重性能的产品上来，包括 CPU（中央处理器）、GPU（图形处理器）、AP（应用处理器）、BP（基带处理器）以及特定用途的 ASIC（专用集成电路）与 FPGA（现场可编程门阵列）等等。上述这些在大陆市场都有着庞大的需求量，幸而银河电子在上述领域也都拥有领先的技术水准和制造能力，这就使我们的晶圆代工业务能够依托这些优势，为客户提供更为优质的生产制造服务……"

IDM（垂直整合制造）对 foundry 的优势被萧牧云放大在 PPT 的 summary（总结）中，令 IDM 的光芒盖过了 foundry 的光环。

在观众送给萧牧云的掌声里，林道简面色不佳，起身离席。

接下来，就该林同根出场了。

虽然父亲和伯父已经离场，但叶韵留了下来。她不仅专心听完了林同根的演讲内容，甚至还坚持到了论坛闭幕。

林同根和萧牧云各自被媒体和观众团团围住。那个男人和另一位演讲嘉宾站在一起，身边也聚拢了很多人。

叶韵来到台前，避开那个男人的视线。

她还记得他的位子。那个男人的名牌就摆在座位对面的沙发桌上。

"赵用心。"

叶韵默念。

---

① 伺服器，即服务器，提供计算服务的设备。

赵
用
心

其实，赵用心注意到了叶韵。

论坛刚结束，记者就一拥而上采访他和他师兄游东云。业界都知道二人的师兄弟关系，媒体于是又有了想象空间。

有记者问游东云：未来星东方会不会加大跟同芯半导体的合作力度？

"我们现在的合作力度还不够大吗？"游东云笑着反问，又对记者说道，"如果将来进一步加大合作力度，我会单独告诉你的。现在你同行太多，不管告诉你什么，你都不是独家新闻。"

众人大笑。

又有相熟的记者跟游东云开玩笑："游总，听说你们从去年年底到现在，所有假期都取消了，连春节都在加班。你们5G已经领先别人那么多了，不用再这么拼命干了吧？"

游东云板起脸，严肃地反问："不拼命干怎么行？5G之后还有6、7、8G呢！"说完，他先忍不住笑了起来。

"您真认为能突破'香农极限'吗？"记者追问。

"能不能突破要试试才知道。"游东云指着赵用心,"他们不也想打破'摩尔定律'吗?"他问赵用心:"要不咱两家合伙成立个研究院吧? 专门研究'香农极限'和'摩尔定律'的问题。"

"我看行。"赵用心应和,"不破不立,理论创新和工程创新要齐头并进。"

"您来同芯半导体以后比从前更忙了吧?"有记者顺势问赵用心。

"当着游总,我可不敢说自己忙,虽然真的很忙。"赵用心被游东云笑哈哈地拍了拍肩膀,他笑着继续说道,"这几年我们的规模迅速扩大,不管新厂还是老厂,都有大量工作需要处理和理顺。"

"听说你们14纳米良率现在只有个位数?"有记者突然问。

赵用心保持笑容,跟这位记者打起了太极:"您听谁说的? 反正我们官方没对外发布过这样的信息,只要不是官方发布的消息,就全是小道消息。"他反问那名记者,"工艺进步本来就不是一朝一夕能搞定的,您想想,我们从微米级到纳米级用了多长时间? 从90纳米到14纳米又用了多长时间? 我们的进步已经够快了,您得多给我们点点赞啊!"

"但是银河电子已经做到3纳米了,你们压力不大吗?"

"我觉得这不是我们现阶段应该担心的事儿,这事儿您应该去问晶益电子。对我们来说,做好自己的事情更重要。"

"你们未来还有新的建厂计划吗?"其他记者调侃说,"作为'建厂达人',林总可有段时间没建新厂了。"

"新厂肯定还要建,怎么可能不建了呢?"赵用心"推着云手"说,"至于未来什么时候建,您就得去问我们林总了。"他指了指还在接受采访的林同根。

赵用心和林同根提前两天抵达海川,为的就是跟岳敏行探讨在海川投资建厂的事情。

之前同芯半导体计划在海川兴建一座8英寸晶圆厂,用来因应全球特别是海川当地对该产能的需求。可是这次来,林同根却告诉了岳敏行另一个振奋人心的消息。这个消息一下子就点燃了岳敏行的热情。

岳敏行甚至不太相信:"您真能从安森梅尔买到7纳米的EUV光刻机吗?"

"您放心,岳书记。"林同根信心满满,"我们和安森梅尔已经签了订单,安森梅尔的新任CEO也当面向我保证了,他和我是二十几年的老交情。"

岳敏行仍不放心。

"不瞒您说,EUV光刻机的事情,是安森梅尔主动找的我们。"

岳敏行更惊讶了。

"不知道您注意到那条新闻没有,就是前段时间,我们国家的EUV光刻关键技术通过验收的消息。"

岳敏行问道:"那件事儿影响这么大吗?"

"当然!"林同根说,"虽然安森梅尔把光刻机卖给咱们也要承受不少压力,但是他们赚钱更有动力。"

岳敏行看上去非常高兴:"如果你们的首座7纳米厂真能落户海川,我们保证提供各种便利和支持!"

"太感谢您了,岳书记!"林同根也非常开心,"7纳米厂的事情我已经和沈总讨论过了,他非常支持建在海川,就近和星东方这样的先进企业配套。所以这件事情我会交给用心来全权负责,他和游东云是同门师兄弟。"

"东云和我说过。"岳敏行很有好感地看了眼赵用心,问林同根,"我还有一个小问题,听说你们14纳米试产良率还不太理想,直接跨到7纳米,难度和风险是不是有点儿大?"

"这个请您放心。"林同根神秘一笑,"技术授权的事情,我们和欧洲微电子研究院那边已经快要谈妥了,星东方和高博也会参与到我们7纳米工艺研发中来。更为重要的是,我们还准备聘请一位非常资深的专家来指点,虽然他已经退休了,但是这次也会来海川参加论坛……"

岳敏行眼睛一亮。

可是,与叶明义的会谈结果,却让林同根描绘的光明前景暗了下去。"我还有 Plan B,"他毫不气馁地告诉赵用心,"虽然 Plan B 比 Plan A 的难度更大。"

赵用心望着正在接受采访的萧牧云。

林同根来海川前就已和萧牧云相约见面。可是,银河电子势头这么猛,林同根又有什么理由让人家再跳槽到同芯半导体来呢?

赵用心回头。台前,叶韵已经不在那里了。

海川是赵用心常来的城市,林同根约萧牧云晤谈的地点是他推荐的。

据林同根说,他跟萧牧云虽没做过同事,但在台湾半导体圈子里，他俩也算谈得来的朋友，尤其他们还有共同的对手。

"听说你们拿下了艾普尔的订单？"林同根问。

"您消息可真灵通。"萧牧云称赞。

"艾普尔的朋友第一时间就告诉我了。这个周末，Jack 田的日子不会好过。"

萧牧云笑笑，没说什么。

"没让你接班，应该是那位老人家这辈子所做的最错误的一次决定。"林同根继续说道。

"林董事长自有他的考虑。"萧牧云淡然回应。

"智者千虑，必有一失，一失足成千古恨呀！"林同根笑眯眯地问萧牧云，"有没有兴趣来同芯半导体？我们可以组成'复仇者联盟'。"说完，他笑出声来。

"我在银河电子不是能更好地帮您吗？"萧牧云笑着反问。

林同根牵动了一下眉毛。

包间里静了下来。

"林总已经跟安森梅尔预订了7纳米的 EUV 光刻机。"一直没说话的赵用心此时开了口。

"快的话，年尾就能交货。"林同根也向萧牧云交了底。

萧牧云吃惊地盯着林同根。

"工欲善其事，必先利其器。现在利器有了，就差使用利器的能人了。"

萧牧云似乎有所触动。

"半导体的未来在大陆。"林同根坚定地说，"不只 EUV 机台，大陆在其他很多领域也都取得了突破进展，我认为，很快就会有一波巨大的国产替代红利出来了。"

萧牧云没有说话。

"所以，我前两年调整了同芯半导体的发展思路，不再像从前那样，满世界去找订单了。"林同根兴奋地说，"你看大陆现在的这些智慧型手机厂商，出货量这么大，迭代这么快，再加上5G、AI（人工智能）、HPC（高性能计算）将要爆发出来的增量红利，我们根本不需要去开辟'蓝海'，只要守住身边这片'红海'就够了！"

"您是近水楼台先得月。"萧牧云说。

"虽然我们现在的制程还比不过你们和晶益电子，但是四十年前，你能想象大陆是如今这个样子吗？"林同根问萧牧云，"我们台湾那个时候不是有句话叫'来来来，来台大；去去去，去美国'吗？现在这句话改了，叫'去去去，去北大；留留留，留大陆'。这一去一留，改变了多少台湾人的命运？不说你我，就说现在的台湾年轻人，但凡有所追求，不满足于'小确幸'的，哪个还甘心待在台湾拿22K呢？这些人都走了，台湾将来怎么办？现在就已经'五缺'，未来只会缺得更多。"

萧牧云认同。

"时代真的变了，"林同根越说越兴奋，"我看了国际货币基金组织的数字，这几年，大陆经济成长对全球经济成长的贡献比例超过了三分之一，大致相当于美欧和日本的总贡献量。大陆有十四亿人，又是全工业体系，所以大陆经济真的是一片大海，有风浪也不怕，这可不是什么小池塘比得了的。"

萧牧云端起他点的那杯冰冰凉凉的矿泉水，那杯水据说来自一万八千多年前冰河时期形成的一个含水层。

"小池塘能养鱼养虾，大海才是龙的天下。"林同根诚心诚意地对萧牧云说，"John，你绝非池中之物，总有一天你要游回大海，这一天越早越好。时势造英雄，英雄需要用武之地。你在人家的土地上永远都是外人，只有回来，你才能真正大展拳脚，实现你的雄心壮志。"

萧牧云沉默了。过了一会儿，他才说："其实，叶董比我更适合。"

"叶董有他的优势，"林同根说，"但是，他没法像你一样，成为同芯半导体未来的 CEO（首席执行官）。"

萧牧云望着林同根，仿佛不相信自己的耳朵。

"你在晶益电子实现不了的、在银河电子实现不了的，在同芯半导体全都可以实现！"

萧牧云的目光在林同根和赵用心之间徘徊。"我去银河电子，就已经被人骂成叛徒了，如果再到同芯半导体……"他苦笑着叹了口气，"那以后，我可就真的没有办法再回台湾了。"

"回不回台湾无所谓啦！"林同根一挥手，"反正台湾早晚得回来。"

叶
韵

下午的时候,叶明义陪林道简去和岳敏行会面,叶韵没有同往。她把自己锁在了房间里。手机里还有几条信息没回。叶韵处理完最后一封邮件,又拿起了手机。

想想好笑。本来是被母亲强迫放下工作来大陆的,结果到了大陆还是忙工作,并且还接到了新的工作。

跟工作有缘也能遗传吗?有其父必有其女,母亲时常这样讲。父亲不也和她一样,好容易谢了幕,没承想又要来个返场?

可叶韵从没见母亲因为父亲忙于工作而埋怨他,哪怕聚少离多,都没能减损两个人的恩爱。

因此,她天真地以为她的另一半也一定会支持她的工作。何况,两个人还在一起,她某种程度上也是在为他工作。

这讨厌的工作!手机里那几条信息,叶韵决定先不回了。她却并未放下手机。

她的前未婚夫 Billy Samson 又更新了 Instagram(一款照片分享的社交软件)。他俩都删了对方的照片,但都没将对方取关。

照片里的女人拎着手提袋，朝拍她的人卖弄着风情。

还是老套路。叶韵一张张翻着。

但她和这个女人不一样。当年，真正打动叶韵的，是 Billy Samson 凝视她时的眼神，一旦被她发现便又立刻跑开了，如同小男生偷看自己暗恋的小女生。

然而，直到多年之后，叶韵才看清楚，Billy Samson 并不是个 billy boy（酷小子），而她却是个十足的 silly girl（傻女孩）。

旁观者清啊！父母怎么也没能看穿这个男人的伎俩和伪装？尤其父亲，难道他眼里就真的只有晶圆、晶片吗？

叶韵想把手机摔了。Billy Samson 也更新了他的 TikTok（一款音乐创意短视频社交软件）。他热爱一切新鲜的东西，不管是物还是人。

这次换他出现在了视频里，小丑似的逗拍他的人笑。

叶韵听到了笑声。手机飞了出去，撞墙后，掉进行李箱。

行李箱敞开着。傍晚就要飞回台湾了，可衣物还没收拾。叶韵更烦了，但还是强忍着心烦打开了衣柜。

衣柜里挂着她的所有衣物，包括跑步穿的运动衣。运动衣上还有洗过的清香。叶韵迟疑了一下，把它从衣架上摘了下来，却没有叠进行李箱里。

手机屏碎了，碎得一点儿美感都没有。或许也该像父亲一样换成星东方的手机，这里不刚好就是星东方的城市吗？

赵用心，麻省理工学院硕士，斯隆商学院 MBA，拥有丰富的海外任职经历，现任同芯半导体执行董事、首席运营官……

叶韵坐在床边，用手机检索出来不少赵用心的信息，大致勾勒出了这个人的轮廓。还喜欢跑步，她心想。

临行前，母亲反复叮嘱她，一定要多认识一些男生，千万别把自己封闭起来。叶韵犹豫着，拿起了搭在床边的运动衣。

还没到健身房门口，叶韵就开始后悔自己的决定了。但她还是硬着头皮闯了进去。

健身房不如那天空荡。叶韵左右张望，一张她认识的脸也没有。

她又站到了那天的那台跑步机上。那天的另一台跑步机上，此刻是个姑娘。姑娘戴着耳机，迈着猫步。看模样虽然不如自己漂亮，但身材……

叶韵跑了起来。她今天的热身时间明显长于以往，还没跑几步，就流了汗。

流个痛快也好。让汗水带走所有心烦意乱，把空间留给多巴胺、内啡肽和荷尔蒙尽情去填充。

渐渐放松下来的叶韵在调快步速之后，仍然尽力用鼻息。增大的肺活量能够吸入更多氧气。

她耳畔又传来了轻快而有力的回响。那姑娘不知什么时候也跑了起来，跑得跟她一样快。那一瞬间，她像极了那个加拿大女人，虽然她们有着不同的肤色和发色。姑娘若无其事地昂了昂头，挺了挺胸，侧身立即更凸现了。她调快了步速。

所有心烦意乱猛地回灌进身体，霎时就淹到了鼻子底下。叶韵感到呼吸困难，不得不张口喘气。

这口气喘得过于大了，她呛水一样剧烈咳嗽起来。她的步点随即变慢,要不是及时抓住了扶手,她这会儿肯定又像上次一样后仰了出去。

劫后余生。叶韵如同落水之人把着船沿儿,心口突突跳着。

怎么哪里都有她的影子？怎么连个影子都能让我这么狼狈？难道我要永远活在她的阴影里吗？我不能够连她的影子都输啊！

叶韵的手指冲动地放在了加速键上,却没有冲动地用力按下去。

她从跑步机上下来了,由那姑娘身后经过。

她感到了屈辱。

都是他害的！她竟然怪罪起赵用心来。

父亲来叫的时候,叶韵还没动手收拾行装。她的时间又都用来生闷气了。

"快一点儿,我们要去机场了。"父亲表情有些惊讶,因为叶韵从小就不是个喜欢拖拉、爱磨蹭的姑娘。

"您先下去吧,我马上就收拾好。"叶韵打开衣柜,取出了衣物。

叶明义迟疑了一下,听从了女儿的建议。

叶韵的确很快就将所有衣物都装进了行李箱里。唯独那身运动衣,被她扔在了床上。她拖着箱子下到酒店大堂。父亲正和围着他的几个人聊天。

房间是组委会预订的,无须办理退房手续。送他们去机场的车也是组委会安排的,不过还没有到达。

叶韵站到一旁,没有打扰父亲聊天。她左顾右盼,时不时朝电梯间方向望上一眼。

"在等什么人吗？"父亲和那几个人握手道别之后,过来问她。

叶韵立即说，她只是随便看看。为了不再被盘问，她问起下午拜访的情形来。

"他们聊得很深入，也很投机。"叶明义说，"董事长很少夸奖人，但是回来的路上，说了不少称赞岳书记的话。"

"的确是哦。我听他发言的时候，都觉得他很懂。至少比我懂。"

"当然比你懂啦，人家可有很深的专业背景。"

"伯父呢？还没下来吗？"

"他先出发了，在机场和我们会合。"

"他真的不喜欢等哎。"叶韵又望了眼电梯间。她也不喜欢等。

电梯门开了，可只有人进去，没有人出来。

叶明义的手机响了，组委会安排的专车已经在大堂外面等他们了。

叶韵失望地拉起行李箱，朝外面走去。行李箱从没这么轻便过，轻便得好像空的，什么都没带走。

司机合上后备厢。父亲也已经进到车里。叶韵扶着车门，不甘心地回头望了一眼，愣住了，赵用心正款步从电梯里出来。

她想气，却气不起来了。

赵用心没有看到她，她却凝望着赵用心。

难道不该过去对他说一声谢谢吗？

然后呢？说什么？

父亲也一定会看到的。如果他问我，我该怎么回答？

叶韵坐进车里，关上车门。车里像没开空调一样，闷得厉害。

她降下车窗。

司机请她升上车窗。

倒车镜里看不到赵用心,叶韵只好升起车窗。"能把冷气开大一些吗?"她撒气似的问司机。

"我以为您开窗是嫌冷呢。"司机说。

"我是嫌冷。"

"那冷气……还开不开大呢?"

"开大。"

父亲穿着西装,司机穿着制服,只有一身裙装的她,在车子里瑟瑟发抖。

她的手机也抖了起来,铃声从没这么不中听过。

"请问您是叶小姐吗?"

"是的。"叶韵冷冷地回答。

"您有一件运动衣落在房间里了,您方便来前台取一下吗?"

"……方便!"

挂掉电话,叶韵难为情地问司机:"您方便再开回酒店一下下吗?我有东西忘记在房间里了。"

司机嘀咕了一句方言,掉转了车头。

叶韵急匆匆下车,几乎小跑着进到酒店大堂。大堂里人来人往,直到她拿回衣服,也没再见到赵用心的人影。

她忽然感觉这里的冷气开得比车里还大。

叶明义

叶爸回来了！

"叶爸"是晶益电子员工对叶明义的敬称。他现身的消息很快就在晶益电子位于新竹科学园区的总部传遍。叶明义的LINE（一款即时通信软件）里，不断涌入对他的想念和问候。

林道简原本让他先休息两天，可他不安心。银河电子抢单的震撼弹被周末延迟了两天，必定会在周一的股市引发大火，而火势也必将迅速延烧至晶益电子，甚至林道简本人。所以周一一早，他就搭乘林道简的专车，陪林道简一起来上班了。

执行长田行健早已在会议室里静候。还有营运长戴长庚、技术长安亿瑜等一众晶益电子现任高层。

田行健的黑眼圈隔着镜片都能看到，他的面色也因股市惨跌而失去了红润。

落座后，叶明义仍玩味着刚进会议室时，田行健乍见他那一瞬间的表情和目光。

没有表情，就像被风刮过的水面却没有一丝波纹。然而这水面在那一瞬,却又从他眼中迸射出了刺目的光束,仿佛水面下发生了当量巨大的爆炸,但水面依然不见丝毫波动。

没什么变化,叶明义心想,除了他身上也穿上了做工考究的订制西装。

这个房间里,另一位穿订制西装的人也在。林道简静静坐着,一言不发。所有人都屏住呼吸,有的低头,有的看他。

田行健艰难地张开嘴,向林道简汇报即时股价,以及他为止跌所采取的应对措施。

林道简不置可否,盯着手里的艾普尔手机,那里有篇银河电子抢单晶益电子的分析文章。

"媒体说,我们是大意失荆州。"林道简放下手机,环视全场,目光最后落在田行健脸上,"我的脸很烫。"他说,"人家这样讲,是好心,是帮我们缓颊。我们自己呢?是不是真就认为订单被抢走,良率被超过,都是因为大意,而不是我们已经技不如人,已经落后于人?"

林道简看了眼叶明义,叶明义用目光回应了他。"丢掉荆州的后果,各位想必都知道吧?丢掉荆州,不是一城一地的失守,而是重大的战略失误。不弥补这个失误,就可能造成更大的失守,甚至溃败。所以,在哪里跌倒,就在哪里爬起来。"他用目光训示众人,尤其是田行健,"你们以后要多向叶董请教,不止技术方面。他是我的特别顾问,他的意见,就是我的意见。"

"大家不要有压力,董事长还是非常信任大家的。"叶明义接过话来,客客气气地,"我这次短暂归队,并不会担任具体职务,而是从一个局外人或者旁观者的角度，为各位提供建议和帮助。"他神情坦然，言辞恳切，"感谢董事长一直为我保留着办公室，所以大家都知道在哪里能够找到我，也欢迎各位随时来找我。"

讲这话时，叶明义特意观察了田行健。水面上依然没有波澜。

"这次在大陆，我感受到了他们强烈的企图心。"林道简神色忧虑，"他们有资金，有投入，有人力，有市场，不缺土地，也不缺水电，更没有那些假公济私、各怀鬼胎的人士和团体阻碍发展。反观我们，因为'五缺'，外资不来，内资出走，这样的营商环境，长此以往，只会恶性循环。所以，我非常焦虑，也非常急迫。"他稍微停顿，然后语重心长，"晶益电子创立的时候，台湾的GDP将近大陆的一半。可是现在呢？晶益电子占了全球一半以上的市场份额，是世界第一，台湾的GDP却只有大陆的二十三分之一不到了！所以，我非常焦虑，也非常急迫。"他又重复了刚刚说过的话。

"我希望我能够告诉大家，未来的路该怎么走，但是，我更希望大家能够告诉我，未来的路该怎么走。"林道简环视众人，"我希望大家都能够有像我一样的紧迫感。我是快要退休的人了，晶益电子迟早要交到各位手里。因此，我拜托各位，永远不要自认为是守成者。守是守不住的，我们必须转守为攻了！"

"就像董事长说的，在哪里跌倒，就在哪里爬起来。"叶明义看向安亿瑜，"接下来，我们要冲刺EUV 7奈米和5奈米良率。银河电子的EUV 7奈米良率目前做到了九成，不管这个数字是不是真实的，我们都要在尽可能短的时间内超过他们，这样才能让怀疑我们的人，重新信任我们。"

"你们几个都要全力配合叶董,不能怠慢。"林道简吩咐。"环评的事情怎么样了?"他转头问田行健,"他们到底要卡到什么时候?台湾岛就这么大,难道要我们把工厂建到海上去吗?"

"现在又有其他环团向环评小组陈抗①了,"田行健尴尬地说,"他们咬定我们未来营运5奈米厂和3奈米厂所需的用电量,相当于高雄电厂四座燃煤机组的发电量,如果我们建厂,肯定会进一步加重当地的空污问题。所以在高雄电厂拿出除役汰换②老旧燃煤机组的可行方案之前,环评小组也不敢让我们过关,因为他们得罪不起那些环团。"

林道简大怒:"我们两座新厂的用电,都会透过台南超高压变电所供电!"

"这点我也讲了,董事长,所以台南的环团也开始抗议我们了,说我们在南科的既有工厂,已经给当地造成了沉重的供电负荷,发电产生的雾霾,不仅严重损害了当地人的健康,还会进一步向高雄、台中甚至全省飘散,让台南背上'霾都'的污名。所以,他们坚决反对再从台南向高雄输电。"

林道简气笑了:"之前那些环团不是联名陈抗,说台湾的雾霾都是从大陆飘过来的吗? 怎么现在又承认是自己烧煤引起的呢?"

"如果重启核电就不会有这些问题了。"叶明义说。

"反核的环团势力更大。"田行健无可奈何地说,"谁敢提重启核

---

① 陈抗,即陈情抗议。
② 除役,电厂因寿命告终而封厂关闭;汰换,更换。

电,他们就骂谁不爱台湾。"

"使用核电就是不爱台湾吗？"叶明义惊奇于这些人的脑回路,"日本即使发生了福岛核泄漏那样严重的事故,都没有废除核电。这些人是不是杞人忧天了？"

"还有人打电话给我,提醒我不要忘记,晶益电子终归还是台湾的企业。"林道简一脸不屑,"这是在威胁我吗？如果连基本的水、电供应都不帮我们解决,我们还怎么留下来永续发展？Jack,你把我的话转告环评小组,不要认为建厂计划可以一拖再拖,这件事情也是有deadline（截止日期）的。如果我的耐心被他们耗尽了,所有后果全部由他们承担！"

回到董事长办公室,林道简火气未减。他吩咐助理去沏茶,然后对田行健说："承平日久,你们几个连危机感都没有了,让我和叶董怎么放心交棒给你们？"

"主要责任在我。"田行健平静地吞没了丢向水面的石块,"我没有想到,艾普尔真会把订单交给银河电子。"

"你要有底线思维,凡事都要做最坏的打算！叶董刚才在会上说,我们要在尽可能短的时间之内,赶上和超越银河电子的良率,这点切中肯綮,只有这样,我们和艾普尔才有话可讲。"

助理端来茶水。茶是从大陆带回的古树普洱。叶明义也拿了一杯。茶汤暗红,茶气厚重而内敛。第一次喝到这么好的茶还是从林同根那里。叶明义小的时候可喝不到这么上等的茶水,青年的他远赴重洋,又迷上了美式咖啡。咖啡陪他大半生,可咖啡连着的滋味,始终都是他乡的,而不是家乡的。

茶也始终与林同根联系在一起。当时也是在林道简的办公室，当时的办公室里也有一个与林道简很像的人，被气头儿上的林道简严厉批评着。

一杯茶后，林道简用手捏了捏额头。"高博那边还要加强沟通，我担心银河电子下一步会对高博动手。"他嘱咐田行健。

"高博和星东方我都会加强联络。"田行健马上说，"游东云一听说艾普尔把订单也给了银河电子，就立刻打电话向我要本来预留给艾普尔的产能。"

"失之东隅，收之桑榆。"叶明义插话。

田行健终于勉强笑了笑。

"Irene 这次也陪叶董回来了。"林道简告诉田行健，"我已经聘请了 Irene，做我们的代理律师，我准备起诉同芯半导体。"

田行健瞪大了眼睛 —— 看得出，他的老板并没有提前知会他将要再一次动用诉讼武器。

"还有件事，"林道简把玩着空杯，"安森梅尔已经接受同芯半导体的预订了，最快年底就能交货。"

田行健又吃了一惊："您没有反对吗？"

林道简放下空杯，靠到座椅里，手掌交叠在一起，悠悠地说："反对也没有用，人家已经自己搞出来了。"

"可是毕竟离商用还有一大段距离，他们搞出来，也不过是当作 back-up（后备）。"

"如果没的用，就不是 back-up 了。"叶明义说，"他们真要使用自己的机台，商用速度会非常快的。"

"限制对大陆已经起不了多大作用了。"林道简更像在教导田行健,"市场是大陆最大的资本,有市场就有力量,而且是决定性力量。现在限制大陆,就是在限制自己。"

"可是对我们……"

"我们虽然是安森梅尔最大的客户,但是安森梅尔也不会为了我们放弃市场和利润。好在我们也是他们的股东,他们多赚钱,我们也能够多分红。"林道简看似无所谓地说。

从董事长办公室出来,田行健客气地对叶明义说:"我送您到办公室。"

"没关系,我记得路。"叶明义打趣道。

田行健一愣。

"走吧,在和你开玩笑。"叶明义拍了拍田行健的后背。

"您能回归,我真的很开心。"田行健放松了些,水面上终于微波荡漾。

"不是回归,是度假。我这种已经退休的人,与你们刚好相反。"

"那就希望是个长假。"田行健语气很诚恳。

"我夫人可不会允许我放长假。"叶明义也诚心实意地告诉田行健。

又聊了几句家常,田行健才小声问叶明义:"董事长怎么可能把那一点点分红看在眼里?他和林同根积怨那么深,不是还准备起诉同芯半导体吗?"

叶明义笑了:"哪有什么积怨?都是在商言商。"

"既然是在商言商,那董事长就该去阻止安森梅尔把机台卖给同芯半导体。"

叶明义没有马上接话，而是让沉默陪他俩走了几步，才说："到了董事长的层面，就不能仅仅在商言商了。"

"我的格局和眼界自然比不上董事长。"田行健先是自嘲，然后别有意味地反问，"可如果那样，又如您所言，不是出于私怨，董事长为什么还执意要起诉同芯半导体呢？是因为这次海川之行吗？"

叶明义听出了言下之意——田行健在怀疑他。毕竟叶韵因此成为了晶益电子的代理律师，也许他为了让女儿成为晶益电子的代理律师，才推动甚至策划了这件事情。

叶明义在心里叹了口气。老长官的"一意孤行"，不仅加深了女儿与他的隔阂，还使他遭人猜忌，背负了以私害公的嫌疑。

也难怪田行健会猜疑，叶明义心想，毕竟他已经退休，客观来讲，晶益电子的得失已经远远不及女儿的利益与自己密切相关了。

虽然不怪田行健，但他也有些生气。在他心中，晶益电子也是他的孩子，他为这个孩子付出的要远比为女儿付出的多得多。而如今，他又为这个孩子义无反顾地回来了，怎么可能做出任何有损公司利益的事情来呢？

这些，田行健不会不知道，所以不该怀疑他，就像他从没怀疑过田行健对公司的赤诚以及对老长官的忠诚一样。

为了晶益电子，也是为了林道简，田行健不惧开罪任何人。这也是叶明义支持田行健成为接班人的最主要原因。

"到了董事长的层面，就不能仅仅在商言商了"，他讲这话的本意也是为了提点田行健，可这位未来的董事长却似乎受到了伤害。

他太敏感了。叶明义只从他那一瞬间的表情和目光里，就感受到了他的警惕与戒备。还有他刚刚说"您能回归，我真的很开心"以及"那就希望是个长假"，叶明义也心知肚明，这同样是试探，目的是要弄清董事长将自己召回，是不是为了将他取而代之。

他从前可不是这个样子。换在从前，叶明义根本无法想象那个大开大合的田行健竟会有如此"细腻"的一面。一定是"董事长接班人"改变了他，甚至令他将卡其色裤子搭配深色西服换成了做工考究的订制西装。任何人要接班林道简，都必须承受有形的、无形的且都巨大的压力。何况，还有外界源源不断施加压力给他。

林道简告诉过叶明义，大股东不信任田行健这件事已经在外面传得沸沸扬扬，那些田行健曾经得罪过的人全都眼巴巴盼望着他被拿下，甚至有些人还撺掇其他股东在股东大会上提出对田行健的不信任案。

这当然都被林道简弹压了下去。于是，那些人将矛头也对准了林道简和晶益电子，不断在媒体上炮制林道简不满田行健的假消息，散播晶益电子的各类负面新闻，煽风点火、无中生有，妄图以此迫使林道简放弃田行健。

当然没人能逼林道简就范，这一点，田行健肯定也清楚。可如果有一个人选是各方面都能接受的呢？林道简还会力保他吗？他一定也有这样的担心。

"我就是他认为的那个人选吧？"叶明义暗笑，如果我想接班，还需要等到今天吗？

然而今时的确不同往日。自己虽已退休，但如果作为过渡人选暂代田行健的职务，老长官就能立即摆脱压力，然后好整以暇地寻找新的接班人选。并且,他的回归,还能令晶益电子在技术层面得到强力奥援。

真是一举两得,叶明义甚至都怀疑林道简是不是真有这方面的考虑了。

想着这些的他一直不讲话,田行健几次看向他。叶明义知道田行健是想从他脸上探知他的真实想法,可他就是不正面田行健对他的质疑。

问心无愧,又何必多言?况且终有"事了拂衣去"的那天,到时候,事实胜于雄辩。

叶明义相信,田行健届时同他一定可以冰释前嫌。毕竟他俩所秉持的,无论公心还是私心,都是为了晶益电子,为了林道简。

走廊里只有他们两个,沉默不语的叶明义忽然替这位后辈感到孤单。

"人之有德慧术知者,恒存乎疢疾。独孤臣孽子,其操心也危,其虑患也深,故达。"叶明义声音低沉,但字字清晰,每一个短句都如同打了下画线。

田行健一脸茫然。

"退休之后,才终于有时间潜下心去读一读书。"叶明义温言以告:"这段话出自《孟子》,意思是说,人之所以有好的品德、智慧、能力和知识,往往是因为生活在灾祸之中。特别是那些被国君疏远的大臣和被父母忽视的儿子,由于时时担心着危险,处处忧虑着灾难,所以能够通晓事理和练达人情。"

粗重的鼻息,田行健出着气,但他并未有任何言语。

"好久没回来了!"叶明义忽然感叹。曾经的办公室近在眼前,他竟然难以将门开启。

田行健替他开了门。屋内还是他上一次关门时的样子,唯一变化的,就是落地窗外那片山樱花林,更茂密也更娇艳了。

还有崭新的笔记本电脑,叶明义来到办公桌旁才注意到。电脑上放着重新制作的工牌,使用的照片还是从前那张,看上去比现在年轻许多。

"感觉真像放了个长假。"叶明义难掩心喜。

"也祝您这个假期愉快。"田行健不像刚刚那么严肃了。

这间屋子也给田行健带来压力了吧?副董事长的职务本该由他接任却没让他或其他人接任,办公室也原样保留了下来,直到原先的主人归来。

"放轻松。"叶明义背对着窗外的山樱花林对田行健说,"即使马不停蹄,也要走马观花。"

田行健马上大笑:"您真的读了不少书呀,讲话和从前都不一样了。"

"两位笑得好开心!"门敞着,安亿瑜从外面进来,脸上也挂着笑容。

"真巧,正要找你。"叶明义招呼。

"所以我主动来向您报到了。"安亿瑜恭敬答道。

"你陪叶董聊吧,我先告辞了。"田行健说,笑意转瞬隐没于嘴角和眼角。

他的背影与安亿瑜对比强烈,一个干练、一个儒雅,性格也是一个果断、一个沉稳,如果他俩互相配合……叶明义心里想着,口中说道:"Andy,于公于私,我都有事情要拜托你。我的女儿叶韵……"

叶韵、叶明义

叶韵作为晶益电子的"临时员工",拥有一间独立办公室。林道简给了她极高的权限,让她有资格查阅晶益电子的很多机密文件。

因此,叶韵从一开始就全力以赴。晶益电子的人也都把她当郡主一样对待,只要她需要,都随叫随到,尤其技术长安亿瑜,给了她不小的帮助。晶益电子提供的技术资料都太过专业和艰深,多亏有安亿瑜解释说明。安亿瑜还是前两次诉讼的当事人,这才让叶韵这个耶鲁大学的法学博士、美国著名律所的律师,在最短时间之内就进入了状况,搞清了来龙去脉。

晶益电子最重要的物证,就是他们从北美市场搜集到的同芯半导体的代工产品。这些芯片做了还原工程分析,跟晶益电子自产的芯片相似度极高。

"只看裸片,我都分辨不出哪块是同芯半导体的,哪块是我们的。"安亿瑜说。

"为什么会这么像?"叶韵问。

"因为他们的工程师,很多都是从我们这边挖过去的呀。"安亿瑜含着笑意,"这些工程师都是我们一手栽培的,晶益电子的技术理念和思维方式,已经像积体电路一样嵌在这些人的大脑里了,他们做研发,肯定会有意无意地套用我们的东西。另外,据我所知,他们的IP团队在前期研发的时候,没做很严格的分析排查,排查手段也不先进。"

"您怎么知道得这么详细?"

"因为他们IP团队的boss(老板),是我在大同积电时候的同事。两边都是台湾人在做,所以相互都知根知底。"

"那您还要多告诉我一些他们的事情。"

"哈,一定知无不言,言无不尽!"

安亿瑜尽量用叶韵听得懂的语言,给她从宏观到微观,详细讲述了一遍全球和两岸晶圆代工市场的格局与脉络,如同为叶韵开启了一扇通往全新世界的大门。

新世界没有伤痛。叶韵徜徉其中,有时甚至忘了时间。全身心的投入,终于让她的心不再那么疼了。

"你进步真的很快,不愧是叶董的女儿。"安亿瑜不由得称赞。

"也是因为老师教得好嘛,名师出高徒。"

"不敢当呀!"安亿瑜眼里,满是喜欢。

叶韵的全情投入,也令林道简对她的阶段性工作十分满意。跟晶益电子法务部门的几次诉讼推演和演练,林道简全程旁听,他还不时提出非常专业的问题,帮叶韵做到无懈可击。

"我终于知道爸爸为什么把公司当成家了,真的就像和家人在一起。"

"这里也是你的家,欢迎你随时回家。"林道简慈祥地告诉她。

墙上的挂钟卖力地走着,已经晚上九点多了,叶明义还在跟研发部门开会。

叶韵在台湾的工作已经结束,父亲却不知还要逗留多久。向母亲解释的重任,就落在了她肩上。

她肚子有些饿了。回台湾这么长时间都没顾上逛夜市,叶韵又念起自己从小就爱吃的贡丸来。这段时间,研发部门的同事们给了她不少帮助,她也想再拜托大家,往后多帮忙照顾一下父亲。她决定去紧邻园区的夜市,买消夜回来请大家吃。

附近的夜市如此冷清,与叶韵的记忆反差巨大。

卖贡丸的老板自称已在这里八年了,这四五年生意格外难做。"大陆客少了,台湾人也越来越没钱了。如果不是挨着园区,我们恐怕早就撑不下去了,但是园区也不如从前了。"他连连诉苦,"我儿子说,等他大学毕业,我们全家就搬去大陆。他想开贡丸连锁店,让我给他做贡丸,然后他利用大陆发达的电商平台做行销。"老板一边煮贡丸一边说。

老板娘接话:"我们小孩子在大陆念书,一有时间就做市场研究,他说大陆市场大,经济好,做生意一定有钱赚。"

因为叶韵买得多,老板大方地每碗都多送了她一颗:"这么好的贡丸,卖不出去就只能浪费掉,这些都是我和我老婆辛辛苦苦做出来的。"

他打好包,递给叶韵。

提着沉甸甸的消夜往回走,台湾让叶韵感觉陌生了。

小的时候,父亲每晚加班,都会从夜市带小吃回来,然后"抱怨"他又排了多长多久的队,等着母亲说"老公辛苦啦",等着她喊"爸爸万岁"。更美好的回忆,则是父母带她去夜市吃小吃。夜市满满都是人,每个摊位前都挤满了人,一家三口只能挤在小桌边,心也是满满的。

有人说台湾最美的风景是人,可是这最美的风景,如今都去哪里了呢?

园区很大,叶韵走了很长的路,才把两大袋消夜拎到电梯口。

她把消夜放下,揉搓着手掌等候。电梯下到一楼,她俯身去拎塑料袋。可还没起身,电梯里就蹿出一个人来,将她撞倒在地。

那人匆匆说了句对不起,也没拉她起来,甚至连头都没回,就跑没影了。

叶韵烦躁地从地上爬起来,捡回了被撞飞的手机。幸好屏幕没碎,她攥紧新买的手机。台湾最美的风景果然不见了!叶韵拎起塑料袋,沮丧地发现,她费力买回来的消夜几乎全部洒了出来。

她把两袋消夜重重丢在办公桌上,把自己也重重扔进了椅子里。

父亲散会了,和安亿瑜来办公室找她。

安亿瑜喜笑颜开:"有消夜?"

叶韵烦闷地说:"都洒了……"

"怎么回事?"

她把经过讲了一遍。父亲和安亿瑜沉默不语。

"不会是小偷吧?"叶韵担心地问。

"当然不会,这里的安保非常严格,外人是进不来的。"安亿瑜像是想起了什么，忙说："时间不早了，我送你和叶董回酒店吧。"

去往停车场的路上，叶韵一直沉默着。安亿瑜不时看她一眼。从园区出来，他特意开车经过夜市，卖贡丸的老板正准备收摊。他央求着，要人家再卖三份贡丸给他。

"还好买到了。"他笑吟吟地把贡丸交给后座的叶韵。

叶明义微笑着看安亿瑜重启汽车，"真是辛苦你了，每天都接送我们。"

"您和Irene才辛苦。特别是您，每天都穿着无尘衣跟我们守在产线旁边，同仁们都非常感动，说如果还做不好，就太对不起您和董事长了。"

"最近良率提升很快，都是你们努力的结果，尤其是你。"叶明义夸奖道，"你的性格跟Jack很搭，他做事雷厉风行，很果断，但是，有时候略显粗糙了一些。你比他细腻，更沉得住气，所以你要多给他提建议，这样对他更有帮助。"

"您放心！"安亿瑜把车速提了起来，"Jack人很nice（好），虽然有时候严厉了一些，但是同仁们都能理解。毕竟作为执行长，他压力很大。"

"董事长对他冀望很高，自然要求也更高。"

"董事长确实蛮严格的，不管对谁。"安亿瑜不好意思地说，"我其实挺怕董事长的。"

"不要怕！"叶明义鼓励说，"董事长对你们严格要求，也是爱护你们。你们在他眼里，都像他的孩子一样。"

安亿瑜看上去很受鼓舞。

"能回来和你们在一起,我也非常开心。我也把大家当作是自己的孩子。"叶明义轻松地说,"上次在海川见到 Tony 了,他还是老样子,就是口音越来越京腔京韵了。"

"我都已经很多年没见过他了,他也没联络过我。"

"你们一直没有联络?"叶明义十分惊诧。

"自从他离开台湾,就再没联络过。可能是怪我当初没随他一起去大陆吧。毕竟是他提携了我,对我有知遇之恩。但是,人各有志,董事长和您对我也非常栽培,在晶益电子这么多年,我也没法想象自己再去其他地方工作了。"

"董事长非常器重你,你在公司大有可为。"

到达酒店,安亿瑜从车上下来,提醒叶韵别忘了拿消夜。"不用担心叶董,我们会替你照顾好他的。"他跟叶韵握手道别,"期待你大获全胜!"

"你觉得他怎么样?"叶明义目送安亿瑜的汽车驶入夜色。

"谁?"叶韵明知故问。

"Andy。我觉得他喜欢你。"

"那是您觉得啦!您肯定觉得全世界的男人都喜欢我,包括那个混蛋。"

父女俩转身进入酒店,宽敞、明亮的大堂将夜色拒之门外。

"Andy 问了很多关于你的事情,如果他不喜欢你,是不会关心这些的。"

"就算他喜欢我,又如何? 我不喜欢他呀。"

"他也不错的,细心,稳重,又很上进。只是年龄比你略大,虽然结过一次婚,但是没有小孩。"

"年龄不重要,结没结过婚、有没有小孩也不重要,重要的是,他不是我喜欢的类型。"

"你喜欢什么类型? 那个混蛋那种吗? 你还爱他?"

"不想讲啦!"

"那就不要讲了。"

父女俩默默等着电梯。除了互道晚安,再没有其他话说。

回到房间,叶韵一头栽倒在床上。床柔软得像个怀抱,却无法安慰她的沮丧。她不想惹父亲生气,可是无名之火就是来无影去无踪地在体内到处蹿,寻觅所有可燃物,然后付之一炬。她听着燃烧的噼啪声,她听着欢快的拍手声,她无能为力,或者干脆就是想放任这股邪火把一切都烧干净,心才彻底不会再痛了。

然而,这火居然烧向了父亲。

叶韵小时候,很爱听迪士尼公主的故事,就缠着父亲每天给她读、给她讲。父亲管她叫小公主,她反问父亲:"你是什么呀?"

"我是骑士,保护你。"父亲想了想说。

小公主喜欢让骑士背着。父亲最后一次背她,她都上小学三年级了。

母亲说父亲:"你会把她宠坏的。"

可父亲依旧蹲了下去,对母亲说:"以后想背也背不动了。"

叶韵伏在父亲背上,拨弄着父亲的头发。她惊讶地发现,黑头发下面,竟藏了许多白头发。

原来父母变老,也是成长的代价。叶韵躺在床上,又像当初那个突然意识到这一点的小女孩了。泪水顺着眼角滑落进耳蜗，滚落到床单上，就像那天她的泪，落在了父亲后背。

这些泪，一旦离开她，她就再也见不到了。就像父母一样，你伤心，他们也伤心，你开心，他们也开心，为了不让你伤心，为了能让你开心，他们为你做任何事情都甘心……

叶韵咬着嘴唇，不让自己哭出声。可是一想到明日的分别，哭声就再也收不住了，她终于掩面而泣。

泪水浸湿了她的手掌。她的手掌如同翻开的日记，即便字迹已被泪水洇得模糊，她也仍能辨认出这本日记所记录的过往：童年时，父亲牵着她的手教她走路；幼年时，父亲把着她的手教她写字；少年时，父亲挽着她的手教她做人；成年后……她却不再允许父亲插手她的事了。

公主大了，骑士老了。但父亲说，他要亲手把她的手交到王子的手上。

叶韵想起了那只把她从地上拉起来的手，温暖而有力。

的确很有力，不然不会掐得我人中那么疼。叶韵的手捂住了嘴巴，食指指中刚好贴着人中。她破涕为笑，笑意让最后一滴泪离开了她。

然而，笑容也很快离开了她。

如果赵用心知道了我是起诉他们的那个人，他会怎么想？他会把我的糗事告诉他们的人吗？

抛开光鲜的履历和外表，他又是个怎样的人呢？叶韵空洞地望着天花板，好似上面写着答案一样。

赵用心

原本要在海川兴建的8英寸晶圆厂,由于准备采用EUV 7纳米工艺,升级为每月6万片设计产能的12英寸晶圆厂。

6万片的数字是赵用心坚持的,这一设计产能一提出来,便遭到了不少人的质疑。大家都认为,4万片是更为保险的数字。在会上,包括在给董事长和CEO汇报时,赵用心都坚持6万片的设计产能是合理的,正常条件下也是能够满载的。

"目前,排名比我们靠前的四家竞争对手里,只有晶益电子和银河电子量产了EUV 7纳米工艺,其余两家全都宣布无限期搁置EUV 7纳米项目,也就是说,这个工艺节点加上我们总共才只有三个玩家。"赵用心在高层会议上强调,"5G和AI这两个最重要的市场领域都会保持两位数的增长,还有GPU(图形处理器)和HPC(高性能计算),以晶益电子和银河电子的现有产能估算,需求和供给之间存在巨大缺口是毫无疑问的。"

"即使存在巨大缺口,我们也得量力而行,毕竟除了市场需求,还要考虑建设成本、生产成本、保险费用这些因素,设计产能必须能够实现最佳的规模效益才行。"赵用心的同事 James Brosnan 提出了异议。他是同芯半导体的首席技术官,也是林同根的心腹大将。因为他一米九几的身高,也因为 Game of Thrones(《权力的游戏》)的热播,他被同事们私下里亲切地戏称为"大詹姆殿下"。

"当然要量力而行。"赵用心回应说,"6万片的设计产能,就是经过充分评估和反复计算得出的结果。在计算之前,我们对影响产能规模的各项因素都进行了深入的分析和讨论,并且对各项影响因素的权重进行了评分,评分标准和依据报告里面都有,你可以看一下。"

"就是因为我看了报告,才发现你们对于市场需求这项因素的权重评分,明显没有充分评估半导体市场需求不确定性和变异性对于产能规模的影响。"

"我刚刚提到了,5G 和 AI 还有 GPU 和 HPC,都会是爆发式增长的市场,持续扩大的需求趋势非常明显,发生概率非常高,相应地,不确定性和变异性对于产能规模的影响就随之变小,基于这点,我们才适当调整了市场需求这项影响因素的权重。"

大詹姆耸了耸肩。

"在市场需求持续扩大的背景下,更应该利用提高产能的方式来降低单位生产成本,再利用低价扩大市场占有率来稳定需求。"赵用心说,"根据各家市场调研机构公布的市场规模预测,以及我个人所掌握的信息,即便我们 EUV 7纳米厂的月产能达到6万片,在晶益电子和银河电子不扩产,以及没有新玩家进场的前提下,也只够填补不到三成的供给缺口,是一个标准的卖方市场,所以我们6万片的设计产能一点都不用担心订单不足的问题。"

"市场需求可不只有供不应求，还有供过于求。你怎么肯定那两家就不扩充产能呢？"

"就算晶益电子和银河电子把现有产能翻倍，再加上我们的6万片设计产能，也还有一成左右的需求没人供给。"

"如果有新玩家加入呢？"

"首先，这种可能性极低，这么大的投资，可不像上淘宝买东西那么随意。"赵用心的话逗笑了其他人，他本人却没有笑，而是继续严肃地对大詹姆说，"其次，就算有新玩家加入，也是和我们站在同一起跑线上，难道我们连这点必胜的信念都没有吗？"

"你忽略了一点，"大詹姆不甘示弱地指出来，"安森梅尔答应卖给我们的C型EUV光刻机，每小时的最高产能也只有170片，现在仅仅银河电子达到了每天2000片的生产水平。也就是说，你设定的目标，是目前业界的最高水平，你觉得我们能够做到吗？"

"凡事都是变化发展的，我们要对自己有信心。6万片的设计产能也有助于我们缩短生产周期，提高产品交期的准确性。如果我们设计产能不足，未来再想扩充产能，就会把已经运转起来的生产体系给破坏掉，这同样是个大问题。"

赵用心同大詹姆争论的时候，林同根一直没表态。他此前已经被赵用心说服，但还是希望赵用心能够在会上说服更多人。

赵用心继续说道："我知道6万片不是一个小目标，但是4万片真的是一个小目标。对于像我们这种志存高远的企业来说，这个目标实在是太小了，太缺乏挑战了。把4万片定成我们的设计产能当然更容易实现，我个人的KPI（关键绩效指标）考核也更容易过关，何乐不为呢？但是，对于一个志在达到国际一流水准的企业来说，我们就应该有所作为，奔着那个最高的水平去。这样，我们有朝一日才真的有可能跟人家并肩而立。"

大詹姆回击："你讲的道理都很动听，可是这对我们研发部门来说就太不公平了。我们一面要解决14纳米工艺良率问题，一面又要加快EUV 7纳米工艺研发进度，这两项重要工作以我们目前的人员配备，是很难做到齐头并进的。如果我们EUV 7纳米工艺研发进度没有配合到你们的建厂速度，又或者因为要赶EUV 7纳米工艺研发进度而耽误了14纳米工艺良率提升，或者就算我们EUV 7纳米工艺研发进度没有拖后，14纳米工艺良率也提升很快，可是你把目标设定得那么大，到时候如果EUV 7纳米工艺良率再出问题，最后被问责的不还是我们研发部门吗？你做事不能不为其他人着想，对不对？"

"我理解你的压力，也明白你的难处，所以我非常支持公司预算向研发部门倾斜，这样你们就能够继续加大投入，聘用更多你们需要的人才了。"

"预算多又如何？就算我预算多，可是去哪里找那么多合适的人才呢？能挖的我几乎都挖来了，如果你有办法，就请你马上告诉我，反正我已经想不出更好的办法了。"

赵用心正要反驳，林同根轻咳了两声，终于开口："人才短缺的确是我们面临的一个重大问题，这个问题不解决，很多事情就都会被耽搁。所以我们在设定目标的时候，也不得不考虑自身的实际情况。有鉴于此，我认为综合两方面的意见，把未来EUV 7奈米厂的设计产能定为5万片更加合适。"

"林总，"赵用心没想到林同根会临阵变卦，但他仍然坚持己见："'法乎其上，得乎其中；法乎其中，得乎其下'，我之所以要把设计产能定为6万片，也是考虑到了实际当中可能遇到的重重困难。目标定得高一点，然后大家全力以赴，就算最后没有实现目标，结果肯定也不会太差。人一旦缺乏压力，也就失去了进取的动力。"

"不会的，不会的，我们的同仁一定都会加倍努力的！"林同根笑呵呵地挠着后脑勺说。

"Tony说得没错，"大詹姆盯着赵用心，就好像盯着个外来户似的，"如果我们没有加倍努力，同芯半导体怎么可能有今天的成就呢？"

那次会议的"胜利"，让大詹姆又长高了几厘米，所以在和欧洲微电子研究院的合作签约仪式上，他翻飞得如同一只误服了兴奋剂的鸸鹋。

欧洲微电子研究院是全球顶尖的独立微电子研究机构。这家机构是非营利性的，并且一直恪守中立，因此在国际合作方面更具自主性。

促成与这家机构合作的人是林同根，大出风头的却是大詹姆。

赵用心冷眼看着他飞来飞去，用他殖民地口音浓厚的英语，跟来自"老欧洲"的伙计们大聊同芯半导体这些年在他的率领下所取得的技术进步。

合影的时候，他站到了对方主宾的身侧，由于不群的身高，硬生生把C位抢到了自己脚下，令其他人看起来全都像是陪衬。

"喊！"站在赵用心身旁的Vivian鄙视地翻了一眼大詹姆。她是同芯半导体的首席法务官，和林同根是台湾老乡。

那天开完高层会议，赵用心闷闷不乐地回到办公室。

没多久，Vivian 就拿了一罐台湾茶叶来找他。

"一脸黑线哦！"她的笑容像一只展开翅膀的蝴蝶。

赵用心摇头苦笑。他和 Vivian 并不很熟，所以没说什么。

"给你的。"Vivian 把茶叶递给赵用心，七分袖露出的手臂恰到好处，既不失干练，又不失娇媚。

"这是干吗？"赵用心像突然收到了捐款一样不知所措。

"送你呀，想请你吃饭你又不肯赏光。"

"这么客气干吗？"赵用心不想接受"捐款"。

"我不是撞坏了你的车吗？"Vivian 把茶叶放到办公桌上，"我爸妈给我带了两罐，一罐给你，一罐我自己留着。"

"那……谢谢了……"赵用心无奈地笑纳"美人恩"，"其实你不用这么客气，你撞得又不严重，而且不也走保险帮我修了嘛。"

"那也过意不去啦。"Vivian 明眸顾盼。

赵用心躲避着她的目光，搜寻有什么东西可以回赠。可惜，屋里除了办公用品就是桌椅沙发，当然，还有他自己。

他和这位专司法务的女同事工作上本无交集，生活中更无交往，如果不是那天她撞了他的车，他们可能连话都不会多说。

"你的车修好了吗？"拍完合影，Vivian 问赵用心。

"修好了，上午刚给我打了电话，我准备下午晚点儿去取。"

"这么巧？他们上午也给我打电话了，咱们一起去取吧！"

"好，好吧。"赵用心和 Vivian 的车是同一品牌，所以修车也是在同一家4S店。

下午，Vivian早早就来找赵用心。她换下了白领丽人的装扮，换上了另外一种美。

"我手头儿还有点事儿得处理。"赵用心抱歉地说。

"我等你。"Vivian体贴地答道，在沙发上落座。

"嗯……算了，还是先去拿车吧。"

下楼的时候，Vivian和赵用心走得很近，碰到同事，她和他挨得更近了。

赵用心叫了辆专车。车一来，他就抢先坐到了副驾，他从后视镜里看见，Vivian正噘着嘴。路上，Vivian的话不多。

到了4S店，在得知自己的汽车并没有修好后，她质问客服专员："为什么没有修好还要打电话通知我来取车呢？"

"我……没有打电话通知您来取车啊……"客服专员在查了通话记录之后说，他被Vivian的气势吓住了。

"怎么可能？让我看下你的通话记录！"

客服专员的电话里确实没有打给Vivian的记录："赵哥是我打电话通知的，但是您……我真没打。"

"难道是别人打的？"Vivian仍然气嘟嘟的。

"您看一下您的通话记录。"

Vivian拿出手机，最早的一条通话记录也是中午的了。"忘记了，我中午清理手机来着。"她烦躁地说。

"算了，你就是把事儿闹到引擎盖儿上去，车该没修好还是没修好。"赵用心劝解道。

"听你的，那就算咯。"Vivian 爽快地把面子给了他。

拿到车，赵用心问 Vivian："喜欢吃什么？我请你。"

"这么好？"Vivian 喜出望外。

"不能让你陪我白跑一趟。"

"那就走咯，我给你导航。"Vivian 望向车外，喜滋滋的。

她把赵用心导航到了一家法餐厅，这里的牛排据她说是京城一绝。

赵用心给自己点了一份煎小羊排。

"怎么不尝尝牛排呢？"

赵用心嘿嘿一笑："牛排这东西，不熟吧，不好，太熟了呢，也不好。"

"你好像话里有话哦。"Vivian 右臂杵着餐桌，右手的拇指和食指轻夹着雕琢完美的下巴颏。

她左臂横陈在餐桌上，左手则害羞似的躲着。

"你想多了，学法律的女生也这么爱浮想联翩吗？"

"还有学什么的女生爱浮想联翩呢？"

"我明白了，浮想联翩对女生来说是不受专业限制的。"

"你好像不太懂女生哎，这不科学。"

"怎么不科学了？"

"像你这么出色的男生，应该有许多异性朋友才对，怎么可能不懂女生的心思呢？"

"真不懂！"赵用心自认。

"那你的确有许多异性朋友咯？"

"谁说的？"

"你没有否认就是承认啊。"

"哎哟，跟你说话有一点儿不严谨都不行，真紧张。"

"不要紧张嘛。"Vivian 的左手适时地现了出来，像一只纯白的安哥拉猫，乖巧地伏在餐桌上，没有佩戴戒指。"你没有女朋友吗？"她问。

"有过，分手了。"赵用心平淡地说。

"为什么分手？"

"因为我要离开美国。"

"因为这个就分手了？她为什么不愿意陪你离开呢？"

"人各有志。"

Vivian 的右手挡住了嘴唇，但是挡不住笑意。"还是因为她不够爱你。"她说。

"没办法，魅力有限，还志不同道不合。"

"是她眼光比较差啦。"

"所以才看上我，是吧？"

"所以才离开你。"Vivian 纠正。

"严谨地讲，是我离开了她，"赵用心也纠正道，"因为是我离开了美国，她原地没动。"

"你被我影响咯！"Vivian 甚是得意。

牛、羊排先后端了上来。牛排看上去果然气度不凡，羊排吃下去也的确味道不错。

"你切羊排的姿势好帅。"Vivian 眼睛里像冒出了小星星。

"我家祖上当过屠户，所以剔骨切肉有家学渊源。"赵用心似乎故意想让人一脸黑线。

　　Vivian 咀嚼了一会儿，又说：“我喜欢细嚼慢咽的男生。”

　　"幸亏我忍住了，没有狼吞虎咽。"

　　"你即使狼吞虎咽，也会让你看上去很 man（男人）的。"

　　"你再夸，我就咽不下去了。"赵用心拿起苏打水，喝了一口。

　　"你的确很优秀啊，不然大詹姆殿下也不会嫉妒你。"

　　"他嫉妒我什么？"

　　"嫉妒你能力强吧，毕竟你漂亮的履历摆在那里，而且董事长和林总又那么重视你。大詹姆向我抱怨过你好几次，说你急于表现，好大喜功。"

　　"这些话，他为什么要和你说？"赵用心很感兴趣。

　　"因为他经常被人告，所以就和我比较熟咯。"Vivian 很好看地笑着。

　　赵用心大笑："他一定是行业内最懂法的 CTO（首席技术官）。"

　　"应该也是最不守法的 CTO，经常搞得我很头痛。"

　　"但是林总很信任他。"赵用心切了一块羊排，放进嘴里。

　　"可是董事会不信任他。你看，你一进入公司就是执行董事，而他在公司这么多年都没有得到这个职位，我认为这才是他嫉妒你的根源。男生之间的嫉妒，有时候比女生之间还要刻骨铭心。"

　　"你这么懂男生的心思，是不是也有许多异性朋友？"

　　"没有。"Vivian 低下头，切起了牛排，"我连男朋友都没有。"

　　"你送我的茶太好喝了。"赵用心急忙岔开话题，"闻起来像红茶一样香，喝起来又带着股果蜜味儿，真的很特别。"

"这种北埔膨风茶是我们台湾的四大名茶之一,必须在没有空气污染和农药污染的环境里生长,还必须被一种叫作浮尘子的小虫子附着叶片,形成自然质变,才能生出你说的那种特别的味道来。"

"浮尘子,我记得是害虫吧?"赵用心故意"怯生生"地问。

"是呀,这种虫子就喜欢吸食枝叶的汁液。"

"好吧……"赵用心使劲儿咽了口唾沫,"咱们中国人就是爱惜东西,还善于化害为利,变废为宝。"

"确实是变废为宝啦!这茶传说是光绪年间,北埔村的一位制茶老师傅由于太过疲劳,不慎让茶叶过度发酵,才被创造出来的。"

"台湾也是光绪年间割让给日本的。"赵用心轻哼一声。

"你的历史也学得很好嘛。"

"百年国耻,必须牢记。"

"这茶名字的由来,还真的与日本人有关系。你知道'膨风'是什么意思吗?"

赵用心摇头。

"'膨风'的意思是吹牛。"

"敢情是吹牛茶啊?为什么叫这名字?是因为日本人喝着这茶吹牛他们从大清国手里抢走了台湾岛吗?"

Vivian 微笑着摇摇头:"之所以被叫作'膨风',是因为这茶后来被茶农送到台北的茶行去卖,结果被当时的台湾总督以二十倍于市价的天价全部买走了,消息传回北埔村,村民们都不相信,都认为是在吹牛。"

"确实像吹牛,中间商应该也赚了差价。"

"这茶还有一个好听的名字,叫'东方美人'。"Vivian 说罢,也"美人姿态里,春色上罗衣"了。

"这名字是怎么来的?"赵用心赶紧将春色关在门外。

"传说是英国茶商把北埔膨风茶带回英国,献给了维多利亚女王。女王品尝之后赞不绝口,就赐名'东方美人茶'。"

"哦……"赵用心故作专心地听着。

他想起的却是另一名女子的脸。

他放下刀叉,靠到椅背上。那名女子从没对他笑过,更没有一丝温热给他。他甚至连她姓甚名谁都不知晓。

如果那天不是游东云在场,我会主动去和她搭话吗？即便和她搭话,又能怎么样？再听她的冷言冷语？再看她的冷若冰霜？何况,还有那么多好事的记者……

赵用心眨眨眼,Vivian 问他发什么呆。"忽然想起明天要和林总出差的事儿了。"他说。

"大詹姆又要嫉妒你了。"

"希望他别。"赵用心重新拿起刀叉,"与其嫉妒别人,不如努力让别人嫉妒。"

"你嫉妒过别人吗？讲实话。"

赵用心想了想:"还真没有。"

"人都会嫉妒吧？只是还没有遇见让你嫉妒的人和事而已。"

"也许吧。"

"我一直想请你吃饭,你都不肯赏光。今天你一说请我吃饭,我立刻就答应了,我是不是比你更大方呢？"坐在赵用心车里,佐餐的红酒加深了 Vivian 的朱颜。

"是比我大方。"赵用心专心地把持着方向盘。

"那你是不是也应该大方一些，让我也请你吃一次饭呢？"

"行，可以，没问题。"

"你喜欢吃什么？我做给你。"

"你会做饭？"

"开玩笑！我怎么可能不会做饭？我做饭超好吃的！除了学业，我妈妈对我的厨艺也进行过严格训练，她激励我说，不会做饭的女生是嫁不出去的！"

"哎哟，那你可得抓紧把自己嫁出去，要不就埋没人才了。"

好一会儿，副驾上都没有声音。

车在楼下停稳。"谢谢你请我吃饭，还送我回家。"Vivian 终于开口。

"客气，应该的。"赵用心侧身看着 Vivian，等她下车。

"你要不要上去坐坐？我一个人住。"她忽然说。

"我还要回公司，有份儿文件忘带了，明天出差用。"

"那就放你走咯。"Vivian 说着，松开了安全带。

卡扣的咔嗒声让赵用心松了口气。

然而，Vivian 并没有打开车门，而是侧转过身，面对着他。她向前凑了凑，他向后躲了躲。她的手伸向他……

"有一根睫毛。"Vivian 很细心地在赵用心眼下捏了一下，迎着灯光说，"比我的睫毛还长呢！"

"那我赶快回去剪剪，睫毛长，见识短。"

"小心开车哦。到家了给我发个信息。"Vivian总算打开了车门。

赵用心驶离小区，直奔公司，下午没有处理完的事情他要做完。

这也是单身的好处之一吧？时间自由，来去自由。

这些年，封闭了情感世界的他把心思都花在了工作上，就像小时候每天放学回家，他都要先写完作业再去吃饭。可情感世界的大门却被人推开了一道缝儿。那个人只是向他打听了一下路就走开了，他的心思却依然还在那人身上，想知道她是谁，从哪儿来，到哪儿去。

赵用心开着车，心思却不在开车上。直到掠过一个交通摄像头，他才惊觉自己超速了。

车子在他的专用车位停下，赵用心手握方向盘，没有松开。

停车场管理员朝这边走过来，向车里的赵用心挥挥手，亲热地笑笑。

赵用心从车上下来，他左边的车位是Vivian的。

"您怎么又回来了，赵总？"管理员问。

"来加个班儿。"赵用心说。

"您可忒玩儿命了。"管理员瞧着他的脸说，"今儿您脸色不太好，太累了吧？来，抽根儿烟，提提神儿。"

管理员把烟递到面前，赵用心犹豫了，他已经有几年没抽过烟了。

"凑合抽，不是什么好烟。"管理员五十开外，被烟熏黄的手指粗短，还生着老茧。

赵用心接过烟，管理员帮他点燃。久违的焦油和尼古丁钻入他鼻腔，喊醒了心神。"挺冲这烟。"他不禁说道。

"这烟抽惯了，再抽别的就都像抽纸了。"管理员自己也点了一支，深吸一口,吐了个烟圈儿说,"值夜班儿全靠它,要不真顶不住。"

"夜里没事儿,您就睡觉去呗。"

"那可不行。"管理员认真地说,"没事儿,没人盯也可能出事儿。"

"您责任心还挺强。"

"咱得对得起工资不是?这钱可比我从前干那些活儿好挣多了。"

"知足常乐,就得这样。"

"您这车修好啦?"管理员像刚发现似的,来回瞧了瞧被撞的地方,"一点儿瞧不出来,跟新的一样!"

"太阳底下还是能看出新漆和旧漆的差别。"

"挨着女司机,没法子。"管理员促狭地说,"我那天在监控里眼见着她把车停进去了,停得还挺好,没想到她又给开了出来,再往回倒,就把您这车给撞了,感觉像瞄着似的。"

"您说她故意撞的?"

"不,我可没那么说!"管理员赶忙否认,他犹豫了一下,又忍不住说道,"不过,她撞完之后从车上下来,瞧着还挺乐呵,一点儿不像刚把人车给撞了。"

"监控录像还有吗?"赵用心问。

"有呢。"管理员弹了弹烟灰。

叶
韵

叶韵几乎一夜没睡，她的生物钟还没来得及调回美国时间。

这趟旅行带回来的所有东西还都塞在行李箱里，也塞在她脑袋里，感觉胀胀的，像要自己撑开，从里面爬出来。

这感觉糟透了，尤其是在刷完 Billy Samson 新更的 Instagram 和 TikTok 之后。不能再这样下去，叶韵躺在床上警告自己，这样她没办法再坚持下去。

可房间里一片漆黑，像和黑夜串通好了一样，不让她看到一点儿光亮。她忍不住又点开了手机，把 Billy Samson 更早之前发的 Instagram 和 TikTok 刷了一遍。她被彻底遗弃在了黑暗里，仿佛只有 Billy Samson 和他那位 legal assistant（律师助理）的世界才配有光。

那个女人也的确光艳照人，毕竟她才刚迈出大学校门不久，身上那股子诱人的青春味儿还没散尽，她就又迫不及待地往里面撒入了职场的第一缕风尘。这风味儿配比得刚刚好，既是给男人灌下的迷药，又是给女人灌下的毒药。这也成了她的独家秘方，其他人都配制不出解药。

叶韵早该嗅出这股药味儿,却直等到她从摆满工作的桌案上抬起头,才惊觉迷药早已发挥了效力。

真的无可救药。昏昏沉沉的叶韵没等天亮,没等母亲起床,就跌跌撞撞地爬了起来,浑浑噩噩地开车到律所,在楼底的星巴克,来不及如往日那样细细品味,便把双份意式浓缩灌进了喉咙。极苦的滋味从喉咙蔓延至全身。怎么一丁点儿醇香都尝不到了?难道连这点儿安慰都被那个女人夺走了吗?

叶韵不停地用纸巾擦抹着脸。大楼里的律师们这个时间不会出现在这里,他们谙熟的法律也不可能替她主持公道。

作为律所的 junior partner(初级合伙人),叶韵有间不大的独立办公室。办公室的玻璃门虚掩着,可她分明记得这门应该是锁了的。

她放下双层玻璃隔断内的百叶帘,让那个女人的工位从她视线里消失。趁清静,她要赶快将自己的状态调整好,把妆也补好。可此时,躺在地上断了基座的奖杯,让她的状态更不好了,妆也哭得更花。

这奖杯是叶韵高中时赢得的,也是她依靠坚忍和刻苦融入美国校园后崭露头角的第一个见证。它对叶韵而言弥足珍贵,却不知被谁弄到了地上。

Frankie 进来和她打招呼,他是叶韵的 legal assistant,也是这家律所中唯一讨厌那个女人的男人。

"怎么一回来就哭得这么厉害?"Frankie 也看到了桌上断了基

座的奖杯,"怎么坏了? 不小心摔坏的?"

"有谁进过我办公室吗?"叶韵问 Frankie,她很喜欢这名高瘦清俊的小男生,一直把他当弟弟一样。

"没人进来过,至少没让我看见。"

叶韵叹了口气:"还有胶带吗?"

"有,我去给你拿。"Frankie 很快就拿来了胶带。

叶韵一圈儿一圈儿缠着基座,如同给自己心里的伤口缠上绷带。Frankie 默默注视着她,直到她缠好,都没有打搅她。

叶韵将"修复"的奖杯摆回办公桌后的书架上。奖杯歪斜着,尽力不倒下去。"我没事,你工作去吧。"她告诉 Frankie,Billy Samson 来了之后马上通知她。

快到中午的时候,叶韵才得到 Frankie 的通知,一开门,就瞧见那个叫 Libbie 的女人摘下挎包,放在了工位上。

不知为什么,叶韵一早来的所有难过都统统消失不见了,她忽然充满斗志也充满力量,昂首挺胸,阔步朝 Billy Samson 的办公室走去。

Billy Samson 刚把外套挂在衣架上,正扭着胯骨模仿"猫王"往办公桌后面缓慢移动。叶韵推门而入,吓了他一跳。他立刻停下"猫步",三两步就到了办公桌后,拉开座椅说:"好久不见! 什么时候回来的?"

叶韵没理会,径直坐到对面,一言不发地盯着他。

Billy Samson 咧嘴笑笑,露出洁白的犬齿:"中国有意思吗? 去了这么长时间,怎么连条 Instagram 都没发?"

"没你那么闲。"叶韵的怨气又被激发了。

"还挺关注我。"Billy Samson 甚是得意,也甚为满意。

懊恼涌上心头,叶韵马上说道:"我接了件大案子。"

"有多大?"Billy Samson 漫不经心地问。

"大到足以让我成为这家律所的权益合伙人。"

Billy Samson 显然被吊起了胃口,却依然咬定:"想成为权益合伙人可没那么容易。"

"容易不容易也不全由你说了算。"叶韵保持着,不让讽刺的笑容这么快就从她前未婚夫眼前消失。

Billy Samson 果然被戳中了痛处,他老爸创办的这家律所和别的律所合并之后,他就失去了最终控制权。"但我仍有一票。"他提醒叶韵,"要想达到目的,你得获得全票通过。"

"如果我拿下其他同意票,你这一票还敢不投给我?"叶韵将 Billy Samson 的威胁硬生生顶了回去。

"什么案子?"Billy Samson 拉下脸,憋着气问。

"晶益电子委托我起诉同芯半导体。"叶韵漫不经心地说。

Billy Samson 立刻又把脸拉了上去,兴奋地问:"你去中国就是为了这个?"

难道你个混蛋不知道我是为了什么吗?叶韵心中暗骂,但并未显露出来,而是说:"这件案子足够让你投同意票给我吗?"

"当然!"Billy Samson 不经大脑就说,"拿下这件案子,那就是你应得的!"

"什么是我应得的?"叶韵问。

"还在生我气啊？" Billy Samson 再次挂上了得意的笑容。

"我指的是这件案子。你不是从来都不助人为乐吗？"

"你除外，毕竟我们——"

"闭嘴！"叶韵生硬地打断了他。

Billy Samson 却不生气："我会确保你得到所有同意票。你知道，想成为权益合伙人的人可不止你一个。"

叶韵不想再和这个男人废话，于是起身离开。

Billy Samson 在她身后说："你那位林伯父早该让你成为他们的代理律师，不过现在这个时间点也不错，正好赶上……"

"你想多了。"叶韵扔下这句话，推门而出。

Libbie 正紧盯着这边。叶韵脸上闪过轻蔑的冷笑。她回到自己办公室，看见那"负伤"的奖杯，所有难过又统统回来了。干吗非要留下来让自己难过呢？争一口气难道真比离开更好吗？这两个问题始终挥之不去，即使又喝了一杯咖啡，叶韵也没能集中精神。状态全无的她连午饭都没吃。

Frankie 帮她买来了金枪鱼三明治，"有件事，本来早上就想告诉你，但是看你难过就没说。"

"什么事？"叶韵问。

"我向 Annie 表白了，她接受了。"

"真的吗？恭喜你！"

"谢谢！"

"她是个好姑娘，你真幸运！"

"我也觉得我很幸运。"

"真羡慕你们。你要好好爱她，珍惜她。"

"一定，我保证。"Frankie 出去之前又向叶韵请了个假，说晚上要去 Annie 家见她父母，所以得早点儿走，买礼物。

叶韵准了假。手捧着三明治，她一口都吃不下。连 Frankie 这样小小年纪都觅得了心爱之人，她一把年纪了还"老无所依"……

有人敲门。

"请进。"叶韵放下三明治。

Libbie 捧着一厚摞卷宗走进来。妖冶的迷香立时在房间里弥散开，每个角落都不放过。

"有事吗？"叶韵冷冷地问。

Libbie 望着她身后，嫌弃地撇撇嘴。

叶韵回头，Libbie 的目光落在那歪斜的奖杯上。

"Billy 让我拿给你。"不等叶韵还击，Libbie 说道，随手将那一厚摞卷宗撂在办公桌上。砰的一声，像叫板。叶韵猛然抬头盯住眼前的女人。

"还以为你找 Billy 是要辞职呢。"Libbie 说，"换成我，肯定辞职走人了。一个连未婚夫都看不住的女人，还妄想成为权益合伙人，真是……"

"出去！"叶韵厉声道。

Libbie 凑近叶韵，轻轻地说："我知道你是个优雅的女人，但我不是。"她抖擞了一下浑身的妖冶，立刻又变回了初入职场的单纯模样，像在打量自己办公室一样，"到时候，我要在墙上挂几幅画。"

"你把自己挂在墙上都没关系。"叶韵在桌面下攥紧拳头，好像终于有了还手之力。

Libbie 却毫不在乎，打开门时又对叶韵说："扔了算了，摆在那儿难看死了。"

叶韵手臂横扫，那一摞卷宗飞散出去。

没一片纸沾到 Libbie。

她浑身颤抖，拼命将眼泪禁锢在眼眶里。仿佛回到了过去，刚来美国的时候，在挨了班上同学欺负之后，委屈和想念快要把心脏撑破了。

她想念父亲。如果父亲在身边就好了，可是父亲那时候和这时候都不在。当时是母亲去学校找老师和校长投诉，保护了她。可现在，母亲又能找谁呢？谁又能来保护她？

叶韵起身去捡散落在地上的卷宗。她蹲下身，一张一张地捡，忽然感到眼前一黑，栽倒在地上。

一点儿都动弹不得，身上没有一丝一毫的力气。叶韵躺着，一切都模糊了，残存的意识里只有 —— 即便我就这么死了，也不会有人知道……

有东西发着光，像在呼喊，像在召唤。叶韵的意识增强了一些，视线也清楚了一些。那个发光的物体不知何时降落在书架上，如同 UFO（不明飞行物）。

小时候，叶韵问过父亲："UFO 是真的吗？真的有外星人存在吗？"

"我相信有，也希望有。"父亲说，"如果没有外星人，那人类在宇宙里不是太孤单了吗？"

是啊，太孤单了。叶韵痴痴地望着发光体，等着外星人走出UFO……

外星人没有出来，也许他们就是要躲在UFO里，观察地上躺着的这条孤单的地球生命。

连外星人都靠不住，叶韵心中冷笑，神通广大的你们怎么都不肯向一个卑微的弱女子伸出援手？或者，在你们眼里，我根本就不是人，只是物体，只是样本。好，那我就继续躺着，让你们观察，让你们看……我的笑话。

又过了许久，叶韵睁开眼睛，一切重又清晰。她挣扎着从地上爬起来，走向书架，捧起了发光体。

发光体不发光了。她将发光体捧在怀里，像第一次拿到它时那样，被它注入了能量，心里也有了光。当然不是UFO，更不会有外星人从天而降。能帮自己的，还是自己拼争到底，一刻也不停歇。叶韵抱着奖杯，坐回座位。

三明治凉了，嚼在嘴里满是腥气。叶韵不停地将三明治塞进嘴里，她要补充能量，继续战斗，可口中都塞满了，她也一口都没有咽下去。

眼泪又被逼了出来。当年她也是这样，孤零零地坐在学校的台阶上，一口一口咬着三明治，喉咙像被委屈顶紧的门。

叶韵将三明治吐到垃圾桶里，剩下的也丢了进去。奖杯被她放了回去，她原本是要将它带回家的。

她有意把它摆在更显眼的位置。

怕什么？哪怕遍体鳞伤，也要立在那里！

心无旁骛之后,工作也有了效率。她将起诉同芯半导体的各类材料又从头梳理了一遍,写好了起诉文件。等她弄完,律所的人都走光了。

难怪没人了,今天是周五。叶韵锁好办公室门,离开了律所。

她拎着新的案卷回家,就是 Libbie 撂在她桌上的那一摞。

他们一起欢度周末,我却还要埋头工作。叶韵把案卷扔在副驾上,又从车里出来,她已经许久没逛街了。

相隔两个街区,是条繁华的商业街,商铺虽已打烊,但逛街的男男女女很多,他们挽着胳膊,搂着抱着,叶韵故意视而不见。

有艺人在卖艺,她驻足了一会儿,留下5美元。又往前走了一段,路过一家居然还在营业的化妆品零售连锁店。

店里人头攒动,几乎都是中国人。他们讲着普通话,应该是从大陆来的游客。店里的导购有好几个也是中国脸孔,一见叶韵,就讲起中文来招呼她。

叶韵也讲着中文,带着台湾口音。

导购悄声问:"您是中国人吗?"

"是啊。"叶韵很自然地回答,拿起一瓶香水。

导购马上递了张试纸给她。

叶韵将香水喷在上面,轻轻在鼻子前扇了扇。这香味太熟悉了,类似香型的香水,她已经有了好几瓶,她想换换。香水是女人的名片。通过香水,对方能够知道她是什么样的女人。

我是什么样的女人?叶韵曾经很确定,如今却不自信了。

她一瓶瓶试着导购推荐的香水,这些香水也都是导购根据她的气质类型和她身上的香味推荐的，即使略有不同，也是大同小异。

"我想要一瓶不一样的。"叶韵告诉导购。

"您想要哪种不一样？"

叶韵想了想，描述说："就是我不会用的那种，或者说是，在您看来，不适合我的那种。"

导购沉思了，应该是在揣摩叶韵的意图，又或是在检索叶韵想要的香型。"您试一下这瓶。"她给了叶韵一个选择。

这香水太小了，适合十几岁的小姑娘。她是认为我想装嫩吗？叶韵否定了这个选择，将香水还给导购。

"您是觉得……"导购不明白了。

"我年纪太大了，用这种香水会让人感觉很奇怪的。"

导购也很奇怪。如果不是叶韵一身的名牌衣装，她肯定会认为叶韵是来浪费时间的。"您再试试这瓶。"导购又努力了一次，她看似要放弃这位顾客了。

叶韵接过香水，瓶上的"Wild at Heart（我心狂野）"让她心头一凛。

果然，这香味弥散开来，侵略了内心的所有角落，几乎每一颗散发着迷香的因子，都摇曳着妖冶的身姿，轻佻地问她："为什么你不能改变？不能变得更多面？"

"我要两瓶，谢谢。"叶韵告诉导购。

叶
明
义

女儿不在身边,叶明义就更"以厂为家"了。

有事儿没事儿,他都喜欢去生产线上转转。这是他坚守了整个职业生涯的理念 —— 无论做到什么级别,都绝不远离第一线。

所有晶圆制造都要在无尘室中进行。要进入无尘室尤其是晶益电子的无尘室,其实是一件很麻烦的事情。晶益电子的无尘室有着业界最严格的管理规范,譬如进入风淋室吹过之后,为了避免无尘衣上残留的粉尘掉落到晶圆上,操作人员与晶圆之间的距离都不能少于30厘米;由于人员走路会产生大量粉尘,所以无尘室内任何材料的放置高度都不能低于40厘米;甚至单手拿晶舟都是不允许的,因为一旦拿不稳,晶舟就会晃动,在空气中造成扰流,产生56颗粉尘……

还有些规范,遵守久了慢慢就成了习惯。

进入无尘室要求手套必须塞进无尘衣的袖口内和无尘衣与便服之间,所以叶明义平日里戴手套,也强迫症似的一定要把手套塞进外衣袖口,套在衬衫袖口上面才感觉保险。在无尘室里不允许跑步,因为动作过大会造成无尘衣上的粉尘掉落以及地板上的粉尘上扬,即使快走也不行，因为那样也会产生22.6颗粉尘，所以哪怕事情再急，叶明义走起路来也总是迈着四方步，没几步就会被火急火燎的妻子落在后面，为这，妻子没少跟他"急赤白脸"。还有，抽完烟要等上三十分钟才被允许进入无尘室，因为嘴上和身上残留的烟味儿也有粉尘，叶明义于是戒了烟……

车间是无尘的，每次进到里面，心都会如明镜一样的晶圆一般，不沾染一颗尘埃。

一切为了晶圆。无尘室就是守护晶圆的堡垒，抵挡着一切可能的侵害 —— 不只粉尘，还包括酸性物、碱性物、有机物、掺杂物、金属物 —— 这些物质主要来自大气以及生产过程中使用到的化学品，这些物质可能对晶圆造成硼污染、保护层显影不良、氧化膜老化、P/N 翻转、结合不紧密等致命伤害。

晶圆仿佛待产的婴儿，无尘室如同母体，为它提供着抵抗力，使它免于被外界的细菌和病毒感染。

观察完晶圆样品，叶明义将显微镜交还给操作人员，同时立即重新戴上了眼镜 —— 因为眼睛的分泌物也会对晶圆造成污染。

但他没有马上离开，而是站在操作人员身后，由安亿瑜陪着。

他的目光直接落在了晶圆上。晶圆表面彩虹一样过渡的颜色勾起了他的回忆。

女儿小时候，总问他是做什么工作的。他告诉女儿，自己是 engineer，工程师。女儿又问，工程师是制造汽车、飞机的吗？还是盖房、修桥的？于是，某天，叶明义拿了一片报废的晶圆回家送给女儿。

那时候晶圆的尺寸比现在小很多。女儿也很小。"这是什么？

好漂亮！"她说美丽的晶圆就像是调色盘。

"这是 wafer，"叶明义让女儿记住，"它的中文名字叫作晶圆。"

"因为是亮晶晶的圆，所以才叫作晶圆，对不对？"

叶明义亲亲女儿的脸蛋，耐心地给她讲解这色彩的形成是因为晶圆表面的镀膜，当镀膜达到一定厚度之后，颜色就会按照特定顺序变化，并且不断重复。

"这是你做的吗，爸爸？"女儿问。

"爸爸做的不是晶圆，是晶粒，就是 wafer 上面这一格一格小方块，每一格小方块就是一颗 die（裸片）。你想想，还有什么是方块的？"他问女儿。

"Chinese characters（中国字）！"刚刚学写字的女儿兴奋地回答。

"对！真棒！中国字也是方块的，是方块字。"

"为什么是方块的？"女儿马上又问。

叶明义被问住了。他偶然瞥见了彩笔下面的画纸，于是说："因为我们中国的字呀，是从画变来的。古人先用画画表达意思，慢慢地，画就变成了字。"他拿过彩笔和画纸，给女儿举例，"譬如这个'水'字，最早的时候呢，就只是几条波浪线。你瞧，左边两条短的波浪线，右边两条短的波浪线，中间一条长的波浪线，和'水'字像不像？"

"像，可它不是方块的呀。"

"但是它画在了什么上面呢？"

"纸上面。"

"纸是什么形状的？"

"方的。"

"所以是方块字呀！"叶明义抹了把汗。

"可是，英文也是写在纸上的呀，为什么就不是方块字呢？"

叶明义的汗又下来了，但他灵机一动："因为纸是中国人发明的，外国从前没有纸，他们都是把字写在羊皮上面。"

"小羊好可怜呀！"女儿的问题又回到了晶圆上，"这个也是中国人发明的吗？"

"这个不是，但是中国人可以把它做好。你看，晶圆是圆的，晶粒是方的，我们的古人认为，天圆地方……"

"为什么认为天圆地方？"

彼时，叶明义幸福地烦恼着，用尽全力去解答女儿的疑问。而如今，女儿的不幸福同样给他带来了烦恼，他却无能为力。

身旁的安亿瑜还不时提起女儿。女儿到底喜欢什么样的人？叶明义很想知道。

也许改天可以和她聊聊这个话题了。离开台湾的那天早上，叶韵双眼略显浮肿，目光却柔和了许多。

叶明义稍感放心，虽然还是担心。但眼下，他得把更多关注放在另一个"孩子"身上。

既要关注这个"孩子"的现在，更要关注它的未来。

现在的问题相对容易解决。他回来的这段时间，晶益电子的EUV 7纳米和5纳米工艺良率都得到了大幅提升，他也尽可能把自己的经验分享给后辈，不做任何保留。

可未来终归还是年轻人的，要由后继者去创造。叶明义现在所能做的，也只有提出建议。他建议林道简尽快启动3纳米以下工艺研究，来应对3纳米节点遭遇的困局。

晶益电子在自己的roadmap（技术路线图）上闲庭信步了太久，如今不得不加快脚步。林道简听从了建议，决定在新竹科学园内再建一座新的研究所，提前启动2纳米工艺研究。

"您可以把这件事交给Andy，不要再让自己那么辛苦了。"叶明义劝说。

林道简合起双目，微微点了点头。

于是，叶明义把这件事提前透露给了安亿瑜。安亿瑜听后十分兴奋，对叶明义万分感谢，还说要等叶韵下次回台湾，请他们父女俩吃饭。

和安亿瑜闲聊了几句，又聊回了正题，叶明义半开玩笑说："2奈米可是一个改朝换代的制程节点，你的责任重大啊！"

之所以这样讲，是因为2纳米工艺节点的到来，将可能真正宣告经典的"摩尔定律"到达"终点"。

芯片性能不断提升，关键即在于晶体管密度不断提高。然而时至今日，即使是工艺已臻化境的晶益电子，也难以再将晶体管尺寸缩小、密度提高。那条铺筑在硅基之上的集成电路终于望到了尽头。这也是为什么林道简预言"摩尔定律"最快到2025年就将走向终结。

但是，集成电路这条路却不会就此断绝，它将以新材料作为基底继续铺展下去。

最有可能终结硅材料霸权的，是石墨烯和碳纳米管这样的新型碳基半导体材料。采用新材料制造的晶体管在2050年前后，其直径就将有可能达到0.1纳米的水平，这仅仅相当于一颗氢原子的直径。

从某种意义上讲，"摩尔定律"也将因此得以延续乃至获得新生。

"我一直都在关注新材料。"安亿瑜告诉叶明义，"我在MIT（麻省理工学院）的朋友对我讲，他们在奈米碳管晶片方面的研究进展十分顺利，过一段时间，可能就会有震撼性的成果对外发布。据他说，他们研发的奈米碳管晶片，采用的是RISC-X架构（一种基于精简指令集原则的开源指令集架构），他个人对RISC-X架构也非常看好。"

"新材料搭配新架构，开启新纪元，我们又要见证历史了。"叶明义叮嘱道，"奈米碳管芯片的研究进度确实比石墨烯更快一些。不只美国高校，大陆的院所在这两个领域也都着墨甚深，他们的研究成果也都有在 Nature（《自然》）上面发表，和美国的研究相比不遑多让，你也要多关注他们的进展。"

"这个我一定会。大陆的顶尖大学国际排名如今已经很靠前了，科技论文的发表数量前两年就已经世界第一。当然，论文质量和美国相比，还是有差距的。"

"有差距很正常，毕竟是从很落后的位置开始追赶。但是大陆人口多，聪明人也就多。每年四五百万的理工科毕业生，这是多么庞大的智力资源？连美国都望尘莫及，迟早量变形成质变。"

"前些天，我看了一下咱们这边大学的国际排名，真的把我吓了一跳。没想到，我们的大学已经落后大陆那么多了。"安亿瑜感叹。

"连任命校长都能拖那么久，能不落后吗？所以很多家长都不让小孩在台湾读大学了，很多都去了大陆。"叶明义怒其不争地说，

"人可以用脚投票，企业也一样，迟早大家全都走光光。"

"如果不是受到限制，我们在大陆的布局肯定更加完善。"安亿瑜惋惜地说，"董事长这次去海川，也有进一步扩大合作的考量吧？"他问叶明义。

"他一直都有扩大合作的考量，不仅同海川。最重要的还是市场。像大陆这样大的单一市场，全世界有几个？大陆欢迎我们搭车，我们却被拦着不许上车。"叶明义很是无奈，"大陆对我们而言太重要了，市场体量不同，对企业成长的帮助就不同。尤其大陆在5G和AI方面又领先，这些将来都会对制程进步产生巨大的推动力。按照目前的研判，使用新材料的芯片在未来五年到十年就会正式商用。到时候，我们还能领先多少？还能领先吗？如果人家自己的企业起来了，我们怎么办？"

"所以起诉同芯半导体，也是为我们自己争取时间。"安亿瑜接话道。

"就算争取到时间，也换不来空间啊！这根本就是一场更换了赛道的竞速比赛。"

安亿瑜当时紧盯着叶明义。他一定没想到叶明义会是这种态度，尤其叶韵还是诉讼的直接参与者。"那董事长……"他欲言又止。

"董事长一定有他的考量。"叶明义坚定地告诉安亿瑜。他自己也确实坚定地认为，从未犯过战略错误的老长官是绝不会为了战术胜利而导致战略失败，何况还有银河电子这个强大外敌虎视在侧，一旦鹬蚌相争下去，就连战术胜利都不一定能够取得了。

所以，他的战术动作背后，一定还隐藏着更深的战略目的。

那么，他真正的战略意图又是什么呢？

无论是什么，都一定与大陆有关。老长官不会看不到大势所趋。因而叶明义当时对安亿瑜强调说："2奈米节点需要解决新材料的问题，不管最终是奈米碳管还是石墨烯取代硅，对大陆而言，都是一个弯道超车的绝佳机会。他们现在官产学研结合得非常紧密，宏观和微观推动的力道也非常迅猛，所以单凭我们是没有办法和大陆竞争的，我们必须搭车。"

叶明义从显微镜旁离开。微观世界与宏观世界被同一条路联结着。行走在无尘室的步道上，两侧是单调却又令人兴奋的机器：氧化炉、沉积设备、光刻机、刻蚀机、离子注入机、抛光机、清洗机……晶益电子永远能够用上这个世界上最先进的设备，也许将来某一天，也同样能够用上来自对岸的先进设备。

迎面一名操作人员疾步而来，每一步都是22.6颗粉尘。

叶明义瞬时觉出异常。

"怎么了？"安亿瑜问来人。

即使隔了防尘口罩，也能听出这名操作人员的慌张。"我们的机台全部宕机[①]了！"他不知所措地报告。

设备的控制电脑屏幕上弹出来一个绛红色对话框，上面写着："Your files have been encrypted（你的文件已经加密了）！"对话框左侧还有两组倒计时器，分别标明了"支付金额将要增长"和"所有文件将会丢失"的时限。

[①] 宕机，即死机。

"Send $600 worth of bitcoin to this address.（发送价值600美元的比特币到这个地址。）"叶明义默念。

"怎么办？"安亿瑜请示。

按照无尘室的管理规范，操作人员不是设备人员，因而无权自行处理警讯，如果贸然处理，很可能会导致晶圆残破或者良率降低。然而这种情况，恐怕连设备人员也前所未见吧？

"马上通知 Jack 和 David，请他们尽快派资安①人员过来处置。"叶明义当机立断。

没多久，戴长庚就带领资安人员赶了过来。

资安人员一看就说，这是一种蠕虫式的勒索病毒。"这种病毒非常厉害，"他详细而快速地讲解着，"它利用的是视窗作业系统的漏洞，一旦系统被这种病毒侵入，就只能通过重装作业系统来解除勒索了，但是用户的重要数据文档没有办法直接恢复。"

"怎么办？"戴长庚万分焦急。

"原本这种病毒是可以通过 kill switch（切断开关），也就是通过注册网域名称的方式来关断，但是……"

"但是什么？"戴长庚催促。

"但是侵入我们电脑系统的这波病毒是上一波病毒的变种，没办法再通过注册网域名称的方式来 kill switch 了。而且，它的传播速度比上一波病毒更快，也更难被清除。"

这病毒叶明义听说过，上一次爆发，感染了全世界几十万用户

---

① 资安，即信息安全。

的电脑系统，包括很多国际大公司都未能幸免。"我们的电脑系统都是独立运作的，并没有接入网际网路①，怎么会被病毒攻击呢？"他不解地问。

"这个……"资安人员也给不出答案。

"先想办法清除病毒吧。"叶明义又叮嘱在场人员，"请诸位不要把这件事透露给媒体，在适当的时候，我们的发言人会统一向外界做出说明。"

不一会儿，田行健也赶了过来。他带来了更糟的消息：不仅新竹的工厂，台南的南科厂和台中的中科厂，生产线也全都停摆了。

"报告董事长没有？"叶明义问。

"还没有。"田行健说，"兹事体大，我们得弄清缘由再汇报。"

他又向资安人员询问了一遍情况，然后提出了跟叶明义同样的疑问。

"我们可能……要请外部的专家团队来协助解决了。"资安人员忐忑地建议。

"那就快去请！一定要尽快解决，晶圆外置久了会报废！"田行健的烦躁冲破了防尘口罩。他又命令工作人员全都不得离开工作岗位，等病毒清除之后立即恢复生产。

从无尘室出来，田行健当即派戴长庚去中科厂和南科厂。"这太蹊跷了。"他忧心忡忡地问叶明义，"会不会是有人故意在系统当中植入了病毒？"

―――――――
① 网路，即网络。

"不排除这种可能。如果那样，问题就更严重了。"叶明义面色严峻，"我们快去报告董事长吧。"

"Andy，你留下，有情况第一时间告诉我。"田行健不忘交代安亿瑜。

林道简脸色十分难看。

"为什么停产的消息不第一时间告诉我？媒体找我求证，我却连自家发生了什么事情都不知道！"他语速罕见地快起来，"现在什么状况？还要多久才能恢复？"

"资安人员正会同专家寻找解决办法，这波病毒是之前泛滥全球的勒索病毒的变种，非常难办，所以恢复生产的时间……待定。"田行健涨红着脸，如实汇报。

"待定？每过一个小时，我们就损失几百万美元，你告诉我待定？为什么没有接入网际网路的电脑系统会被病毒攻击？我们平时的资安投入也不少，为什么还会发生这种事情？是人为的，还是其他原因？晶益电子从来没有发生过这种事情，这是第一次！我们现在成了全世界的笑柄！他们笑谁？笑我林道简！笑你田行健！你还要让我陪你一起被全世界笑话多久？你还嫌晶益电子的股票跌得不够多吗？"

"我会尽快解决。"田行健此时就像个在外人面前强势，却在父亲面前唯唯诺诺的长子。

"Jack 已经做了安排。"叶明义从旁说项。

"坐吧。"林道简的调门低落下去，"有哪些客户受到了影响？"

田行健眉头紧锁："星东方、高博……艾普尔，都受到了影响。"

林道简听罢，良久不语。

赵
用
心

　　赵用心不喜欢穿西装打领带，虽然别人都说他穿正装很帅。他松了松领带。

　　室外温度不是特别高，但是太阳晃得睁不开眼。

　　林同根还在讲话。站在大红色背景板前，他看上去比实际身高更矮。他的背也有些驼了，远不如多年前赵用心刚认识他时挺拔。同芯半导体这几年扩张太快，盈利压力压得林同根直不起腰来。

　　赵用心记得有次他俩跟一个老外聊天，林同根开玩笑说，他的英文名以后要改叫亚历山大了。老外不懂中文，便信以为真，从那之后无论打电话还是写邮件，都亲切地称呼林同根为 Dear Alex。

　　"虱子多了不痒，债多了不愁"，林同根常把这句他来大陆以后学会的俗话挂在嘴边。但说不愁是假的，董事会对他大肆扩张的经营策略流露出了怀疑和不满，他也因此失去了董事长的位子。

　　"他们质疑我很正常，"林同根告诉赵用心，"但是，只要我还是同芯半导体的 CEO，我就不会把眼光紧盯在眼前的盈利上。我们差晶益电子太远了，要追赶的路还很长。"他又乐观地说，"当然，差得再远我们也能追上，我们是光脚的不怕穿鞋的。等我们追上以后再回头看，你会发现穿鞋的留下的都是鞋印，只有光脚的留下的才是真正的足迹。"

"集成电路就是新长征路。"赵用心也感慨道。他向林同根讲起他麻省理工的老学姐谢希德先生，"谢先生也是在新中国建立的感召下回国的，克服了很大阻力。就是因为有像她这样一批爱国科学家回归，才让半导体这门学科早早就在中国落地生根。"但是有两样东西当时我们没有，一个是钱，一个是市场，所以才起了个大早赶了个晚集。"赵用心惋惜地说，"刚建国那会儿真是一穷二白、百废待兴，国家再重视也很难转化成生产力和人民币。后来改革开放，市场需求起来了，但是我们技术又落后了，自己搞又缺钱，所以那会儿的思路就是'造不如买，买不如租'，结果越买越租越落后。"

"思路决定道路啊，白白地走了一段弯路。"林同根扼住了手腕。

"也不算白走，起码知道那条路走不通了。所以现在回到正路上来，而且又赶上了战略机遇期。改革开放之前打下了基础，改革开放又培育了市场、积累了财富，只要咱们自己埋头干下去，中国的半导体产业绝对不弱于人。"

"我也这么觉得。但是，国内能耐住寂寞做研发的企业还不够多呀。"

"确实，做研发，不管企业还是个人，都得禁得起诱惑，耐得住寂寞。"赵用心指了指自己，"当年考大学，比我成绩好的同学报的都是计算机，我是被逼无奈才去学了微电子。那时候，卖电脑可比研究CPU（中央处理器）好找工作多了，赚钱也多，我都想换专业了，可是我父亲搂着我肩膀跟我说：'你叫赵用心，你就得真用心，绝对不能半途而废。爸虽然不懂,但是爸觉得 CPU 就像人的心脏,心脏有多重要,CPU 就有多重要。所以不管别人怎么样,你就好好学你的,将来造一颗中国人自己的 CPU 出来给爸瞧瞧,爸就是觉得,这电脑跟人一样,是中国人,就得有中国心。'"

"令尊这话讲得太激动人心了,原来你的情怀是家传的!"

还在背景板下讲话的林同根在赵用心的视线里变模糊了,他使劲儿睁睁眼睛,想让阳光把眼睛晒干。

"干这行也不能只讲情怀。"他当时告诉林同根,"现在国内为什么这么缺半导体人才? 因为80%的毕业生都转行干别的去了。搞 IC(集成电路)不如搞 IT,IT 门槛低收入高,IC 门槛高收入低,谁还愿意入这行? 入了行也会被人挖走。我有个师弟,留学回来的博士,干这行也六七年了,结果找了个对象,人家嫌他连房贷都还不起,他没辙,就跳槽去做金融了,结果年薪五十万起!收入差距这么大,能不'脱实向虚'吗? 可是大家都去玩儿虚的了,没人搞制造、搞实体,就像把大厦盖在沙滩上,建得再高也禁不起浪啊……"

那天的话,林同根听进去了,所以今天大红色的背景板上才写着"新家园,芯生活"。林同根说,这个跟新厂区配套的新社区开工,就是为了践行同芯半导体"建厂亦建家"的宗旨,为的是让员工真正安居乐业,以厂为家。

他讲完话下来,头发已经被汗浸透。赵用心拧开一瓶矿泉水递给他。

还没顾上喝,就有记者凑过来告诉林同根:"晶益电子中毒了!"

有点儿中暑的林同根一时没反应过来,和记者大眼儿瞪小眼儿。记者把手机递给他看,他才恍然大悟,脱口道:"真是双喜临门!"

去机场的路上,林同根向赵用心唠唠叨叨说个不停,还不时给台湾的朋友发消息打听内幕。

"他老了,力不从心了。"林同根讲起他的老对手,看上去年轻了好几岁。

"咱得引以为戒,不能让这种事儿落到咱头上。"赵用心不忘提醒。

"对,明天一早我们就开会,专门讨论这件事情。"林同根兴致依然很高,"台湾那边传说是内部人员故意植入的病毒,真是千防万防,家贼难防!"

"工业互联网本身就有问题。安全一直不受重视,不像一般的互联网,防毒软件经常更新,所以出事儿是早晚的,而且只会越来越多。"

"但是这次的病毒,据说是来自新安装的晶圆传输系统,内部消息说是设备供应商的问题。可是就算是内部人员干的,他们也肯定不会对外承认。"

"什么动机啊,干这事儿?"赵用心问。

"动机多了!"林同根摆起了八卦,"有说是银河电子收买人干的,也有说是即将被裁掉的员工干的,还有说是为了修理田行健,因为岛内有些人不喜欢他。"

"没人说是您干的吗?"赵用心说完哈哈大笑。

"你觉得我屑于干这种龌龊的事情吗?"林同根冷笑一声,"虽然我跟林道简有个人恩怨,但是绝对不会用这种阴损的招数对付他,最多也就是从他那边挖几个人过来。"

赵用心笑而不语，林同根挖的可远不止"几个人"。

飞机降落的时候，已经入夜。高速被望不见尽头的红和黄霸占着。林同根有车接，要送赵用心。赵用心谢绝了好意。听了一路"老生常谈"，他只想静静地回家。

赵用心对家的感觉，远不及他对办公室、会议室、车间、机舱、酒店、健身房，甚至他慢跑经过的小路熟悉和亲切。家只是个有床的房子，房子里没有人等他。

下了专车，他在路边给母亲打了个电话，然后去24小时便利店买了盒烟。这牌子的烟，不贵，劲儿大，抽一口，还跟头一回抽一样上头。

烟被赵用心夹在指间。他手臂垂着，夹着烟的食指和中指不时轻触裤线。行李箱的万向轮在沥青路面上低调地滚动，仍把沿路的静谧惊入了草丛。赵用心索性把箱子提了起来。他几乎每次出差回来，都是拉几步就提起箱子。每次他提起箱子，都发现自己原来还有力气。

烟到楼下也着得差不多了，他直接把烟掐了。和他住对门儿的两口子正巧下楼遛狗，与他攀谈了几句。赵用心是这小区的头一批业主，感觉却比这搬来不久的两口子还像是租客。

母亲白天来过，往冰箱里塞满了即使独住也该有的东西。赵用心没开客厅的灯，月光已经足够亮了。

他又点了支烟。这次坐在沙发上，他从容地把吸入口中的烟吐了出去。烟在月光下格外动人，起舞弄清影，像甩着水袖，像转着云肩。赵用心手握烟盒，拇指摩擦着上面凸起的字和图案。字还是当年的字,图案还是当年的图案。他当年也是趁着月色,从父亲的烟盒里摸走了两支烟。

那两支烟当时在书包里藏了一整天。为了不被夹粉笔都跟夹烟似的班主任嗅见,赵用心把它俩用卫生纸裹成了厚厚一卷儿。他眼尖的同桌早上一见他打开书包,就问他是不是拉肚子了。

晚自习的时候,班主任凑到身为班长的赵用心桌旁,尽力弯下腰,压低声问:"有手纸吗?"

正闷头做题的赵用心突然预感不祥。

果然,嘴快的同桌立马凑过来,收着嗓子,向班主任报告:"他有,一卷儿呢!"

赵用心不情不愿地从桌斗儿里翻出来卫生纸,还没想好扯多长,就被班主任整卷儿夺了过去。

班主任去了多久,赵用心就等了多久。笔在卷子上撂着,笔尖对着待解的 x、y。

所幸,卫生纸回到了赵用心手上,没有引入其他变量。

下了晚自习,他跟发小儿冲刺一样蹬车子出了校门。俩人半路上找了个僻静又背风的墙根儿,他拿出了卫生纸,发小儿拿出了火柴。

"怎么搁这玩意儿包着?"发小儿有些嫌弃。

"事儿真多,又没用过。"赵用心不满地回了句。

自习课上的化险为夷,让赵用心的动作具有了仪式感。何况,这还是他和发小儿第一次抽烟。他俩距离成为真正的男子汉,就只隔着几层卫生纸了。

卫生纸在赵用心的一只手里越攥越厚,另一只手上的重量超乎他的想象。

"你家真不缺手纸。"发小儿抢白。

赵用心也意识到卫生纸的确卷太多了,以至于班主任还给他时,他都没掂出纸卷儿变重了。

"什么情况?"

发小儿的诘问夹着寒风,一齐灌进赵用心耳朵里。他掌上的两支粉笔,冰溜子一样,冰入心脾。

"走吧。"他把粉笔和卫生纸一起塞回书包。从小接受的教育要求他爱惜东西。

之后,任发小儿再啰唆什么,赵用心都闭口不言。嘲笑的话像火柴,在他脸上一根儿根儿地擦着,火烧火燎。

烟灰快一指节长了,赵用心起身去找烟灰缸。

一个炮弹壳做成的烟灰缸锁在抽屉里,下面压着个黑皮的笔记本。他拿起烟灰缸,目光落在了黑皮本上。

那晚一进门,赵用心就闻见了烟味儿。妹妹叫了声哥哥,就跑开了。母亲正端着给他留的饭菜从厨房里出来,居然都没跟他抱怨父亲又让他们娘儿仨吸二手烟。

父亲在饭桌旁坐着。炮弹壳做成的烟灰缸里堆着小山。

"爸,我回来了。"赵用心低头进了卧室。等他再出来,饭桌上多了盒没开封的烟。

"快去吃饭。"母亲在背后捅了捅他。

赵用心耷拉着脑袋,坐到了饭桌旁,拿起了筷子。

父亲突然一巴掌拍在没开封的烟上,"不是想抽烟吗?拿去抽!"

"好好说，别训孩子！"母亲赶紧去扑父亲的火儿。

父亲运了好半天气，才问："抽多久了？"

"没多久。"

"跟谁学的？"

赵用心抬起了头。

"好的怎么不学？"父亲的火儿又被拱了起来。

赵用心把筷子放回了碗上。

"不吃就别吃了！"

赵用心于是回了房间，反锁了门。

父母那晚因为他大吵了一架。父亲怪母亲没有管教好他。母亲说，子不教，父之过。赵用心没有出去拉架。这也是他头一回对父母的争吵无动于衷。

不知怎么的，他开始流眼泪了。这眼泪一开始流，就流个不停。他咬着嘴唇，不出声。

那时候，赵用心一周也见不着父亲几面。父亲经常出差，即使不出差，也是早出晚归，把绝大多数时间都交给了工作和部队。只有闻到了烟味儿，或是见着了烟头儿，赵用心才知道父亲回来了，或者回来过。

赵用心锁上抽屉，阻断了目光，托着烟灰缸回到了沙发上。

父亲回家，也都要先坐沙发上抽两根儿烟再上床睡觉。有好几次，他都不小心睡着，然后让着到了指头缝儿的烟给烫醒。

"烟不是好东西。"父亲常说。从赵用心很小的时候，他就开始告诫赵用心，长大以后不许学抽烟。赵用心不记得讲了什么话，才让父亲对他说:"爸抽烟,是因为爸经过生死。"但这话,赵用心一直记着。烟在他的概念里,也渐渐和父亲跟男子汉画上了等号。

他又吸了口烟,吐向窗边,望着烟在月下变幻。

那天晚上,赵用心也望着窗外,许久才睡着。委屈盘踞在他胸口,又钻进他梦里。他在梦中听见了门响。他腾地坐了起来。门不响了。他穿上衣服,溜出家门。

他身上的运动衣根本无法抵御清晨的严寒,脚上的胶鞋也像踩在冰面上,没出去几步远,全身上下就冻透了。赵用心小跑起来,冷空气扎着他的鼻孔。他呼出来的热气白腾腾的,扑到脸上还有点儿余温。

经过岗哨的时候,裹着军大衣的哨兵叫了他一声。他俩一起踢过球。这兵大不了他几岁,咧着腮帮子,鼻子头儿通红,瞧他跟瞧小傻子似的。

赵用心继续朝前跑,前面是操场。天没亮的操场有些吓人,他冲了进去。操场的弯道处有人影。赵用心停住了脚步。人影移动得还挺快,不一会儿就跑过了弯道,跑入了直道。

好容易热乎起来的身子迅速凉了下去,赵用心赶忙跑了起来。

他像在追跑在前面的人影,但更像被跑得更快的人影追。他铆足了劲儿,不想被追上。

大口吸进的冷空气在赵用心胸腔里炸了,弹片几乎将胸腔扎穿。他的牙龈也因为爆炸而疼得厉害,舌下还冒着汩汩酸水。他痛苦地坚决不停下脚步。

过弯道的时候,人影离他就一条直道远了。他赶紧提速,呼吸肌因紧张而痉挛。他岔气儿了。赵用心捂着肋下,中枪了一样。但奔跑的他不是逃兵,他在冲锋。

控制呼吸,他记起父亲教给他的。他用力按住腹部,将呼吸压得更慢,压得更深。

终于缓解了一些。但步子还是慢了下来。

身后的人影还和他保持着一条直道的距离。赵用心重新摆起双臂。在双臂带动下,双腿也迈得更开。

他的速度一点儿一点儿起来了,那人影却望上去力不从心了。

赵用心备受鼓舞,呼吸肌也因为心内的雀跃而提升了工作效率。他的摆臂更有节奏了,他的呼吸更有节奏了,他的步子也更有节奏了,就像是高奏着的进行曲。

前面的人影被追到只剩一条直道的距离了,来个百米冲刺就能套圈儿了。禁不住诱惑的赵用心猛然提速,迫不及待地奔向超越的那一刻。

然而,那一刻并没有到来。人影还和他保持着百米左右的距离,像是磁极相同的磁铁,被他推着。

赵用心步子慢了,节奏乱了,大口的粗气让进行曲进行不下去了。

离开操场的路就在前面,向右一拐,他就能逃离难堪。他不甘地望了人影一眼,那人影也正在望着他。

赵用心低下了头,咬着牙跑开了,跑过了向右拐的岔路口。

继续跑下去!哪怕走下去!

坐在沙发上,赵用心舒了口气。在那之前,他一直都认为自己耐力不行。可那天,他一圈儿接一圈儿地跑着,速度没再快,但也没再慢。

人影始终都和他保持着百米左右的距离,一边领先着,一边领跑着,直到起床号吹响,才停下了脚步。

赵用心迎头赶了上去。人影越来越近,父亲的面容也越来越真切。

"快回家,别冻着!"父亲催促。

"您不回吗?"

"我等他们出完操。"

"爸,我保证,以后不抽烟了。您也少抽点儿。"

父亲搂住他肩膀,手在他肩头用了用力,"到家以后压压腿,活动活动。"

赵用心把烟捻灭在烟灰缸里,换上夜跑装备,出了门。

有年轻情侣并肩从他身旁跑过,他看得出,是男生在陪女生。

他又想起那个从跑步机上"起飞"的女子。真应该跟她打个招呼,哪怕遭她白眼,哪怕得不到回应。毕竟,山水有相逢,而人,却难再见了。

不知不觉地,他跑得比平时更快了,像是要追赶什么。

第二天,赵用心早早来到办公室。

而林同根比他到得更早。

林同根脸上的愤恨,把他的国字脸拉成了长长的晶棒,像要被马上拿去切割似的。他把一份英文文件递给赵用心:"晶益电子又在美国起诉我们了!"

叶
　明
　　义

　　董事长办公室的电视机被静了音。屏幕下端的字幕，滚动播报着晶益电子的独家内幕消息。林道简踱步至落地窗前。总部门前也堵满了做直播的各路记者，被晶益电子和园区的保安如临大敌地防备着。

　　林道简的声音听上去很遥远，他问叶明义："我们内部不是下达了封口令吗？为什么还有人敢把消息泄露给媒体？"

　　叶明义来到窗边："我们是不是该主动发布消息？任凭外界猜测，对我们的杀伤力更大。"

　　玻璃窗上，林道简望着更远的地方。"发布什么消息？难道告诉外界我们对病毒一筹莫展吗？"他拍拍额头，"也难怪媒体说我们陷入了危机，晶益电子什么时候像现在这样状况频出过？"

　　这时有摄像机抬起，朝上拍摄。林道简又坐回办公桌前，股价走势比他离座前又下挫了一截。

　　"如果真是人为植入的病毒……"他双目微闭，像在自言自语，"如果真是我们自己的员工所为，无论是被利用还是发泄不满，都说明我们自己出了问题，降低了员工的幸福感和忠诚度，我们必须好好地反省。"

"一切都还没有定论,您别太纠结了。"

"Jack 一直都在学我。"林道简自顾自地说,"他对人严厉,有他性格的原因,也是受了我的影响。作为领导者,必须宽严相济。可是,宽的分寸不好拿捏,严又容易走向偏激,真不知道他什么时候才能真正成为让人乐于追随的领袖,而不只是一个名义上的执行长。"

"他的确太刚硬了⋯⋯"叶明义想了想,说。

傍晚的时候,戴长庚传来消息,说他基本掌握了事故原因,正从台南往回赶。林道简要所有相关高层全都留下,等戴长庚回来之后,一起开会评估形势,商讨对策。

叶明义去董事长办公室找林道简,他俩时常在晶益电子的员工餐厅一起用餐。董事长办公室的灯关着,静音的电视机是屋子里唯一的光源。

"你去吧,我没胃口。"林道简隐没在阴影里,微光在他身上明暗不定。

"附近的夜市有贡丸,味道很不错,我去买回来吧?"见林道简未回应,他又大声了一点儿说,"Irene 前两天叮嘱我,要我有机会帮她买给您尝尝。"

"那辛苦你了。"林道简有了回应,也明亮了许多。

叶明义走出了总部大楼。楼底的媒体已然散去。他走出去很远,忽然停下脚步。他回身望着总部大楼。这座方正的大厦灯火通明,像一块正在工作的芯片。是林道简设计和制造了这块"芯片",并让它如同丰碑一样矗立起来,受人仰视。

这块"芯片"已经高速运转了三十多年，它的架构越来越复杂，它的功耗也越来越巨大。必须有人对它进行优化，可是林道简已经"超期服役"很久了，他的继任者真能替他完成这项工作吗？

叶明义转回身，朝前走去。

离开林道简的晶益电子会变成什么样？不管什么样，都将不一样。这园区的一砖一石、一草一木都和叶明义打着招呼。这里曾经是他的家，曾经的这里也永远都是他的家。可是现在，他却感觉像在别人家里做客。

其来有自，叶明义又念起这个词。他仿佛听到有人在招呼他，他举目寻找，望见大门就在前面不远的地方。

卖贡丸的老板正在摆放摊位，空空的一块地方，只摆了两张桌子。

"好久不见啦，叶董！"终于又有客人来买贡丸，这人热情地和叶明义打着招呼，"您什么时候回台湾的？"他握着叶明义的手问。

"回来一段时间了。"叶明义笑呵呵的，与来人握着手。这人姓张，是园区内一家存储器大厂的研发主管，跟叶明义是老相识。

"您不是退休了吗？"张主管又问。

"是啊，但是公司有需要，就回来帮忙了。"

"晶益电子还是离不开您和林董事长。"

"确实很难离开董事长。"

"我马上也要去大陆了。"张主管盯着做贡丸的夫妇俩，感慨道，"不知道对岸有没有这么道地的贡丸卖。"

"您去大陆？工作吗？"叶明义颇感意外。

"那边新建的DRAM（动态随机存取存储器）厂请我过去。大陆这两年在记忆体这块投资很大,需要很多这方面的人才,给出的待遇也超级好。"

"有多好?"

张主管掩饰不住兴奋:"他们给我的薪水,数字跟台湾一样,但是单位是人民币。这样,我太太即使辞掉工作,带着小孩跟我一起过去,都不成问题。那边还答应帮我们解决住房和就学,如果我太太想工作,他们还会帮忙安排工作。"

"这么大方?"叶明义惊叹。

"大陆延揽人才,出手就是这么阔气,不像台湾,唉——"

"台湾的经济体量同大陆没法比。"

"景气也越来越差。像竹科这边,早上八点半,园区里还到处都是空车位。换作从前,您能想象吗?"

叶明义摇摇头,从前在竹科,车位可是一位难求。

"中科和南科那边也一样,甚至更差。为什么变成这个样子?还不是因为企业拿不到订单了。"

"所以赶快去大陆吧,"贡丸老板插话道,"现在不去卡位,等人家自己的工程师培养起来,台湾人就更没有出路啦!"

"等您在那边把店开起来,一定要给我消息,我去给您捧场!"张主管对贡丸老板讲。

"我们各自要去的城市距离很远吧?"

"远也没有关系,可以坐高铁,大陆高铁非常便捷。"

"那我给您免单!"贡丸老板邀请叶明义,"您去我也给您免单!"

终于开始煮贡丸了,等待的客人也多了几个。

"现在全台湾的 ICT（信息和通信技术）产业全靠晶益电子一家撑着，从前的荣景一去不复返了。"张主管又对叶明义说。

"我们的日子也不太好过。"

张主管忽然压低嗓音："听说病毒是有人故意植入的，是真的吗？"

"当然不是。"叶明义一皱眉，高声说。

"那是怎么回事？"

"这个，我不方便透露，公司会对外详细说明的。"

"要多久才能恢复产能？"

"还不确定。"

"对财报业绩影响不小吧？"

"还在评估。"叶明义问老板，贡丸还要多久才能煮好。

"最近接二连三爆出负面消息，内部是不是出了什么状况？"

"没出状况。"叶明义压抑着不耐烦。

"没出状况，您怎么又出山了呢？"

"我很快就回去了。"

"Jack 田跟林董事长比起来，差距还是蛮大的。"

"您怎么这么关注我们的事情？"叶明义忍不住问。

"因为我买了不少你们的股票。"张主管诉苦说，"原本想在离开台湾前出手，结果……"

"您放心，股价很快就会涨上来的。"叶明义忽然感到十分抱歉。

"你们得尽快对外说明情况，要不然市场的负面情绪一定会更加严重。"

"是啊，我也这么认为……"

"这次受损的主要是EUV 7奈米和10奈米产线，也有部分12奈米产线。"董事长办公室的冷气不够冷，戴长庚额头汗涔涔的，手心里也捏着把汗。

"艾普尔那边打电话给我，态度很不客气，说要削减我们的订单。"田行健插话，"游东云也打电话给我，问了具体情况，他说星东方对我们的信任不会改变，又说了一次如果有产能空出来一定要留给他们。"

"还要多久才能恢复？"林道简没理会田行健，继续问戴长庚。

"病毒目前已经基本清除，但是受损的文档和程式没法立即恢复，所以至少还要一天时间。"

"太慢了，往前赶！"林道简下令，他又问财务长，"损失评估出来没有？"

"准确数字还要等完全复产之后才能评估出来。"财务长汇报，"但是这次我们有七部机台停摆，每部重启都要上千万美元，还有晶圆报废的损失。幸好这些机台还没全部满载，不然报废的晶圆更多。可即使是这样，整体损失也将对我们本季的营收造成不小的影响。"

"为什么新机台里有病毒都没检测出来？是SOP（标准作业程序）有漏洞，还是没有严格执行？"

"报告董事长，"戴长庚已经汗流浃背，"我们所有新机台上线都有严格的SOP，这次确实是现场工作人员操作失当，没让机台先通过防毒软体检测，就直接接入了生产网路，才导致了这样严重的后果。"

"不是失当，是失职！"林道简的话，重重砸在了会议桌上。

"董事长，还是尽快召开记者会向外界说明情况吧，现在外面流传着很多对我们不利的消息。"叶明义建议道。

"还是等复产之后吧。"田行健对叶明义说，"媒体想做文章怎么都可以做，我们不能被他们牵着鼻子走。"

叶明义想要反驳，林道简忽然调大了电视音量。电视里正在播放晚间政论节目。主持人说，刚刚有匿名人士提供给他们一段视频，拍摄的是一位不愿透露姓名的前晶益电子高层。虽然脸部打了马赛克，但是在座所有人都认得出，那就是在贡丸摊旁等贡丸的叶明义。

"'我们的日子也不太好过。'……'听说病毒是有人故意植入的，是真的吗？'……'这个，我不方便透露，公司会对外详细说明的。'……'那要多久才能恢复产能？'……'还不确定。'……'对财报业绩影响不小吧？'……'还在评估。'……'Jack 田跟林董事长比起来，差距还是蛮大的。'……'是啊，我也这么认为。'……"

叶明义想起了贡丸摊前，后出现的那几位客人。"视频是偷拍的，声音也是剪辑过的。"他直视林道简，然后问心无愧地看着田行健。

林道简过了一会儿，才将遥控器对准电视机，闭掉了那些信口雌黄的名嘴们。"明早八点召开记者会。"他把遥控器按在了会议桌上。会议桌凉飕飕的，也有了寒意。

晶益电子的记者会不管什么时候开，都不愁没人来。PR（公共关系）们连夜给记者发送了早上八点召开记者会的消息，有的电视台记者甚至六点半不到就来会场抢占有利地形了。工作人员给记者们准备了提神的咖啡和果腹的餐点，但是什么都比不上林道简亲率晶益电子高层集体亮相让他们亢奋。

林道简开场即道，辛苦各位媒体朋友，这么早开会，是为了赶在股市开市之前。他面沉似水地说，晶益电子最近负面新闻很多，有的是揣测，有的是编造，有些人想借机打压晶益电子，他已命人搜证并准备提告，包括某些无良媒体，也将为自己的愚蠢行为付出代价。

"接下来，由我们的执行长向大家进行说明。"林道简把话筒交给田行健，像在转交接力棒，话语中也充满信任和支持。

田行健接过话筒，感谢了林道简，然后向在场的全体记者正式宣布：晶益电子所有中毒停摆的生产线，都已于今早恢复为百分之百全速上线生产的状态。他还强调，晶益电子主要的电脑系统，包括生产资料库以及客户资料库，也全都安全无虞。

"预估本次事件将导致出货延迟以及成本增加，对公司本季的营收略有影响。但是，我们有信心本季的出货延迟数量可在下一季弥补回来，展望全年业绩，仍能达成上一次法说会所公布的高个位数成长的目标。

"这次事件，也向我们提出了警示。"田行健巡视全场，言辞更有力了，"虽然我们有严格的 SOP（标准作业程序），但是由于人员疏失，没有严格执行相关规程，才使新购机台隐藏的病毒有机可乘。说到底，这是管理问题。作为执行长，我责无旁贷，我对这次事件给股东和客户带来的损失与困扰深感自责，并致以诚挚道歉！"

说着，他起身九十度鞠躬，会场里瞬间闪光灯闪烁不止，咔嚓声响成一片。

"这次事件，也为我们的资安体系提出了更高要求。"田行健落座之后继续说道,"工业4.0时代,业者争相将工厂的机台接入网路,但是并没有搭建起与之匹配的资安体系,致使生产安全处于极度危险和脆弱的境地。我们过去使用修补程式更新电脑系统来减少被攻击风险的方式,并不适用于IIoT(工业互联网和工业物联网),因为业者每次更新生产作业系统,都要重新调校机台参数,给产能和良率带来负面影响,降低生产效率,这就导致了资安人员对于更新修补程式兴趣缺失。所以,晶益电子除将成立专门的资安团队来因应网路安全威胁之外,还将出资设立研发基金,鼓励各界与晶益电子一道,探讨和解决工业4.0时代的生产安全性问题。"

有记者问,是否会向供应商索要停产损失的赔偿。田行健大度地说:"晶益电子和所有供应商都保持着良好关系,这次事件,不会对这种良好关系造成任何妨害。当然,我们也会促请供应商今后加强品质控管。"

"我想请问您起诉同芯半导体的事情,"有记者提问,"同芯半导体发表声明,否认了晶益电子的指控,请问您如何回应?"

田行健笑笑:"法庭见。"

"您不担心对同芯半导体的诉讼,会影响晶益电子未来在对岸的发展吗?"

"如果您长期跟踪相关新闻就会知道,这已经是晶益电子第三次起诉同芯半导体了。前两次起诉,都没对晶益电子在大陆发展造成任何不利影响。而且,究竟是什么影响了晶益电子在大陆的发展,我相信,您懂的。"

"您是指晶益电子3奈米厂的建设计划一直被环评小组卡关吗?"

"除此之外，我们也受到限制，不能把先进的制程拿到对岸，贴近服务在地的大陆客户。"

"所以近期有传闻说，晶益电子受到邀请，拟赴对岸 A 股市场 IPO（首次公开募股）。请问执行长，晶益电子确实接到了对岸的邀请吗？是否存在赴对岸 IPO 的可能性？"

"您也说了，那是传闻，而且还是愚人节当天的传闻，所以我不予置评。"

"可是无风不起浪……"

林道简要过话筒，对还不死心的记者说："晶益电子不缺少资金，所以不会出于财务考量，去其他股票市场上市融资。但是，以半导体产业而言，大陆股市的本益比[①]的确诱人，反观晶益电子在台湾股市的本益比，差距也确实悬殊。"

记者嗅到气味，马上追问："所以，晶益电子未来真有赴大陆上市的可能？"

林道简放下话筒，笑而不答。

"请问董事长，晶益电子是否真的会赴美兴建 3 奈米厂？"忽然有记者大声提问。

所有人都安静下来。

叶明义和田行健也都盯着林道简。

林道简重新拿起话筒，不疾不徐地说："不排除这种可能。"

会场瞬间就沸腾了……

---

① 本益比，某种股票普通股每股市价（股价）与每股盈利的比率，也称"股价收益比率"或"市价盈利比率"。其计算公式为：本益比 = 股票市价 / 每股纯利（年）。

叶
韵

星巴克里人很多：白的，黑的，黄的，芥末的，咖喱的……

或许是叶韵身上的香气太撩人，总有男女忍不住朝她看，甚至跟她搭讪。叶韵也后悔喷了这种妖冶荡妇才用的香水。就为了让他多看自己一眼吗？叶韵觉着自己傻透了。

早上，她在律所里迎面碰见了 Billy Samson。

Billy Samson 瞧她时，眼神怪怪的。之后，这个英俊、高大、健美、浑身散发着成熟魅力的种马一样的男人，眼睛就再没离开过他那位金发碧眼、年轻漂亮的 legal assistant 了。

叶韵双手支着盥洗台，端详着镜子里的自己。眼角的鱼尾纹甚至比昨天更深了，熬夜加班也让她显得憔悴。她夹起笔记本电脑，跑到律所楼下的星巴克来移动办公。

叶韵盯着电脑屏幕，屏幕里正在播放同芯半导体召开媒体说明会的视频。

是咖啡喝多了吗？叶韵心跳快了起来。视频里，同芯半导体的首席法务官正宣读针对晶益电子起诉的回应，她旁边，正襟危坐着赵用心,一脸严肃。

什么叫喜忧参半?叶韵体味到了。能再和这个人联系在一起,算是意外之喜;然而联系他俩的,却又是这么敌对的关系。

她想起了父亲的话,这就是父亲所说的"有利有弊"吧?

他平时一定是个严肃的人,叶韵心想,不像她前未婚夫,总是嬉皮笑脸。

赵用心笔直地坐着,叶韵脑海里,却全是他长身而立的模样,就像古龙笔下的一位剑客。他让人很有安全感。如果他仗剑走天涯,你愿意追随他;如果他负笈归山林,你愿意陪伴他。

我一直期待的,不就是这样的人吗?如果可以,谁又愿意去当"女强人"呢?

他没戴戒指,叶韵忽然惊喜地发现。她也没戴。

可是,即将展开的诉讼,却是铁一样的事实,冷冰冰地横亘在他俩之间。并且,这铁还会被投进高温里烧,再取出来一锤锤地砸。不知要挨多少次烧与砸,才会被插进冷水里,然而等到再抽出来时,就将被铸成一柄取敌性命的利剑了。而这柄剑,将握在她的手中。

我真是个笨蛋!为什么不听父亲劝告,非要搅进这剪不断、理还乱的宿怨里来?

叶韵将画面定格,注视着赵用心的脸。

他跟上次见到时有所不同,他的眉头微微皱紧,目光剑指摄像机拍摄不到的地方。

星巴克里人更多了,叶韵却比刚才更冷了。她捧起余温尚存的咖啡，点下播放键，让影像继续向前，可直到视频播放完毕，除了赵用心的脸，她几乎什么都没记住。她赶忙把视频重看了一遍。

同芯半导体的女首席法务官声称，同芯半导体并未违反之前与晶益电子达成的和解协议，因为"自同芯半导体与晶益电子签订和解协议之日起，同芯半导体就已尽力履行并遵从和解协议的约定。同芯半导体对晶益电子此次的行动感到十分震惊并深表失望，晶益电子不仅违反和解协议，而且还违反双方均应遵守的诚信义务以及公平处理的协议，因此，同芯半导体保留向晶益电子求偿的权利"。

听口音，她也是台湾人。叶韵审视着对手，她的声线也很美妙，一定给她加分不少。

女首席法务官宣读完文稿，赵用心反问在场记者："为什么在双方和解之后这么长时间里，晶益电子都没对我们执行协议提出任何意见和投诉？为什么在我们取得商业和技术上的突破之后，晶益电子又突然起诉我们违反协议？"他稍做停顿，特写的脸庞正对叶韵，仿佛在等叶韵给他答复，"我想原因不言自明，主要是由于晶益电子在大陆只有比较落后的工艺技术，所以才通过诉讼的方式干扰和阻挠我们……"

叶韵关掉视频。赵用心的性格比她设想的强硬，同芯半导体的反应也比她预想的激烈。她也不知是期待还是不期待跟赵用心公堂再见了。

赵
用
心

    赵用心的手指在笔记本电脑的触控板上滑了一下，把美国律所发来的答辩书向后翻了一页。同芯半导体也雇用了一家著名的美国律所，过段时间，他还要和 Vivian 去美国参加 pretrial conference（庭前会议）。这是董事长沈国伟亲自指派给他的任务。

    那天，当着沈国伟和赵用心的面，林同根怒不可遏，整间办公室电闪雷鸣，可是这样子也改变不了晶益电子第三次提起诉讼的事实。

    "我没有用阴损的招数去对付他，他却拿阴损的招数来对付我！"林同根拍着桌子，仿佛他拍的不是桌子。

    沈国伟示意林同根别拍了，"兵来将挡，水来土掩。"他又安抚说。

    "我们也要反诉他们！"林同根揉着手掌，不解气地说，"我们这次一定要高调回应，把国际媒体全都请来，我亲自给他们开记者会，让他们看清林道简的卑鄙伎俩！"

    沈国伟考虑了一下："还是让用心替你出面吧，你出面，媒体就会扯上你和林道简的个人恩怨，这样对你不好。"

    "我不出面，媒体也会扯出我和林道简的个人恩怨。"

"那不一样。也许林道简就等着你站出来呢,你干吗暴露自己让他攻击? 这是两家公司之间的事情,尽量不要扯上个人恩怨。"

"沈总也是为您好。"赵用心也劝道,"现在正是晶益电子的多事之秋,他们巴不得转移焦点呢。我觉得这事儿,咱们一方面要据理力争,另一方面也没必要大张旗鼓,毕竟是负面消息,对咱开展业务和维护客户都不利。"

"用心的话有道理。"沈国伟赞成,"现在最重要的还是做好我们自己的事情,首要任务就是把14纳米试产良率提上去,一定不能耽误了量产时间,否则没法向董事会交代。"他问林同根:"萧牧云那边有回复了吗?"

"还在犹豫,"林同根一筹莫展,"这确实不是一个容易做的决定。"

"远水也解不了近渴。我建议由你亲自牵头,成立14纳米良率的攻坚团队,一定要尽快把这个技术难关给攻克了。"

"等下我就和James说这个事情。"林同根领命。

"诉讼的事,也你来负责吧。"沈国伟又对赵用心说。

"忙得过来吗?"林同根马上问赵用心,"海川那边的事情可不能耽搁了。"

赵用心有些犹豫。海川建厂,事关将来,他也担心会分心和分身乏术。而且,林同根似乎也不愿他接手。他也许真想亲自上阵吧?赵用心心想。可沈国伟说得很有道理,这件事必须"公事公办",如果掺杂私人情感就难免意气用事,而一旦变成了意气之争……于是,迎着沈国伟期待的目光,赵用心应承说:"忙得过来,没有问题。"

"那就好。"猛虎从林同根眼中消失了,应该是重归了山林。山中有风穿林而过,失望的雾气转眼消散。"这次晶益电子的代理律师,是我老长官叶明义的爱女,她可是个厉害角色。"他很热心地提供"情报"给赵用心。

"真的吗?"赵用心惊讶,"叫什么名字?"

"Irene Yeh,叶韵。"

赵用心最小化了答辩书的文档,输入叶韵所在律所的网址。

律所官网上有详尽介绍,还配着半身的正装照片。赵用心瞪着照片中的职业女性,笑出声来。居然是她,难怪凶巴巴的,看来的确是个"厉害角色"!

照片中的叶韵给了赵用心 The Good Wife(《傲骨贤妻》)的既视感。他逐条阅读着叶韵的履历,这名"常春藤"毕业的高才生可谓战绩彪炳。

她那么凶一定是因为她经常赢,赵用心猜测。她平时也一定不爱笑,因为他从没见长得这么好看的人,笑起来这么不自然过。

这倒和自己有点儿像了,赵用心平时也酷酷的,给人距离感。朋友开玩笑,说他就像一把长剑,只有不怕死的女生才敢主动靠近。

那她呢? 赵用心注意到了叶韵佩戴在中指上的钻戒。她的双臂抱在胸前,中指上的钻戒黄灿灿的,像颗柠檬糖。

赵用心起身接了杯水,泡了一天的柠檬片居然还那么酸。他没再坐下,而是站到椅子背后,跟电脑屏幕拉开了距离。

"你表现很好,我本来还有点儿担心你。"媒体会后,沈国伟对他说。

"您放心,我不会意气用事。"赵用心说,"我跟他们是'斗而不破',林道简肯定也是这么想的。"

沈国伟欣慰地笑了:"我们和他们的竞争肯定是长期的,长期来看,优势在我们这边,所以林道简才那么焦虑。"

"据说他可能把3纳米厂建到美国去。"

"不可能。"沈国伟十分笃定,"晶益电子除了台湾和大陆,没有第三地选择,这点林道简很清楚,虽然他嘴上那么说。"

"但是他们也需要更大的平台。"

"某种意义上说,我们做得好其实也是在帮他们解套,我们工艺水平提高了,那些对他们的限制也就没有意义了。"

"那他们应该帮我们,不应该告我们。"赵用心打趣。

沈国伟大笑:"有机会你好好和他们谈谈。"

"你表现得确实不错,起码比我冷静。"林同根私下里也对赵用心讲。

"就像您说的,我们得把道理讲清楚,不能让他们霸着话语权。"赵用心很尊敬地答道。

林同根也很欣慰:"沈总说得对,现在最重要的还是做好我们自己的事情。这几天我也在反思,为什么我们14奈米良率改善止步不前? 我觉得不仅是能力欠缺的问题,更重要的还是我们自己人的意见都经常不统一,所以遇到困难的时候,这种分歧就会被放大甚至扩大。"

"攥不成拳头。"赵用心说。

"对,你这个比喻太形象了! James也经常跟我抱怨,说一开会就吵架,本来应该讨论技术问题,结果吵来吵去就成了互相指责,这样既解决不了问题,又影响到团结。本来我们的人员结构就够复杂了,外籍的、台籍的、陆籍的,陆籍的又分成了海归的和本土的……"

"所以得有个能统一意见的人。"

"的确啊,这方面我和James都有责任。相对而言,James在技术方面不是太强,所以手下人对他也不是特别服气。另外,他本身对大陆的干部和工程师也有偏见,这就让他不能中立客观地看待问题,总是拉偏架,然后架就经常吵到我这里。但是我也很为难呀!如果我赞成台干,陆干就会认为我偏袒,如果我赞成陆干,台干又会埋怨我不站他们一边。"他习惯性地挠了挠头,"所以我急切盼望叶明义或者萧牧云来,也有这方面的原因。他们在技术方面是真正的权威,没有人敢轻易挑战他们,而且他们也都是非常中立客观的人,不会有任何偏袒。"

"叶明义或者萧牧云要是来了,James怎么安排?"

"这我和他谈过,他可以去做CMO(首席营销官)。他其实是个超级sales(销售),这个职位也能让他更如鱼得水。可是目前看来,无论是请叶明义还是萧牧云,都只是我的一厢情愿,人家根本不为所动。"林同根有些泄气。

"那咱就三顾茅庐,牛人都得一遍遍请。"赵用心宽慰他说。

"就像沈总说的,远水解不了近渴,眼前的难关还得靠咱们自己攻克。所以我和James也讨论过了,我希望在公司内部大力倡导result orientation(结果导向)的企业文化,尤其是在研发部门,把待遇、晋升和KPI结合得更紧密,一切都用结果说话。这样也能尽量避免部门内部形成小团体，促使大家都去帮理不帮亲。"

"您这个想法我举双手赞成！"赵用心当时"突发奇想"，提议说，"A-1厂正准备更换 CMP 设备，我在想，咱们能不能给国产一次机会，因为正好就有国产设备在咱们这儿做上线测试。"

"这事我知道，你来之前，他们还在咱们这里做过离线测试。"林同根迟疑了片刻，问道，"国产设备行吗？"

所谓 CMP，即 Chemical Mechanical Planarization 的缩写，翻译成中文叫作"化学机械抛光"。这种设备是用来在芯片生产过程中，使用化学腐蚀和机械力，对硅晶圆或其他衬底材料进行研磨和抛光，制造出超光滑表面。

CMP 设备不仅应用于器件隔离和器件构造这样的芯片制造前段工艺，在后段工艺的金属互连和 3D 封装中也极其重要，因此是芯片制造的核心装备。可是长久以来，这样重要的装备却一直依赖进口，同芯半导体建厂初期就是从日厂购买的设备，如今更新也准备替换成性能更佳、价格也更贵的美厂设备。

国产 CMP 设备只是在最近两年才取得了突破，填补了空白，尚未经受真正产业化和商用考验，所以当"第一个吃螃蟹的人"要冒很大的风险。

可是，赵用心情愿冒这个风险。他告诉林同根："据说之前的离线测试结果不错，上线的前两个批次测试，也都达到了我们的工艺要求，所以我个人还是比较看好的。我早年也在 CMP 部门干过，对 CMP 设备有一定了解。"见林同根仍在犹豫，他又说道，"帮国产 CMP 商用，对咱们也有好处，就像国产 EUV 那样。"

林同根思忖片刻，终于开口："我们当然要帮助国产设备打通商用这最后一里路，但是这种事情不能只讲情怀，也要结果导向。"

"您放心，一切都用结果说话。如果最后上线测试结果不行，您让我用我都不会用。"

赵用心回到座位上。照片里的叶韵仍旧不自然地朝他微笑。他将屏幕切换回答辩书。和晶益电子的诉讼结果将把两家企业导向何处？还有他和她。赵用心不知是期待还是不期待跟叶韵公堂再见了。

"有问题吗？"Vivian轻轻敲了敲敞开的办公室门，笑吟吟地问赵用心答辩书的事情。

"我还没看完，看完马上告诉你。"

"有没有读不懂的地方？我来帮你解答。"Vivian走进办公室，坐在赵用心桌对面的椅子上。

赵用心本能地坐直身子，"暂时还没有，如果有，会向你请教的。"

"紧张什么？我又不会吃掉你。"Vivian将鬓角的垂发向耳后掖了掖，换了种很亲密也很私密的语调，"为什么不回我微信？"

"太忙了这两天。"赵用心的语调很正式。

那天，林同根把他俩叫到一起，开会讨论应诉事宜。Vivian眉目间藏不住"天助我也"的喜色。

"为什么到家没有发微信给我？"会后，她问赵用心。

"太晚了，怕打搅你休息。"

"那天我一整晚都没有睡好，一直在等你的微信……"

"那真是太对不起了，我也是好心。"

"知道你是好心。"Vivian像讨到了糖果一样，"晚上我做饭给你吃?"

"改天吧,最近实在是太忙了。"

"再忙也要吃饭啊……"

这两天里,Vivian经常发微信给他,不管是嘘寒还是问暖,赵用心都一概没回。他想让这人为开始的"缘分",再天然地结束。

"今晚有空儿吗?"Vivian又问他了。

"不好意思,今晚约了人。"

"那明晚?"

"明晚……也约了人。"

失望像无声的闪电,划过的瞬间,照亮了Vivian脸上的难过。"不要总是躲着我,"她说,"哪怕是为了工作。"

叶明义

"林董事长一句话，让我压力山大呀！"环评小组的召集人乔得陇边握手，边跟田行健、叶明义诉苦。

这个乔得陇，和田行健一样，也是外省第二代，因为爹妈都是四川人，所以到台湾生了他就给他起名叫"得陇"。除了本名，他还有个绰号叫"乔得拢"，就是因为他太能"乔"事情了，什么事儿，只要他掺和，就全能乔得拢。然而晶益电子的环评一直没乔拢，的确挺让人匪夷所思的。

"董事长很感谢您专门召集了这次闭门会议。"田行健很官方地回应说，"他也很重视这次会议，所以特意请叶董同我一起来参会。"

"那我真是备感荣幸！"乔得陇喜笑颜开。

进到会议室，田行健主动帮叶明义拉出椅子，请他落座。来时的路上，两人并没有太多交流。叶明义总觉得那些交头接耳的人是在议论他和田行健，名嘴扣在他头上的"监军"帽子，勒得他头更疼了。

这次闭门会议，也是上次记者会的成效之一。骤然宣布考虑赴美建厂，吓坏了那些之前"怠慢"晶益电子的人。他们排着队拍着胸脯向媒体保证,肯定会全力挽留晶益电子,看上去一个比一个情真意切,信誓旦旦。可是真开起会来,就又是另外一番景象了。

"未来五年,将会新增近千万瓦的燃气机组。"供电单位代表秀出电力供需规划表给参会人员,"预估明年备用容量率就能达到15%左右,包括高雄电厂在内的五家电厂都会有新机组商转,再加上绿能陆续并网,即便老旧机组如期汰换,净尖峰供电能力[①]的增加也能确保晶益电子的电力供应。"

他刚讲完,立刻就有环评专家指着手里的材料质疑:"你们在这上面写说,高雄电厂年底就将通过环评,可实际上,高雄电厂的第三次环评初审,要到明年一月才能进行。是否通过,进入二阶段环评,都还不能确定,你们这不是把压力又甩给我们环评小组了吗?"

见供电单位代表给不出解释,这名专家愈加严肃:"如果环评结果跟你们预期不符,那么高雄电厂三个燃气机组就会有巨大的供电缺口。再者,环团担心晶益电子建厂会影响高雄电厂燃煤机组准时除役,拖慢空污改善,这点我们也必须详加讨论才行。"

"的确如您所讲,我们也极为担心。"环团代表马上响应,"晶益电子3奈米新厂的年用电量多过整个高雄市的民生用电,更多过一个燃煤发电厂所能供给的电量,这势必会加重整个南部地区的空污问题,甚至整个台湾都会受到影响,比来自对岸的雾霾带给我们的伤害都大。"

这时,乔得陇出来圆场:"虽然高雄电厂的确不可能在今年年底

---

① 净尖峰供电能力,电力术语,即各发电机组在正常发电情况下,可提供给系统之最大出力。

完成环评，但是供电是以电网调度，其他地方的电厂也能提供奥援，相信可以弥补高雄电厂的供电短缺。我知道大家近期都非常关注高雄电厂的'煤转气'进度，据我所知，供电单位已经把整体用电需求再度上扬的趋势纳入了考量，所以请大家务必放心。"

供电单位代表对乔得陇甚为感激，可那位环团代表却坚持认为供电还存在很大的不确定性，于是她又抛出了让晶益电子多用绿电的议题。

田行健迟迟没有回应。在场的人都盯着他。他为难地看了叶明义一眼，叶明义马上心领神会——刚刚发言那几位，讲的都是闽南话，田行健听不大懂。

于是，叶明义用田行健能听懂的语言回复道："正如我们之前承诺的那样，未来不管是3奈米厂，还是3奈米研发中心，都将有20%的用电由绿能发电供给，其余80%的用电则由天然气发电供给。"

"20%的绿电还远远不够啦。"环团代表对叶明义很客气，口中也依然是闽南话，"我希望贵公司能够追赶那些国际大厂的脚步，尽快做到100%使用绿电。据我所知，现在全球已经有三十多家业者兑现了100%使用绿电的承诺，比预定时点还要提前。譬如艾普尔公司，在全世界四十多个国家的franchise store（特许商店）、office（办公室）和data center（数据中心）做到了100%使用绿电，并且还要求supply chain（供应链）的业者也跟进，据我了解，已经有二十几家供应商达标了。"

"很遗憾，晶益电子不是那达标的二十几家供应商之一。"叶明义也客气地回应，然后解释说，"通常，非生产性企业比生产性企业更容易提升再生能源的使用比例，因为生产性企业比非生产性企业的能源需求大许多，对能源供给的稳定性要求也更高，因为一旦发生停电事故，将会给生产企业和客户带来巨大的经济损失。我想，艾普尔公司肯定也不支持我们为了使用再生能源而使用再生能源。"

环团代表反驳道："您说绿能供电不够稳定，生产性企业无法使用间歇性的绿能供电，可是艾普尔的 supply chain 里也有很多生产性企业啊，它们是如何做到全部使用绿能供电的呢？而且，现在已经开放了绿电直供，贵公司大可向绿能发电业者直购，在签订购电合约之后，再透过供电单位的输配线路来代转与调配，这样也能实现稳定供电呀。"

之前那位环评专家随即指示供电单位代表："你们应该设法协助晶益电子得到直供的真正绿电。"

"您有所不知。"供电单位代表一脸难色，"虽然已经开放了绿电直供，但是目前的实际情况，仍然是由绿能发电业者将绿电送入我们的电网，再由我们代为供电。如果直供，需求方就必须接近绿能发电设备，否则传输耗能将会非常巨大。"

"不管直供还是代供，前提都是要有足够的供给才行。"叶明义进一步说明，"就拿我们3奈米厂举例，每年需要十几亿度绿电，如果以地面型太阳能估算，总共需要几百亿元的投资和上千公顷的土地。我们和绿能发电业者讨论过这个问题，他们说，钱还是次要的，主要还在于很难取得这么大面积的土地来铺设太阳能面板。所以，我们是否承诺其他厂区和研发中心也使用绿电并不是关键，关键还在于能否提供足够的绿电给我们。"叶明义停顿了一下，"当然，我们也可以从外部购买绿电,比如从大陆架设线缆过来。据我所知,金门和马祖已经在和大陆讨论电力联网的事宜了,并且达成了积极的共识。但是,作为对台湾负责任的企业,我们还是更希望能够在本岛得到足够的绿电供应,这样对台湾的环境改善助益更大,也可以拉动台湾的绿能产业发展。"

"有鉴于你们用电量大,对稳定电力又很倚赖,你们完全可以考虑自行兴建IPP(独立发电厂)嘛。"又有其他环评专家提议。

叶明义给田行健小声翻译了一下。田行健答复:"我们对供电质量的要求很高,由于IPP的小型供电系统不会比供电单位的大型供电系统更稳定,所以我们目前并没有自行兴建IPP的计划。不过,在电厂与电网彻底分离,真正实现电力自由化之后,我们将有计划地向分割后的燃气电厂直接购电。"

"贵公司如果做不到100%使用绿电,又不肯自建IPP,那么总可以通过使用全再生水来支援环保吧?"关注水源保护的环团代表又把议题扯到了用水上,"我们并不是反对贵公司建厂,但是晶益电子作为台湾ICT(信息和通信技术)的龙头企业,理应带头促进台湾的再生水发展,引导台湾往下一阶段迈进,这样才能帮助台湾实现永续发展。我听说科学园区为了协助贵公司进驻,特意把用水量从原环评的基础上提升了近十万吨,这将对水资源本就匮乏的南台湾造成不小的压力。虽然园区方面承诺使用再生水,但是仍然无法弥补多出来的用水量。所以我建议,贵公司在建厂之前,应该首先提高再生水厂的处理效能,回收这额外产生的废水,做到用水零成长,这才是真正负责任企业该有的表现。"

田行健立刻回绝："3奈米厂对水的纯度要求很高，可能没办法使用再生水。"

乔得陇问供水单位代表，高雄市的水供应是否足以支撑晶益电子的新厂运营。

观战良久的供水单位代表充分吸取了供电单位代表的经验教训，讨巧地说确实存在水情吃紧的问题，然而通过水库加高、联通管建置、再生水厂计划、水库更新以及改善管线漏水等一系列措施，相信将能够确保产业和民生用水无虞。

即便如此，那位环团代表仍然坚持要让园区将晶益电子不能使用的再生水转给园区内的其他业者使用。这个提议更不着边际，直到会议结束，各方代表也没有争出个所以然来。

又空转了一个下午，不仅没有效率，甚至有失公平。

长此以往，消耗的就不只是时间和资源了，还有耐心和信心。难怪老长官那样从容淡定的人都忍无可忍，只参加了这一次会议的叶明义就已然身心疲惫。

乔得陇一直将他和田行健送上车。一进到车里，叶明义就合上了眼睛。除了疲惫，他也不想再落入来时那种无话可讲的尴尬里去。

"感谢您为我翻译。"田行健忽然开口。

虽然看不见，但是听见的已足够真诚。叶明义张开眼，"不必客气。"他客气地说。

田行健略显尴尬，不知该如何将对话进行下去。

"今天收获其实蛮大的，我们起码没有承诺使用再生水，否则下次就该要求我们使用再生空气了。"叶明义化解了尴尬。

"说来好笑,"田行健明显松弛许多,"那些环团口口声声保护环境,守护台湾,可是人家大陆禁运'洋垃圾'的时候,没见到他们有谁跳出来号召台湾向大陆学习,把'洋垃圾'也给禁掉。"讲起这些,他一脸的深恶痛绝,"这些人从来都是选择性发声,嘴里是主义,心里是生意。他们当中有些人,干的就是垃圾回收处理的买卖,生怕断了自己的财路!"

"反正死道友不死贫道。董事长不也被他们逼得说要去美国建厂了?"叶明义也痛恨这伙人。

"董事长也是没有办法呀,不然怎么给他们压力呢?话语权被这些人把持着。"田行健看上去筋疲力尽。

车外起风了,还挺大,却吹不走叶明义心头的愁绪。"最让董事长焦虑的,还是电的问题。"他说,"不能充足、稳定地供电,我们这个行业在岛内就将无以为继。供电紧缺已经是一个结构性的问题了,现有的能源结构不打破,问题就不可能得到根本性的解决。"

"在可见的将来,我看不到解决问题的任何可能性。"田行健既不满又不安,"现在推动'煤转气',号称要让天然气发电占到发电总量的一半,这简直就是异想天开。台湾总共只有两条LNG(液化天然气)的运输船,就算加大运量,增加到三条,可运进岛内的天然气储存在哪里?到时候,那些环团肯定又会跳出来抗议储气罐的安置问题。"

"台湾这样的地理条件,只有发展核电,才能在环保和满足供电需求之间找到平衡点,包括天然气发电还有绿电,都喂不饱台湾。"叶明义说。

"绿电就更扯了。"田行健忍不住吐槽,"为了铺设太阳能面板,提高发电量,居然连田地和坟地都占用了。还说要大力发展离岛风电,再造一个'海上晶益电子'出来。我看等不到这个'海上晶益电子'出来,我们这个陆上的晶益电子就要被逼到海上去了。"

"或许我们真的可以购买一座无人海礁,然后请大陆帮我们吹填成海岛。"

"我们不是刚好有一座海岛被变成海礁了吗?"

两人大笑。

开过玩笑,叶明义又认真起来,"从大陆输电过来,其实是最经济也最环保的选择。那样,我们也不用为了跳电'心惊惊'[①]了。"他叹道,"没有电,台湾还怎么发展5G、发展云端服务?这些都是耗电非常惊人的行业。如果不发展5G和云端服务,岛内的电子制造行业未来就真的要与世隔绝了。"

"那些人可不在乎把台湾变成孤岛。"田行健鄙夷地说,"我们把一部分产线迁到大陆去,客观上也能够缓解岛内的电力紧张问题,可是他们就是拦着不让,整天扯一些有的没的。"

"台湾迟早被他们玩没电了。"叶明义心中澎湃起来,"大陆搞5G、搞云端,也是因为他们有充沛的供电。在拥有那么庞大工业体系的情况下,还能充分保障用电,真的很了不起。现在可是连纽约都开始大面积停电了。"

"前些天,刚好就有人向我举起过纽约的例子,说连纽约都停电

---

① 心惊惊,担惊受怕之意。

了,台湾停电、限电又算得了什么? 真是不思进取!"

"你要好好想想公司的未来了。"叶明义忽然语重心长。

车外下起大雨,雨点儿粉笔头儿一样噼噼啪啪砸在车身上,车内静得像自习课堂。

"不瞒您说,我的压力真的很大。"车内幽暗,田行健的脸色也幽暗,"这压力既有外部的,也有内部的,但主要还是内部的。董事长经常讲,做人要反躬自省、反求诸己,所以我经常扪心自问,自己到底配不配接班董事长……"

"董事长对你的信任没有任何改变。"叶明义语气坚定地告诉田行健。

"但是,我的确辜负了董事长对我的期望,尤其是3奈米厂这件事情。"

"谈不上辜负。"叶明义开解说,"他也清楚,有些事情不是你左右得了的。你只是还要学习和成长,没有人天生就能当好执行长。董事长也一样,他当年也是不断地试错,才找到了对的自己和对的方向。"

"谢谢您的鼓励!"心底的感激似乎涌到了脸上,田行健的脸红通通的,"之前,我真的以为董事长请您回来,是为了给我当监军的。"

"他喊我回来,可不是给你当监军,而是当援军,董事长对你真的很好。"

"所以,我对您和董事长就更是既愧疚又感恩了。您回来以后,我们的良率提升很快,我肩头的压力真的减轻不少。"

"这样，我也能赶快完成任务回家了。"叶明义苦笑说，"我夫人已经给我下最后通牒了。"

叶明义夫人骆梓枝的最后通牒比预计迟到了一个星期。

以叶明义对妻子的了解，在从女儿口中逼问出真相之后，她这一周时间一定都在生闷气。否则，叶明义打过去的电话，她不会要么不接，要么挂断。但是，他又深知她迟早会沉不住气，或说是咽不下这口气，她必须拿他出了气才有可能消气。所以，当叶明义看到妻子来电显示的那一霎，他笑了。

果然，手机像漏电了一样，让叶明义猛一哆嗦。

"你说，你是不是早有预谋？"夫人在电话里质问。

从小在台湾长大改变了她的乡音，但是无法改变的，是她黑土地里土生土长出来的火暴脾气。

"哪有预谋……"

"没有预谋，公司怎么会刚好就需要你回去帮忙？你是不是怕我不同意，才假借参加论坛的名义蓄意出逃的？"

"不是蓄意出逃……"

"不是蓄意，那就是临时起意！你为什么不对我实话实说？"

"我怕你……"

"你怕我？我还以为你不对我说实话是因为爱我呢！"

"我当然爱你啦……"

"爱我为什么要骗我？"

"我……"

"你什么你，你是不是感觉退休以后整天陪着我太枯燥太无聊了？"

"不枯燥不无聊，我乐在其中！"

"乐在其中？乐在其中你为什么偷偷去看那些大陆来的大妈们跳广场舞？"

"我没有偷偷——"

"没有偷偷？那就是明目张胆啦！你看她们跳舞的时候是不是也乐在其中？"

"我没有乐在其中。"

"没有乐在其中你为什么还要去看？"

"我去看是因为我好奇。"

"好奇那些大妈是不是？她们有人比我年轻漂亮是不是？"

"确实有人比你年轻，但是没人比你漂亮，而且，我好奇的也不是她们。"

"那是好奇谁？那些比我年纪大的？"

"哪里有！我好奇的是那些美国大爷，还有美国大妈。"

"他们有什么可好奇的？这些人不是随处可见吗？"

"是随处可见，但是跟着一起跳广场舞，从前可不多见。据我观察，他们现在不仅跟着一起跳，人数还有不断增长的趋势。"

"据你观察，你到底观察了多久？"

"没有观察多久……"

"没有观察多久，你就敢下结论？"

"不信你自己去看看嘛……"夫人的火气烧得叶明义耳朵火辣辣

的，幸好他的手机不用担心自爆问题。

"我才没时间去看！你不在，我还要替你去修族谱呢！"

"有劳夫人了！夫人受累了！"这话应该是被骆梓枝受用了，叶明义明显感到电话里的火势渐烧渐熄。

"还要多久才能回来？"骆梓枝的话里，想念多过了怨念。

"这个……不好讲，我一定尽快。"

"你的尽快，就是尽量不要太快。"她在太平洋那边叹了口气，"原本是想 Irene 和你一起出去散散心，结果她回来心事更重了，你干脆就回不来了。"

"胡说，我怎么可能回不去呢？"

骆梓枝赶忙又在太平洋那头儿呸了一口："你如果不能尽快回来，就在那边帮女儿物色一个合适的对象，我还是觉得台湾男生更可靠些。"

"我物色了，人家也对她很有好感，可是 Irene 和人家不来电。"

"那就继续物色，还是台湾男生更适合 Irene 的性格。"

"大陆的男生其实也不错。"叶明义脱口而出，他无意间想起了论坛那天认识的那个年轻人——林同根的"左膀右臂"。

声音在电话里延迟了几秒。"你有合适的人选了？"骆梓枝问。

"没有。"

"没有也好，我不想她嫁给大陆男生。"

"大陆和我几年前去的时候相比，又发生了非常巨大的变化，已经远远把台湾甩在身后了。你真的应该到大陆亲眼看看的。"

"那边怎么样，和我没有关系。我从小在台湾长大，我父母也永远地留在了台湾。"

"他们一定也很想回大陆看看的。"

"你尽快回来吧!"电话那头儿,又延迟了好一会儿才又有了声音。

与妻子通完电话,叶明义更惦记女儿了。妻子说,女儿最近每天都加班到很晚才回家,周末也不休息,完全是在超负荷运转。这样的工作强度,叶明义很熟悉,他的腰背就是这样累坏的。

连打了几次,手机都占线。回美国后,叶韵还没主动打过电话给他。也许,真是因为太忙了吧?

幸好,叶韵把电话打了过来,叶明义才没有更失落。

"抱歉,爸爸。一直有电话进来。有事吗?"叶韵急匆匆问。

"没有,就是想对你说,不要太累了。"

"您放心,我会多休息的。很快就要开庭了,所以事情比较多。您还好吗?"

"还好,他们对我都很照顾。"叶明义让女儿放心。他没有告诉叶韵,最近他的腰背又开始疼了,所以请假在酒店休整。

"您认识赵用心吗?"叶韵忽然问。

"赵用心?"

"对,同芯半导体的营运长。"

"一面之缘,谈不上认识。怎么问起他来了?"

"他……前些天的媒体会上,他代表同芯半导体出面发言了。"

"然后呢?"

"……没有然后。只是问问,知己知彼嘛。"

"他很受器重,在美国读的研究所,又在美国和新加坡工作过很长时间，应该是个很有能力的人。"

"对不起，爸爸，又有电话进来了，改天再打给您。"

挂断电话，叶明义脑海中浮现出女儿和赵用心同框的画面。真的很般配。可是，那么优秀的男生，怎么可能"名草无主"呢？即便仍然无主，恐怕也是因为贪恋"群芳"的缘故吧？

况且，女儿又是他"敌方"阵营的成员。叶明义打消了念头。

他宁静了一下心神，在房间里练起了因忙碌而荒废多日的"五禽戏"。"五禽戏"的创编者是华佗。叶明义时常感到神奇，一套偶然学来的养生功法，就像是一本武功秘籍，将他同近两千年前的历史人物、古典文学名著中的神医联系在了一起。

而他脚下的这片土地，也是早在三国时期，就出现在了中国的正史文字里。中国不只是国家，还是绵延数千年的独特文明。这套"五禽戏"也不只是功法，更是中国人道法自然、追求天人合一的独特文化。

叶明义所学的这套"五禽戏"共有五十四式，但族兄在教授他时，特意强调"任力为之，以汗出为度"。以人为本，不强人所难，果然是中国人自古秉持的理念。叶明义"双立手，翘一足，伸两臂，扬眉鼓力"，之后又"坐伸脚，手挽足距，缩伸二臂"。坚持练完整套功法，他已汗透衣衫，腰背的痛楚着实减轻不少。

酒店的床，也比平日舒服了许多。躺下不久，叶明义就均匀了鼻息。

梦里的一切都是俯视的，像在飞着。他在海面盘旋，掠过山峦，又掠过林木，在飞越了几道河溪之后，闯入了一片阴霾。他以为很快就能穿越这片阴霾，然而雾煞煞连着雾煞煞，把一切都笼罩了，把一切都抹掉了。叶明义失去了方向感。东西南北仿佛互换了位置，又或是手挽着手，拉成圆圈，把他围在中央，唱着、跳着，不停地旋转。

他赶快切换了导航。新的导航系统带他飞出了迷雾。

天清朗了，月在他头顶，云在他身畔，开阔的视野里，北斗星正遥指着北极星。叶明义向下张望，下面的一切也变熟悉了。那是他奉献了大半生的地方，那座方正的大厦，正是他眼见着矗立起来的，而蜿蜒在园区里的甬路，也是他无数次走过的。

还有他自己，正从大厦的灯火通明里走出，走向寂暗。叶明义在天上跟随着地上的自己，他呼唤他，他也仿佛听见了他的呼唤，却没有看见。

他想要从天而降，可他做不到，一股力量使劲儿顶着他，他很失望。

他继续飞着，沿着当初上下班的路线。路边还像当初一样，没什么改变。

困意袭来，他微闭起双眼，导航切换成自动驾驶模式，他不必再像当年一样强行把眼睛睁开了。

"到家啦，宝贝！"

"可不可以买支棒棒糖给我呀，爸爸？"

叶明义猛地把眼睛开。年轻的他正领着女儿进到旧宅楼下的便利店里，不一会儿，又和女儿手拉着手从便利店里出来，俩人腮帮都鼓鼓的，塞着棒棒糖。女儿这时抬起了头，那张小脸还是那样稚嫩，眼睛大大的、亮亮的、无忧无虑的，不像现在……

"爸爸，你瞧！"女儿欢快地跳了起来。

叶明义在空中召唤女儿，开口却听见了鸟的啁啾鸣啭。这叫声似曾听闻，仿佛是老家旧屋窗棂下，那只唤醒他的蓝鹊。

叶明义醒了，天还没亮。他有些伤感。

老家那间旧屋已经没有了，而新竹的旧宅还在。他决意早上起床，不管腰背还疼不疼，都要回旧宅看看。旧宅已经不再属于叶明义一家。退休去美国之前，他卖掉了它。

他们一家在那所旧宅中住了将近十年。他对那所旧宅的回忆，仅止于女儿去美国读书前的那些年。之后，公司为了嘉奖他，也为了他上下班方便，便为他免费提供了毗邻公司的住所。

他搬到公司附近之后，那所旧宅又空闲了几年。女儿每次回台湾，都要再去看看，再住上几天。后来，女儿很少回台湾了，即使回来也不再对旧宅念念不忘。旧宅便被租了出去，叶明义对它的记忆也就此中断。

计程车上，叶明义回忆着与旧宅相关的往事，可回忆都是碎片的，场景也是拼接的。他冀望这次回去，能帮他将当年的画面全部复原。

画面仍似当年。

楼下的便利店还在，只是两旁的店铺都空了，橱窗上贴的招租告示，也已在苦等之中褪了颜色。叶明义立在路边，回想那些店铺曾经各是什么店。左边的那家当时是书店，店里的书籍既出售也出租。他记得，女儿曾经偷偷借回了琼瑶的小说被他发现，他拿书去还，然后捧着古龙的小说津津有味地读了半天。

真的很引人入胜，叶明义不禁笑了。后来，他又读了古龙的所有小说，也把女儿从琼瑶的粉丝带成了古龙的迷妹。

至于另外那家，曾经是一个玩街机的所在。那里也混迹了很多不良少年，有的还小小年纪就成了帮派成员。他曾经明令禁止女儿入内，更不准她和里面的男孩子来往。可是，就在女儿赴美就读之前的暑假，有次他从楼上无意中发现，女儿正站在对街的楼下，靠着墙，和一名头发长长但样貌清秀的男生愉快地聊着天。

她和他一人手里一支棒棒糖，向晚微红的霞光洒在他们脸上，也洒在洁白的墙上。那男生应该很喜欢女儿，叶明义能读懂他脸上每一个可能连他自己都未觉察的表情。

男生也没察觉女儿有心事。男孩子在这个年纪还都是懵懂的，有时候傻得可爱，有时候傻得可恨。

叶明义站在窗旁，想等女儿讲出她的心事再叫她上楼，因为她说过，她对台湾还有许多不舍。作为父亲，叶明义明白，她的不舍里肯定也包括了这名男生，虽然她嘴上并没有讲。

这夕阳下的美好，不是谁都可以拥有的，叶明义不忍打破。可是，女儿却抬头望见了他，然后立时像惊惶的小鸟一样腾空而起，匆匆快走几步，离开了墙边。

女儿还回头看了一眼，应该是抱歉和留恋吧？叶明义看不见女儿的脸，但他却清楚地看见了那名男生脸上的惊讶、失望、失落、痛苦，还有彷徨。

男生也望见了叶明义，在与他对望的目光中，似乎有所恳求。但很快，他就低下头去，目送女儿的背影……

之后,那名男生也离开了墙边,斜叼着棒棒糖,大步穿过街道,回到了那个玩街机的地方,回到了他的兄弟们中间。

女儿进门之后什么也没说,叶明义也什么都没问。

晚餐前,女儿站在窗边,就在他傍晚时所站的地方。

此时,叶明义也靠到了墙边,站在了女儿和那名男生当时所站的地方。墙已经换了更深的颜色,他也像那名男生一样,望着高处二楼上的玻璃窗。窗子很洁净,在阳光下也很明亮。叶明义不知窗子里边住着的,是否还是当初从他手中买下房产的那家人。

那家人很和善。叶明义在签完售房合同之后,很多余地嘱咐了一句:"对这房子,要爱惜。"

他忽然很后悔将房子出售了。到了他这年纪,对所拥有的一切都倍加爱惜,也倍感珍惜。他越来越害怕失去。他仿佛望见多年之前,女儿正守在窗边,同样满面戚然,既害怕失去,又不得不失去。

所以,这才是女儿抵触和他讨论感情问题的根源吧?叶明义不禁叹息。

去美国读书后的第一个暑假,女儿又回到了这里。可是回来才几天,她就哭着扑到叶明义怀里,说不想在这里住了。

后来某一天,叶明义偶遇那名男生,彼时,他被一个女生挽着手臂。男生见到叶明义,先是一愣,然后眼里尽是倔强,尽是不服气。

其后的几个暑假,女儿还是回到了这里。她应该又和那名男生见过、谈过。但是,天各一方终归还是拉大了他们之间的距离,女儿再没有像那次一样情绪激动。直到有一天,她从外面回来,面无表情地和叶明义说了句"他要结婚了",之后便待在自己房间里,很久都没出来。

叶明义拿出手机，拍了几张街景的照片。地上的指示箭头是新漆的，仿佛在提醒他该离开了。也确实没什么可看的了。他从街头走到街尾，在楼下又停留了不少时间，却没有遇见一个旧相识，也没有一个人将他认出来。

楼门也安装了门禁，他是真的再也回不去了。

离开的路是个缓坡，他顺着坡道慢步徐行，不像当年送女儿上学那么匆忙，也不像当年接女儿放学那么焦急。无论送女儿还是接女儿，对于当年的他来说，都十分难得。

叶明义继续走着，沿着当年接送孩子的路线。女儿就读过的小学已不再是彼时的模样，外墙上绘制的地图比当年小了许多。这是叶明义最担忧也是最痛心的，如果从小培养的格局就这么狭隘，长大之后，又如何能够拥有远大的目光、宽广的胸怀？

他在校门外等了一会儿。和他一起的，还有不少年轻的爸爸。他们大概会把他当成等孙辈放学的爷爷或者外公吧？

"好久不见。"一位不那么年轻的爸爸来到近前。他头发极短，跨栏背心外的臂膀看上去瘦而有力。

"是你！"叶明义终于认了出来，"你是……？"他至今还不知道对方的名字。

"叫我阿聪吧。"来人淡淡回应，"叶韵还好吗？"他看似漫不经心地问。

"她很好，前段时间还回台湾来了。"

阿聪笑笑，当年清秀的脸庞如今变得清瘦，随着笑容，也出现了岁月的纹理。

"来接小孩吗？"叶明义问他。

阿聪的表情柔和了许多："对，接我女儿，她今年刚读一年级。"

"只有这一个孩子吗？"

"是的。怎么了？"

"没什么，因为很多年前就听说你结婚了。"

"我那是骗她的。"阿聪说完，嘴角抽动了一下。

"为什么？"

"因为我们俩永远都不可能了，我不想让并不存在的可能纠缠她，也折磨我自己。"

"你这是为了她好。"叶明义言语里充满感谢。

"你也是为了她好。"阿聪却语带嘲讽，"不过，你是对的。我曾经恨了你很长时间，直到我自己也有了女儿，才终于理解你了。"

"每个人都有不同的际遇，幸运的是能够相遇。"

"相遇之后再分开，更痛苦。"

校园里传来久违的下课铃声，阿聪随之转换了话题："我听说你们把这边的房子卖了，全家都去了美国。"

"是的，我已经退休了。"

"怎么又回台湾来了？"

"为了帮一位朋友。"

"来这附近，是有事要办吗？"

"不是的。今天刚好有时间，所以来看看。"

"故地重游啊。"

"你今天没有上班吗?"

"怎么可能不上班? 我现在同时在打两份工,一份是汽车修理,一份是放课后教小朋友打棒球。"

"那很辛苦啊。"

"不辛苦又能怎么样呢? 除了修车工具,球棒是我唯一擅长的东西,不管是用它来打球还是打人。"

校园的大门终于开启,小朋友们排着队,鱼贯而出。一个小姑娘远远就朝阿聪挥手,大大的眼睛,继承了爸爸的清秀。

小姑娘跑到近前,被阿聪一把抱起,他的胡楂儿扎得孩子又笑又躲。叶明义不知不觉地笑了。这也是他曾经做过的,曾带给他和女儿无尽的欢乐。

阿聪将女儿放下来,从工装短裤的口袋里掏出两支棒棒糖。他和女儿一人一支,小姑娘攥着棒棒糖,如同攥着这世界上最甜蜜的东西。

"说再见。"阿聪指着叶明义对女儿说。

"再见。"小姑娘乖巧地朝叶明义摆摆手,嗓音甜甜的。

阿聪的摩托车就停在路边。他给女儿戴好头盔,然后骑了上去,小姑娘紧跟着他熟练地爬了上去。阿聪用一根系带将女儿和他绑在一起,之后戴上头盔,用力一脚蹬了下去。阿聪载着女儿从叶明义身旁经过。他没再理会叶明义,就好像叶明义和其他那些陌生人一样。

叶明义望着他们离去。小姑娘紧紧搂着爸爸,头贴在爸爸背上。直到这时,叶明义才注意到,在小姑娘的头顶,阿聪的右肩上,还文着两个字——

"蕴,藏。"他默念。

赵用心、叶韵

pretrial conference（庭前会议）就像是欧洲中世纪的两军对垒，大家先把阵势排开，然后用浩大的声势表明己方绝不妥协、奋战到底的坚定意志和决心。赵用心感觉不太真实。叶韵就像美剧里演的那样，正和同芯半导体的代理律师唇枪舌剑。她的英语很流利，发音也很标准，每一个单词都像是深思熟虑后的脱口而出，又那么动听。

"我方对对方采取法律行动的目的，在于保护我方的智力财产权益和股东利益。"叶韵重申，"如我方之前说明的那样，我方在很早之前就曾致函对方，目的是为了督促对方履行和解协议，并期待双方就争议能够达成一致意见。然而，双方的四次协商均无果而终，我方这才决定再次向对方提起诉讼。"

同芯半导体的代理律师反驳说："直到对方提起诉讼前一周，我方仍就此事主动与对方接洽联系，可对方却在没有事先警示我方的情况下，就对我方提起诉讼，其目的还在于利用诉讼给我方带来的不确定性风险，来打乱和截断我方与客户、供应商，以及潜在投资人等各个方面的利益关系。"

赵用心看着叶韵，猜她会怎样回答。

这时，叶韵竟然也看了他一眼，然后像被烫到了一样，飞快地移开目光，向法官抗议道："对方这是在模糊焦点！我方之所以在上次和解协议签订后的一段时期之内没有起诉对方，是因为我方需要通过第三方搜集证据，这需要时间。这段时间里，我方在进行了大量搜证之后发现，即便在和解协议签订之后，对方仍未停止窃取和盗用我方的技术资料。"

同芯半导体的代理律师听罢，立刻也向法官抗议："我方的所有工艺技术均有明确的授权来源，这些已在我方的答辩书中进行了详尽列举和说明……"

法官当天状态不好，在确定双方均无和解意愿之后，只简单征询了一下双方代理律师的意见又提了几个问题，就裁定了诉讼的时间进度表，然后草草结束了这场庭前会议。

"我们今天干得不错！"同芯半导体的代理律师通过总结的方式进行了自我表扬。

"确实开了个好头儿，Scott！"赵用心和他握了握手，"我感觉这位法官不是很有耐心，这对我们有利还是不利？"

"我认为是有利的，"Scott Banson 眨眨眼睛，"如果你领教过那些'有耐心'的法官就会同意我。"

"我当然没有领教过。"赵用心笑了。

"希望你永远都不要领教。"Scott 也笑了。他请赵用心放心，又重复了一遍自己的战绩："对方聘请的那位女律师和我交手过三次，一次都没能战胜我。当然，我这样讲，并不是歧视女性。"

"我知道，这也是我们聘请你的原因。"

这时，叶韵和晶益电子的代表走出法庭，从他身旁经过。又一次擦肩而过，赵用心心中叹息。叶韵对他视若无睹。难道法庭上那一眼，是我臆想出来的？

"她和你认识吗？"在法院门口等计程车的时候，Vivian 小声问赵用心，旁边还有其他同事在。

"谁？"赵用心回答得挺大声。

"那位美女律师。"Vivian 笑得别有意味。

"我怎么可能和她认识？"

"怎么不可能？你在美国工作了那么久。"

"工作了那么久又如何？我在美国从事的又不是法律工作，而且我也没像 James 那样经常需要法律援助。"

"真的？"Vivian 仍然将信将疑。

"假的。"赵用心朝计程车挥了挥手。

"她看你的眼神不对。"

"她什么时候看我了？"

"庭前会议上，"Vivian 在计程车停下之后还在说着，"她当时看了你一眼，然后眼睛马上就闪开了。"

"那可能是因为我辣眼睛吧？"赵用心拉开了副驾的车门。

"你为什么要订今晚的航班？"上了车，Vivian 继续问他，"你应该明天和我们一起走的。"

"明天走就来不及了，我还要去海川开会呢。"赵用心说。

"你们是中国人？"计程车司机忽然插话。

"是的，怎么了？"赵用心警惕地问。

"好极了！"司机的右手兴奋地攥成了拳头，"这次我终于猜对了！"

见车里的中国人全都莫名其妙地看着他，司机连忙解释："最近我拉了几个亚洲人，我都问他们是不是中国人，结果是两个日本人、一个韩国人、一个越南人，还有一个是台湾人。"

"台湾人也是中国人。"赵用心提醒。

"我知道，但是那家伙死活不承认！"司机用力拍了下方向盘，"我告诉他说，别欺负我们美国人不懂历史，我爷爷当年参加过'二战'，在亚洲跟日本人打过仗，那是我们家族最光荣的历史，所以我研究得很深入。我知道日本在战败之后把台湾还给了中国，这些都是《开罗宣言》《波茨坦公告》里写的，所以台湾人不是中国人是什么人？"

"你好有研究哦！"Vivian 称颂司机。

"说得太棒了！"赵用心也为博古通今的司机鼓掌，"你为什么要问他们是不是中国人？"

"因为我想告诉你们中国人，美国人爱你们，至少我这个美国人爱你们。"司机扭头看了赵用心一眼，目光中满是真诚，"我爷爷从小就告诉我们，中国人是好人，是值得信赖的朋友。他活着的时候，我们全家还去过北京，那北京烤鸭……"

赵用心瞧了瞧司机的腰围，他确信这哥们儿在连吃二十六个汉堡之后，还能再吃下整套的北京烤鸭。

"还有其他中国食品，又便宜又好吃。中国商品也是又便宜又好用。"他指了指自己的棒球帽，"中国制造。"他又指了指身上加肥加大的短袖衬衫和牛仔裤,"也是中国制造。我脚上的鞋和家里的电器、家具、炊具、玩具全都是中国制造。你们中国人帮我省了很多钱,然后我才有钱养孩子,去交税、交房租。"

"其实,我们也想用从美国赚回来的钱再去买美国商品,但是有些东西就是不卖给我们。"

"他们只卖他们想卖的。"司机充满不屑,"发生了枪击案,然后把射击类游戏给禁了,这简直就是个笑话!每次客人上车,我都要担心会不会被枪指着脑袋!"

司机头上扣着顶波士顿红袜队的棒球帽,帽子比他头围小了一圈儿,不仅洗掉了色,还磨破了边儿。

"你是红袜队球迷?"赵用心问。

"当然!"司机满怀骄傲地问,"你也是吗?"

"我不怎么看棒球,但是我知道红袜队。"

"伟大的红袜队!"司机更骄傲了。

"你在纽约戴红袜队的帽子,就不怕挨揍吗?"

"我他妈才不怕那些'扬基佬'!你瞧,我还穿着这个。"司机把脚从油门儿上暂时拿开,给赵用心展示他脚上的红袜子。

赵用心哈哈大笑:"穿这个有好处,辟邪,踩小人,能够保佑你。"

"真的吗?"司机大喜,"这也是中国制造!"

"麻烦你把收音机开大一些。"Vivian忽然打断和赵用心聊得正high(兴奋)的司机。

司机调大了音量,Vivian脸上渐渐浮现出笑意。"机场罢工了,咱们都走不了了。"她对赵用心说。

由于机场罢工，赵用心不得不比原计划多滞留两天。Vivian 拉他去购物，他推辞说："我还是把钱留着，回去拉动国内消费吧。"

"不买东西，那就随便逛逛嘛。"

"没听司机说吗？这里很危险！而且我还有工作要做，夜里还得起来开视频会议。"

"那就等你忙完一起出去吃晚饭，饭还是要吃的吧？"

"在酒店随便吃点儿就行。"

赵用心把去海川开会要用的几个文件又从头到尾过了一遍，修订了里面的部分文字内容，然后打包发给林同根。由于碰上"不可抗拒的力量"，他不得不请林同根代他去向岳敏行汇报工作进展。

处理完工作的赵用心，纠结着叶韵在听证会上看他的那一眼是不是有意的，不知不觉就睡着了。

他梦见了海市蜃楼。

海市蜃楼里，叶韵穿着婚纱，戴着那颗"柠檬糖"钻戒，被个没脸的男人牵着手。赵用心在梦里告诉自己，这一切都是真的，海市蜃楼里发生的，一定是这个世界上正在发生的。

那个无脸男牵着叶韵，缓步向前。

赵用心急死了。他们要去的地方，即将是他们的起点，也将是他的终点！必须在他们到达之前拦住他们。赵用心疯狂地跑，疯狂地踩油门儿，结果摄像头又拍到了他，把他给吓醒了。

他登录了叶韵所在律所的官网，打开她的网页。叶韵还是那身装扮，没有穿上婚纱。

赵用心左思右想，叶韵在听证会上看他那一眼，绝对不是无心。可就算是有意，又能说明什么？她和他讲过的话，总共也不到三句，而且人家都已经订婚了，自己却还在这里想入非非……赵用心猛地心跳了一下，他突然记起听证会那天，叶韵并没有戴她那枚"柠檬糖"钻戒！

真没戴吗？赵用心仔细回想。真没有戴！

可没戴又能说明什么呢？想到这儿，他情绪又低落下去，像坐了回过山车。干脆找她去吧，当面问个清楚。赵用心心乱如麻，随手点开了官网上 contact us（联系我们）的页面，心情猛地又像上冲的过山车一样飞了起来。

那家律所距离他住的酒店竟然只有5公里！

赵用心急忙用地图 App（手机应用程序）确认了他的重大地理发现。这不正是他每天慢跑的距离吗？他忽然脚痒了，还挺疼。酒店的跑步机都能送进这里的大都会艺术博物馆了，他要是再跑两天，回国肯定就得进积水潭医院。所以，还是出门慢跑吧！

赵用心怀揣着对跑步的热爱，迎着落日，轻盈地朝预设的终点跑去。

终点并没比起点令他距离叶韵更近。站在律所所在的新古典主义风格的大楼之下，赵用心头一回感觉跑步是在做无用功。

我在这儿，她在哪儿？大楼人进人出，难道我真要守株待兔，挨个儿人脸识别吗？如果遇见她，又该怎么做？难道告诉她，我恰巧跑到这儿，恰巧站在这儿？赵用心颓然四顾，然后，瞪大了眼睛。

他的额头汗涔涔的，即便汗滴迂回进眼里，都没能让他的眼睛有些微眨动。

　　星巴克的玻璃墙俨然成了大银幕，放映着女主角端坐在咖啡桌旁专心致志的样子。赵用心感觉世界被放大了，大到只有他和她。他眼前的世界也更明亮了，因为所有的光都照着她，所有的光也都来自她。光簇拥着她，也呵护着她。坐她对面摆弄着手机的帅老外也不时地抬眼看她，还跟她说话。她回应着，并没有抬头，显然两个人十分熟悉，熟得就像……赵用心终于眨了眨眼睛，她亮得有些刺眼了。

　　这情节转折得太突兀，怎么倏忽间就从独角戏，变作了公主与王子的故事呢？周围像熄了灯的影院，把赵用心吞没在漆黑中。他的人设也随之被修改成永远都不可能跟女主角对戏的龙套。

　　他和她，不过是彼此生命里的过客，即便相遇、相视，也难得相知、相爱，更遑论相伴、相守。

　　来时的路，也是回去的路。赵用心活动了一下脚踝。在他抬脚的一刹那，他瞥见她也在看他。

　　他停住脚步，时间也跟着停了，画面就静止在那一秒，静止在赵用心梦想的，却做梦都想不到的那一秒。

　　叶韵隔着玻璃墙，望着那个陌生又熟悉的身影。他站在黑暗里，头发是黑的，衣服是黑的，鞋也是黑的，只有那张脸，真切得出奇。

　　他是要跑走吗？他干吗要跑来呢？他是恰巧跑到这里，又恰巧站在这里吗？叶韵撤回目光，心像被什么抓住了一样，它越挣扎，就被抓得越紧……叶韵唇齿发涩，她呷了口咖啡，轻轻地、浅浅地，生怕姿态不够优雅。

叶韵禁不住脸上烫烫的。他跑走了吗？她还想看他，但又不想对面的人顺着她的目光，发现她的"宝藏"。他一定是特意跑来的，叶韵心里美美的，虽然不形于色。她和他仿佛从那天开始，就一直跑着，时而她在前，时而他又领先，可是谁都没有加速，刻意保持着距离，期待对方再追赶上来。

此刻，她脑海中充盈着多巴胺、内啡肽跟荷尔蒙带来的愉悦，她止不住又朝外扫了一眼，他却不见了。

幸亏带着信用卡，赵用心才顺利付款，给自己买了杯咖啡。从另一侧关注叶韵，又是截然不同的心动。她朝外看，是在看我吗？赵用心嘴巴干得要命。

咖啡师像在传授技艺，他的分解动作，每一步都留给顾客充足的笔记时间。

叶韵又专注地工作了，只是这时的"专注"似乎有些不情不愿，又有些心不在焉。

她对面的帅老外接了个电话，不一会儿，就有个跟他天生一对的俊老外来找他了。两个人吻了一下，跟叶韵告别，便挎着胳膊结伴离开。

赵用心终于拿到了他的咖啡，竟比在国内多花了三倍的时间。但他很开心。她对面的位子空了，如果他过去，在她面前坐下……

叶韵这时合起了笔记本电脑，似乎也要离开。她四下里望了望，目光定在他的脸上。他的脸也有些烫了。她望着他，然后低下头，然后又抬起头。古龙说，一个女人最好看的时候，就是她虽然想板着脸，却又忍不住要笑的时候。此刻的叶韵，就是这个样子。

真是个傻瓜，这么大人了，喝咖啡还能烫到自己。叶韵咬着嘴唇，他一定是故意在逗我笑，她快要绷不住了。

她回过脸去，不再看他，她确信这次他不会再消失不见。她在心里读着秒，如果不是真的傻瓜，十秒之内，他就应该来到她身边，在她面前坐下。十、九、八……五、四、三……叶韵耳边有了脚步声，她的笑意在唇角绽放，像开了一朵小花。她仰起脸，Billy Samson却坐到了她对面。

赵用心很后悔没赶快过去，被一对男女抢了座位。那俩人年龄并不相当，倒都挺好看的。他俩似乎跟叶韵也很熟，并且不是一般地熟。叶韵脸冷冷的，赵用心听不到那男人讲的话，但是他能看到那女人即便坐着，也仍然挽着那男人的胳膊，得意又恶意地敌视着叶韵。

美国也有这么喜欢秀恩爱的人吗？不管叶韵跟那男人什么关系，他肯定伤害过她，并且正在伤害她。

叶韵就像悬崖边寒风里孤零零的一朵小花。Billy Samson所说的每一句话，都被她从耳朵里推了出去。这朵小花仍然孤傲地挺着，也只有她自己知道，她快要挺不住了。

她又看了一眼赵用心，他果然还在那儿，正愤怒地瞪着自己。他为什么要愤怒？是因为我对面那个混蛋吗？你是个傻瓜吗？那个混蛋已经和我没有半点儿关系了，你干吗还要这么在意呢？

她干吗用那种眼神看我？是因为我见到她屈辱的样子了吗？她是要我走开吗？赵用心又喝了口咖啡，真苦。他把还剩四分之三的咖啡扔进垃圾桶里，然后听到嗵的一声，接着就是连续的嗒嗒嗒、嗒嗒嗒。

叶韵被这声音吓坏了,她猛地朝外张望,外面的景象更令她恐惧。

那女人尖叫着扑到那男人身上,然后被那男人迅速起身从座位上拽走。所有人都从玻璃墙边逃开,只有叶韵慢了半拍。

叶韵和惊恐的人们拥挤在一起,孤零零的,像被丢在路边的小花,随时都有可能被肮脏的鞋底践踏。这时,有人牵住了她的手,仿佛把小花从地上捡了起来。

叶韵与握住她手的赵用心对视着。

"别怕。"赵用心告诉她。

两个人终于讲出了第三句话。

叶
明
义

病毒事件拖累了晶益电子当季的营收表现，连续两个季度营收下滑几乎已经板上钉钉，这在公司三十多年的历史上，还从来没有发生过。

"屋漏偏逢连阴雨。"林道简对叶明义说。

"可是今天阳光明媚。"叶明义提议去打高尔夫球，"一杆解千愁。"他用林道简的名言开解林道简。

"还是在这里放松。"来到球场边的林道简对叶明义说，"我原本计划的是退休之后成为一名业余高尔夫球手，到处去打比赛，可是拖到现在都还没有退休。估计到我退休的那一天，也可以直接宣布退役了。"

"那您也是半导体界的'名人堂'选手。"叶明义笑着说。

林道简笑了笑，又不笑了，说道："Irene和我讲，同芯半导体在答辩书里列举的证据比她想象的要充分，这次诉讼可能比预想的要艰难。我告诉她要有耐心，让她把这件案子当作一只可以长线持有的股票，我并不急于套现，因为拖得越久，我们的收益就越大。"

"也不要拖太久……"叶明义在心中祈盼。

林道简摆好球,接过球童递给他的球杆,潇洒地将球击飞。

叶明义真心感到佩服。年龄并未减损老长官球场上的英姿,不像他,本就不太高超的球技还跟年纪成反比。

"没想到银河电子会拒绝提供5G芯片给艾普尔。"叶明义也挥了一杆。

"所以,他们马上就和高博达成了和解。"林道简冷笑,"那可是几十亿美元的和解费用啊!"

叶明义望着天,天上仅有的两朵云凑到了一起。"艾普尔应该也没想到会被银河电子拒绝,所以才这么被动。"他和林道简朝前走去,"据说,艾普尔还准备收购英泰的基频芯片业务。"

"收购又能怎么样?英泰的晶片架构就不适合移动设备,所以他们才没法从根本上解决功耗和散热的问题。这些不是收购就能解决的,除非推倒重建,可是推倒容易,重建就……"林道简哼了一声。

"不管怎么说,这对咱们都是则好消息,起码证明了银河电子没有我们可靠。"

"银河电子为什么拒绝艾普尔,你想过没有?"林道简忽然问。

叶明义想了想,说:"还是因为竞争关系吧?毕竟银河电子和艾普尔是智慧型手机市场的双雄,如果银河电子在艾普尔困难的时候拉艾普尔一把,即使有订单做交换,对银河电子来说也是得不偿失。"

"恐怕没那么简单。"林道简望向远处。

田行健这时坐着电瓶车赶了过来,他也是全套的高尔夫球装备。

是叶明义叫他来陪林道简打球的,他想让师徒俩增进一下感情。可是从田行健的表情来看,他似乎没有打球的心情。果然,他一到近前就报告了一个不好的消息，把林道简的兴致像高尔夫球一样一杆击飞。

林道简阴着脸，天上那两朵云彩不知何时又招呼来了更多的小伙伴。高博决定把5G芯片交给银河电子代工，使用的就是盖过了晶益电子的EUV 7纳米工艺。

"刚刚我还在担心，没想到竟然成真了。"林道简对叶明义说。

"之前什么风声都没有。"田行健在没有风的球场上流着汗，"我一直认为他们对外高度评价银河电子的EUV 7奈米，是为了压低咱们的价格。"

"你想得太简单了！"林道简恼火地说，"价格从来不是我们的优势，客户看中我们的也从来不是价格！"

"我们可以把空出的产能转给星东方……"田行健嗫嚅着回答。

"如果星东方也把订单交给银河电子呢？你再转给谁？"

田行健哑口无言，仿佛被球杆打到了一样。

叶明义连忙解围："目前，确实是星东方成长势头最好，他们和我们之前也有默契。"

"高博和银河电子之间也很有默契呀。"林道简伫立在球场上，四顾茫然，"银河电子拒绝提供5G晶片给艾普尔，艾普尔就不得不接受高博的和解协议，然后高博再把提供给艾普尔的5G晶片交给银河电子代工，这样高博和银河电子就实现了双赢，而且赢的还都是双份。"

叶明义不由得惊叹，现实果然比戏剧更精彩，也更残酷。

"艾普尔虽然要支付巨额的和解费用，但是他们起码有晶片可用了，不会在5G上太过落后于竞争对手。"林道简忧心忡忡地说，"真正受伤的其实是我们,而且伤口还有可能继续扩大。"

"您也不必太悲观。"叶明义劝慰说,"我们的OIP(开放创新平台)已经提供了5奈米的完整版本给客户,现在已经有客户开始使用5奈米制程进行设计了。我们的5奈米比银河电子的EUV 7奈米提升很大,他们的3奈米还在路上,所以客户5G的优先选项还是我们。"

"对!"田行健忙附和,"5奈米制程良率在叶董归队之后提升很快,量产进度还能再向前提。"

林道简摆好球,瞄了瞄,挥杆将球击向很远的地方。他望着远去的高尔夫球说:"我准备尽快去一趟美国,之前给环评小组的压力还不够,我也要跟高博和艾普尔好好地谈一谈。"

"要我陪您吗?"叶明义随口问了句。

"不,你留下来。"

天光比刚才暗了许多,把球场上的亮绿变成了更沉郁的颜色。打高尔夫球,叶明义不在行,也没兴趣。他的兴致在青草和泥土,就像他儿时跑过的河滩,也像他少时爬过的山坡。

每次站到高尔夫球场上,叶明义都仿佛钻进了时光隧道,把即时的图景和记忆的画面交叠在一起,让那时的他和此时的他相遇。然后,那时的他就会问此时的他:"如果让你回到我这个年龄,你还想做哪些事情?"此时的他也会问那时的他:"如果换你活到我这个年纪,你还想做哪些事情?"

对啊,还有哪些事情想做? 在回去的高尔夫球车上,叶明义问自己。

赵
用
心

赵用心给叶韵回完微信，就把手机放在了办公桌上。

半个小时之前，他刚因为国产 CMP（化学机械抛光）的事儿，几乎和 James Brosnan 吵了一架。这位大詹姆殿下是林同根从晶益电子挖来的第一名技术高管，深得林同根信赖，因而很快就坐上了 CTO（首席技术官）的位子。按说 CTO 和 COO（首席运营官）各司其职，井水不犯河水，可这位老兄却像袋鼠一样，毫不见外地蹦进了赵用心的职权范围，干预起赵用心的决策来。

这已经是他第二次找赵用心了。头一次，赵用心就已经跟他认真解释过了，说自己只是想引进一台国产设备尝试一下，其他要更换的设备依然会从美厂购买，并且是否引进国产设备，也还要视上线测试的最终结果而定。

赵用心当时以为问题已经解决，可没想到，国产 CMP 上线测试大概率成功，大詹姆殿下却又出人意料地找上门来。

在引进国产 CMP 这事儿上，赵用心并没有"独断专行"，而是做了充分的调研和沟通。

他去 fab（工厂）和厂长聊，和 CMP 小组聊，和生产线上的 PE（工艺工程师）、PIE（工艺整合工程师）、PDE（工艺器件工程师）、EE（设备工程师）、QE（质量工程师）们聊，甚至也和大詹姆领导的 TD（技术研发）部门的 CMP 经理聊了，了解到大家确实都对国产 CMP 设备心存顾虑。

他对此很理解，因为不是谁都愿意"第一个吃螃蟹"，尤其一线人员，更是近乎本能地排斥和规避风险。他们中就有人问赵用心："晶益电子从日本买的设备都能出问题，谁敢保证国产设备就不出问题？"

赵用心耐心地说："国产设备当然也可能出问题，出了问题就解决嘛。晶益电子不也没有因为日本设备出问题，就不用日本设备吗？况且，连日本设备都会出问题，我们干吗还要迷信进口，不给国产设备一个机会呢？

"给国产设备一个机会，让他们证明自己到底行不行。起码上线测试这段时间，他们的表现就很好，设备运行稳定，产量也越来越高。

"不给国产设备机会，国产设备就永远没有机会。我们国家从前连根钉子都造不出来，谁能想到现在满世界都是 made in China 呢？还不是因为中国制造证明了自己，才被全世界接受的？

"我们公司当初也一样。订单哪儿来的？不也是我们一点儿一点儿证明了自己行，别人才把订单交给我们的吗？我们当初希望别人给我们机会，我们现在怎么就不肯给别人机会了呢？现在我们拉人家一把，将来人家起来了，我们也能跟着沾光，起码不用花高价、花外汇去国外买设备了。而且因为我们能国产，国外设备到时候还得抢着给我们降价！

"大家的顾虑我很理解，因为你们的顾虑也是我的顾虑，所以我们才先在老厂上国产设备，这就像我们国家当年搞特区一样。老厂产能相对比较低，国产 CMP 完全能满足产能需求，就算出了问题，也不会造成太大影响……"

赵用心的苦口婆心，为国产 CMP 设备在相关人员当中建立了信心，赢得了支持。不过，CMP 小组的组长又找他坦陈了更深的顾虑。

组长担心组里这些年轻工程师本来收入就不高，工作强度又大，同时维护美日两种型号的设备已经够他们辛苦了，如果再引进国产设备，就等同于又增加了一个全新的型号。他们维护设备的同时，还必须重新经历学习、熟悉和掌握的过程，这将变相大增他们的工作量。而且，一旦国产设备运行不稳或者发生损坏，国内厂商的技术支持能否跟得上，他们也缺乏信心。

"你提的这些很好。"赵用心拍拍组长的肩膀，"你放心，这些问题我都会想办法解决。"

很快，赵用心就找来国产 CMP 厂商的负责人。这位负责人是个爽快汉子，之前听闻同芯半导体要引进他们的设备，他就立刻主动找到赵用心，承诺设备款只付三成就行，三年之后如果设备合格再付尾款，还能享受七折优惠。"如果东西不行，我立马派人拉走，首付款也全额退您。"他拍胸脯说。

这次没等赵用心说完，这位厂商负责人就猜到了他想说什么。

负责人向赵用心保证："放心，赵总！到时候我派三个工程师给您，让他们三班倒盯着，出现问题马上解决。"

"这回得我感谢您了！"赵用心结实地握住了负责人的手。

随后，赵用心又给 CMP 小组拨了一笔特别费用作为补助，告诉组员这笔费用是他们组长为他们向公司争取来的。万事俱备，只欠东风。可是东风还没来，James Brosnan 却抽风似的推门而入，闯进赵用心的办公室，质问为什么不征询他的意见。

"对不起，当时正好你出差。"赵用心解释，"我和你的下属聊了，他们没有反对，我就没再打扰你。"

"我下属的意见代表不了我的意见！"大詹姆用他标准的殖民地英语抗议，"而且，你是 COO，他们当然不敢反对你！"

"也没什么可反对的吧？咱俩不也讲清楚了吗？"赵用心起身给大詹姆倒了杯咖啡，然后坐到桌沿儿上，"厂商许诺给咱们七折优惠，到时候还会派三名工程师过来24小时待命。"

"这些都不重要。"大詹姆态度依然强硬，"因为我的部门没有采用也绝对不会采用中国设备，所以我建议你们也不要采用。"

"为什么？"赵用心口气也不再和善。

"因为研发引领生产。"大詹姆理直气壮，"你们不是总抱怨研发和生产脱节吗？如果你们在设备层面都无法和我们保持一致，又怎么确保我们的研发成果能够发挥最大效用？所以，之前 Tony 才同意把过时的日厂设备全部汰换成新型的美厂设备，可你却突然提出要用国产设备，这不是比之前更倒退了吗？"

"怎么是倒退呢？这是进步啊！"

"对你们中国是进步，但对同芯半导体来说是倒退。就像你开会时候说的，我们要成为一流的国际企业，不是要成为三流的国内企业，你难道忘记了吗？"

"用国产设备就三流了？那赚人民币三流不三流？"赵用心被倒打一耙的大詹姆激怒了，对方脑门儿上分明刻着"不屑"的字样，还觑着张"你到底懂不懂CMP"的问号脸。

美厂设备的好处，赵用心当然知晓。也确实像大詹姆说的那样，新式美厂设备的平坦化工艺比上一代又有了大幅提升，在FinFET（鳍式场效应晶体管）以及3D NAND flash（一种非易失性闪存技术）应用方面都能达到更深的纳米级精度。这种精度对工艺而言至关重要，因为极微小的栅极高度变化都会影响器件性能和成品率。并且，新式美厂设备还配备了更多的抛光站和集成式清洗站，能够实现比上一代高一倍的晶圆产能……

他压了压火气，耐着性子解释："我们当然会继续采购美厂设备，美厂设备在相当长的时间里，也仍然会是我们的主力设备。但是采购哪种设备，不光要看性能，还要看性价比，有些工厂的产能没那么高，我们使用价格更便宜的日厂设备或者国产设备就能满足需求，干吗还非要花大价钱去买美厂设备呢？"

"因为我们用的都是美厂设备，你们要和我们保持一致！"大詹姆也把他的话重复了一遍。

赵用心气乐了，"到底是研发为了生产，还是生产为了研发？"

"如果研发上不去，生产的就永远都是低端产品，那么多中国制造不都很低端吗？还不就是因为那些中国企业不重视研发吗？"

"谁说中国制造都很低端？"赵用心反攥着桌沿儿，"有些产品本身就没技术含量，国外觉得不赚钱就转给中国做了，可是这些中国生产出来的产品质量很好啊，不然能卖遍全地球吗？有些技术含量高的产品，中国制造确实还不如别国制造，但是制造业本身就需要学习和积累才能提高，你拿十年前的中国制造和现在的中国制造比一比，你能说中国制造进步不大吗？而且，中国现在从政府到企业都非常重视科技研发，好像星东方每年的研发费用已经超过艾普尔和高博了吧？咱们每年有多少研发预算，你肯定也比我清楚吧？"

"所以……你们生产部门也得加大投入，不能只关注价格，不关注性能。"

"谁说我们不关注性能了？就是因为我们关注了性能，才决定尝试一下国产设备的。"赵用心平静了一下，"如果国产设备将来能够替代进口设备，我们就可以大幅降低运营成本，对外也有了议价权，省下来的钱都可以拿去做研发，这对你们不也好处大大的吗？"

大詹姆像个智者一样摇摇头："你真是异想天开！你说你也在工厂工作过，那你应该很清楚换新设备有多麻烦。设备可不像乐高，组装起来就OK。一套设备更换了，整条生产线都需要重新调试，不光EE要盯紧设备，PE（工艺工程师）和PIE（工艺整合工程师）也得24小时待命，QE（质量工程师）还不能让良率掉下来，IE（工业工程师）更得掐紧秒表，想方设法让生产线重新满载。"

"换美厂设备也需要这样调试啊。"

"可是美厂设备更稳定，麻烦更少啊！这对你们中国工程师来说，好处也是大大的，因为他们都太懒了。"

"你这是什么话？"赵用心腾地站起身来。

"实话！"大詹姆也毫不示弱，变身成好斗的袋鼠。

赵用心瞪着眼前的"杠精"，好半天才说："我们的工程师很辛苦，也很负责,我如果能把设备成本降下来,就能提供更好的待遇给他们,进一步调动他们的积极性。设备固然重要,人的积极性更重要,晶益电子被病毒攻击,不就是因为他们的员工没有严格遵照SOP进行操作吗?如果工作更有主动性和责任心,这种低级失误是完全可以避免的。"

"你是共产党员吗?"大詹姆忽然问。

"是又怎么样?"

"你这么坚持要用国产设备,是不是共产党政府给了你压力?"

"你怎么什么事都能往共产党、往政府身上扯?我所做的,是单纯的企业行为、技术选择!"

大詹姆耸耸肩,撇撇嘴。

"我还有事情要做。"赵用心回到座位上,下了"逐客令"。

"你不能推翻已有的方案。"大詹姆仍旧不肯善罢甘休。

"林总已经同意了新方案,不然我不会执行。"

"你不能为了显示与众不同,就不论对错,故意做跟前任不一样的决定。"

赵用心不知道自己的脸当时有多可怕。林同根后来告诉他,他才知道大詹姆说他当时看上去想杀人。

"他跟中国制造好像有杀父之仇似的。"事后,赵用心也告诉林同根。

对手的"落荒而逃"并没有给赵用心带来胜利的喜悦,他抄起桌上那罐北埔膨风茶,朝垃圾桶用力扔了过去。"一股子殖民地味儿!"赵用心靠到座位上,疲惫地长舒一口气。叶韵此时已经睡了,他很想把她叫醒。

叶
明
义

"应该让你和我一起的,你这么久都没回去了。"林道简抱歉地说,"我不在台湾的这段时间,有你坐镇,我才放心。"

"我明白,"叶明义说,"昨天还有记者向我打探您去美国的事情。"

"你怎么回答?"

"我说,如果董事长不是认真的,就不会亲自去美国了。"

"美国那边,也确实通过咱们的大股东,向我发出了建厂邀请,他们开出的条件还不错。"

"所以,您真是去美国谈建厂的事情?"叶明义大感意外。

"不是挺好吗? 这样我也可以放你回美国了。"林道简笑眯眯的。

"您这倒真是一个'两全其美'的好办法。"叶明义微微颔首,"可即使这样,我们也还是要在台湾建一座3奈米厂,否则就离大陆太远了。"

"是啊。"林道简收起了笑容,"但是,我们也需要更大的平台……"

"我听Jack说,游东云希望我们把10奈米产线也迁到大陆去。"

"迁是一定要迁的，我已经让 Jack 和他们协商这件事了。"

"这样就更不怕银河电子挖墙脚了。"

"星东方对他们没有所求。"林道简看似仍旧耿耿于怀。

"艾普尔和高博跟银河电子毕竟还有直接的竞争关系，所以未来还是会更青睐我们的。"

"不要只看到竞争关系，"林道简说，"这个世界本来就是既竞争又合作的，某种意义上，合作已经比竞争更重要了，所以，银河电子这样的 IDM 才能切入我们这个行业。"

"但是，他们动摇不了我们的根基。"

"时代不同啦。"林道简感喟，"当年，foundry 为什么受欢迎？是因为我们承接了那些 IDM 巨大的生产成本，帮他们向 asset-light（轻资产运营）转型，去赚更多的钱。可是如今制程越精进，有能力投入研发和建设的业者就越少，have fabs（拥有工厂）的 real men（真男人）就又成为稀缺的资源。"

林道简张开右手，左手拇指缓慢揉搓着右手掌心，声音也缓慢，"全球一半以上的市场份额在我们手里，这对我们而言是优势，对客户而言却是风险。没有人喜欢把鸡蛋全部都放在一个篮子里。从前他们没有机会，因为竞争对手都被我们打垮了，但是现在机会来了，我们碰上了银河电子这个劲敌，所以他们就全都迫不及待地从我们的篮子里，拿出来一部分鸡蛋，放到银河电子的篮子里去了。"

"他们的晶圆代工业务虽然进步很快，但是起步毕竟比我们晚了很多，我们在业界累积下来的口碑，是他们无法打破的。"

"他们无法打破，我们自己却能打破。"

"Jack 他们会引以为戒的。"

"他们全都得打起十二分的精神,我们如今面对的竞争对手和局势,已经跟从前大不一样了。"林道简的拇指按住了掌心,"从前的竞争对手和我们一样,做的都是纯粹的晶圆代工,他们能提供的,我们也能提供;我们能提供的,他们却提供不了。

"但是银河电子不是,他们把局面翻转了过来,我们能提供的,人家也能提供;人家能提供的,比如5G晶片,比如AMOLED(主动矩阵有机发光二极体)屏,却是我们提供不了的。这些都将吸引和促使客户在同等制程水平上,更倾向同他们进行合作。何况,我们的制程水平还正在被银河电子赶上甚至超过。"

"您有没有想过收购一些企业,让我们和银河电子对等?"

林道简松开拇指,放下手说:"如果那样,我们做 foundry 的初衷不就改变了吗?"

"我明白,如果那样,我们就不是我们了。"叶明义说,"就是因为我们承诺客户永远专注于晶圆代工,才让我们成为全世界最大的代工平台。"

"所以我们还要坚持我们的初衷,用技术和制程打动客户,用诚信和正直取信客户,这是我们必须坚守的理念,也是我们有别于对手的核心价值所在。"林道简说。

"银河电子真是一个难缠的对手。"叶明义叹道,"没想到他们能有今天,我们当初可是全都认为这种'巨无霸'式的IDM,也会像恐龙一样从地球上消失的。"

"IDM 也在进化。银河电子像我们一样,也把 IDM 做到了极致,不只是晶圆代工,几乎所有涉足的领域,他们都做到了前两名。所以,银河电子是个伟大的对手,也是我们真正的对手。"

"现在他们的政府也亲自下场来给他们当帮手了,我们双拳难敌四手啊。"

"他们的政府一直都在帮助他们,只不过是从幕后走到了台前。这就是人家体制的优势,不是依靠这种体制,银河电子也走不到今天。"

"为什么要从幕后走到台前?"叶明义还没来得及思考这个问题,但他知道老长官一定已经思考过了。

"原因是多方面的。"林道简说,"研发制程和建置晶圆厂,动辄二三百亿美元的投资,即使对银河电子而言,也不是一笔小数目。多线作战又都要胜战的他们,如果没有政府的资金支持,也会力不从心。他们的政府主动站出来,也是因为半导体制程到达了现在这个转捩的关键节点,所以他们的政府肯定会不遗余力地推波助澜,帮助银河电子完成对我们的弯道超车。"

"我们就没有这样的体制襄助呀!"叶明义羡慕地说,"他们的体制能够帮助他们分担技术追赶的成本和技术跨越的风险,而我们就必须依靠自己去升级技术和比拼价格来获得市场竞争力。"

"我们曾经也和他们一样,但是后来滑向了自由主义市场经济。"林道简说,"自由主义市场经济这种体制,最大的问题就是太过强调企业的自主经营,忽视甚至反对宏观的引导和扶持。这种体制表面上标榜自由、市场,其实更有利于处于技术垄断地位的企业,利用已然构筑起来的专利壁垒阻挡后来的竞争者,继续占领市场,获取利润,就像高博对艾普尔做的。"

"也像我们对同芯半导体做的……"叶明义暗想。

"可是，垄断容易产生惰性，让企业丧失创新、研发的动力。所以，自由主义市场经济体制变得越来越不适应全球化的速度、深度和广度，也不适应技术革新越来越快的频率和越来越高的效率。尤其5G的到来，更加重了这种不适应。"林道简似乎疲倦了，或者厌倦了，他将玳瑁材质的眼镜摘了下来，放在办公桌上，声音喑哑，"其实，这两种体制并不矛盾，完全可以同时存在，也彼此需要。银河电子就是兼收了这两种体制的长处，才在和我们的竞争当中左右逢源、如鱼得水。可是反观台湾这二十多年，ICT产业一直缺乏长远规划，对企业的支持力度也仅是聊胜于无，甚至都没法构建一个友好的发展环境出来，长此下去，我们和银河电子的竞争就只会越发被动，原本的优势也迟早会有耗尽的一天。"

"幸好我们紧挨大陆，"叶明义宽慰老长官，"也只有大陆能给晶益电子更大的平台了。"

"就算大陆给了我们更大的平台，我们也不得不防范同样紧挨大陆的银河电子让我们腹背受敌。我曾经说过，台湾最适合做代工，所以我们抓住了上一波全球产业链和供应链重塑的契机。但是，台湾也只适合做代工，而且我们身处台湾，也会让一些人对我们缺乏安全感，这就给银河电子的崛起提供了契机，去争取那些人的支持。这也是他们的政府高调宣示企图心的最重要原因，他们这是在帮银河电子打广告、拉奥援。"

"您最担心的也是这个吧？"叶明义的眉头也紧紧皱着。

"是啊……我不知道这一轮全球产业链和供应链重塑，会给我们带来多大的伤害，我们必须为自己找到出路才行。"

林道简陷在座椅里。叶明义陷入了沉思。路，何其重要，既能走向辉煌，又会走向衰亡。其来有自，是一条回归的路……

"或许，我们应该换一种方式对大陆了。"叶明义说。

"什么方式？"林道简问。

叶明义盯着老长官的眼睛："从前，我们都是面向大陆的；今后，我们应该背靠大陆了。"

林道简与叶明义对视着。良久，他坐立起来，重新戴上了眼镜。

叶韵

Scott Banson 突然约叶韵共进晚餐,但没有说明理由。叶韵考虑了几个小时,接受了他的邀请。

"今天我请客。"Scott 一见面就说。他订的这家餐厅还有人拉小提琴助兴,而他看上去也兴致很高。

"为什么突然请我吃饭?"叶韵把电话里的问题又重复了一遍。以她对桌对面这个男人的了解,他请吃饭一定不是为了吃饭。

"没有为什么。"Scott 狡猾地笑笑,"因为好久没有一起吃过饭了,所以一起吃个饭。"

"好吧,这个理由还不算太烂。"来之前,叶韵仔细地想了一遍,Scott 请她吃饭应该不是为了官司,就算是,也肯定不是赵用心授意的,否则,赵用心一定会事先告诉她。当然,她并没有把 Scott 请她吃饭的事情告诉赵用心,她怕他多想,更怕他误会。

如果不是时期特殊,Scott 请她吃饭倒也真没什么特别。毕竟,他俩同行这么多年也算是朋友。何况,Scott 和她前未婚夫还是大学室友。

"你那天在庭上很棒,我现在都有些担心不是你的对手了。"Scott Banson 背靠着座椅,夸赞叶韵。他目光如回拉的箭矢,瞄准好,蓄着力,随时想要洞穿什么似的。

"真的吗?"叶韵也靠在椅子上,尽量不在对方的射程之内,"你不是还和别人说,你对我保持着不败战绩吗?"她淡定地反问。

Scott 面不改色,从容地跳过这句话,对叶韵说:"没想到他挑女朋友的眼光还和上大学的时候一样差,我怎么都想不通他竟然会为了那种女人抛弃你。"

"你应该能想通的,"叶韵装作无动于衷,"这是你们男人的天性,何况他还是你的好兄弟。"

"曾经的。"Scott 纠正,"自从我离开他老爸的律所,他就不把我当兄弟了。"

"那你呢?还把他当兄弟吗?"

"兄弟?"Scott 笑笑,"我和他来自不同阶层,怎么可能真是兄弟呢?"

"那你们当初那么要好。"

"互相利用罢了。"Scott Banson 食指在桌边画着圈圈,"当初,他需要我帮他写论文,应付考试,也顺道帮他老爸物色了一个既便宜又好用的年轻律师。而我呢,则把他老爸的律所当成我向上攀登的一块垫脚石。"

"你今天很开诚布公。"叶韵的笑容,就像撒了辣椒面儿的餐前甜点。

"我哪天没对你开诚布公?"Scott 反问。

"那你再开诚布公地告诉我,你今天请我吃饭到底是为了什么?"

"当然是叙旧啦!"Scott 说,"同时,也想请你在法庭上对我手下留情。"

叶韵皱了皱鼻子。

"好吧,我说实话。"Scott Banson 坐直了上身,略向前倾,神秘地告诉叶韵,"我想和你谈一笔交易。"

"你的委托人想要和解?"叶韵立刻就想到了赵用心。难道他是在利用我?她的心立即像蹦床那样被人用力踩了下去,那人猛然跳起,然后又狠狠落在她心上。

Scott 如同旁观了叶韵的笑话,可他说:"我的委托人没和我说任何话,也没让我做任何事。他的态度还和之前一样。你们中国人从来都是奉陪到底的。"

"那你想和我谈什么交易?"叶韵脸微红,她感到愧对她的"心上人"。

Scott 似是觉察到了叶韵不易察觉的异样,得意地射出他蓄谋已久的箭矢:"我想请你加入我们的律所。"他观察着"猎物"的反应。

叶韵大感意外,但仍表现得不为所动:"干吗要请我?是因为我代理了晶益电子的案子吗?"

"晶益电子当然是一家举足轻重的公司,所以我相信,虽然林道简和你们家关系亲密,但是他肯把这样的案子交给你,一定也是出于和我们同样的考虑,那就是十分看重你这个人,并且对你的能力非常信任。"

Scott 的话就像杯子里的酒,味道甘醇,颜色暧昧,极易使人沉醉。但是，叶韵滴酒未沾。"如果我没有代理晶益电子的案子，你还会请我吃这顿饭，讲这些话吗？"

"当然！你肯赏光，是我莫大的荣幸，而且……"

"而且什么？"

"而且有你就足够了，"Scott Banson 暧昧地停顿了一下，"足够我打击那个混蛋了。"

这一次，叶韵不再不为所动："你是想利用我打击他？"

"不是利用，是借助。"Scott 咬文嚼字，"难道你不想打击他、报复他吗？"

当然想！叶韵几乎脱口而出。Scott 与她不谋而合，合谋报复 Billy Samson，简直是天降之喜，可是……

"可是，这样未必能够伤害到他。"

"为什么？"Scott 不解，像他这种老手，也似乎不太适应女人的阴晴不定。

"他抛弃了我，怎么还会在乎我？"叶韵顺着她的逻辑说，"你应该去挖他的律师助理，他们正如胶似漆呢。"

"我不想拉低自己挖人的档次。"Scott Banson 甚是轻蔑，"看来，你真的不了解他。"

"当然没有你了解。"

"我只是了解他的某一方面，男人对男人的了解。"Scott 喝了口杯中酒，咂了咂嘴，像在品味叶韵的表情，"他是个混蛋，而且是个占有欲极强的混蛋。即使是他不要的东西，也必须处于他的控制范围之内，谁都不能拿走。"

"我就是那个'他不要的东西'。"叶韵拈起盘中的装饰花。

"是他不配要。如果你加入我们的律所，那个混蛋一定会气疯的，不仅因为你离开他，还因为你靠近我。"说完，他眨眨眼睛，盯着叶韵。

"他也伤害过你吗？"叶韵也眨了一下眼睛，切断 Scott 释放过来的电流。

"他对我的伤害都是无形的，让我遍体鳞伤。"

"既然都是无形的，那他也许真的都是无心的呢？"

"你太高看他了，或者说低估他了。即便他是无心的，也不代表他是无辜的。凭什么他上大学就可以靠他老爸的钱和关系，而我上大学就必须拼命苦读去拿奖学金？凭什么他平时挥金如土，我却必须每天节衣缩食，四处打工？凭什么他只油嘴滑舌地撩几句，我的女朋友就对他投怀送抱，一夜之间成了他的女人？"

"这个，他从没对我说起过。"

"他当然不会说！他肯介绍我进他老爸的律所，也是因为他自觉欠了我的，想拿这个堵住我的嘴。"Scott Banson 忽又冷笑，"但是，这远远补偿不了他对我的伤害，所以，我发誓这辈子一定要打击他，报复他，把他踩在脚下，躏成渣渣。从这个意义上讲，我确实是在利用你，你刚刚说得没错。"

"我只有赢下官司，晶益电子才会成为我的客户。"

"如果你赢下官司，同芯半导体肯定就不再是我们的客户了。"Scott 说。

"那怎么办呢？"

"和解。"Scott Banson 摊开手掌，说得易如反掌一般。

"这一点儿都不比打赢官司容易。"

"在这个世界上，哪里有容易的事情？"

"总要有一方先提出和解，可是目前两家公司都还在气头上。而且，就像你说的那样，中国人从来都是奉陪到底的。"

"对我们这些当年的侵略者，你们中国人肯定是奉陪到底的。"Scott 语带调侃，"但是，你们中国人自己之间，一定还是愿意以和为贵的。而且，一旦搜证程序启动，两边谁都没有一定赢的把握，谁又都不愿意自己输。在商言商，和解是最能保全双方面子，也最能维护双方利益的选项。"

叶韵沉默了。林道简和赵用心都是个性强硬的人，他们真会握手言和吗？

"据我所知，Billy Samson 那些有权有势的朋友们很希望两家公司因为这场官司而彻底闹僵，这样他们就能从中渔翁得利了。"Scott Banson 继续灌输他的想法，"一旦两家公司和解，我相信晶益电子还是会成为你的客户，而同芯半导体也将继续是我的客户。到时候，你带着你的客户加入我们，不仅能让那个混蛋对他的合伙人难以交代，还能在他那些有权有势的朋友们面前狠狠抽他一记耳光。这样，无论是两家公司，还是你和我，我们四方的利益都实现了最大化，这就叫作多赢，或者叫作共赢。我知道，你们中国人最喜欢这个。"

"你还不够了解中国人。谁先提出和解，也是一个面子问题，或者说是尊严问题，而且还是个大问题。"

"麻烦的中国人！"Scott Banson 烦躁地皱起眉头，他忽然盯住叶韵，眼睛里再一次闪现出箭矢的寒光，就像即将把猎物带回家的猎人，"不用着急，吃完饭，我们还有整夜的时间去商讨对策。而且，除了这个，我们也还有其他方式报复那个混蛋。"

叶韵愣了好一会儿，突然笑出声来，笑得不能自已，哪怕 Scott 惶惑地盯着她，周围的人全都不明所以地望着她，她仍然继续笑着，快把眼泪都笑出来了。

这真好笑，也真可笑，难道不是吗？

赵
用
心

赵用心自掏腰包，订了二十份高级盒饭给正在加班的小伙子们当晚饭。

"您订多啦！剩下没人吃就浪费了。"A-1厂厂长也姓赵，年纪长赵用心几岁，是最早一批跟随林同根来大陆的老台干。

赵用心跟他本家说笑道："一定要有冗余和备份，万一谁不够吃呢？"

他进到车间，让守在 CMP（化学机械抛光）设备旁的工程师们分拨出去吃饭。他自己没有去吃，而是注视着这台正在勤恳工作的国产抛光机，仿佛它能在时光里穿梭一样。

那次和 James Brosnan 的冲突，并没有让事情就此打住。前些天公司的"扫除日"，从未参加过这项活动的大詹姆居然现身了，赵用心当时就预感到这家伙肯定别有用心。

"扫除日"是林同根在创业初期建立并一直延续下来的公司传统之一。每到那天，林同根都会穿上无尘衣，亲自带领公司高层去清扫无尘室，至今从未缺席，这一活动也从未间断。

林同根要求公司各个部门都必须承包无尘室的保洁工作，清扫作业不留死角,尤其是不易清扫的角落和设备周围。他这样严格要求,并且身体力行,也是为了督促大家切实负起责任,履行职责。

可是,作为林同根的"左右手",大詹姆对此却不屑一顾,还私下跟人说,这种活动都是做样子,除了给属下提供向老板献媚的机会,毫无实际意义。后来有人把这话传到了林同根耳朵里,林同根却维护大詹姆说,这是文化差异。

所以,赵用心做好了心理准备。

果然,"扫除日"第二天,林同根就向他问起国产CMP的事儿来。

"James和您说什么了?"赵用心开门见山,"我就不理解,他为什么这么反对试用国产设备?道理我都给他讲了,怎么做我也跟他说了,可他就是一口咬定国产设备不能用,一台都不能用,要用就必须用美厂设备,否则就是不思进取,就会落后于人!"

"消消气。他这个人呢,一根筋,认死理,不懂得变通。"

"他挺懂变通的。"赵用心讽刺地说,"为了打小报告,昨天他不也来干活儿了吗?"

"你的嘴也够厉害的。"林同根笑着摇摇头,"他反对用国产设备,其实是怕影响公司的国际化。他总是和我讲,虽然我们的技术眼下还达不到国际一流水平,但是我们的设备一定要对标国际一流水准。"

"用国产就不国际啦?那些国际一流的美日设备上,不也有很多零部件是从中国采购的吗?难道我们也要拆下来不用吗?"

"零部件和整机怎么能一样对待呢?"林同根乐呵呵地搅着稀泥。

"怎么不能一样对待？不都是合格就用、不合格就不用吗？您上次不也说要结果导向吗？"

"我是说要结果导向，可是……"林同根的稀泥搅不下去了，看上去很吃力的样子。

"您是不是碰到什么难处了？"赵用心体谅地问，"您跟我说说，万一我能帮您呢？"

"也不是难处。"林同根为难地说，"公司能有今天，James 功不可没，所以你不用怀疑他对公司的忠诚和热爱，真的一点一点都不输你我。"他沉吟了一下，"James 追随我这么多年，从没邀过功，但是这次他找到了我，因为他太太前段时间刚好跳槽到我们 CMP 设备的美国供应商，担任中国区总经理，所以他希望我们能支持一下他太太，他太太也会以优惠的价格把设备卖给我们。"

赵用心恍然大悟。

"就当给我个面子。"林同根难为情地说，"公司的很多技术人才都是 James 出面挖来的，他也因为这个，替我得罪了不少人……"

"林总，我不反对您送个顺水人情给 James，反正我们也要从他太太那儿买设备。可是我想不明白，就引进一台国产设备，对他太太的销售业绩能有多大影响？至于他这么激烈反对吗？"

"说实话，他是担心国产设备抓住这个机会……"林同根叹了口气。

赵用心终于弄明白了，原来人家不是担心国产的东西不行，而是担心行！

他反而放松下来，"就算我们不给机会，其他人也会给机会，挡是挡不住的。"

"那就让其他人给机会嘛。"

"不行。"赵用心寸步不让。

也就是从那天起,赵用心对国产 CMP 的上线测试更上心了,几乎每天都来车间看看、聊聊。毕竟,这一切都来之不易。

放在几年前,使用国产 CMP 设备都还是一件不可想象的事情,因为那时候这类设备还没有国产化,也没有谁相信能够国产化。古话说,"一生二,二生三,三生万物",然而要得到那个"一",又何其之难。

为什么一定要自己造? 赵用心也思考过这个问题。国外设备贵是一个方面,不想被人卡脖子也是一个方面,但是究其根本,还是因为中国人骨子里的骄傲。

赵厂长这时过来叫他出去吃饭,他说还不饿。他也确实不饿,人在振奋的时候,都有废寝忘食的力量支撑着。

"坦白讲啦,"赵厂长说,"开始的时候呢,我听说要用国造的机台,也心想,哪有拿自己当白老鼠的?"

"当时觉得我特白痴吧?"赵用心笑问。

"那没有啦! 主要是我跟美日的机台打了半辈子交道,对它们的性能非常熟悉,对咱们自己造的机台确实心里没底。"

"不光您没底,我其实也没底。"

"那您还坚持要用国造? 当时,不少人都说您是为了用国造而用国造。"

"这么说也没错。有些事儿,就是得为了做而做,要不然也没这东西了。"赵用心指着国产的 CMP 设备。

"也是，买现成的多省事啊！您看这一遍遍地测试，即便都测试完，测试结果都过关，也不能确定到底是不是白忙了一场。"

"所以咱得给人家机会，不能让人家白忙这一场，何况这机会也是人家自己挣来的。"

"但是，真正用它量产还是要冒很大风险的。"

"老实说，我也反复权衡了很长时间。"赵用心回望着自己的心路，"从对我个人有利的角度考虑，肯定是用国外设备，因为人家各方面都已经很成熟了，都有保障，我不需要多操心，也不用额外承担风险。不像这国产的，零部件的可靠性、软件的稳定性，还有工艺的提升能力，都还没经过实战检验。"

"所以，我真的觉得您有一颗'勇敢的心'。"赵厂长不失时机地赞许。

赵用心凝视着，目光炯炯。CMP设备的机械手在圆柱形空间里六维运动着，关节扭转灵活，位姿变换顺畅，取片、换枪、放片、运片，动作一气呵成，循环往复地累积着赵用心心底的感动，他不禁感慨："以前在外企，总羡慕人家东西好，总想着什么时候中国也能有这么好的东西。现在自己说了算了，也有东西摆到我面前了，我要是不用，那不就是叶公好龙，打自己脸吗？"

"用台湾话讲，您这样叫作'欢喜做，甘愿受'。"

"就是自作自受的意思，对吧？"赵用心也不失时机地调侃自己。

赵厂长大笑，感叹说："台湾那边和这边做事情的格局真的不一样。同样的事情，换在台湾，想都不用想，绝对是从外面买，绝对不会考虑自己造，所以台湾能诞生出晶益电子这样的顶尖代工企业，却培育不出顶尖的材料、设备企业,更不可能像大陆这边的公司一样,经营出真正的世界级品牌来。"

"倒不是格局,主要还是市场太小。"赵用心说。

"市场小,眼界就窄。我侄子今年大陆研究生毕业,同时拿到了咱们和晶益电子的 offer(聘任),然后问我怎么选。"

"您怎么说?"

"我当然是建议他接受咱们的 offer 啦!我跟他讲,就算你接受了晶益电子的 offer,回了台湾,将来也很有可能被派回大陆,或者做几年再跳槽到大陆来。与其那样,干吗不直接留下来找好自己的定位呢?他听我这样讲,觉得很有道理,所以高高兴兴地接受了咱们这边的 offer。"

"如果需要帮忙,尽管对我说。"

"谢谢!"赵厂长很是领情,"快去吃饭吧,要不就凉了。"

"等等再吃,马上就10000万片了。"赵用心紧盯着正在取出晶圆的机械手,他的手不由得攥成了拳头。

"嗨!"大詹姆出乎意料地在车间现身,他来到赵用心身旁,也端详起面前的国产 CMP 设备来。

赵用心乜斜了他一眼。

"看上去还不错。"大詹姆说。

"还比不上国外的。"赵用心平心静气。

"你们中国人真奇怪!"大詹姆看上去很困惑,"说你们不行,你们一定要证明自己行,说你们行,你们又说自己不行。"

"谦虚,你懂吗?"赵用心说完,又把目光转回到国产 CMP 上,

"估计你不懂,咱们有文化差异。"

赵厂长看看两位 CXO[①],没说话。

在众人注视下,经过处理的第 10000 片晶圆被机械手拿了起来,就像第 9999 片那样普通,也像第 10001 片那样平常。赵用心却有点儿小激动,他忽然很想跟这只机械手握上一握,亲自感受一下国产的力量。

"Good job(好样的)!Well done(做得好)!"大詹姆连着冒出两句英语吉祥话,并且还带头儿鼓起掌来,"Congratulations(祝贺)!"他把曾经握成拳头的手伸向了赵用心。

赵用心也化拳为掌,跟他握了握手,既迷惑又疑惑。人怎么能有这么大转变?难道也是因为文化差异吗?他心想。

"有时间吗?"大詹姆问赵用心,"我想和你聊几句。"

赵用心和他一起出了车间,顺道提走了两份没人吃的盒饭。他这会儿饿了,需要有东西把自己的胃填满。

天上的月亮圆圆的,就像第 10000 片晶圆那么圆。

"之前是我错了,我险些让个人利益影响了公司利益。"大詹姆在月光下忏悔似的说。

"你的话真的让我很惊讶。"赵用心感觉眼前这个大詹姆跟之前那个比起来简直像个假的。他是莎士比亚读多了吗?要不然怎么能有这么戏剧化的转变?

[①] CXO,Chief X Officer 缩写,X 代表未知。因赵用心是 CEO,大詹姆是 CTO,作者统称两者 CXO。

"我也很惊讶,你在董事会上居然会替我说好话。"大詹姆的感激在月光下格外显眼,"是 Tony 告诉我的。"

原来是这样。

赵用心终于弄懂了。前两天开临时董事会,有重要股东严重质疑 James Brosnan 的业务能力。因为人是自己挖来的,所以林同根不便回护。这时,赵用心站了出来,道出现实的种种难处。"这不是某一个人能解决的问题,也不是解决某一个人的问题。战胜困难,需要我们大家齐心协力。"他当时说道。

"我只是实事求是而已,没什么大不了的。"赵用心把自己当时的仗义执言一语带过。

"实事求是是你们中国人美好而伟大的品格,这种品格我不具备。"大詹姆更惭愧了。

"你会具备的,因为近朱者赤。"赵用心终于谅解了大詹姆,和这位"殿下"开起了玩笑。

"谢谢!"大詹姆尴尬地耸耸肩,"我也不得不承认,我的偏见已经被你们国产的 CMP 彻底磨平了,中国制造真的越来越 niubility(牛)了。"

"Niubility?"赵用心琢磨了好几秒,才琢磨明白这单词怎么翻译,他像爆开的爆米花一样爆笑,"这个不是文化差异了,这个是文化融合!"

"听说你是曼联球迷?"也笑开花的大詹姆问赵用心。

"是啊,你也是吗?"

"No! Never(从不)!我永远都是曼城球迷!"大詹姆在月光

下重盟誓言似的说,"曼彻斯特德比的时候,咱们一起看比赛?"

"好的,一言为定!"

大詹姆左手指了指当空也被抛光了一样的月亮:"胜利将属于我们!"

餐桌上的吊灯许久没开过了。上一次开,还是赵用心发烧,母亲来给他做晚饭。

两份高级盒饭上洒满了温柔的光,变得更丰盛,色泽也更浓艳。

"第一次有人直播吃饭给我看。"手机里,叶韵倾注着温柔的目光,赵用心的每一个举动,都能令她眼波流动。

每一样菜,赵用心也都揽起来在手机前晃晃。一座湖只映一个人。在叶韵的目光里,他也像放入水中的糖一样,甜化了。

"看上去蛮好吃的。"叶韵托着腮,饶有兴致。她身后是缠着绷带的奖杯,她身上是"律政俏佳人"的装扮。

"的确好吃,也确实饿了。"赵用心揽起一大箸米饭。

"肯定饿哦,这么晚才吃晚饭。"叶韵疼惜地说。

待米饭咽下,赵用心说:"也不全是饿,还有巨大满足感之后的巨大空虚感。你不在,这种空虚感就只能用食物来填充了。"

"你这样讲,也让我得到了巨大的满足感……"叶韵顿住了,但眨着的眼睛证明画面并未静止。"刚进家门就和我视讯连线,饭菜是不是没有加热,你就直接吃啦?"她忽然问。

饭菜的确都凉透了,但吃下去却是暖的,带着体温似的。

"加热一下再吃嘛。快去!"

赵用心乖乖将已经吃掉了一少半的盒饭放进了微波炉。这世上除了母亲,就只有叶韵这么关心他吃饭的事儿了。

当然,还有Vivian。赵用心并不否认。但他并不是谁想关心就能关心的。

"今天这一步,真的那么重要吗?"叶韵端起她的意式浓缩,"你看上去真的蛮亢奋的。"

"不是亢奋,是振奋。有了今晚这一小步,就会有明天的一大步。"赵用心套用了那句著名的登月名言,并且预言:"将来还会有很多很多步,积跬步而至千里。"

"那个字念kuǐ呀?"

"当然啦!你念成什么啦?"

"不告诉你。"叶韵抿嘴笑了。

"你笑起来真好看,像春天的花一样……"赵用心不禁哼唱出声来。

微波炉恰到好处地在歌曲结束时叮了一下。叶韵为他鼓起了掌。

"感谢你的精彩献唱!我的coffee break(茶歇)也到时间了,你继续好好地吃饭吧。哦,对了,我伯父要来美国了。"叶韵在断开视频连线之前说。

"看新闻了,说他要去谈3纳米厂的事情。"赵用心意犹未尽。

"会谈成吗?"

"看双方意愿吧。对方肯定是希望谈成,他们一直想把供应链迁回本土,顺带再增加点儿就业岗位。但是说实话,就算岗位出来了,也招不到那么多工程师了,到时候还得你伯父自带,而且还有各种成本问题,所以关键就在于你伯父到底怎么想,能不能扛得住压力。"

"听我爸爸讲,我伯父压力很大。"

"那是肯定,所以他就怼我们解压。"赵用心开起了玩笑。

叶韵却没笑,"我压力也很大。"

"我知道,你夹在中间,也很为难。"

叶韵叹了口气,"我爸爸以前常说他是半导体,我理解不了,现在我和他一样了,才体会到这种感觉真的很难过。"她问赵用心,"即使法官判你们败诉,你们也一定会上诉吧?"

"如果判你们败诉,你们上诉吗?"

"当然要上诉……"

"所以我们也一样。这种官司本来就是拉锯战,何况两位林总已经斗了大半辈子了。"

"这种智财权的case,仅是discover(搜证)就要好久好久,我不想和你做那么久的enemy(敌人)。"

"我也不想,但是……"

视频在低落的情绪中结束了。赵用心也不饿了。他点了支烟,去拿烟灰缸。

烟灰缸依旧锁在抽屉里,压在黑皮本上。他犹豫了一下,将黑皮本也拿了出来。

这黑皮本是赵用心曾经的工作日记,记录着他当天做了什么,第二天要做什么。记录的绝大部分内容都是工作,偶尔也有闲笔,但最多不超两句话。他不是个爱啰唆的人,不管对人还是对己。

他一页一页翻着,从2012年翻到了2013年。

"加油！"这两个字连同叹号大大地写在2013年1月7日那页上。那一天是美国新年假期后的第一个工作日，这一年对赵用心曾是尤为重要的一年。从那年新年伊始，他就立誓要铆足力气加油干。

2月10日那页也记着工作。那天是周日，也是中国除夕，要去公司加班的赵用心只在清晨给父母打了个电话。父亲在电话里，第一次提出要他尽快回国工作。回国工作是父子俩早有的约定。父亲从他高考选择专业开始，就一直尊重他的决定，即便父亲当时更希望自己的儿子能够子承父业。后来是妹妹"女承父业"，才让父亲的愿望没有落空。父亲的另一个愿望，就是赵用心能够早日学成归来，为国所用。

这个愿望很久都没能实现，因为赵用心从麻省理工硕士毕业那会儿，中国的半导体产业还不兴旺，他需要更多实践和经验积累，留在美国工作，无疑是最好的选择。当他告诉父亲这个决定的时候，父亲没说什么，但从父亲眼中，他读到了失望。

"回国教书也很好啊。"母亲当时说。

"半导体技术更新换代非常快，想学先进的东西，还是要在企业，在生产线上。"赵用心告诉母亲，也是在告诉父亲。

这个理由，父亲接受了，但他要求赵用心不能入籍。

"您放心，我永远都是中国心。"他向父亲保证。

所以，在决定正式交往之前，赵用心就明确告诉了他当时的女朋友，他还是要当中国人，回中国去的。

"我尊重你的决定。"女朋友对他说。

拿到硕士学位，赵用心如愿加入英泰，从资深工艺工程师一路干到英泰历史上第一位华人厂长,掌管了当时作为主力的一座晶圆厂。在这个位子上,他又干了四年,积累了更加丰富的工艺经验和运营、管理经验。也因为考绩出色,他进入了时任 CEO 的视野,成为公司内佼佼的希望之星。

赵用心把烟掐灭在烟灰缸里,又点了一支。

那时已是 2012 年年底,那时的他,寄望在新一年里,成为在当时还属先进的 14 纳米工艺的工艺主管,负责这项工艺的投产和全球推广。和他竞争这一职位的还有个人,那人也是英泰自己培养的,资历也比他深。但是,赵用心更得当时的 CEO 赏识。这位 CEO 曾在一次演讲时宣称,有朝一日,英泰要把更先进的晶圆厂建到中国去,就近服务当地的市场和客户。

赵用心因而在竞争中处于领先地位,他对这个职位也志在必得。

可渐渐地,诋毁他的流言起来了,有些毁谤针对的,不仅是他个人,还有他所代表的国家和族群。赵用心憋下口气,他一定要扬眉吐气。

除夕那次通话之后,每次打电话,父亲都问他什么时候回去,还总给他念和国内半导体发展有关的新闻报道。

"您不懂。"赵用心说。

"我是不懂。可就连我这个不懂的人,都看出来中国半导体的势头起来了,你这个懂的人,难道还看不出来吗?"

被逼急了,赵用心才把他竞争职位的事情告诉父亲。他原本是想给父母一个惊喜。

父亲沉默了好一会儿,问他:"竞争到手了,你还舍得回来吗?"

没等赵用心回答,父亲又说,"如果那个14纳米真像你说的那样,那国内要用到还得好几年呢,难道你要等那时候再回来吗?那时候,肯定又有更先进的工艺出来了,你是不是还要去竞争,还要证明你自己?"

"不会的。"赵用心没再多说。他不是个喜欢辩解的人,父亲也不是个容易说服的人。

在把苦恼倾吐之后,女朋友安慰他说:"到时候你会做出正确选择的。"

女朋友自己也一直都在选择着她认为的正确,在这些年中,扮演着妻子的角色,也改换了国籍,还两次拒绝了赵用心的求婚。时机还没到,这是她拒绝的理由。是否结婚,并不影响是否相爱,她告诉赵用心。

赵用心翻着黑皮本,动作有些机械,看得也不专注。

那些对他不利的流言,后来传到了高层,一度还有传闻说,高层已经决定把职位交给他的竞争对手了。可任命决定迟迟没有下来,拖了将近半年之久。在这将近半年的时间里,赵用心承受了很多。他甚至有些盼望这事儿赶紧了结算了,哪怕是职位交给了别人。

所幸,他最终得到了梦寐以求的职位。在那天的工作日记上,他画下了一个大大的惊叹号。他想等傍晚打电话给父亲,让他和母亲分享自己的喜悦和满足。然而,下午的时候,他却等来了妹妹的电话……

赵用心合上了黑皮本。他夹着烟的指头被烫到了。

叶
韵

叶韵在中餐馆等着林道简夫妇。

这是全纽约最网红的江浙菜馆,开业时间不长,但几乎天天爆满。据说,它的食材全都是从中国空运过来的,味道极其正宗,经常吃得慕名而来的老华侨们热泪盈眶。也有很多中国来的游客,到这里打卡,直播。

叶韵摆弄着手机,她的微信里有不少好友,有的是美国长大的中国人,有的是去过中国的美国人。但是,她最在意的还是那个人,想想就觉得"心"甜。

离下次开庭还有整整一个月时间,她还要再熬整整一个月,才能再次见到赵用心。

微信确实是她用过的最棒的即时通讯软件,如果它能把赵用心立刻送到她面前就更棒了。叶韵发觉自己又成了那个迫不及待想要收到圣诞礼物的小姑娘,而赵用心就是那个必须等她睡着以后才会出现的圣诞老人。

不,他是超人。

叶韵嘴边泛起微笑。那天在星巴克，面对突如其来的枪声，赵用心牵住她手的时候，她下意识地屏住了呼吸。

她忽然很歉疚，对即将见面的林道简。她不知该如何开口，告诉老人家，她已经不适任他交给她的工作了。这份工作曾是她那么在意的，她还想把它当作重建自己的起点，可没想到，这个起点这么快就走到了终点。

不，它仍然是起点。它为她重燃了憧憬和向往。曾经，这一切都破灭了，像尘埃一样落在地上。还被践踏。她想过逃走。哪怕是丢盔弃甲，狼狈不堪，她也不要在此经受屈辱了。是他从天而降，从地上拾起她掉落的尊严，掸净了灰尘，又帮她重新穿戴好盔甲，将一场几乎注定的逃离，扭转成整装待发后的扬长而去。

她要去找他。心心念念的他给了她巨大的满足感，不能在他身边，又让她生出了巨大的空虚感。

可他希望我这样做吗？叶韵在夜里辗转反侧。如果他要我留下来，帮助他，我该怎么办？

这并不是一个非分的要求。但那样，她就要继续愧对林道简，又让她今后怎么和赵用心手牵手，站到林道简面前？

叶韵试探着将想法流露给了赵用心。

赵用心立即回复："来大陆好啊！我可以介绍很多朋友给你认识，你完全不用担心。"

赵用心的话让叶韵长出一口气，她的心头像燃起了一团火。

"难道你不希望我留下来帮你吗？"叶韵仍不放心。

"你能到我身边来，就是对我最大的帮助。我的问题，我自己解决。"赵用心的回复依然很迅速。

餐厅又快爆满了,满眼的小两口儿和老两口儿。

我该以什么理由退出呢?她思量着,难道直接告诉人家,我爱上了我的法庭对手?这种剧集里才有的桥段,如果发生在现实里,那也太扯了。可是,它的确真实地发生了。叶韵理了理凌乱的心绪,起身相迎,林道简夫妇正由助理陪着,笑容满面地朝她走来。

这些天,林道简夫妇先是到了华盛顿,又从华盛顿飞去加州,在加利福尼亚的几个城市间奔波。纽约是他们的最后一站,林道简要和美国这边的股东及投资人晤面。

"替我向你母亲说声对不起,借用了你父亲这么久。"林道简用温热的毛巾擦拭着手掌,微笑却难掩疲惫。

"她也让我向您和伯母说抱歉,因为她今天恰好在 Vancouver(温哥华)参加活动,不然也来见你们了。"叶韵一直关注着林道简在美国的新闻,他的憔悴不仅仅是因为劳累。"您脸色不太好,一定要注意身体,多休息。"她叮嘱。

"你也看出来啦?"林夫人对叶韵说,"他最近经常熬夜,我叫他早睡他也不听,还和我发脾气、使性子。"

"我哪有发脾气、使性子?"林道简矢口否认。

"反正你态度不好!"林夫人下令,"从今天开始,你要早睡觉,多休息,不然身体状态不好,会影响到你的体检结果。"

"您还要做体检吗?"叶韵心里一紧。

"要做。"林道简冷然一笑,"上次开股东大会,有这边的投资人直接问我,如果我突发心脏病了,晶益电子怎么办?"

"又胡说!"林夫人马上打断。

林道简握住了夫人的手:"我这次体检,就是要堵住别人的嘴,当然也是为了让自己更安心。"

"我看新闻有说,高博同意把一部分5G晶片订单交给晶益电子了,这样,您这一趟美国之旅也算不虚此行了。"

"事倍功半啊。"林道简的笑容里透出了更多无奈。

叶韵招呼侍应生上菜,然后主动汇报起下一次开庭的事情。

林道简听着她汇报,偶尔点下头,目光有时对着她,有时转向别处,显得心不在焉。

"……从答辩书和上一次的 pretrial conference 来看,他们准备得很充分,表现得也很强硬,应该不会在 discover 的过程中寻求和解,而且我们目前所掌握的证据,也不足以请求法庭做出 summary judgment(简易判决),判我们胜诉。即便这次诉讼最终判他们败诉,他们的应对应该也是提起上诉,而不是寻求和解。"叶韵汇报完毕,看着林道简。

林道简异常决绝:"艾普尔到最后不也同高博和解了吗?他们要是拖得起,我们就和他们拖到底,反正受损的不是我们。"

也许,我真的应该留下来帮他……叶韵更踌躇了。

最先上的菜是醉虾。剔透的虾子沉醉在馥郁的绍兴黄酒里,浑然不知马上就要被吃掉的命运。叶韵听父亲讲过,这道菜是林道简的最爱,所以见菜谱上有就点了,即便她认为这道菜真的很残忍,自己对它一点儿都爱不起来。

醉虾果然提起了林道简的兴致。他搛起一只虾子放入餐盘,然后熟练地剥开，放入口中，细细咀嚼，回味着说："和我小时候吃到的一个样子。"

"这道菜实在是太残忍了。"林夫人不忍直视。

"每次你都这样讲。"林道简忍不住又剥了一只。当他再去搛第三只的时候，他的筷子被夫人果断地拦截下来。

"不能再吃了！"林夫人"严厉"地管束道，"生吃不健康，吃多了会生病。"

"我哪有那么娇气？"林道简不忍释箸。

"你是不娇气，但也不是年轻人了，可不能再由着性子了。"

林道简像被夺走了童年的孩子一样，看着让人心疼。他让叶韵和助理多吃，然后给他们讲起这道菜的典故来。

"这道醉虾一定要用活虾和黄酒来做，不然就不鲜美，虾头也会变黑。虾最好是刚从鉴湖里捞出来的，酒也最好是用鉴湖水酿的绍兴黄酒。我小的时候，因为我祖父很喜欢这道菜，所以很多人都把刚从鉴湖里捞出来的活虾，骑快马送到我家里来。

"那个时候，我只有五六岁，我父母在南京，我和祖父母住在乡下的老宅。我吃到的第一只醉虾，就是我祖父剥给我的，我喝的第一口绍兴黄酒，也是我祖父倒给我的。"林道简目光潋滟，犹如湖光，"我祖父是江浙一带有名的大商人，经营着很大很大的纺纱厂和面粉厂。他不希望我长大以后像我父亲一样从政，因为他对当时的政府非常不满，所以从小就给我灌输实业救国的想法，希望我成人之后能够继承家业，把家业发扬光大。

"每次他吃这道菜的时候，都会跟我讲说，商场如海，赢者通吃，如果自己不够强大,就会成为别人口中的下酒菜。"林道简停顿了一下,眼底的鉴湖起了风,"我祖父一直资助抗战,纺纱厂和面粉厂的大部分收入都被他捐输出去了。后来,他的工厂被日本商人盯上了,对方想用极低的价格全买下来,我祖父坚决不肯同意,日本商人就威胁他说,等日本的军队打过来,保证他一块大洋都拿不到手里。"

林道简拿起筷子,又放下,"那是我第一次见我祖父落泪,也是他第一次逼我自己剥醉虾吃。虾虽然是醉的,但是剥它的时候,虾尾还是会在手里剧烈地抖动,本能地想要挣脱开。我害怕,不敢剥,我祖父就骂我没出息,说现在的中国就像你手里被麻醉的虾一样,再挣扎都没用,因为你就是一只小虾米,只能任人活剥生吞……我当时听不懂他的话,就哭着说自己不是小虾米,不要被吃掉。我祖父就抱住了我,也哭着告诉我说,你不是小虾米,爷爷才是小虾米,但是爷爷不会被吃掉……所以,他很快就把全部的工厂都捐给了政府。

"没多久,日本人就打了过来,我父亲要我们全家随他一起去重庆,我祖父坚决不肯,说林家世代生活在这片土地上,祖宗也全都埋在这片土地下面,不能日本人来了,我们林家连个看门护院的人都没有。我父亲是个孝子,他对我祖父说,您如果不走,那就全家都留下来。我祖父又坚决不肯,对我父亲说,忠孝不能两全,然后就把我父亲和我们全都赶出了家门,家里只剩下他和我祖母,还有几名老仆人。"雨点儿打在了当年的鉴湖上,也打湿了林道简的眼眶,"那是我最后一次见我祖父,他赶我们出门之前,全家人一起吃了顿团圆饭。吃饭的时候,我祖父给我倒了杯绍兴黄酒,让我陪他喝掉,然后叮嘱我说,不管将来走到哪里,都要记住家乡的味道……"

"你真是老小孩了,不让你吃你就哭,还讲这么一大篇陈年旧事出来。"林夫人用纸巾擦了擦眼角,特批道,"吃吧,今天不限制你了,不然我就对不起你们林家的先人了。"

可林道简却说:"不吃了,记住家乡的味道就够了。"

"你上一次回去是什么时候?"林夫人问他。

"你怎么忘性比我还大了?"林道简取笑夫人,"就是16奈米产线开工那一年,我顺路回去了一趟,还住了两天。"

"那都是好几年前的事了,你要抓紧时间建新的产线了。"林夫人也挤对起丈夫。

叶韵羡慕地望着林氏夫妇,想象着……

"你最近有什么开心事吗?"林夫人忽然问叶韵。

"没……还好吧……"叶韵赶忙遮掩,"没什么特别开心的事情。"恰好又有其他菜端了上来,她便假装很感兴趣的样子,问林道简这菜的做法和味道正宗不正宗。

这时,助理手包里的手机响了。叶韵听到过这铃声,手机是林道简的。

助理把手机递给林道简,说电话是田行健打来的。叶韵突然有种不妙的预感,仿佛昨日又重现了一样。

林道简听电话的面色极差。

林夫人担心地望着他,他又是基本没怎么说话就挂断了电话。他把手机还给助理,可是想了想,又马上吩咐:"打给叶董。"

叶明义的电话接通了,林道简拿过手机,问道:"污染的事情他们告诉你了没有?"电话那边的叶明义显然已经知情,并且又告诉了林道简一些他没有被告知的情况。

"从来都没有发生过这样的事情!"林道简涨红了脸,"上万片的晶圆,怎么一夜之间就被污染了? 我才离开几天,就乱成这个样子,他们是想让我把他们全部炒掉吗?"

"别发火 …… 别生气 ……"林夫人不住提醒着。

叶韵从没见过伯父这么怒火攻心的样子,甚至都有点儿害怕了。

林道简挂断电话,喘着粗气,按着餐桌的右手抖了起来,像是要拍案而起。突然,他身子向外一歪,一头栽倒下去。叶韵和助理同时起身,林夫人惊声尖叫。

他们面前,林道简已经侧躺在地上,一动不动了。

叶
明
义

叶明义接到林道简电话的时候，还在酒店没有出门，晶圆被污染的事情，是晶益电子的一名老员工大清早打电话告诉他的。

安亿瑜来接他，听闻这个消息，也大吃了一惊。

他一边开车一边问叶明义："我们的供应商一向都很可靠，怎么可能提供不合格的光阻液给我们呢？"

"还不确定究竟是哪家供应商的光阻液出了问题，问题是我们这三家供应商都是全球排名前三的企业，无论哪家出问题都非常不应该。"

"希望不会有大的影响。前段时间病毒事件的负面效应还没有消除净尽，现在又……"

究竟有多大影响真要听天由命了，因为到底还有多少晶圆遭受了不合格的光阻液污染，是没法检测出来的，非要等到生产之后才能确认。到那时候，晶圆已然报废，损失无法挽回。

"不久之前，已经发生过一次类似的事件了。"叶明义把清早老员工报告他的事情，也透露给安亿瑜，"不过，那次是蚀刻过程被铁离子污染了，没有通过我们的内部检验，所幸受影响的晶圆数量只有几百片，损失不大。"

"这件事，没有人和我说起过。"安亿瑜听上去既惊讶，又不惊讶。

"是 Jack 把这件事压了下来，"叶明义解释说，"他不许相关人对外声张。"

"他可能是怕连续的负面新闻加深负面影响，对公司更加不利。"

"怕什么就来什么。"叶明义没有掩饰不满，"企业就像机器，运转久了，难免会有螺丝松动，管理者的职责就是要及时发现，然后把松动的螺丝拧紧，避免发生更大的故障。这次污染事件，如果问题在供应商，那么对外界还好交代，也能向供应商求偿弥补损失。可是，如果问题是我们自己造成的，比如采用了错误的参数，那可就真的是再一次自打耳光了。"

"如果那样，的确就不好收场了。Jack 告诉您这件事情的时候，一定也很沮丧吧？"

"这件事情不是他告诉我的。"叶明义心情沉重。

因为赶上游行，道路堵得要命，车子走走停停。叶明义的胸口也堵得要命，喉咙还不时有甜咸之味向上翻涌，如同地震来临之前的井口。

地震对晶圆代工具有致命威胁，对这个行业来说，稳定的地面和稳定的供水、供电一样关键。然而，矛盾的却是，全球六成以上的晶圆代工产能都位于地震高发地带，令晶圆代工成了名副其实的高风险行业。

因而，在叶明义漫长的职业生涯中，他养成了毫不懈怠，随时准备应对危机的习惯。在他短暂回归的这么一小段时间里，接连见证了两起前所未见的"大事件",又如同山雨欲来的劲风扑面,使他从中嗅到了危机那既熟悉又陌生的气味。

叶明义胸口更堵了。

如果内部足够坚固,那么再激烈的外部攻击也是徒劳,即便遭受破坏,也能修复。可如果内部生出了危机,即便没有外部压力,这座堡垒也可能因为自身重量而发生垮塌。到了那时,置身其中的每一个人都将无法独善其身。

更让叶明义焦虑的是,即便已经得到了提醒,即便已经遭到了教训,置身其中的人们仍旧对危机浑然不觉,或者是根本就不相信危机会像"狼来了"那样最后真的来了,抑或是仍然坚信即使危机来临,他们也能像"三只小猪"那样最后有处可逃。

侥幸的心理,就像人们买给自己的虚假保险,虽能令人心安,但却永远都不可能有兑付的那天。

然而,危机却总有到来的那天,或早或晚。

叶明义看了眼手表,他们已经比平时晚了。凭借着毅力,叶明义终于克服了身体的不适。安亿瑜一转方向盘,汽车拐入科学园区。

下了车,叶明义径直去到执行长办公室,田行健正拍着桌子训斥晶益电子HR(人力资源)部门的主管。他的脸通红通红的,像烧透的烙铁,看着就烫人。他请叶明义先坐,然后三两句话把主管打发走,才坐到叶明义对面的沙发上,摇头叹气。

"他们还在继续统计损失,但是初步估算,被污染的晶圆也有上万片了。"田行健的眼镜片上沾了汗滴,他摘下来擦拭着说,"这次受损的是12奈米和16奈米主力制程,星东方在上面投片最多,我又要跟游东云说抱歉了。"

"原因搞清楚了吗？"叶明义问。

"供应商的问题，光阻液里含有异质的聚合物。"

叶明义稍微松了口气："哪一家供应商？"

田行健苦涩一笑："就是董事长刚刚见过的那一家。"

叶明义直视田行健的双眼说："光阻液上机之前就有品管检验，光阻制程完成之后还会再次品检，如果有偏差，也应该可以检测出来呀。"

田行健避开了叶明义的目光："我们自己也有问题。"

"一定要绷紧神经了！"

田行健用力点了点头。

"上万片可不是个小数目……"叶明义也估算了一下，"这一笔就损失了几千万美元，不知道后续还会再增加多少。"

"我有负您的教诲，更有负董事长重托。"田行健看上去很悲观，"早上在电话里，董事长没和我说太多，但我宁愿他把我臭骂一顿。"

"早上他也给我打电话了，让他心烦的事情还有很多。安排一下记者会吧，这件事，我们要尽快对外说明情况。"

"好的，我这就安排。"田行健立即给 PR 部门的主管打了个电话，叫她尽速准备。

"刚刚发火，也是因为记者会的事情。"田行健又主动向叶明义汇报，起因是晶益电子的 HR 部门主管在劳资纠纷的记者会上强硬地对外表示，希望所有非自愿性离职的员工都尽快到晶益电子领取离职金，不要再采取不必要的抗争手段，提出更多不合理的要求，否则晶益电子没法向公众、董事、股东、投资人以及所有在职员工交代。

"这样讲当然没有错。"田行健说，他发火主要是因为这名主管不堪记者追问，竟然承认所谓"考核淘汰员工"不是"人事变动"而是"变相裁员"，这就给媒体拿到了对晶益电子大做文章的关键素材，也让那些不满被裁或者即将被裁的员工站上了道德高地，对晶益电子火力全开，不遗余力地谴责晶益电子虚伪和冷血。

"上次的涉事员工也在这些人里吗？"叶明义问。

"在，这样处理已经是最好的方式了。而且，相比其他企业，我们给出的离职条件已经很宽厚了。"

"虽然这样，这些人也还要再找工作，现在经济这么不景气。"叶明义动了恻隐之心。清早给他打电话的就是一名即将离职的老员工，他在晶益电子已经服务了将近二十年。

晶益电子自创办伊始，就志在成为"最具幸福感"的企业，这么多年下来，见诸媒体的也多是晶益电子给员工分红又创纪录的新闻，而罕有将员工扫地出门的消息。

晶益电子常说要成为员工的另一个家，可是每一名被裁掉的员工背后也都有一个家。裁员不是简单的数学问题，被裁掉的员工也不是无感的数字。

"如果可以，我也不愿让大家离开，可是我必须让公司保持竞争力。"田行健无可奈何地说，"也许真像董事长说的那样，我们的好日子过太久了，员工因而缺少了压力，也就丧失了前进的动力。

"我印象特别深刻，"他颇为动情，"当初研发10奈米制程的时候，您带领研发部门跟生产部门一起'三班制'，全都不间断工作。

那时候,每个人都是超负荷运转,但是我知道研发部门的同仁负荷更重,因为生产可以放心交给下一班,而研发即使向接班的同仁讲解得再详尽,也没法让对方完全领会和遵照既有的思路和逻辑继续做下去,所以当时包括您在内的很多人,都主动延长工作时间,跟接班的同仁们一起加班。就是因为每一个人都甘心付出更多,才让我们追上了别人,然后不被别人追上。我始终认为,能够投入这样巨大的人力和时间去跟人家拼,才是我们的核心竞争力,才是我们真正比人家强大的地方。可是,这样的企业文化这两年变得淡了许多,虽然每天还有很多人加班,但却是为了加班而加班,效率非常低下。"

"所有大型企业都存在这样的问题。"叶明义认可田行健的这番说辞,这也是他对公司现况的感受和认知。

"这其中肯定有我的责任,毕竟我是执行长,董事长把接力棒交到了我手里。我也一直都在反思,究竟怎样做才能改变这种状况。所以,我推行了适度淘汰的机制,就是希望无论老员工还是新员工,都有压力和动力像您在的时候那样全力以赴地工作……"

田行健越讲越多,话题也渐次展开,他向叶明义描述了一个更加宏大的构想。

这个再造晶益电子的计划一定在他心底酝酿了许久,即使在叶明义看来,也已经完美无缺。他的眼底也似有一场完美风暴在酝酿,这场风暴一旦形成,势必将席卷一切桎梏,扫除一切积弊,清清爽爽,刮出一个崭新的晶益电子来。

然而,风暴的形成需要足够宽广的洋面,在得到那片海之前,他唯有等待。

也许真是由于林道简不在公司，田行健才更放得开了。虽然他穿的还是订制西装，但也正因如此，坐在叶明义对面侃侃而谈的，也更像是年轻了三十岁的林道简了。

林道简加诸田行健身上的那份威压感，叶明义能够体会，也能够体谅，毕竟林道简是完美的，所以挑剔也是必然的。这种挑剔能使人深刻并且时刻意识到自己与林道简的差距，即便是田行健和林同根这种近乎与林道简"零差距"的人。

田行健和林同根之间又有多大的差异？叶明义惊觉，这么多年以来，他竟然从未想到过这个问题。

这个问题对叶明义而言其实并不困难，可能就是因为简单，才被他忽视。田行健和林同根其实也没什么不同，唯一的不同，就是一个只想做好林道简的接班人，而另一个想要成为第二个林道简。

到底哪个更困难？叶明义又抛了个问题给自己。这个问题就没那么简单了，甚至根本没有答案。

但从内心深处，叶明义更为林同根捏把汗，而更想为田行健加把劲。这无关个人能力，仅仅是出于情感，却又不是由于情感的亲疏，而仅仅是因为田行健将要继承的，也是叶明义为之奋斗了大半生的。

叶明义凝视着后辈，田行健的面容渐渐有了海的气象。

那个大开大合的田行健终于又回来了。或者从未离开。无论怎样，叶明义都甚感欣慰。"我们确实有必要对企业架构重新进行优化和再造，比如……"欢欣鼓舞之下，他正准备提出建议，来电却将他打断。

电话是叶韵打来的，她哭着对叶明义说，林道简突然昏倒在地，现在正在医院急救，还没脱离危险。

叶明义喉咙瞬间干涩得像口枯井，舌头也僵硬得没了知觉。他使劲儿咽了好几次唾沫，才勉强发出声响，磕磕巴巴向女儿询问具体情况。

挂掉电话，叶明义和田行健四目相对。田行健反应了好半天，才问："我们要不要立刻去一趟美国？"

"不要。"叶明义无力地摆摆手，"有 Irene 陪着，如果有必要，她会第一时间告诉我们。"

"怎么会发生这样的事？"田行健既像在问叶明义，又像在问自己。

叶明义失神地望着田行健，想起了林道简那只时而颤抖的右手。

离开田行健办公室，叶明义恍恍惚惚地往自己办公室走。这段路就像悬在半空中的绳索，每一脚踏下去，都晃晃悠悠。

攥在手里的手机这时又响了，他猛地打了个寒噤，险些没拿住。

是岳敏行打来的，叶明义长舒口气。

"您还在台湾吗？"岳敏行亲切如同往日。

"在，我还没有回去。"叶明义使劲儿平静着自己，尽量不让岳敏行听出异样。

"真是太好了！如果方便的话，我想请您再来海川一趟，上次匆忙，没机会详谈，有件事儿我想征求一下您的意见。"

"最近……恐怕不行。如果您着急，我们可以电话里讲，或者我回 E-mail 给您。"

"倒也不急。"岳敏行稍稍沉默了一下，"其实，我以前也和您聊过，就是我从前的那个构想。我现在希望能够整合海川当地的半导体资源,成立一家新的芯片制造企业。"

"您是说那个……"叶明义记了起来,"CIDM,协同式芯片制造,对吗?"

"对,就是这个!"岳敏行听上去很兴奋,"我思考了很长时间,因为国内的芯片制造企业从来没有采用过这种模式。但是,我觉得海川目前各方面的条件都已经具备,需要也适合由一家这样的企业对上下游产业链进行整合,大家共建共享,既能集约资源,又能分散风险。"

"是这样的。"叶明义控制好情感,理智地回答说,"海川当地有很多优秀的设计业者,让这些业者和 fab(工厂)一起成立企业,不仅能分担投资,而且由于这些投资人也是客户,他们还会优先向自家的企业下单,这就让 fab 的产能利用率有了保障,并且 fab 也会优先保障这些投资人的产能供给,这样就可以实现双赢。所以,我一直觉得您的这个想法非常好,如果您也认为海川的确具备了现实的可行性,那么我觉得您真的可以放心大胆地去做了。"

岳敏行却犯起愁来:"要做就要有团队,尤其是带头儿人。我想来想去,您是最合适的人选,您有兴趣吗?"

"我?"叶明义像突然站在了岔路口,不知该往哪里走了。

"我听同根说,他之前邀请过您,您没有答应。但是这次不一样,这是一个非常有挑战性的项目,能给您非常大的发挥空间。"

叶明义的心起伏着,像条在风里浪里忽隐忽现的船,"非常感谢您的邀请,但是我恐怕没有办法立刻就答复您。"

"没关系,您好好考虑考虑,我知道做这个决定不容易,我会耐心等您答复的。"

"谢谢!"叶明义很感激,"做这个决定,我还要征询一下我家人的意见,尤其是林董事长的意见,他现在人在美国,我要等他回来和他好好地谈一谈……"

叶明义许久都没向他心底的神祇祈祷了,他此刻又恳求起妈祖,求妈祖保佑林道简能够化险为夷,平安归来。

"让我和他再好好地谈一谈。"他在心里把话又重复了一遍。

赵用心、叶韵

早上，赵用心刚进办公室，就被林同根打电话叫了过去。

茶具还在茶几上摆着，没有动过。一般这个时间，林同根早已经沏好了茶。

林同根在茶几旁的沙发里，即使坐着也含着胸，眉头皱成一团。见到赵用心，他的眉头像纸团儿一样展开了些，但仍然皱巴巴的。

"又要告诉岳书记一个不好的消息了，"他没吃早饭似的说，"安森梅尔的元器件供应商昨天夜里着了大火，我们的 EUV 设备恐怕要推迟交货了。"

"推迟多久？"赵用心大吃一惊，无论如何，着火都不是大概率事件，怎么偏偏这时候发生？

"还不清楚。他们现在正在评估，可能要到几周之后，才能答复咱们一个确切的时间。"

"损失很大吗？"赵用心仍难以置信。

"烧掉了不少库存，还有生产线，整个出货都会受到影响，包括晶益电子和银河电子。所以，安森梅尔现在也非常头疼，正在四处寻找可以替代的供应商。"林同根叹了口气，苦瓜着脸对赵用心说，"这件事情，我们要主动告诉岳书记，不能等人家来问我们了再告诉人家。之前我没请动叶明义，就已经很没面子了，这回又要……"

"您放心，我会向岳书记汇报的。"

"还是要推动国产啊，不然永远被动！"

"今年可能流行供应商坑客户，真是够邪行的。"

"我们可千万不要像晶益电子一样。"林同根神情肃穆，像在祈愿祝祷。

"咱们确实不能再跟他们一样了。"赵用心顺势和盘托出了他新近的想法，"咱们现在的质检还和晶益电子一样，也是以抽测为主，而且质检人员分属不同部门，检测内容也不够全面。我的设想是，成立一个独立的质检部门，负责对整个生产流程包括原材料和产品都进行检测，检测内容也要比现在更全面，而且还要和供应商紧密合作，确认每一项检测的内容和标准。"

"这可是个大工程啊……人员、设备都要大幅增加，可是一笔不小的投入。"

"我会尽量压缩预算，但是该干的还是要干，我们得汲取晶益电子的教训。"

"我现在愁的是，去哪里找这笔预算。"林同根一边说着，一边挠头。头发早就乱了，显然他之前就已经挠过，挠了还不止一次。"和晶益电子的官司，我们虽然要尽力打赢，但是也得做最坏的打算，10亿美元可不是一笔小钱。"

"确实。"赵用心也受传染了似的抚了抚头发,"负责咱们这案子的法官,之前审理过三起针对中国公司的诉讼,最后都判了中国公司败诉,这人似乎对中国企业有偏见。"

听到这话,林同根挠头的手瞬间拍在了沙发扶手上,真皮的沙发扶手响亮地回应了他。"判我们败诉,我们就上诉!预算的事情,你不用担心,我找时间和沈总商量一下,实在没办法,我就向董事会申请特别预算。"

赵用心告辞的时候,林同根终于有了喝茶的心情。他邀赵用心一起,赵用心却没了心情。叶韵已经快三个小时没跟他联络了,他有点儿惦记,尽管叶韵在最后一条微信里说:"我们到了。"

赵用心正准备给叶韵发微信,叶韵的微信电话先打了过来。

赵用心开心地接通电话,叶韵的哽咽却令他霎时浑身冰冷。

"怎么了?"他急问。

叶韵抽泣着告诉赵用心,林道简正在急救,生死未卜。"人真的好脆弱,我好怕……"她在电话里无助地哭着。

"别怕,不会有事儿的。"赵用心安慰叶韵,他也真心希望巨人不会就这样倒下去。

"真的好奇怪,"叶韵破涕为笑,"听到你说别怕,我忽然就真的不怕了,也觉得一定不会有事。"

"我有这么神奇的功效吗?"赵用心稍感心安。

"当然,你让我觉得好安心,就像上次一样。"叶韵的声音在话筒里传来幸福的回响,她像在品味和回味幸福似的,喃喃地,"你要是在我身边就好了,我好想你。"

"我也很想你。"赵用心的心,被轻轻抻了一下。

挂掉电话,他踱着步,走得很慢。快到电梯时,他猛然转身,大步流星回到林同根办公室,"林总,我有急事儿,要赶快去趟美国。向您请个假。"

林同根手里的茶水差点儿泼到裤子上,"是诉讼的事吗?"

"不是,不是。"赵用心连忙否认,本来这种时候因私请假,他就已然过意不去。

林同根顿时轻松下来,端着幸存的茶水问:"那是什么事?"

"我个人的事儿。"赵用心难为情地笑笑,笑得有点儿心虚。

"去多久?"林同根紧盯着他,像要在他脸上找点儿什么似的。

"不会很久,"赵用心没有正面回答,"我保证尽快回来。"

林同根浅浅地抿了口茶水,咂摸了咂摸,"注意安全。"他叮嘱说。

赵用心没有告诉叶韵,他要去纽约找她。他搭乘的航班刚刚起飞,叶韵就给他发来微信说,林道简已经化险为夷。

"你的话真准!"叶韵在语音里喜笑颜开。

"心诚则灵。"赵用心打完字,附了张笑脸,他还迫不及待想要当面再给叶韵一个紧紧的拥抱。

为了这个当面的拥抱,可以不远万里。比年轻人还冲动,赵用心笑话自己。即使年轻的时候,我也没这么冲动过呀! 他心想。

这不是冲动,他心里清楚。这是活了快五十年才遇见梦寐以求的爱情之后,浑身上下所迸发的强大动力。这动力足够他飞过大洋,飞到她面前,再抱得美人归。

到了这个年纪,一切都得快进。没能更早相遇,就必须为将来抢出更多时间。

所以降落之后,赵用心到酒店放下行李就打车直奔医院。叶韵之前告诉他,她去医院看望林道简了。

医院位于纽约的心脏地带,它著称于世的也是心脏内外科、神经内外科、老年医学以及康复医学。

从计程车上下来,赵用心打微信电话给叶韵。外观上,这家医院的大楼与其他商业建筑没什么差别,感觉就像是从一家五星级酒店到了另一家五星级酒店。

电话接通,叶韵诧异地问:"不是已经睡了吗?"

"睡不着,想你。"赵用心扫视大楼的一排排窗子,猜着叶韵在哪扇窗里。

"我也想你。"叶韵声音很轻柔,如同楼下的微风。

"想我就下来吧,我就在楼下。"赵用心忍不住得意地说。

"真的假的? 不要骗我!"叶韵惊讶得就像从某扇窗子里猛地探出头。

"没骗你,快下来吧。我已经等不及了。"

电话旋即挂断,不多会儿,叶韵已经出现在赵用心面前。

她的惊喜和赵用心一样,都是从天而降。"为什么不预先告诉我? 还骗我说要睡觉,Liar(骗子)!"

"不是想给你个惊喜吗?"赵用心一把将日思夜想的叶韵揽入怀抱。

叶韵也紧紧抱拥着他。

相拥在此刻那么结实,又那么真实。

"我好想你……"叶韵如同梦呓。

"我也是。"赵用心也像在梦里,梦见自己将叶韵抱得更紧。

"你是专程来见我,还是有其他事情?"

"当然是专程,而且还是日夜兼程,我明天就得回去。"

叶韵将头埋得更深了,脸也贴得更紧,"有你在,我感觉好安心。"

"那我改名叫赵安心吧?"

"不要,用心很好。你对我用心,我才安心。"

"那我永远都对你用心好不好?"

"当然好啦。还用讲?"

赵用心于是松开臂弯,从口袋里掏出心形的红丝绒盒子,心里扑腾扑腾的,打开说:"我帮你戴上,好吗?"

叶韵捂住了嘴巴,盒子里亮晶晶的,她眼睛里也有东西亮晶晶了。

"不想让我帮你戴上吗?"赵用心竟害怕起来。

叶韵的手离开了嘴,但并没有伸向赵用心。"你是认真的吗?"她咬了咬嘴唇,注视着他,皓齿在唇上留下了清晰的牙印。

"你觉得我不够认真吗? 是不是我突然跑来向你求婚吓到你了?"赵用心也意识到自己行动贸然了,可他天生就是个行动派,而且,"我过了大半辈子,才遇见你,我真的不想再等了,多一天多一秒都不想等了。"

叶韵控制不住了,任晶莹从脸颊滑落。她将手掌递给了赵用心。

"还担心不合适呢!"为叶韵将钻戒戴好,赵用心才如释重负。

"怎么可能不合适? 你这么用心。"叶韵一边笑着擦眼泪,一边望着被幸福环绕的手指。

"对不起啊，忘了单膝下跪了……"赵用心这会儿才想起他练了N多遍的动作，"也没准备玫瑰花和烛光晚餐，还在这种地方向你求婚，真是太不浪漫了！"

"怎么不浪漫？已经很浪漫了呀！是你治愈了我，你不知道吗？"

"我当然知道。以后谁都伤害不了你了。"赵用心又将他的未婚妻抱进怀里。

叶韵任由甜蜜环绕了她好一会儿，才提议说："既然来了，就上去见见他们吧？"

"合适吗？"赵用心心存顾虑，也有点儿怯。

"我不想再瞒他们了。我想得到他们的祝福。"叶韵讲话的同时，也鼓足了勇气。

林道简还在加护病房，虽然已无大碍。赵用心和叶韵手挽着手走了进去，像在履行某种仪式。病房里的人全都面露惊诧，甚至惊诧不已，最后所有惊诧全部聚焦在赵用心脸上。

"你们好！"赵用心恭敬地打了个招呼。除了病床上的林道简，还有两位年长的女士。叶韵同她母亲极为神似，赵用心一眼就认了出来，所以迎着她审视的目光，没有躲避。

"他是我的……未婚夫，叫赵用心。"叶韵动了动戴着戒指的手，稍显不安地向长辈们介绍。

"我见过你，在海川。"未等女士们说话，林道简先开了口。他讲起话来还很虚弱，但是气度丝毫未减。

"很荣幸您能记得我。"赵用心对病榻上这位老者的尊敬也丝毫未减。

"前些天,我刚刚见过你师兄游东云,他还夸奖了你。"林道简打量着说。

赵用心报以微笑,他只知道游东云来美国了,却不知道还密会了林道简。

"这是怎么回事?"骆梓枝严厉地问叶韵,"为什么不事先告诉我们?"

"对不起,伯母,是我冒昧了,来美国也没提前告诉叶韵一声。"赵用心将过错揽到自己身上。

"你不在美国吗?"骆梓枝对他也没客气。

"我在中国。"赵用心礼貌地回答。

"他是同芯半导体的营运长,执行董事,负责这次与我们的官司。"林道简介绍起赵用心,语速缓慢。

"你怎么能因私废公呢?"骆梓枝责怪女儿,声色更严厉了。

"对不起……"叶韵在母亲面前低下头去。

"你应该去向你伯父道歉。你这样,太不职业了!"

叶韵顺从地走到床边,握住了林道简床外侧有些干皱的手,泪汪汪的眸子里掬满了歉意:"其实,我早就准备告诉您了,没有想要故意瞒您。"

林道简慈爱地用另一只手拍了拍叶韵手背,没说什么。

"我已经不再适任代理律师的工作了,所以——"

"你这样太轻率了,你会让董事长失望的。"母亲打断了叶韵。

"没关系,她有她的选择。"林道简看似并不在意。

"董事长,她辜负了您的信任,您还惯着她……"

"您能原谅我吗？"叶韵楚楚可怜地问。

"要怪就怪我吧。"赵用心感到心疼，几乎要将叶韵挡到身后。

"为什么要怪你？为什么要原谅你？"林道简反问他和叶韵，"你们并没有做错什么啊。"

"您真的不怪我吗？"叶韵哽咽了。

林道简语重心长地说："我们是一家人。"

"那您……还会当我们的证婚人吗？"

"当然！不然谁当？"

挂着泪的叶韵如同心愿得偿的小姑娘，灿烂地笑了，像道雨后的彩虹。"我爱您！"她拥抱住病床上的林道简。

赵用心也与叶韵站到一起，向林道简握手致谢。林道简的手，出奇地软。

"这次来，待多久？"林道简问赵用心。

"明天就回去，我是专程来求婚的。"

"这么浪漫？"林夫人惊叹。她一直满怀祝福地注视着这对恋人，此时更不由得赞叹，"即使是那些更年轻的男生，也没有几个能够像你这样万里迢迢只为了求婚来的。"

赵用心脸唰地红了，他的确做了件与年龄极不相符的事情。

林夫人笑容满面地转向骆梓枝："刚刚你还担心Irene的终身大事，这不立刻就有了天赐良缘？"

骆梓枝笑了笑，表情很无奈。审视的目光又回到了赵用心身上。

"女士们，能让我们单独聊几句吗？"林道简忽然请求。

三位女士出了病房，去到外面的会客室等候。

"坐。"林道简招呼赵用心。

赵用心坐到了椅子上,静候林道简开口。同时,他也勘查着林道简的脸。林道简的面庞略微浮肿,从前的红润像被大雪封埋了一样。雪化还得些日子,他心想。

"游东云和我讲了许多,劝我同你们和解。所以,我想听听你的想法。"

林道简的话虽如山间溪流,和缓而恬淡,但溯溪而上,迎来的却可能是飞流直下的巨瀑。所以,赵用心略微沉吟才回应:"和解对我们双方都有利,我们现在都需要把精力集中到更紧要的事情上去。"

"你的意思是,你愿意和解?"

"只要您也愿意。"

"那林同根呢?"

"林总是个以大局为重的人。"

林道简垂下了眼皮,少顷,又抬了起来:"我也相信他是个以大局为重的人,所以请你转告他,如果他愿意离开同芯半导体,我就愿意与你们达成和解。"

听到这话,赵用心呆坐在椅子上,良久未动。

叶
明
义

"有人向你女儿求婚了!"电话一接通,骆梓枝的声音就从里面闯了出来。

叶明义一愣:"谁向她求婚了? 什么时候的事?"

"让她和你讲。"骆梓枝仍很不满。

"什么人向你求婚了?"叶明义问女儿。

"赵用心……"叶韵说得很小声。

"谁?"叶明义没听清。

"赵用心。"叶韵音量稍大了些。

"他?"叶明义又惊又喜,"他什么时候向你求婚的?"

"就是刚刚,我们现在都还在医院。"

"他跑到医院去向你求婚? 从中国到美国?"

"是的,他也没提前告诉我,就直接飞来了。"

叶明义想大笑。做事这么干脆利落,直奔主题,甚合他心意。"他现在和你们在一起吗?"叶明义想同赵用心讲几句话。

"他在病房里,伯父有话对他说。"

叶明义心中一动，但顾不上多想。"爸爸祝福你们，祝你们永远幸福！"他说着，眼眶就湿润了。公主终于有了王子保护，老骑士可以放心退休了。

"谢谢您，爸爸……"叶韵在电话那头儿也哭了起来，"我伤害过您，您能原谅我吗？"

"傻孩子，爸爸从来没有怪过你呀，你永远都是爸爸的小公主。"

"我也永远爱您……"

"居然跑到医院来向你女儿求婚！"骆梓枝一拿回电话就抱怨，"他打电话叫你女儿下楼，然后两个人就手牵着手上楼来了，我当时都快晕倒了！"

"晕倒也没关系，反正在医院嘛。"

"我晕倒你就开心了是吧？"骆梓枝的质问快把听筒给撑爆了。

"开玩笑呢！"叶明义连忙说，"我当然不希望你晕倒啦，也知道你肯定不会晕倒，你身体那么好……"

"我身体好，你就可以放心大胆地气我了是吧？"

"我没有气你……虽然在医院，但是人家不远万里来向你女儿求婚，这份诚意就难能可贵，何况还很浪漫。"

"当然很浪漫啦！可比你当年浪漫多了！"

"我现在也可以飞一万多公里，当年不是没有机会吗？"叶明义忍不住犟了句嘴。

"好啊，给你机会，马上飞回来呀！"

被将了一军，叶明义闭嘴投降。

"你也就嘴上讲讲啦！"骆梓枝没再乘胜追击，而是犯起愁来，

"美国离中国那么远,难道我们一家人又要像从前那样天各一方吗?"

"不会的……"叶明义向妻子讲起了那个提议。

虽然林道简已经转危为安,但是对股市和舆论造成的冲击仍未消减。各路媒体和名嘴仍旧不遗余力地消费着林道简的健康问题,同时臧否着田行健担任执行长以来的晶益电子。所有造成不良影响的事件都被他们捆绑在一起,"耻辱柱"一样将田行健绑到了上面。

"我们真有必要把所有可能被污染的晶圆都报废掉吗?"叶明义才到办公室没多久,田行健就来找他商量。看得出,田行健睡眠质量很差。

"你昨晚看电视了吧?不要管那些名嘴怎么讲。"

"我是担心,如果全部报废掉,数量会非常巨大,要将近10万片左右,到时候外界对我们的评论肯定更加负面。"

"可是,我们也要保证我们的出货品质。"

"我大致估算了一下,"田行健面露难色,"如果全部报废掉,我们当季的营收将会减少大约5.5亿美元,这对整个季度的营收和毛利率,都会造成不小的影响。"

"影响确实不小,但是只有这样,才能显示我们壮士断腕的决心,赢回客户对我们的信任。"

田行健仍然犹疑不决。

又不"大开大合"了。叶明义提醒说:"就像你那天讲的,我们要把危机变成契机,重塑我们的品管和检测体系,这不也是你对公司架构优化和再造计划的一部分吗?"

"我也在考虑这个问题,"田行健马上说,"您认为 QR(质监)部门的负责人换成谁比较合适?"

"Jack 你误会了,我不是在建议你更换 QR 部门的负责人。"叶明义耐心澄清,"我只是希望能够尽快成立一个全新的部门来加强品管和检测,进一步对整条供应链进行严格把关。我们之前的品管和检测体系,已经不足以因应我们现在的规模和体量了。"

"我们的体量确实太过庞大了,给大象体检的确不能再用给马牛羊体检的办法。但是时机……"

"危机就是最佳时机。"叶明义对田行健的迟疑不决感到失望,"就算还是给马牛羊体检,如果数量太多,人员和设备也要增加啊。"

"那就这样定了,我把这件事情交给 David 负责,让他先拿出方案,再和您详细讨论。"田行健又拜托叶明义,"也麻烦您转告董事长,以我们目前的产能利用率计算,这次受影响的出货量大部分都能在这个季度补回来,只有一小部分,可能要到下个季度才能补足了。"

"尽力而为就好。"叶明义宽慰说,他也不想再给田行健增添额外压力了。

"另外,我还准备整体把采购价格下压 10%,这样可以进一步弥补我们遭受的损失。"

"这样做好吗? 人家会说我们转嫁危机的。"

田行健为难地说:"今年整体市场都不景气,我们这个季度的营收增长又可能大幅放缓,要完成全年的成长目标,压力还是非常大的。"

"所以,就剪供应商的羊毛?"

"这样做,也是为了给供应商一个警告。"

"连坐，对吧？"

"您放心，"田行健赶忙保证，"如果将来景气回暖，业绩提升，我一定会增加采购总量补偿这些供应商的。"

叶明义没再表示异议，毕竟田行健才是执行长。田行健走后，叶明义拨通了林道简的电话，向助理询问林道简的状况。

"董事长还没睡，您要和他通话吗？"助理问。

"麻烦把电话交给董事长。"叶明义客气地说。

"公司怎么样？"林道简先问起来。

"Jack 还有些犹豫，他认为我们要报废的数量太大了。"

"如果他管理得当，我们一片都不用报废。告诉他，那是我的决定，他如果不同意，就来美国见我。"

"他会同意的。您今天感觉怎么样？"叶明义问。

"感觉很好。Irene 找到归宿，我很开心。恭喜你！"

"谢谢！但是 Irene 让您失望了。"

"她只是遵从了内心的指引。我们都要遵从内心的指引，不是吗？"林道简喘了口气，说，"我决定和同芯半导体和解了。"

"真的吗？"叶明义喜出望外。

"我已经当面告诉了赵用心。"

"他是怎么说服您的？"

"说服我的人不是他，是你和游东云。"

"我们只是提供了建议，您胸中肯定早有定见。"叶明义喜不自胜，"两家公司和解，一定为许多人所乐见，当然，也会有人不乐见。"

林道简的话里，却一点儿轻松、喜悦都没有，"最终能不能达成和解，决定权并不操之在我。我只是抛出了这个想法，请赵用心帮忙转达。"

"那操之在谁？"叶明义立时紧张起来。

"林同根。"林道简缓缓地说，"和解的前提，是他离开同芯半导体。"

"您是……要……逼他走人？"叶明义变迟钝了，无数念头和情绪同时壅塞在他的神经中枢。

"我没逼他。如何决定，是他的事情。"

"他……您……这也是在为难赵用心呀……"

"比这为难的事情还有很多。难道和我们对簿公堂，就不为难了吗？"

"可是，即使和解，也不一定非要设置那样的前提啊……您这是要把林同根连根拔起呀！"

电话那头儿沉默了，好半天，林道简才决绝地问叶明义："当初，他不也想要拆掉我的晶益电子吗？他不是和人讲，他这辈子一定要报仇雪恨，把我打败吗？"

"他的确有对不住您的地方。可他也对我讲过，上一次被迫离开大同积电，对他的打击非常巨大，他甚至差一点点就选择了轻生。"

"这一次没有人强迫他了，他完全可以选择拒绝。"林道简挂断了电话。

赵用心

飞机在厚厚的云层上飞着,屡有大大小小的起伏。赵用心仿佛置身汪洋大海,久不能寐。

他并未将林道简同他讲的事情告诉叶韵,哪怕叶韵一个劲儿问他为什么忽然就不开心了。

"没有不开心。你答应嫁我,是我这辈子最开心的事儿,我怎么可能不开心呢?"

"那你还闷闷不乐?我还以为你后悔了呢!"

"我只后悔没早点儿遇见你,要不然孩子都能上淘宝打酱油了。"

"你喜欢男孩还是女孩?"

"都喜欢,女孩儿像我,男孩儿像你。"

"那就一样一个好了。"

想到这儿,赵用心脸上的微笑,多少驱散了一些笼罩在心头的阴霾。

既为私事而来,就不该再谈公事,他的确感到后悔。可是,谁又能拒绝林道简亲自递过来的橄榄枝?谁又能想到这橄榄枝还要拿林同根当条件去交换?

虽然无愧于心,无愧于公司,但赵用心仍自感有愧于林同根。他决定先私下把事情跟林同根说清楚,就算说不清楚,他也愿意为此承担一切后果,毕竟事儿是他引出来的。大不了回家抱孩子,他心想。

赵用心在门前犹豫了一下。办公室的门敞着,林同根正照料着他那件根雕摆件。

这件根雕并未经过太多雕琢,而是存其原貌,上半部是一截一抱多粗的枯干,下半部则是向下深扎的繁密根须,唯一精雕细琢之处,是枯干上抽出的一缕新枝,顶着新芽,不屈地向上伸展。

赵用心认为这新枝也并非人工,而是本来就有的,不然不会这么逼肖又饱含"生"的精气神。林同根曾经告诉赵用心,当年老友将这摆件送与他时,正逢他在人生谷底怅惘徘徊。他一见这生长在枯干上的新枝,顿时失声痛哭,久久不能自已。老友等他把一腔悲愤和委屈全都哭诉出来之后,才对他说:"你如是这根,便能长出这枝。"

从那之后,这根雕就成了林同根最宝贵的收藏。他从不让人碰它,每次都亲手从枝顶轻拭到根底,每次也都是小心翼翼,聚精会神,以至于赵用心敲门,他都浑然不觉。

"林总。"赵用心又叫了声。

林同根这才转过头来,显得很意外:"还以为你不会这么快回来呢!"

"事儿办完就回来了,省得倒时差也。"赵用心进了门,随手将门带上。

林同根示意他坐，继续摆弄着根雕说："沈总同意了，他认为你的想法很好，也很有必要，你可以动手做了。"

"太好了。"赵用心没有丝毫喜悦，"那预算呢？"

"这你就要好好地谢谢 James 了，他同意从研发预算里划拨一部分给你。"

"还挺大方。"

"毕竟一米九几的人嘛。"

赵用心勉强一笑。

"累着了吧？"林同根暂停了手里的活儿。

"确实有点儿累，不像年轻的时候了。"

"你也确实不年轻了，也该成家了。你有成家的打算吗？有对象吗？当然你可以不告诉我，这是你的私事，我不该过问。"林同根一气儿把话说完。

"正要跟您汇报呢，"赵用心尴尬着，也忐忑着，"这次去美国，就是求婚去了。"

"真的吗？成功了吗？"林同根兴奋地停止了手里的活儿，坐了过来。

"没成功就没脸跟您说这事儿了。之前没告诉您，也是因为怕被拒，丢人。"

"成功就好，恭喜你！"林同根和赵用心用力握手，"一定要请我喝喜酒！"

"喜酒肯定会请您喝，就算我不请，也会有人请。"

"还有谁请？"

"叶明义。"赵用心不得不如实交代。

"真的？"林同根兴奋得一拍膝盖，"你和 Irene 在一起了？"

赵用心默认，甚是难为情。

"这我可当真没想到！你们两个是怎么……怎么在一起的？"

"怎么说呢……"赵用心使劲儿捏着拳头，拇指摩擦着食指和中指。

"不用说了，过程不重要，结果导向！"林同根哈哈大笑，"叶明义是我的老长官，也是你未来的老丈人，我们下次再请他，他还能不答应？你娶叶韵，对林道简也是釜底抽薪，真是一举两得！不，三得，三得！"

"我这趟也见到林道简了。"赵用心终于等到机会开口。

林同根听出了异样，敛去亢奋的神情问："他怎么样？"

"应该没大事儿，据说只是劳累过度。"

"那就好，我跟他还没分出胜负呢。他跟你说什么了吗？"

赵用心的唇齿像生了锈的闸门，好半天才开启："他说，他同意跟我们和解。但前提是，您离开公司。"

林同根半晌没言语，像被斩断的大树，倒在沙发靠背上。

"他这是要把我连根拔起呀……"他一拳捶在沙发扶手上。

"对不起，林总……"林同根的拳头仿佛捶在了赵用心的心上。

林同根捶着，力道越来越大，面色也越来越蜡黄，所有血色似都涌向了双眼，像要从眼里流出。

赵用心更懊悔、更恨自己了，"我们可以当他没讲过。我不说，没人知道。"

"怎么可能？开弓没有回头箭，何况这箭还是射向我的！"林同根低沉地嘶吼，如同中箭的猛虎。

赵用心挺起胸膛，"作为公司代表，我会坚决反对在这样的前提下跟晶益电子达成和解的。"

"你反对有什么用？董事会听你的吗？在商言商呀！"

"我已经写好了辞职信。"赵用心掏出打印好的A4纸，递给林同根，"如果董事会不同意，我就立刻辞职。"

林同根捏着打印纸，似在掂量。渐渐地，他眼中的血色又似退回到心里，露出了失血后的惨白。他打开A4纸，看了看，笑了笑，一抬手将辞职信撕成两半。"这东西不该你写。"信纸被他扔在脚下。

"祸是我惹出来的，我一人做事一人当。"

"可祸根是我。"林同根指着自己的鼻子。

"那我去求叶董帮忙，他的话，林道简会听。"

"求谁都没用，谁都不要求！人要有尊严地活，也要有尊严地死。"

"您不能这样想，大丈夫能屈能伸，当年韩信——"

"你是要我受那胯下之辱吗？"林同根厉声打断赵用心。

"您误会了！"

"我知道你是好心，可你没尝过被人扫地出门的滋味，而且还是从自己家里，自己一砖一瓦亲手搭建起来的家！"

赵用心也颓然了，倚着沙发背。他的头顶像在晃动，他的脚下也在晃动。

"你去忙吧……"良久，林同根平静地说。

赵用心坐直身子,"您……"

"我没什么,又不是第一次经历这种事了。"

"那我……"

"你该做什么,就做什么。"

"那您……"

"我嘛……"林同根的声音如同断线的风筝,掉在了地上,"我也该做什么,就做什么。"他的眼底落满了灰烬。

叶
韵

叶韵在辞职邮件的最后，敲上了她的英文名。

她@了这家律所的所有人，最后一个是 Billy Samson。她的手指在键盘上停住了，只要按下"发送"键，她和这家曾经梦寐以求的著名律所就将分道扬镳。

叶韵的手指从键盘上移开，她望着窗外，凝视这座城市鳞次栉比的高楼广厦。

有人敲门。Billy Samson 正端着两杯星巴克咖啡，迷人地朝她微笑，眼睛仿佛还含着往昔的情愫，询问她是否可以进来。

叶韵坐正身子，直视着他。

"带了杯咖啡给你。"他走进来，把咖啡放到她桌上。"好烫！"他念叨了一句，然后殷勤地将杯盖打开，把咖啡推到她近前。

是馥芮白，还冒着热气。Billy Samson 这套动作因为曾经无数次演练而依然熟练。他坐到她对面，盯着她，欣赏她，也跟过去一模一样。

叶韵不自在地动了动身子。她瞥了眼电脑屏幕，然后也毫不示弱地盯着对面的男人。他身上的衬衫是她从前买给他的，洁白而平整，像久未有人踏足的雪地。

"有事找我？"她问。

"过来看看你。"Billy Samson 若无其事地说。

叶韵继续用眼神逼问他。

"撤诉的事情。"Billy Samson 终于说道，"我的朋友们希望晶益电子不要撤回对同芯半导体的起诉。"

叶韵冷冷看着他，咖啡似乎也比刚刚凉了一半。

这时，Libbie 经过叶韵办公室，正透过玻璃隔断朝里面张望。叶韵故意朝对面的 Billy Samson 露出微笑，笑得也很迷人："如果不撤诉，我能得到什么好处？"

Billy Samson 瞬间像摁住了猎物的猎狗，张开大口说："你可以成为我们的权益合伙人。"

Libbie 走得很慢，依然没有在玻璃隔断那边消失。

"这是我们之前就谈好的条件。"叶韵不屑地说。

"还有什么条件？尽管告诉我。"Billy Samson 露出了猎狗对猎物的仁慈。

"我要你离开那个女人。"叶韵继续迷人地笑着，目不斜视地大声讲了出来。

Billy Samson 笑不出来了。"可以！"这家伙终于咬了咬獠牙，答应下来。

玻璃隔断外发出了重重的声响，两人一齐朝外望去——Libbie 把一摞文件狠狠摔在了地上，然后踩着后跟至少十厘米的高跟鞋气急败坏地走了。可是没走出几步，鞋跟就不堪重负地折断了，将她狠狠摞倒在地上。

"不去扶她起来吗？"叶韵嘲讽地问 Billy Samson。

Billy Samson 挪了挪屁股。"只要不撤诉，我就离开她。"他绝望得像只掉进陷阱的猎狗。

叶韵动了动鼠标，随即，Billy Samson 的手机响起了提示音。"发了封邮件给你，你看一下。"她平静而内敛地说。

Billy Samson 盯着手机，又抬头盯着她，目露凶光："你耍我！"

"我只是调整了我的职业规划。"叶韵轻松得如同面对着一只雪纳瑞。

"我也有东西给你看。"Billy Samson 摆弄了几下手机，然后把手机递给叶韵。

"你偷拍我？"叶韵看到手机里的照片，愤怒地质问。

"不是我偷拍的。"Billy Samson 得意地否认。

当然不需要他亲手干这种龌龊勾当，叶韵清楚得很，因为这家律师事务所里有的是人能替他去干。她继续翻看照片，照片里的她和赵用心十分甜蜜，每张照片标记的日期也都十分清晰。

"你想怎样？"她把手机拍在了桌上。

Billy Samson 笑着拿回手机，又如同摁住了猎物的猎狗一样："如果我把这些照片交给晶益电子的股东们……"

叶韵瞪着 Billy Samson，心里头一回有了持枪的念头。

"当然，我也可以把这些照片全部都删掉。"Billy Samson 又抛出另一个选项。

先施压，再开条件，就是这个男人的惯用伎俩，并且屡试不爽。叶韵掂量着、打量着、思量着，过了好一会儿，她轻轻抬了抬眉毛。"你可以把这些照片发给任何人，"她说，"最好也发给我一份，因为拍得确实不错。"

Billy Samson 像不认识她了一样，瞪了她好一会儿，才说："用这些照片，我能让你丢掉律师执照。"

"无所谓。"叶韵耸耸肩，"我要去中国了，和照片里的那个男人结婚。他比你好一万倍。"

"你是认真的？"Billy Samson 如同遭受了一万次嘲讽，又麻木又僵硬。

"当然是认真的！"叶韵比出她戴在手上的钻戒，又赠送了一次嘲讽，"全世界，可能只有你不是认真的。"

Billy Samson 终于认真了，恳求叶韵："对不起，我错了！我求你嫁给我！我爱你！如果你同意，我们现在就去教堂！"

"你有多久没去教堂了？"叶韵好笑地反问。她关掉电脑，起身拿着包朝门口走去。

"我会把照片发给你的，当然也会发给其他人。"Billy Samson 在她身后威胁，"你就不怕林道简被你连累吗？"

"他早就想退休了。"叶韵停下脚步，走回 Billy Samson 身旁，俯视着他，轻轻说道，"我都忘记了，你也有'东西'在我手里，你肯定不希望我把这些东西也拿出来发送给其他人，是吧？"

她说完，打开包，翻出一枚戒指，放进他咖啡杯里。

咖啡仍冒着热气。戒指陷进奶泡里，在表面残留了一个圆圈。

叶韵合上包，包不小心碰洒了咖啡，咖啡不小心泼到了 Billy Samson 身上，不小心弄脏了他的衬衣和西裤。

咖啡还冒着热气，Billy Samson 吼叫着从椅子上蹦了起来。

"真对不起，弄脏了你的衣服。"叶韵微笑着说，"下次见面，一定记得把干洗的账单拿给我。"

叶韵走出了办公室。Billy Samson 的吼叫惊动了所有人。所有人都看着昂首挺胸的叶韵，叶韵也朝所有人骄傲地微笑，包括那位断了鞋跟的 Libbie。

叶韵在楼底的星巴克给自己买了杯馥芮白。柔软的奶泡被均匀融合在咖啡中，小白点儿漂浮着，舒服得让人立刻就想躺上去，陷下去。还很烫，叶韵轻轻吹了吹，抿了一小口。这杯馥芮白果然完美，所有苦都不见了，只剩下甜和她悄悄说着情话。

那天的座位空着，她却没有坐在那儿。她不想再重复昨天的自己，新的座位给了她新的回忆。

就是在紧挨现在这个座位的地方，她的手被赵用心牵了起来，如同一杯险些洒落的馥芮白被稳稳接住。她又将馥芮白捧至唇边，甜醇的味道令她不忍释手，她那天也不愿手再被赵用心松开。

他的手握住她的手，严丝合缝，就像是专门订制的一样。叶韵惊惶地望着将她保护起来的赵用心，"别怕。"他的话也像他的手一样有力。

赵用心又将她的手攥得更紧了些，像是下意识的，生怕她跑掉。

她当然不会跑掉,那一瞬的感觉,就如同躲进了最坚固的城堡,又有身披铠甲、手执长剑的骑士为她守卫着城垣。

"谢谢。"不知怎的,她说了句,然后脸颊像被馥芮白烫了一下,灼热的感觉持续了好久。

外面的枪声仍在持续,甚至更响,也更近。有人在拨打报警电话,更多的人则在害怕,因为将他们和枪声隔开的只是一道玻璃墙,从外面看,他们就像是橱窗里展示的商品,随时都有可能被打砸抢。

如果没有赵用心,那天将会完全不同。叶韵的目光移向另一个地方,Billy Samson 当时紧搂着 Libbie 就站在那里。

Libbie 在 Billy Samson 面前娇弱得像只刚落地的小羊羔儿,连自己站着的劲儿都没有,必须倚靠在 Billy Samson 身上才不会倒下。

若是往常,叶韵一定会心痛得像是中了枪,甚至都有可能冲到外面去挨那一了百了的一枪。可她当时平静得出奇。她看了眼赵用心,赵用心正在看着她。

他眼里的火花现在回想起来还像是漫天绚烂的烟花,用最美的图案、最美的颜色庆祝那最美的一刻。那一刻是专属于她的,那烟花也是为她一个人燃放的。更久一些就好了。叶韵一直虚握着的手掌稍微用了用力,没想到赵用心竟然察觉并且善解人意地将手放松。她因而握得更实,也因意图被识破而不敢看他。

"警察来了。"赵用心小声说。

外面警笛大作,紧接着响起了密集的射击声。不久,"射击场"重新变回街道,叶韵憋着的一口气终于吐了出来。

大家纷纷回到原先的座位，有的收拾没来得及拿走的东西，有的坐下继续喝咖啡、聊天。叶韵也回她原来的座位拿笔记本电脑，手还拉着赵用心。

不得不松开了，两个人都有些尴尬。

"谢谢。"叶韵又说了一次。

"不客气。"赵用心回了句，比她还拘谨。

Billy Samson 领着 Libbie 走了过来。Libbie 像被牵着，显然她想去相反的方向。

"你好，我是 Billy Samson。"叶韵的前未婚夫主动向赵用心伸出了手。

赵用心礼貌地握住了 Billy Samson 的手，说："我叫赵用心。"他忽然面色微变，目光从 Billy Samson 脸上移到了他俩握在一起的手上。

Billy Samson 面不改色，但叶韵知道他一定在暗笑，因为这是他屡试不爽的拿手伎俩。她正要喝止，Billy Samson 忽也面色一变，不由自主地瞄了瞄他和赵用心握在一起的手。

据叶韵所知，Billy Samson 从未对谁手下留情过，更没被谁反守为攻过，但那次他显然遇到了对手，才心有余而力不足地与赵用心"握手言和"。

"我知道你，你是同芯半导体的代表，你要代表你的公司和晶益电子私下和解吗？"Billy Samson 换了种攻击方式，同样令人猝不及防。

"你胡说，我们只是偶遇，并没有私下接触！"叶韵立即否认。

Billy Samson 耸耸肩,"难道刚刚'握手'不是为了'言和'吗?"

"没有证据就不要乱讲!"叶韵警告 Billy Samson,"你希望由其他律所代理晶益电子的案子吗?"

"当然不希望,但我也不希望原告律师和被告代表有'私下'接触。"

"我不需要你来指点我,我又不是你的 legal assistant。"叶韵提起包,问赵用心:"一起走吗?"

赵用心随叶韵出了星巴克。叶韵的目光也随回忆穿过了玻璃墙,他俩曾并肩经过那里。

警察拉起了警戒线,现场跟片场一样。两人朝另一边走去。

"不要理他,他就是个混蛋。"叶韵还记得自己当时说。

"他是……?"赵用心欲言又止。

"他是我的前未婚夫,也是我们律所的 senior partner(高级合伙人)。"叶韵大方地告诉他。

"希望没给你惹麻烦。"赵用心略带歉意。

"是你帮我甩掉了那个'麻烦'。"叶韵发自内心地说。

"没想到会遇见你。"赵用心解释。

"我也没想到。"叶韵说。

"我出来跑步,刚好经过,刚好有点儿渴了,所以……"

"我也刚好在那儿,刚好有一些工作要做。"

"你怎么不在楼上做?星巴克多吵啊。"

"楼上?你知道我在楼上?"

"啊……"赵用心语塞。

叶韵低眉浅笑:"你在附近住吗?"

"离这儿还有段距离,差不多5公里。"

"你跑步过来的?"

"是。"

"你每天都跑吗?"

"差不多吧,只要有时间,出差我都带着跑步装备。"

"我也是。"叶韵忽然脸一热,又想起她在海川的糗事来。

"跑步是件快乐的事儿,时间长了会上瘾。"赵用心没注意到她发窘。

"你怎么没回国? 还有其他事情?"叶韵忙切换话题。

"没有。赶上机场罢工了,所以多留了几天。"

"那很快就回去啦?"

"对,后天的飞机。"

叶韵有些失落。两人也随即陷入沉默。

"下一次听证会得两个月之后了。"赵用心打破沉默。

"我们不谈案子。"叶韵制止了他。

"你误会了,我并不是要谈案子,我只是想说,时间隔得有点儿久。"

"是隔得久了一点儿,幸好没更久。"

"你常去大陆吗?"

"不经常去。"

"去过北京吗?"

"没有。"

"将来有机会……"

"好的。"没等赵用心讲完,叶韵就答应了。

两个人都笑了。

"北京好吃、好玩儿的地方特别多……"赵用心绘声绘色地讲起了北京。

叶韵听着,神往着,想象着赵用心陪她一起……"你那位女同事也是台湾人吧?"待赵用心告一段落,叶韵问。

"对,她来北京好多年了,也算是公司的老同志,比我资历深。"

"她很漂亮哦。"

"那要看和谁比。"赵用心转过脸来。

叶韵努力不去看他,侧颜上翘的弧线却让她"暴露"了,"你经常出差,太太不抱怨吗?"她赶忙重新藏好。

"我没有太太。"

"女朋友呢?"

"也没有啊,我是一人吃饱,全家不饿。"

叶韵这次将"弧线"藏在了心里,可弧度却更大了。

"我也问个问题,"赵用心打量着四周,"咱这是要去哪儿?"

叶韵也醒过味儿来,说:"我一直在跟着你走耶。"

"我也是。"

两个人又笑了。

捧着馥芮白的叶韵也笑了。真是够傻。然而不就是这样傻傻的两个人,才更应该走在一起吗? 叶韵挎起包,捧着没喝完的咖啡出了星巴克,朝着那晚的方向走去。那幢新古典主义风格的大楼被她甩在身后。

她沿着那晚的路线，还原着那晚的画面。她走过他俩第一次笑的地方，又走到他俩第二次笑的地方。

在那儿，有巡逻的警察，荷枪实弹，但令她感到踏实的，更多还是来自心里面。

赵用心当时问她要不要往回走。她说她想再走走，她已经好久都没散步了。赵用心很自然地拿过她装着电脑的手提包，帮她提着。叶韵忽然感觉很轻松，也很放松，这样惬意的漫步徐行，确实许久都没发生过了。她和赵用心的话题也很轻松，漫无边际。从交谈中，她得知赵用心曾和另一名女生在美国生活过很久。

"在一起那么久，为什么最后还是分手了？"她问得很唐突，自己却未觉察。

"因为我要回国。"赵用心回答说。

"为什么一定要回国？"

"因为我答应过我爸爸。"

"你告诉过她这些吗？"

"告诉谁？"

"你的……前女友。"

"当然告诉过，她从一开始就知道。"

"那她怎么讲？"

"她说她尊重我的选择，也相信我将来会做出正确的选择。"

"所以，你们才在一起那么长时间都没有结婚？"

"我求过两次婚，都被拒绝了。"

"她为什么拒绝你？"

"她说时机还没到。"

"她为什么不和你一起回国?"

"她有她认为正确的选择,我也尊重她的选择。"

"你也可以像她一样选择啊,做选择不是更应该遵循自己的意愿吗?"

"就是因为遵循了自己的意愿,我才选择回国的。"赵用心说,"我选择一辈子当中国人,不可能永远都在外面漂着。"

"可你离开美国之后,并没有立刻就回到中国。"

赵用心的表情凝固了一下,瞬间又溶解成了悲戚。他艰难地述说了那段往事,叶韵变得和他一样悲伤了。

那是怎样的一段时光啊。叶韵这时仍在心疼赵用心。他是怎么熬过来的? 他的世界那时一定失去了颜色,或者成了灰的和黑的,就像她曾经受过的那段日子。

那时有我就好了……

原本刻意保持的距离在两人之间渐渐消失,她的手背无意中碰到了他的手背。叶韵的心被轻触了一下,这一触唤起了她的记忆。就在刚刚,她的手还被他紧握着,被紧握的感觉像被全世界呵护着、宠爱着。

"爱",这个字眼儿终于冒了出来,如同馥芮白那个占据了中心的小白点儿,也写在了她心的正中央。

她又不敢看他了。他棱角分明的脸,不管在灯光下还是月光下都棱角分明。这模样仿佛是依她心中理想爱人的形象雕刻的,然后又比照她的身材为他塑造了躯干和四肢。一切都恰到好处,可突然,这尊她梦寐以求的雕塑却被人盖上了布,从头到脚,然后警告她说,他必须被封存，禁止再触碰。

这份爱还有重见天日的那天吗？ 赵用心随她平静地走着，却不知她已无路可逃。Billy Samson 的威胁犹在耳畔，强烈的剥夺感淹没了叶韵，而林道简的托付也如同绑在她心上的重石，加快了她沉入海底的速度，连同她心上的"爱"，一起湮没在永夜一般的黑暗里。

叶韵的手背又碰了一下赵用心的手背，她也不知自己是有意还是无意。

赵用心转过头来，又回过头去，像是要做些什么，却又什么都没做。

迎面有路人走来，像在看她，又像在看他，或者奇怪于这么靠近的两个人为何没有手牵手。那一刻，叶韵脑海是空的，她一把将赵用心的手拉了过去。

赵用心迅速回应了她，与她十指相扣。

馥芮白还剩最后一口，温度也恰到好处。叶韵一饮而尽。

之后的路上，两人的手再未分开过。

赵
用
心

　　赵用心果真如他所言，没有再把林道简提出的和解前提告诉任何人。几天来，他一直默默观察着林同根。
　　除他，没有人知道林同根心里压着什么，心上插着什么。林同根一如既往地爱笑，一如既往地爱挠头，甚至次数比从前更多。只在会上听人发言的时候，他才有那么一时半刻的两眼无神，但很快就又被他的笑和挠头遮掩过去了。只有赵用心这样时刻关注他的人才会注意到，即便还有其他人偶然注意到，也都会认为林总肯定是太累了，或者是盈利压力太大了。
　　赵用心想再私下跟林同根谈谈，他已下定了同进退的决心。但林同根对他不冷不热，脸上虽然还挂着笑，却多一句闲话都不和他说。
　　唯一一次，林同根问了句："还没告诉沈总吗？"
　　赵用心说："没有。"
　　之后，就什么都没有了。
　　他一定是迁怒我了，甚至恨我。赵用心想，因为就连他自己都无法原谅自己。自责每天早上等着他醒来，有时等不及，就直接去梦里把他拽醒。到了晚上，自责又不让他入睡，即使睡着，也会去梦里给他捣乱。

所以，赵用心又用A4纸打了封辞职信带在身上，随时准备把自己和信一起交出去。

那样就解脱了，他心想。可他心想的还没实现，他的心事就被发现了。

"最近怎么了？"在旁敲侧击和各种试探均告无效之后，Vivian直接问他。

"没怎么。"赵用心用标准答案应付Vivian。

"没怎么怎么这个样子？"

"不这个样子还怎么个样子？"

"不陪你讲绕口令了啦！"Vivian很烦的样子，"就算你不想同我怎样，起码可以把我当作普通朋友，有烦心事和我说说，让我帮你出出主意，与你一起分担呀。"

赵用心有点儿感激，却依然不为所动。

"真没有吗？"在赵用心矢口否认之下，Vivian也摸不透、看不清了，于是她"威胁"说，"千万不要瞒我，我最恨人家瞒我。"

赵用心的手指在桌面上不耐烦地弹跳了两下。

跟叶韵视频的时候，她认真地盯着赵用心的脸："睡得不好吗？好像有点儿萎靡不振。"

"不太好。"赵用心低落地说。

"为什么？"

他随便编了个理由。

叶韵不相信,"你不会有婚前恐惧症吧?"她突然问。

"那是富贵病,我可得不起。"赵用心忍不住皮了句。

"不许说得病!"叶韵立即出言制止。

赵用心连忙呸呸呸,但他确实有心病。

"你怎么总摸心口,心脏不舒服吗?"汇报工作的时候,沈国伟问他。

赵用心几次想把辞职信从外套内兜里掏出来,都被在场的林同根用眼神阻止。

会后第二天,林同根把赵用心叫到了办公室。

一进门,林同根正在等水烧开。包浆的紫砂茶壶和凝脂的白瓷茶杯也摆开了,茶荷里盛着砂绿起霜的茶。"来尝尝我的特级铁观音,朋友新送来的。"林同根热情许多,脸上的笑也不是挂着的了。

"谢谢林总。"赵用心落座,猜测着林同根请他喝茶的用意。

"还带着辞职信呢?"林同根直截了当地问。

"带着呢。"

"以后别干傻事了。"

"我已经决定……"

"答应我!"

赵用心被迫点了点头。

"意气用事!你不是还劝我不要意气用事吗?"电热水壶冒出的白气,消失在林同根眼里,"你和沈总说得对,这是两家公司之间的事情,不能变成我和林道简之间的私人恩怨,所以,一定要公事公办。"

"公事公办？"赵用心揣度着这话的意涵。

"对，首先你要如实向沈总汇报。"林同根坦然地说。

"然后呢？"

林同根没有回答。水壶里的声响沉闷有力，壶身似在微微颤动，蒸腾的水汽自狭小的壶嘴里喷涌而出，锥形的水壶仿佛一座加了盖的火山，沉默地爆发着，沸腾的水也岩浆似的漫溢出来。

渐渐地，壶身不再有颤动之感，壶内的声响也小了下去，喷出来的水汽愈发稀薄，终于在热力四散之后，火山平静了。"先喝茶。"林同根端起水壶。

滚沸的水绕着圈儿浇注在紫砂茶壶上。林同根说，这是在给茶壶预热，因为铁观音属于乌龙茶，而乌龙茶是半发酵茶，对冲泡的温度要求极高，所以茶壶须得烫温了才行。

这把茶壶通体已有朱玉之色，水自壶顶光滑而下，增添了茶壶的润泽。淋到壶身上的，也不再是热气腾腾的水，而是朦胧了整个江南的烟雨，在这江南烟雨当中，这把紫砂茶壶看上去更细腻，也更怡然自得了。

"您这茶壶用多久了？"赵用心很感兴趣地问。他隐约觉得，这茶壶有着与林同根一般无二的性情。

"蛮久了。"林同根将水壶放下，"这套茶具是我刚来大陆的时候，专程去宜兴买回来的。之前有一套也用了蛮久，不过可惜碎在了台湾。"

"这壶可够玲珑的，怎么不做大点儿呢？"赵用心真心不解。

"这你就不懂啦！"林同根笑得如同捡到只小白，"乌龙茶的茶壶就要求这样的器形，所谓'宜小不宜大，宜浅不宜深'，只有'小而浅'，茶叶才不易变苦，才能留香、酿味。而且不光要'小而浅'，还要'三齐'——"他将壶盖取下，轻放到一旁，然后左手把着茶壶把儿，将茶壶端到与赵用心视线持平的高度，右手从右向左点指着茶壶讲解说，"壶流、壶口、壶把，必须要在同一条水平线上，这就是所谓的'三齐'。"

"为什么要'三齐'？ 强迫症吗？"赵用心又含着笑问。

"古人这样设计，一定是有用意的。"林同根轻放下茶壶，笑意更深了，"乌龙茶也叫 gōng 夫茶，一个是练功的功，一个是工作的工，不管是哪种 gōng 夫，都是要人在喝茶的同时修身养性。但是，修身养性并不是全部目的，它只是起点，在修身之后，还要齐家，还要治国，只有做到了'修''齐''治'，才能够'平'，去平天下！"说着，他策马扬鞭般手一挥，就真如同挥动了千军万马，平定了四面八方。

常日里爱笑、爱挠头的林同根，胸中竟藏有如此气魄，赵用心着实感到意外。

茶叶被茶匙从茶盛装进了茶壶，茶壶被塞得满满的，像为平定天下准备了充足的粮草。林同根又将水壶高高提起，依然滚烫着的水柱从壶嘴飞流而下，贴着茶壶口源源不断注入茶壶，直至壶口浮起白沫。

放下水壶，林同根用壶盖在壶口上轻轻一抹，白色的浮沫转眼不见。目不转睛的赵用心瞬间心神宁静，心头的烦乱、浮躁也浮云一般烟消云散。

"这步是洗茶。茶要洗掉尘杂，人要洗尽铅华。"林同根将茶壶盖紧，又用沸水淋了一遍壶身，然后端起茶壶，将洗茶水均匀地倒入呈品字形摆放的六个素犹积雪的小巧茶杯里。"你可以先闻一下香气，"他又告诉赵用心，"闻茶和品茶是不一样的享受。"

赵用心随意端起杯茶，鼻子凑近。清香扑鼻，真像是来到了世外桃源的入口。可惜不能入口，又闻了闻后，他不舍地放下茶杯。

林同根重新将烧开的水注满茶壶，再次盖紧壶盖，然后用茶夹如臂使指一般，挨个儿夹起茶杯把洗茶水倒入茶洗。趁着泡茶的当儿，他自嘲地对赵用心说："虽然只有咱们两个人对饮，但是我还是习惯地把所有茶杯都摆上了。我自己喝茶的时候也是这样，这样感觉就像是面前有支部队，会让我有种号令三军的统帅感。"

"您还挺爱玩儿'过家家'。"赵用心"取笑"顶头上司。他小时候也爱玩儿兵人，所以很能理解林同根。

"都是小时候歌仔戏看多了，楚汉争霸之类的。"林同根兴味盎然地讲起，"跟着大人们一边喝茶一边看歌仔戏，我当时就喜欢把茶杯摆得整整齐齐，然后端着茶壶给大人们倒茶，自己当茶司令。"

"童年都是美好的，您可能是不想失去童心……"赵用心恍然大悟，"所以咱们公司才叫同芯半导体，对不对？"

林同根笑而不语。

"您这茶壶真漂亮！"林同根分茶入杯的时候，赵用心称赞说，"我奶奶有副手串儿，紫檀木的，都包浆了，打小我就爱摆弄，到我手里那会儿，已经跟琉璃珠子一样了。"

"都是一样的。"林同根分着茶说，"人和物相互滋养，茶和壶也是，这壶就是因为吸收了茶的油性成分所以才包浆。这也像我们做事情，把事情做好了，个人也会随之成长，比如你，也会从COO（首席运营官）成长为CEO。"

"我还差得远。"赵用心说。

"知道这个动作叫什么吗？"林同根端着茶壶顺时针在六个茶杯上不间断地来回斟茶，每个杯子里斟入的茶量都与相邻的杯子相平。

赵用心摇摇头。

"这叫'关公巡城'。那这个呢？"林同根倒提起茶壶，壶嘴朝下，将残存的茶汤均匀地滴入每一个茶杯，直至茶壶内一滴不剩。

赵用心同样不知道这个动作叫什么。

"这叫'韩信点兵'。"林同根说，"无论是'关公巡城'还是'韩信点兵'，都是为了保证公平。但是实际上，公平很难做到，所以做不到绝对公平，就要尽力做到公正。你是一个公正的人，这点强过我，我虽然爱喝茶，却公平和公正都没做好。"

"您太苛求自己了。"赵用心端起茶，向林同根表达了敬意。他也的确心存敬意，不仅是下级对上级，因为他深知"当家"不易。

"这茶好喝吧？"林同根问。在得到赵用心肯定之后，他说："我从小喝茶，一方面是像你一样觉得茶好喝，另一方面也是为了锻炼心性。我天生性急，所以很小的时候，我父亲就让我陪他一起喝茶。你看，这茶杯虽然也'小而浅'，但是我父亲不准我把茶一饮而尽，他要求我每一杯都必须分三口喝下去，每一口都要细细品，细细咂摸，就像凡事都要三思一样。

"小时候不明白，越长大越觉得我父亲的话在理。有时候就是这样，越是小事反而越要谨慎，越要三思而后行，不能托大，不能大意，否则连关公那样英雄盖世的人物，到头来也免不了丢了荆州，走了麦城。"

赵用心端起杯茶，依林同根说的那样细品着，咂摸着。果然，每一口下去都有不同滋味。

"关公也只走了一次麦城啊，我却要走两次。"林同根忽然仰头长叹，"这也算是故地重游了吧？"他问赵用心。

"您别这样讲，还没见输赢呢！"

林同根笑笑，怅然若失。

"一直想找机会跟您道歉，都怪我——"

"不怪你，跟你没关系。"林同根打断他，"人家要传消息给我，有的是办法和管道，让你告诉我，还算是给我留情面了呢！"

"您和他……我听人讲过，您当年很敬重他，他也很器重您，怎么后来就……"

林同根端起杯茶，茶在杯里颤动，待到纹丝不动了，他才问赵用心："你知道韩信点兵后面还有一句是什么吗？"

"这个我知道，多多益善。"

"是啊，韩信点兵，多多益善……可是刘邦不这么认为。我当初就是因为没有想透这一层，才让自己身边聚拢了太多的人。"林同根将茶一饮而尽，"相比之下，你岳父才是真正的达人，既有张良之才，又有萧何之风……"

他放下空杯。一杯又一杯。林同根饮下的仿佛不是茶，而是酒。酒不醉人，尤其不醉像他这种酒量的人。可他想醉，茶便成了酒，哪怕还未品到七泡之后的余香，林同根就已然用赵用心听不懂的方言吟诵起他没听过的诗了。

他吟诵完，问赵用心如何。赵用心说一句没听懂。于是，林同根又用他带着京腔的台普重新吟诵："一碗喉吻润，二碗破孤闷，三碗搜枯肠，四碗发轻汗，五碗肌骨清，六碗通仙灵，七碗吃不得也。"

"这次听懂了吧？"他又问。

"听懂了。"

"听懂了就好，我们现在去找沈总。"

"找沈总干吗？"赵用心有些警惕，也有些茫然。

林同根酒醒了似的挠挠头说："汇报工作。"

赵用心一五一十向沈国伟进行了汇报。完毕，沈国伟重重拍了桌子。

"这不是欺负人吗？"他宽大的手掌还按着桌面，像要愤然起身，又像要把桌板压裂。

林同根却心平气和地说："我们一直都在被人欺负，其中很大的原因，是因为我。"

"不能这样讲，这是两家公司之间的事情，不牵扯个人。"

"不牵扯个人只是我们的一厢情愿。"

"他要把个人和公司混为一谈那是他的事情，咱们自己一定要分得清，还是要公事公办。"

"对，公事公办。所以，沈总，我向您递交辞呈。"说罢，林同根将辞职信摆到了沈国伟面前。

"我也辞职,沈总,这事儿我难辞其咎。"赵用心紧跟着也把辞职信摆到了沈国伟面前。

"不是告诉过你不要意气用事了吗?你不是答应我了吗?"林同根质问赵用心。

赵用心与林同根默默对视着,同进退是他早已下定的决心。

沈国伟又重重拍了桌子,手背青筋暴起,还在跳动,"你们俩一起提出辞职,是要造反吗?"

"收回你的辞职信!"林同根命令赵用心,"公司可以没有我,但是不能没有CEO!"

赵用心愣了。

林同根声音很理智地对沈国伟说:"我向您辞职,不是一时冲动,而是深思熟虑之后的决定。我之所以能够下定决心,就是因为感到用心已经完全有能力接替我,继任CEO,否则,我是不会轻易把公司交到一个我不信任的人手里的。"

"我不能接替您!"赵用心也决心坚定。

"为什么不能接替我?怎么不能接替我?你是怕人背后说你坏话吗?如果你连坏话都怕,还做什么事?还怎么做事?"林同根越说越激动,几乎变成了嘶吼。

"我不能让人说我背叛了您,这样的恶名我背不起!"

"你不接替我,才是背叛我!"林同根腾地起身,手指赵用心,"你难道要让我连接替自己的人选都选择不了吗?"

"都冷静!你坐下!"沈国伟将两份辞职信交叠在一起,晃着说,"成何体统?人家一句话,就让我们没了CEO和COO,这不是自乱阵脚，给人家看笑话吗？"他把辞职信扔回到桌子上，"我们苦心经营这家公司的目的是什么？不是为了意气用事！我们一定要把公司搞好，是因为还有比搞好公司更大的意义！这意义要远远高于个人荣辱，高于公司得失！"

"所以，您一定要接受我的辞职申请。"林同根慢慢冷静下来，"从被起诉的那天起，我就知道早晚还是要像前两次一样，虽然我没想到这次对方会设置那样的前提。但是，无论如何，我都不会让自己成为妨碍，就像您说的，搞好这家公司不仅事关个人和公司，更关乎更大目标的实现，在这个目的面前，个人去留真的不值一提。"

"你没必要这时候就做这样的决定。"沈国伟劝道。

林同根摆摆手，"能让林道简主动求和的机会并不多，怎么能轻易错过呢？"

"至少要等诉讼结果出来。"

"结果都一样。但是这个过程要消耗公司多少资源、消耗个人多少精力，我们都清楚，董事会肯定也清楚，所以即使我个人愿意等，董事会也不会同意。"

"我可以挨个儿去说服他们。"沈国伟说。

"您已经为我说过不少好话了，我不想再让您为难。"

"这有什么为难？"

"就算您把他们全都说服了，然后呢？官司继续打下去，如果败诉，怎么办？拒绝和解的责任谁负？您是董事长，一定会被问责的，我不想让您受到连累。"

"我这把年纪，根本不怕受什么连累。"

"可是我怕！到时候，您肯定也保不住我，我不想再一次蒙受被扫地出门的屈辱，还要背负连累他人的愧疚。"

"那怎么办？就让你这样走了？"沈国伟不甘地说。

"这样让我走不是挺好吗？起码我可以走得有尊严。而且，公司正好也遇到了瓶颈，也许我走了，反而能够让公司发展得更好呢！"

"你为公司做了这么多，让你这样离开，我感觉太对不起你了。"

"没有什么对不起的，我迟早也要把公司交到新人手里。"林同根看了看赵用心，"当初我刚来大陆的时候，根本不敢想象能有今天这样的规模。同芯半导体现在已经深深地扎下根了，以后只会越来越好。我现在唯一的心愿，就是把公司交到适当的人手里，这样，我离开也能更有颜面。"

办公室里寂静下来。沈国伟注视着赵用心，林同根注视着沈国伟，赵用心的目光，落在了桌面上。

"你的建议，我会提请董事会认真考虑。"沈国伟打破了寂静，又问林同根，"你接下来有什么打算？"

林同根神情落寞。

缓缓地，他又笑了。

"蓬莱山，在何处？玉川子，乘此清风欲归去。"

他吟诵了这两句，依然是带着京腔的台普。

叶
明
义

叶明义独自坐在机场的候机大厅里，等待着登上从海川飞往北京的航班。

他又回到了这个地方。这只是他短短两天之内第二次来到这里，却对这里生出了莫名的亲近和熟悉，就好似他曾经来过这里无数次一样。

他的座位靠近窗边，巨大的落地窗外，不时有飞机起降，往返于眼前和天边。如果不是提前预订了机票，他倒真想如岳敏行所建议的那样，体验一次大陆的高铁。

早上见面寒暄的时候，叶明义告诉岳敏行，他昨天在台湾，先是坐计程车到高铁站，又从高铁站坐地铁去机场，然后再从机场飞来海川。

"真是辛苦您了！"岳敏行很是过意不去，"台湾和大陆要是通高铁就好了，虽然比飞机慢点儿，但是不用这么折腾。"

在市政府的多功能会议室，岳敏行请叶明义观看了全面介绍海川的城市宣传片。在播放到交通的部分时，岳敏行建议说："如果时间充裕,您其实可以坐高铁去北京,沿途还能欣赏一下祖国的大好河山。"

"坐高铁到北京要多久?"叶明义对岳敏行的提议很感兴趣,宣传片展示的内容给了他强烈的震撼。

就着宣传片,岳敏行介绍说:"这趟高铁的始发站是香港,到北京总共才不到九个小时。您真应该体验一下,只有体验过了,才能真正明白高铁对于咱们中国来说,意义到底有多么重大。"

"我知道中国的高铁里程是全世界最长的,乘坐人数也是全世界最多的。"这些,叶明义也在宣传片里看到了。

岳敏行又给他讲了宣传片里没有的内容:"不只最长,也不只最多,中国还是全世界唯一一个高铁成网运行的国家。'四纵四横'才用了不到十年,如今又正在扩网成'八纵八横'。这张网一旦完全铺开,全国高铁总里程就将接近五万公里,全国铁路总里程也将达到二十万公里左右。到时候,省会城市和五十万人口以上的大中城市基本都可以连接高铁,二十万人口以上的城市也能被铁路网全面覆盖,这样就实现了相邻大中城市之间一个小时到四个小时的交通圈,和城市群内半个小时到两个小时的交通圈。您知道这意味着什么吗?"

"更方便人们出行吧?"叶明义说。

"对,更方便出行确实非常关键。出行更方便,就意味着巨大的人力资源被调动起来,被盘活了,并且还是以高铁这种比飞机便宜的方式。一旦人的要素活跃了,随之而来的,就是全国范围内的资产和资源被盘活,因为高铁能帮人向人口不那么密集、资产和资源取得跟使用成本更低的地区流动,这能极大地提高发达地区和欠发达地区之间人才流动和商务往来的频率和效率。您想想,这对经济发展能够起到多么大的拉动作用?"

"要想富,先修路。"叶明义冒出一句他早先听过的口号。宣传片里,也有很多讲路的内容。

根源还在于路,他也深以为然。无论公路还是铁路,哪怕只是村口的土路,只要有了路,就有出路。而高铁也是路。不仅是高速铁路,还是高效铁路,因为速度带来了效率,效率才能产生效益。

这道理,和集成电路也是相通的。越先进的工艺,越能铺就更高速、更低耗的路。

"您说的还只是从效率层面,更重要的是,它还维护了公平。"岳敏行继续阐释着他对于路的理解,"比如一个没什么钱的人和一个有很多钱的人一起乘坐高铁。那个没什么钱的人不需要花太多钱,只要付出和那个有很多钱的人相同的时间成本,就可以实现同样的出行效率,这就会在很大程度上提升那个没什么钱的人去改善生活水平的意愿和能力。小康路上一个都不能少,这就是国家伟大之处。"

"能有这样的抱负,真的很伟大,毕竟中国有十几亿人呢。"叶明义动容地说。

"就是因为咱们有十几亿人,所以才搞像高铁这样的大工程。搞这样的工程不仅是从战略层面考虑,也是从现实层面出发,因为老百姓要吃饭、要就业,这是一个非常现实的问题。更现实的是,并不是所有老百姓都有能力从事 IC、IT 或者金融、艺术领域的工作。这时候,就要由国家出面,搞一些大的基建工程,提供工作机会给那些知识水平相对比较低的人。只要有一双手,只要肯劳动,就有饭吃,就能就业,这才是真正的公平和正义。而且,高铁沿线的经济还能得到带动,这对脱贫攻坚也很有帮助。"

叶明义是穷孩子长大,所以很有感触:"维护公平并不是一件容易的事情,因为这世界本身就是不公平的。"

"就因为这世界是不公平的,所以我们才努力追求公平,尽力保障公平。这样的方式不光能解决眼下的问题,还能促进长远的发展。"

宣传片拍得很实在,很符合岳敏行低调、务实的风格。它很具体也很感性地将海川这座城市呈现给了叶明义,叶明义很感动。

讲到海川未来的发展时,岳敏行又提起了那条香港直达北京的高铁:"这条高铁的意义尤其重大,因为它让香港和内地结合得更紧密,香港居民能更便捷也更深入地参与到内地的发展当中来,分享国家发展的巨大红利。对于我们大湾区来说,它就更重要了,因为这趟高铁从香港到海川只要十四分钟,这就为大湾区打造一小时生活圈和优质生活圈提供了非常巨大的帮助,能在很大程度上促进大湾区内部的人员往来和要素流通。"

叶明义听岳敏行讲着,自己也想象着。有朝一日,他们一家人搭乘着这趟高铁往返于北京和海川之间,或是一起乘坐这趟高铁去香港共享天伦之乐。

那样的时光,好令人期待。这更坚定了叶明义接受岳敏行邀请的决心。

"您能答应真是太好了!有什么要求,尽管提!"岳敏行闻足音跫然而色喜,墙边的琴叶榕都像又猛长了一截。

"别无他求。"叶明义谦谨地说,"能有这样一个机会,我已经很满足了。我也想体验一下把小我融进大我究竟是怎样的一种感觉。"

"您会感觉更有劲儿的,大家一起加油干!"待工信局的负责人介绍完海川市半导体产业的整体状况之后,岳敏行总结道,"未来通过海外并购实现弯道超车的机会肯定越来越少了,所以更多还是要靠我们自己。当然,我们也正好化危为机,借着这个机会查漏洞、补短板,把过去那些该干而没干的事儿都干了,把那些过去没干好的事儿给干好了。只要我们自己持之以恒地干下去,干到底,就不怕任何人跟我们对着干。"

"的确大有可为,尤其对我们半导体行业而言。"工信局负责人从旁补充。

"对我们而言,就是要把海川的芯片制造能力搞上去。"岳敏行神情坚定,"从前海川的产业结构,对芯片没有这么大需求,所以芯片制造这块一直是弱项。但是现在,很多企业都主动找过来,反映这个问题,从他们的意见和建议里,能充分感受到他们的迫切和参与推动海川发展芯片制造的热切。当然,咱们海川发展芯片制造这事儿,还得放到大湾区的整体规划当中去,一定得服从和服务于全国整体产业发展的大局。"

"这个自然。"叶明义坦言,"如果您这边也是搞 foundry,我可能就不会过来了,因为大湾区和国内的其他城市都有芯片制造项目在推进,foundry 对中国而言已经不是什么新鲜事物了。可是 CIDM 不一样,毕竟之前还没有过,需要探索和尝试。我个人和您一样,也很看好这种模式,就像您刚刚讲的,这种模式能够补齐

foundry 的短板，对中国整体的半导体产业发展大有裨益。"

"确实像您说的。"岳敏行甚为同意，"我们当然需要晶圆代工，但是不能只有晶圆代工。所以，我一方面邀请晶益电子和同芯半导体这样的大企业来海川建厂，同时也根据我们自己的特殊需求来推动这个 CIDM 项目。海川有很多新兴的芯片设计企业，我基本都调研或者座谈过。他们设计能力都很强，产品也很前沿，但就是刚起步，钱不多，花不起大价钱去找大的晶圆代工企业去流片。这种情况怎么办？一方面，市政府会对他们流片在财税上给予支持，这是'开源'的手段；另一方面，我们还得想个'节流'的办法，真正帮这些企业把流片成本降下去，所以才有了这个 CIDM 项目出来。"

"您这么做，也是敢为天下先了。"岳敏行没有"官越大，胆越小"，仍旧敢想敢干、敢闯敢试，叶明义发自内心地为他这位小老弟感到高兴。

"并不是我敢为天下先，而是敢为天下先就是这座城市的基因，已经融入血液。"岳敏行随即开起了玩笑，"我不知道第一个吃螃蟹的是不是海川人，但是，我知道海川人绝对敢第一个去吃螃蟹。"

叶明义大笑："海川的螃蟹确实好吃！"

"将来时间多了，我请您去吃！"岳敏行发出邀请。

"我请您，在北京就是您请我。"

"您知道吗？我们当年去的那家小店，现在还开着呢，规模比从前大多了，生意也更火了，您到北京要是有时间，一定要再去一趟。"闲聊了几句，岳敏行又滔滔不绝讲起了海川，"海川的发展，是建立在创新基础上的，没有创新，就没有海川的今天。未来，海川不光要创新，还要在更高层次上创新。我和游东云也聊过，他说他们星东方要转变创新观念。过去，他们主要是基于客户需求的技术和工程创新，还有解决方案创新，他们管这个叫创新的1.0版；未来，他们要把这1.0版升级成2.0版，把创新提升到基于愿景的基础理论突破和基础技术发明的创新上来，在更高维度上进行原始创新。

"原始创新无论对海川还是对全国来说，都至关重要。所以现在，无论是国家，还是大湾区和海川市，都对原始创新高度重视，并且力争取得重大突破和进展。具体到大湾区和咱们海川市，就是要加强创新基础能力建设，和港澳一起加快推进重大科技基础设施、重要科研机构和重大创新平台的建设，还要在重要科技领域和新兴前沿交叉领域提升原始创新能力，打造一个重大原始创新的重要策源地出来。"

叶明义提醒："原始创新需要企业持之以恒的大力投入，但是，也不能只依靠企业自己投入。"

"这当然。原始创新肯定需要政府和企业同心协力去做。政府对企业一方面要大力支持，另一方面自己也要加大投入，和企业形成合力。比如大湾区，就力争要把研发占GDP的比重提升到3%。大湾区目前整体GDP超过了十万亿人民币，您算算，这是多少钱？"

"超过三千亿元人民币了！"叶明义很惊叹。

"在这三千多亿人民币当中，咱们海川要争取占到三分之一，也就是一千个亿以上。我已经把这个写进海川市的政府工作报告当中了，作为我们必须达到的一项关键指标。而且，政府投入的部分，还要花的每一角、每一分都见得着效果，经得起推敲。"

叶明义很受鼓舞："这样巨大、持续的投入如果坚持下去，就一定能够在原始创新领域取得突破和进展，然后再反馈回应用领域，又能够创造更庞大的全新市场出来，催生出更大的投入动力和能力。这是其他国家和地区都很难和我们比拟的禀赋，因为我们是一个拥有十四亿人口的单一市场国家。"

"对！用我们家小孩儿的话说就是，只要我们点对科技树，未来一定是枝繁叶茂，硕果累累……"

天光从蜂巢一样的金属网格中透过，铺洒在光亮如镜的大理石面上，让大自然在极具未来感的建筑中落地生辉。叶明义喜爱这种"绿色低碳"的设计理念，虽然海川"不缺电"，但也不浪费电，就像岳敏行给他介绍的那样，要实现循环发展，使大湾区天更蓝、山更绿、水更清、环境更优美。

而岳敏行也真带叶明义去了一个"天更蓝、山更绿、水更清、环境更优美"的地方。如果不是见着"海川科技创新创业生态园"的牌子，他还以为岳敏行带他来的是个傍河依山并偶有飞鸟惊起的森林公园呢！

"这里没有围墙，树就是这里的围墙。"下了车，岳敏行特意向叶明义说明，显然他对此非常满意。

"那安全如何保障呢？"叶明义关心地问。

"科技呀！"岳敏行略显得意，"这样设计，也是希望入驻园区的企业和研究机构能够打破心理的'围墙'，多多合作，真正形成一种共生共长的心态和生态。"

"真是用心良苦！"叶明义不由得赞叹，"人心的藩篱是最难拆除的。"

"所以才要迎难而上。"岳敏行边走边向叶明义介绍，"这里的水都是循环使用的，电也来自新能源和清洁能源。"

"能够保证供给吗？"

"没问题。"

园区里遍布着与周围环境相宜的林木，高矮错落，虽然明知是人工栽植的，却一点儿都看不出剪裁的痕迹，就好像是为了它们，才在旁边搭配了建筑一样。

岳敏行指着这些建筑说："这里面都是海川最好的高科技企业。我评判一家企业好与不好，不是看它的市值和产值，也不是看它能给市里缴多少税。"

"那看什么？"叶明义问。

"看它的成长性和所处的行业。成长性好并且属于前沿科技的企业，即使没钱，现在还赚不到钱，这里也敞开大门欢迎；成长性不好或者不属于前沿科技的企业，即使再有钱，想交钱进来，这里也没有地方提供。"

"可是，怎么判断成长性好与不好呢？"

"我们有一系列指标，还专门成立了专家委员会，根据指标给申请入园的企业打分。我很相信这些专家和我们相关部门的专业水平跟职业操守，而且企业名单也全都给我看过。"岳敏行又指着远处一片空地说，"我带您看的只是一期，那边还会再建二期、三期。咱们那个CIDM项目也会建在那里，和海川市最优秀的IC设计企业群在一起，这样，他们平时走几步就能互相串门儿了，设计跟制造结合得也就更紧密了。"

"一个小的产业群落！"叶明义忽然又问，"水和电能够保证供给吧？"

"当然没问题。"岳敏行不明就里地看着叶明义。

这时，岳敏行的秘书问："岳书记，要不要我叫一辆电动车来？"

岳敏行摆摆手："难得有机会走走。"

叶明义随岳敏行继续在这负离子的世界里健步走着，负离子争先恐后地钻入他的鼻孔，融进他的血液。他惊奇地发现，虽然已经走了那么多步，他的步伐反而越来越轻捷，头脑也越来越清晰。

"您瞧那个。"岳敏行抬手指向不远处一座三层高的建筑说，"那是欧洲微电子研究院在海外最大的研发中心，跟咱们合作的，马上也要挂牌成立了。"

"他们能来这里真是太好了！"叶明义对欧洲微电子研究院非常熟悉，他在晶益电子的时候就和他们打过许多交道。

"当年他们和国家签订战略合作备忘录，我也参与了相关工作。"岳敏行告诉叶明义。

"他们的运作机制非常好，我认为很值得国内的机构借鉴。"叶明义说，"要建立世界级的研发中心，就一定要学习人家的先进经验。"

"您曾经跟他们有过不少合作吧？"

"是的，所以我对他们有一定的了解。我特别推崇他们的多边合作模式。比如开发一项技术，在项目设立之后，他们会出面找几十家彼此有竞争关系的企业共同参与，然后充分听取各家企业的意见和建议,但是他们保留决策权。"

"民主集中制。"岳敏行笑着概括。

叶明义颔首:"因为这些企业都向他们支付了不菲的会费,因此他们不必担心这些企业不实话实说,而掌握了企业的真实反馈,又能帮助他们正确地做出决策。"

"您不觉得这和咱们的 CIDM 项目也很像吗?"

叶明义一想,还真是。他高兴地继续说道:"这种机制的纠错能力也很强,一旦有错误的征兆出现,就会有企业提醒研究院,研究院方面就能及时发现和纠正,避免在错误的道路上越走越远。"

"这就是民主集中制的优越性。"岳敏行说,"我们和他们从开始接触到最终敲定,一直都谈得比较顺利。这个研发中心采取的也是多方参与的理事会制,我们拥有主导权,具体运营由他们负责,研发体系和销售体系都参照他们的,但是,我们要求他们必须给这个中心和全球其他中心同等的待遇。未来,这个中心还要跟海川市和整个大湾区的相关大学以及科研院所展开合作,设立专项,进行人才培养。"

"对,重要的还是培养人才。人才越多,金字塔的底座就越坚实,金字塔就能搭建得越高了。"

"不瞒您说,一开始的时候,我其实是考虑请您来这个研发中心主持工作,后来有了 CIDM 那个项目,我才打消了这个念头。但是,将来您还是可以来这里继续发挥余热的。"

"您考虑得好长远!"

"您是大才,必须善用。"岳敏行诚恳地说。他又迈开步子,引领着叶明义继续朝前走,"现在,无论是国家层面,还是企业层面,都是求才若渴。不光对台湾同胞有了居住证这些措施,对那些没有永久居留权的外籍人才,在引进政策上也更开放了。所以,我前段时间联系了研究院总部那边,希望他们能够帮忙推荐有能力也有意愿的外籍人才来海川,我们双方一起把这件事情长久地做下去。而且,我还建议他们在海川设立分支机构,把和中国乃至全亚洲相关的职能都挪到海川来,这样时差没有了,既提高了办事效率,又不打扰彼此休息。"

"这真是个好主意!"曾经深受时差之苦的叶明义深表赞同。

岳敏行带他走进一座小楼。小楼的外观设计简洁、大方,里面的布置和空间利用更是匠心独具,不浪费分毫。

"这里年轻人好多。"叶明义跟随岳敏行穿过开放办公区,几乎每一个工位上都有一张年轻的面孔。有些年轻人看到了他们,但是无动于衷,显然精神还集中在工作上。

"这是园区的创新工场。"岳敏行介绍说,"年轻人在这儿既可以就业,也可以创业。园区里有不少公司,都是像他们这样的年轻人创办的。刚开始三五个人,租几个工位或者一两间办公室,但是,他们创意多,劲头儿足,两三年公司就起来了,现在有的都准备上市了。"

"这说明这里的创新创业生态建构得很好。"叶明义问岳敏行,"有台湾的年轻人来这里就业或者创业吗?"

"有,前一段时间我还和他们的代表座谈来着。不光有台湾的年轻人,还有香港和澳门的,他们都很有想法,很努力。而且,园区有配套的宿舍和公寓，他们能和这边的年轻人一样申请租住。这样，所有年轻人就都能安心工作了，从公司到住地，两点一线，平时也不用专门外出购物，搞搞网购，收收快递就什么都解决了，还像在学校一样。"

"这样能帮他们减轻不少压力。"叶明义想起了他年轻时刚在美国工作的那段时间，说道，"年轻人安下心来，才能专注事业，尤其是半导体芯片这个行业，想要造就出真正的人才，需要许多年的经验累积。"

"是啊，将来还要指望他们呢。"岳敏行望着正埋头工作的后生们说。

下午送叶明义去机场，汽车出乎意料地在一片空地旁停下。

"您这是要让我看什么？"叶明义不解地问。

"看这片空地！"岳敏行迎着风，胸脯很挺。

这片空地有野花有野草，还有野生的灌木，就是没什么特别。"您还是公布答案吧！"叶明义认输，"除了眼前的这些，我真的看不出其他东西来了。"

"这片地，是海川的未来。"岳敏行深吸口气，目光更亮了，"咱们海川要拿出30平方公里的土地出来，作为产业用地，面向全球招商。一方面鼓励5G相关的新兴产业在这里集成化发展，另一方面也要在这里补上产业链、供应链的缺失，比如高端芯片制造这一环。"

"有这样的规划真的考虑得好长远，未来就有了更充分的可扩展性。"叶明义不由得赞叹。海川对未来的预期，已经远超他对海川的预期。

"芯片和系统设计不也要有可扩展性嘛。"岳敏行指着前方,"未来的海川既是中国的,也是世界的。我们要学习人家的最新成果,也要把我们的最新成果展示给人家看。让世界和中国在海川互动起来,共同发展,这就是我们能为国家所做的最大贡献……"

机场开始广播登机了,叶明义起身,拉着行李箱向登机口走去。他这次只在海川停留了不到二十四小时,但这不到二十四小时的时间,却让他对海川有了更深的了解和更多的期待。

"很快就能经常和您见面聊天啦!"岳敏行送他到机场后,与他握手道别时说。

叶明义也想要尽快回到这里,满怀热情地忙碌起来。在忙碌之余,再携着家人遍访海川和整个大湾区的人文风物,或是就像昨晚那样,吹着舒服的风,惬意地在街头散步。

昨晚的他,起初并不惬意,也是因为在房间里实在烦闷,才决定下楼去酒店外面走走。

上一次在海川街头散步还是陪林道简,而这一次让他烦闷不已的,也正是这位老长官。叶明义没想到林道简终于还是杀了个"回马枪",朝林同根掷出了"杀手锏"。

他本以为林道简已经忘记了,或是平生头一次破了例。然而,"有来无往,非礼也"才是林道简的人生信条,他这一生,又何曾宽恕过一个敌人?又何曾饶恕过一个对手?

海川的空气里似乎挟带了一点儿海的腥咸。叶明义是海边长大的,所以,他对海的气味格外敏感,对海的秉性也格外了解。

林道简就像大海,虽然他讲起话来缓如溪流。然而,溪流不过是大海最小的那片浪花，当大海发怒时，它能用巨浪席卷，也能用旋涡吞噬。在它来袭时的任何挣扎，都毫无意义。

林同根就这样被大海席卷进了海里，吞噬到了海底。叶明义不确定这样的结局是从开始就已经预设完毕，还是某一刹那的临时起意，因为大海就有可以任性的威力，而他的威力也可以让他随意地任性下去。

不知不觉，叶明义走入一条街巷。这条街巷栖身于高楼广厦之间，与周遭的楼宇那么截然相反，却又那么和谐相依。这里有一股让人驻足的烟火气。叶明义嗅着空气里弥漫的甜香，记起儿时母亲为他煮好的那碗粥；空气里还飘着淡淡的炭烧味儿，那是少年时他和伙伴在海边烤牡蛎的回忆。

他继续走着，让自己更深入这条街巷。它很像他生活过的那条街。

这条街上也有很多店铺，这里的道边也停放着许多酷似摩托车的电动车，不宽的路面上，也不时有电动车和自行车经过，有时还会听到喇叭与铃铛的和鸣。所不同的是，这里的道边还有专供行人的步道，步道靠近路的一侧，有序地种植着亚热带季风气候里旺盛葱翠的树木。这里的住家楼层更高，而且只在路的一侧。路的另一侧，是用作店铺的平房，几乎全被天南海北的美味小吃占据着。这里的人讲话口音或者方言也是天南海北，哪里都有。他们普通话和家乡话一起讲着，明显年纪轻的要比年纪大的普通话讲得标准，乡音也淡了许多。

据说，海川是一座没有本地人的城市，所有来到这里的人，全都是本地人。

这条街巷忽然变得似曾相识，像极了妻子从小长大的眷村。

这里的人又和那时的眷村人截然不同，以至于叶明义一时间想不到该如何准确表述出这种不同来。

叶明义站在住家这一侧，望着店铺那一侧。那一侧明亮而熙攘，空气里的甜香和炭烧味儿就是从那儿飘来的。他穿过街道，走进一家经营潮汕砂锅粥的店铺。店铺里满满当当摆了八张小桌，每张小桌旁也都满满当当围坐着人。

"没有座位了吧？"叶明义客气地问热情招呼他的店家。

店家很是抱歉，对叶明义说："您要是不介意，可以先和我小孩坐一起，他们很快就吃完了。"

叶明义顺势看去，一个十几岁的小男孩正和一个几岁的小女孩香甜地吃着他们家自卖的粥和肠粉。他欣然坐了过去。小男孩左手旁还摆着笔袋、作业本和初中课本。这一定是个知道上进又懂事的好孩子，叶明义心想。

"快点儿吃啦！"店家催促他一双儿女。

"不要紧，不着急。"叶明义赶忙阻止。

两个正在吃粥的小朋友都对叶明义有些反感，也都有些警惕。叶明义微笑着，两个小朋友就没再理会他，自顾自地继续吃粥吃肠粉了。

叶明义也要了一人份的砂锅粥，里面加了一只海蟹和二两白虾。此外，他还点了一份什么都不加的肠粉，虽然很可能点多了，但是看到小朋友们吃得津津有味，他也忍不住想要尝尝看这里的肠粉是不是比台湾正宗。

肠粉的速度比砂锅粥快了不少。外面潮汕话吆喝了一声，桌旁的小男孩就立刻哦了一声，然后起身离座，旋即便将肠粉给叶明义端了过来，还不忘从消毒柜里给他取来餐具。

"你多大了？"等小男孩坐好，叶明义问。

小男孩稚气未脱地回答："十八。"

叶明义笑了，他知道小男子汉肩负着什么。

这肠粉确实比台湾正宗，叶明义并不爱台湾肠粉经过改良的味道。

临近的两桌也都点了肠粉，不过内容比他的丰富了许多。这两桌客人也是截然不同的。一桌应该来自街巷外那些高楼大厦，另一桌则应是来自街对面那些寻常住家。可是，他们的生活却因为眼前的美食交汇在一起。也许，住家的小姑娘正梦想着自己长大以后，也去街巷外的高楼大厦里工作。也许，高楼大厦里工作的人们，正思念着他们远方的亲人此刻正吃着什么，做着什么。

叶明义也想念他的家人了。和父母围坐在餐桌旁的小姑娘，很像女儿小时候和他们夫妻俩围坐在夜市餐桌旁时的样子。

难怪会有《舌尖上的中国》，叶明义挑起一箸肠粉，观察它的滑腻和Q弹。中国的每个地方都会有每个地方的特色美食，不像汉堡、薯条，也不像炸鱼、薯条，不管什么、走到哪里都搭配薯条。

肠粉是潮汕人给海川增添的特色。中国人无论走到哪里，都喜欢随身带着家乡的风味。中国人就是通过这种方式维系着自己和家乡的纽带，这纽带既韧且长，哪怕是到了天涯海角，只要尝上一口，就能立刻记起故乡是在中国的某个地方。

小男孩这时吃完了他的肠粉，也吃净了他的粥。他收拾起碗筷离开了餐桌，他的妹妹也立刻捧着碗筷随他离开，虽然她的粥和肠粉还没有吃完。

叶明义倒是很希望自己能继续和这俩孩子分享这张桌子，因为他们走了，烦闷就来了。

他的砂锅粥也来了。他给自己盛了一碗。

粥闻上去很香，可是吃起来却一点儿都不甜。叶明义放下勺子，忽然失去了食欲。他可以在这里悠闲地吃粥，而林同根呢？此时，他恐怕无论吃什么都难以下咽吧？

不能让他沉没下去。从得知林道简又要逼迫林同根离开同芯半导体的那一刻起，叶明义就决心要为林同根做点儿什么，即便要他驾着船去面对怒涛汹涌的大海。

"您觉得不好吃吗？"店家特意过来问叶明义，然后在他桌旁的凳子上坐下。

"不是，不是。"叶明义连忙否认，"我在想事情，而且粥还有些烫。"

"那就好。"店家看上去松了口气，"您是台湾人？"

"我是台湾来的，"叶明义笑呵呵说，"所以您刚刚用潮汕话叫小孩子，我能够听懂。"

"那是啦，我们那里和台湾离得很近，潮汕话和闽南话很像啦。"店家似乎和叶明义很投缘，"您不住附近吧？"

"您是怎么看出来的？我几个小时前才到这里。"

"我在这边开店很久啦，这边的居民我大多都认识，即使不认识，也会觉得脸熟。"店家又打听，"您准备在这里待多久？"

"我明天就走，还要去北京。不过，以后可能就要长住这里了。"

"这里住起来还是蛮舒服的。您为什么长住这边了呢？是来帮小孩带小孩吗？"

"那是将来的事了。"叶明义大笑，"我来这边工作。"

"还以为您已经退休了呢！"店家难掩惊讶。

"是已经退休了，但是由于某些原因，还要继续工作。"

"还是工作好。我自己开店，从年头到年尾，每天都要快到天亮了才能睡觉，但是一到春节放假的那段时间，我就浑身不舒服，感觉像生病了一样。等放完假重新开门，我就又立刻什么事都没有了，您说神奇不神奇？"

"我们都是喜欢工作的人。"叶明义眼见刚有一桌客人走，马上就又有一桌客人来，于是对店家说，"您要去忙就去吧。"

"我小孩去就好了。"店家两眼不离自己儿子，"他帮我招呼客人，能学到在学校里学不到的东西。"

小男孩拿菜单给新来的客人，然后把客人点的东西记录下来，再到灶前告诉母亲。而他的妹妹，一直乖乖地坐在店门口的小凳上，望着哥哥，一勺一勺吃她没有吃完的粥和肠粉。

一股幸福的味道。

叶明义对店家说："您家生意真不错，您这一双儿女也很让人羡慕。"

店家欣慰地笑了："我们夫妻俩这么打拼，也是为了他们，希望能给他们更好的生活，让他们多读书，比我们有出息。"

"您家小孩读书一定很用功吧？"叶明义问，虽然他已经预知了答案。

店家果然更加欣慰地点点头："用功也是因为他懂事，知道我和他妈妈不容易。他平时做完功课就帮我们做事，还照看妹妹，等到客人少了，他才去复习和预习功课。"

"真难得。孩子知道心疼父母，其实比书读得好更重要。"

"我和您想法一样，所以我也不逼他。他如果能考上大学，我就供他读大学，如果他考不上大学，我也教会了他怎样开店，起码能让他自食其力。虽然辛苦，但是也有钱赚，将来够他养活自己和老婆、小孩了。"

"孩子会走他们自己的路，我们只要教会他们走路就可以了。"

"对呀，我和我老婆将来年纪大了，肯定是要回老家的。他们两个想要留下来就留下来，不想留下来就和我们一起回去，反正家里也盖起了楼房，有地方给他们住，在哪里不是赚钱过日子呢？"

店家讲着老家这两年的变化，叶明义偶尔搭腔。他终于在店家的目光中，寻到了那个截然的不同。他的目光是明亮的，他们的目光是黯淡的。他的目光因为希望而更明亮，他们的目光因为失望而更黯淡。

这就是这里的人和那时的眷村人截然相反的地方吧？

这里的人没有乡愁，家乡对他们来说，是随时都可以回去的地方。而对那时的眷村人来说，家乡却是奢望，甚至绝望。于是，他们把乡愁藏在家乡的美食里，藏在每一天的嬉笑怒骂里。那时的眷村也很有烟火气，可那里的炊烟还没等飘过浅浅的海峡就已经被风吹散，而那里的灯火也永远都不会被海峡对面的亲人们望见。

店家终于讲完了他的家乡事，问叶明义粥凉了没有，要不要去热热。

叶明义尝了尝，刚刚好。他忽又有了食欲，而这粥也变回它该有的味道，还有被这家在异乡打拼的四口人加入的幸福的味道。

如果不是走进楼宇之间，叶明义不会发现这条街巷，如果不是来到高楼广厦之后，叶明义不会遇见这家人和他们的小店。虽然被高楼大厦遮挡着，但在这座城市里仍然有位置留给他们，以及许许多多像他们一样的人。

这应该也是岳敏行所说的公平和正义吧？一个民胞物与的海川，仿佛让叶明义见到了大海的另一面。

叶明义喜欢平静地坐在海边，望着平静的海面，每当他望见渔人驾着渔船载着渔获平安地驶回渔港，他的心就会由衷地对大海发出赞叹。这才是叶明义所热爱的大海。海应该是宽容的，也应该是包容的，就像海川这座城市，海纳百川。

飞机在爬升。叶明义终于没再像来时那样，因为睡着而错过机场的全貌。从高处向下望，海川的这座机场果然就像一条遨游在大海之中的蝠鲼，张开它巨大的翼展，把福分带给所有以海为生的人们。

赵用心、叶明义

赵用心在机场的旅客出口恭候着,即将见到自己的未来岳父,他紧张得像第一次参加论文答辩。叶明义此次前来的身份还不只"未来岳父"这么简单,他也是衔命而来,要和赵用心谈判两家公司的和解条件。

已经有旅客出来了,并且陡然放量。赵用心瞪大眼睛,后悔没打印个接站牌拿手里举着。终于,叶明义也拖着行李箱走了出来,被赵用心一眼瞧见。他赶忙冲叶明义招手,一时却不知该如何称呼了。

叶明义笑眯眯地来到赵用心近前,赵用心赶忙叫了声"叶董",然后就要帮叶明义拉行李箱。叶明义坚持自己拉,赵用心只好在前引路,带他去停车场。

"辛苦您了!"赵用心问,"您怎么从海川过来了?"

"去见了个朋友。"叶明义说。

"要知道您从海川过来,我就直接去海川见您了,省得您再飞来一趟。"

"没关系,刚好我也想要过来。"

"Irene 过段时间也要陪伯母来北京。"

"真的吗?"叶明义很吃惊,"她们没有对我讲呀!"

"Irene 说,她们想到时候再告诉您,给您个惊喜。"

"那我就继续假装不知道好了。"叶明义笑道,"这倒的确是个惊喜,你伯母很小离开大陆就再没回来过,她肯回来,都是你的功劳。"

"Irene 和我都希望伯母能回来看看,到时候两边家长也能见一见,聊一聊。"赵用心帮叶明义把行李箱放进后备厢里,然后快步打开后车门,请他上车。

车子开动,赵用心对叶明义说:"我和 Irene 商量了一下,现在咱们这边对外资的开放力度越来越大,尤其需要像她这样的高端法律人才,所以 Irene 准备回国发展了。"

"这太好了!"

"到时候,您和伯母也可以来大陆生活,这样我们也能照顾到您两位。现在的台湾居民居住证特别方便,卡式的,里面有芯片,号码也改成十八位了,用起来跟大陆身份证没有任何区别。"

"你们考虑得真周全。"叶明义忽然问,"Tony 这些天还在上班吗?"

"他还坚持每天都来,说要站好最后一班岗。看他当成什么事儿都没发生一样,心里怪难受的。"赵用心握方向盘的手攥得更紧了。

"他是个闲不住的人。不过,他很高兴董事会同意由你接替他,他说你很有想法,而且敢于坚持,哪怕面对他这位 CEO,你都敢寸步不让。"

"也是林总宽容和包容我。"赵用心不好意思地说,"失去像他这样的领导,我也特别惋惜,本来还想在他身边多学习学习呢。"

"也该轮到你们这些年轻人大显身手了。"

"但是还是需要像您和林总这样的前辈指点。您能来同芯半导体吗?"

叶明义拍拍赵用心的椅背,"我去不合适吧?"

"没什么不合适,举贤不避亲嘛!"

"那样还是不好,我们的关系太亲近了。而且,就算我不去,也可以帮到你,没必要非安排个职位给我。"

"还是不一样,在其位才能名正言顺地谋其事。"

叶明义沉默了一下,说:"或许我可以推荐个人选给你。"

"谁?"赵用心忙问。

"萧牧云。"

"他肯来吗?"赵用心一下子兴奋了。

"他肯不肯来我不知道,但是我可以帮你尽力邀请他来。"

"如果他肯来,我愿意和他担任联席 CEO,甚至把位子让给他都没问题。"

叶明义忍不住慨叹:"你能有这样的胸襟,我真的很开心。如果当年他和田行健也能这样安排就好了。"

"林董事长恢复得怎么样了?"赵用心问。

"他恢复得很好,不过保险起见,还要在美国留院观察一段时间。"

"那就好,林董事长也是我非常敬重的人。和解这事儿,他还提了什么条件吗?"

叶明义语带笑意地说:"这是明天的话题,我们今天先不谈。"

叶明义第二天起得很早,他和赵用心头天晚上约好一起吃早餐。酒店是赵用心为他安排的,离同芯半导体不远。

这家酒店的大堂也有个半开放式的咖啡厅,叶明义坐在大堂等赵用心,望着还没营业的咖啡厅发呆。如果不是林道简坚持,他是不会代表晶益电子来和赵用心谈判的。他打电话给林同根,林同根没讲两句就失声痛哭,每一声都像针扎他的心。所以,他很坚定地告诉林道简,自己已经不是晶益电子的正式员工了,和赵用心的关系又那么亲近,他得避嫌,不适合作为谈判代表。

林道简长久地沉默之后,对他说:"就当是最后一次帮我吧,也只有你能全权代表我。"

于是,叶明义就这样坐到了这里,在他去海川见过岳敏行之后。

赵用心比约好的时间早到了十五分钟,叶明义就喜欢这种"不守时"的人。

他也喜欢一早就开始工作。既然吃饭是为了有力气工作,那一边吃饭一边工作就再好不过了。

"我们也来加下好友吧?"叶明义打开叶韵推荐他安装的微信,"我发现这个App真的好厉害,几乎把所有与生活相关的功能全都集中在了一个平台上,不像国外那些App那么分散,几乎每一项功能都要做成一个单独的App。"

"这说明咱们确实很会整合和集成。"赵用心帮不太会操作的叶明义添加了好友,"我觉得是跟'大一统'的文化传统有关。"

"有道理。两岸的半导体产业要更紧密地结合,更深入地整合,才能在国际上立于不败之地。"

"所以，我们两家也要以和为贵。"赵用心在开动之前，先从他的餐盘里搛了两片牛肉给叶明义，"您尝尝这个。"

"谢谢。"叶明义也搛了块香煎鱼排给赵用心，"林董事长也是这样认为的，两家公司继续缠斗下去，对谁都没有益处，尤其是在现在的情势下。"

"我们沈董事长很钦佩您和林董事长，他说大陆的晶圆代工市场会越来越大，完全容得下我们两家公司共同发展。"

"不只我们两家啦，大家都有机会。大陆市场对代工的需求，层次还是很多样化的，不仅先进的制程受欢迎，相对成熟的制程也依然有很大的市场空间。"

"那倒是，这几年大家都更注重细分市场了，日子过得都不错，我们今年应该也会略有盈余。"

"那很好啊，你的压力也会小很多。"

"但是10亿美元的和解金额，还是会给我们造成非常大的财务压力，如果接受，就等于我一上任就背上了一个巨大的包袱。"

"林董事长也要对董事会有所交代，他承受的压力也不小。"

"这10亿美元并不是一个合理的估价，我觉得晶益电子的股东们心里肯定也清楚。"

叶明义没有接话。

"5亿美元相对更合理一些，我觉得。"

"董事会不会接受的，"叶明义说，"他们认为晶益电子处在优势地位，获得溢价是理所当然的。"

"但是溢价溢得太多了，我们的董事会也不会接受。"

叶明义蹙起眉头："要让双方都满意，确实很难。"

"我知道您也为难。"

"我原本是不同意代表公司来谈的，毕竟我已经不是公司的正式员工了。但是林董事长坚持要我来，他现在这个样子，我也着实不忍心拒绝。"

"林董事长还是最信任您，您来谈，也是替他分忧了。"赵用心说，"他知道我们的关系，还执意派您来，肯定有他的用意在里边。"

叶明义思忖片刻："要说服董事会在金额上做出比较大的让步，就要在其他方面给予弥补，不然董事会是不会同意和解的，林董事长也左右不了。"

"您说该怎么弥补？5亿美元对我们来说都已经是很沉重的负担了。"

"我想到一个办法，"叶明义灵机一动，"你们可以出让一部分股权给晶益电子。"

"让晶益电子成为我们的股东？"赵用心惊讶得合不拢嘴。

"不是要和解嘛，目前来看，也只有'合'，才能够'解'。"

"可是要'合'到什么程度呢？"赵用心面现难色。

叶明义放下刀叉，计算了一下："5亿美元，再加上上次和解没有支付完毕的费用，一共6.5亿美元，按照你们现在的股价，大约可以折合13%左右的股权。"

"这恐怕不行，这样的持股比例跟我们的第一大股东就太接近了。"

"或者，你们支付一部分现金，剩下的用股权充抵。"

赵用心沉思了好一会儿，才说："您的这个思路倒是可以，但是我得向上汇报才能答复您。"

"我也要征得林董事长的同意，毕竟这是我的突发奇想。除了这个，我也想不出更好的办法了。其实，你们出让一定的股权，能让双方的利益真正结合到一起，将来不管是晶益电子继续持有还是出售，对他们的股东来说都有益处，因为据我所知，晶益电子的董事会成员都认为你们的市值被低估了。"

"好的，我一会儿就回去汇报，尽快给您答复。"

"吃完饭，我也马上去给林董事长打电话。"叶明义说。

电话里，林道简的中气又比前两天更足了一些，特别是他动怒的时候。

"居然有人造谣，说我为了躲避那些被裁的员工，待在外面都不敢回去了，甚至还有人说，我可能回不去了！"林道简赌气似的告诉叶明义，"我下周就回去，让他们好好地瞧一瞧！"

"您还是先休养好身体要紧，公司的事情有 Jack 处理呢。"

"他就把事情给我处理成这个样子？让那些被裁的员工每天堵在公司大门外抗议？外界什么观感？晶益电子什么时候这么丢人现眼过？"林道简一连串地反问，问罢喘了半天粗气。

"您消消气！Jack 已经答应亲自和他们谈判了，问题应该很快就能得到解决。"

"问题当然得由他自己去解决，这根本就是他自己搞出来的！这两天又有股东向我质疑他了！"

"他也有他的难处，也是迫不得已。"

"你不要替他讲话！他当初告诉我，要对考绩最后4%的员工做特别管理，不会裁掉多少人，可实际上呢？他连观察缓冲期都没给人家，就把所谓'考绩不合格'的员工全部直接给资遣掉了，而且还是按照5%的比例！"

"他这样做的确欠妥，可能也是他太心急了。"

"他急什么？我还没有退休呢！他是急着让我退休吗？如果他干得好，我现在就可以把董事长的位子也让给他！或者他可以把我也直接裁掉！"

"您言重了。"见劝说无效，叶明义不得不就此打住，"我刚刚和赵用心谈完，提了个方案给他。"

"什么方案？"林道简又喘着粗气问。

"他觉得10亿美元的和解金额太巨大了，他们承受不了，所以他提出把和解金额降低到5亿美元。我说，如果单纯是这样大的降幅，我们的董事会肯定不会同意，除非用其他方式加以弥补。"

"怎么弥补？"

"我建议这5亿美元再加上上次和解还没支付完成的1.5亿美元，可以由现金加股权的方式来充抵。他个人原则上接受了这个方案，但是还是要向上汇报，获得准许之后才能继续探讨这个方案。"

"现金和股权的比例有没有谈？"林道简呼吸平复下来。

"还没有具体谈，等他答复我们之后再谈吧。"

电话里安静了一下，林道简说："股权不能低于10%。"

"明白。"叶明义建议，"现金部分，我觉得还是给他们更长一些的支付期限比较好，因为他们的盈利能力目前还比较差，很容易就会导致亏损。"

"你这是在帮你的乘龙快婿争取权益吗？"

"我只是觉得，如果同芯半导体能够连续盈利的话，他们的股价一定会上涨得更快一些，这样，对我们的股东也将会非常有利。"

林道简叹了口气："Jack做事要是也像你一样稳妥就好了。你当初为什么执意不肯接替我的位子？我知道，和家人团聚肯定不是你推辞的真实理由，至少不是全部。"

叶明义独坐在酒店花园的长椅上，一阵微风拂面，吹皱了他面前的池水。

他平静地回答说："我比任何人都清楚，没有人能够真正接替您。对于晶益电子来说，您永远都是无可替代的。"

车还没开到公司，赵用心就接到了叶明义的电话。叶明义回复他说，林道简同意了现金加股权的方式，但是持股比例不能低于10%。

"我告诉你的，就是林董事长的底线，以我对他的了解，他是不会再让步了。"叶明义最后说道。

真是底线吗？挂掉电话，赵用心思忖着。之后的路上，他一直都在揣摩，这10%会不会是林道简的"法乎其上，得乎其中"呢？

汽车缓缓驶入公司地下车库，开到他的专用车位前。今天的车位有点儿别扭。不是他的车位别扭，而是他车位左边那辆车停得别扭。

赵用心眉头扭在了一起，鼻孔里喷出短促而有力的热气。他估算了一下间距，然后小心翼翼地将车倒了进去。

车是倒入了车位，虽然费了些力气，可是赵用心这侧车门的打开幅度，却不足以让他从车里出去，而且右边车门的间隔也不够大，不光他打开车门下不去，那边的车主也没法进到自己车里。

　　搞什么！赵用心恼火地想叫 Vivian 下楼来挪车，可他又犹豫了。Vivian 最近对他总是怪怪的，好像他欠了她什么似的。赵用心不愿再和她有任何非公的接触，便把车又开了出去。

　　他试图紧贴着 Vivian 的汽车，从正面把车再开进停车位里。可是，左右两车留给他的间距都太窄了，停车场的过道又不够宽，任凭赵用心这样的老司机拐了半天，也还是没能把车拐进车位里。其间，还有别的车从旁来回经过，干扰了他的努力，更让他心烦意乱。

　　那位停车场管理员又过来问他："怎么回事儿，赵总？看您在这儿费半天劲了，开不进去吗？"

　　"你看那车停的。"赵用心落下车窗，没好气地指了指 Vivian 的车。

　　管理员瞄了一眼，拿手比画："这车停得还真挺技术，前后轮儿整整齐齐轧着白线边儿，丁点儿都不差，一般女司机哪儿有这技术？"他见赵用心没吭气，便建议，"您甭费劲了，还是叫她下来挪车吧。"

　　赵用心还是没吭气。

　　"算了，您甭叫她了，我带您停别的地方去。"他马上说道。

　　"不用了，我自己去吧。"赵用心升起车窗，开动汽车，找了个临时车位，利落地把车停了进去。

　　停个车就足足浪费了他半个小时时间，赵用心一肚子火儿。

沈国伟一早开了个视频会议，赵用心去找他的时候，他刚回自己办公室。赵用心简要汇报了一下，把现金加股权的方案和不能低于10％的持股比例告诉了沈国伟。

"你觉得呢？"沈国伟问赵用心的意见。

"10亿美元的和解费用肯定是狮子大开口，咱们绝对不会同意，他们肯定也心知肚明，所以才肯在金额上做出让步。但是，就算降到了5亿美元，再加上之前还没支付完的1.5亿美元，如果纯以现金支付的话，对咱们也会形成不小的压力，毕竟咱们今年的一个重要目标就是要实现盈利。所以我觉得，现金加股权的办法倒是可行，因为如果把全部6.5亿美元都折算成股权，就差不多要将近13％了，那样就太高了。如果是10％，一方面可以拉开晶益电子和咱们第一大股东的距离，另一方面也能卸去咱们不小的现金压力，对咱们也是有利的。当然，10％虽然说是底线，但是我觉得还是可以再往下谈一谈，试探一下对方的反应。"

短暂沉默之后，沈国伟下了指令："照着8％去谈。"

数字变小了，压力变大了。赵用心犹豫了一下，略感紧张地说："还有件事儿，沈总。"

"什么事？"

"叶明义的女儿，叶韵，也就是晶益电子原先的代理律师，现在是我未婚妻了。"

"我知道。"沈国伟答得很干脆，还面带微笑。

"您知道？"这大大出乎赵用心的意料，"林总告诉您的？"

"不是。"

赵用心心一沉，赶忙解释："我不是有意瞒您，因为……"

"没关系。"沈国伟一摆手，"两岸一家亲嘛，这样很好。"

"您放心，我不会因私废公。"

"你多虑了！不要有顾虑！"沈国伟大笑，"我还等着喝你们俩的喜酒呢！"

赵用心瞬时松了口气。

"我也有一个好消息告诉你。刚刚在视频会议上，董事会一致通过了你的任命决定。你现在已经正式成为同芯半导体的CEO了，祝贺你！"沈国伟起身和赵用心握手。

赵用心连忙起来握住沈国伟的手，心中却五味杂陈。

"双喜临门！"沈国伟说。

"一定不辜负您和董事会的信任！"赵用心讲不出更多言语了。

从董事长办公室出来，他在走廊里平静了一下，又走向了林同根的办公室。虽已获得正式任命，和林同根的工作交接也已大致完成，但赵用心还是觉得有必要再向林同根汇报一下。

赵用心敲了敲门。

"请进！"屋里传来林同根的声音。

赵用心推门而入。Vivian也在。Vivian好像怕他似的，急忙向林同根告辞。他瞥见她眼周的妆已经花了。

"我马上就要离开公司了，所以她来向我道别，哭了好半天。"林同根等Vivian出门后，告诉赵用心。

赵用心在Vivian没坐过的椅子上坐下，"不是还没到日子吗？"

"虽然日期还没到，但是该交接的我也都和你交接完成了。再留下去，就会有人说我恋栈，赖着不肯走了。"

"谁会那样说？大家都舍不得您呢！"

"我自己也想要快一点儿解脱。"林同根惨然一笑，"在这里多留一天，我就多受一天熬煎。"

赵用心鼻子有点儿酸。"我早上和叶董谈了。"他略过了他已获得正式任命的消息。

"谈得怎么样？"林同根意兴阑珊地问。

赵用心把经过复述了一遍。当他讲到叶明义提出拿股权充抵和解费用时，林同根的面部肌肉明显抽动了一下，表情也随之僵硬，待到听说沈国伟要求把股比压到8%，才稍微松弛了一些。

"叶董的这个办法也是不得已而为之，否则他说服不了林道简。"赵用心说。

"只有他最清楚林道简真正想要什么，这也是林道简派他来谈的原因。"林同根冷哼了一声，"还是老样子，就喜欢把别人的东西据为己有。"讲这话时，他的轻蔑却并不轻松。

"您放心，公司是任何人都夺不走的。"

"我知道，但还是感觉像被人割去了一块肉，而且还是心头肉。"

"这也是没有办法的办法。只有这样才能缓解现金压力，实现盈利目标。"

"我明白。肉迟早还会长回来的。"林同根喃喃地说。

赵用心故作轻松地问林同根："您今晚有时间吗？我请您和叶董吃饭。"

"好啊，刚好他约我下午见面。"林同根展现出来些微笑容，像乌云裂开了一道缝儿，"当面你也称呼他叶董吗？"他问赵用心。

"一时还改不过口来。"

乌云裂开得更大了些，林同根讲话的兴致也更多了些，"你知道吗？在海川的时候，叶明义和我说起Irene又重回单身了，我当时一闪念，就想到了你。但是，坦白讲，我那时候还是希望有朝一日，你和Vivian能够走到一起。Vivian是我亲自招进公司的，跟随我这么多年，我和我夫人一直把她当女儿一样看待。"

"Vivian是很不错，不过我们一直都不太熟悉，工作上接触也不多。"

"但是，我和她说起你向Irene求婚的时候，她看上去很震惊，也很难过。"

"我和她只一起吃过一次饭，除了这个，就什么都没有了。"

"她和我讲了，你请她吃饭，还开车把她送回家。"林同根像要把赵用心看破似的，"她还说，在美国的时候，她约你在酒店一起吃晚饭，你答应了，结果到了晚上，就不知道跑哪里去了，她给你发微信，你也不回复她。"

赵用心轻哼一声，什么也没说，因为他什么也没必要说。

"不管怎样，"林同根加重了语气，"我都希望你以后能够多照顾Vivian一些，毕竟她一个人在北京，举目无亲。"

"您放心，公司对每一名员工都会非常照顾的。"赵用心说。

回到自己办公室，赵用心反锁了门。他只要片刻的无人搅扰。黑皮本被他从家里拿了过来，平静地躺在办公桌上，离他最近的地方。

他将黑皮本摊开，翻到了有记录的最后一页，日期是2017年3

月14日。

这页上没记任何工作，只有一行比通常大一些的字，颤抖地写着："爸，我回来了。"

从接到妹妹电话的那一天到这一天，赵用心走了将近四年。这期间，他从美国"流浪"到了新加坡，却始终不敢回中国工作。

"你可以和我去新加坡，哪怕不去也没关系。"在当时的女朋友提出分手之后，赵用心对她说。

"我的生活在这里，我的事业在这里，我离不开这里。而你，也不可能再回到这里了。"

"我不知道……"

"你总有一天会回中国的。"

这赵用心就更不知道了。他甚至都没法独自待在父亲给他重新装修过的房子里。那房子是给他结婚准备的。

"你会的。"女朋友仍然这样讲，"我一直渴望改变你，也始终坚信能够改变你，所以才非要等到你改变的那一天再嫁给你。"

"对不起，让你失望了。"

"没什么。"女朋友在灯下，面庞甚至泛着光辉，"祝福你今后的人生，我们还是朋友，希望你的选择都是正确的。"

赵用心的食指轻触着"回来"那两个字。

在那四年当中，他最怕的就是听到这两个字，哪怕是母亲和妹妹问他假期能不能回来待上几天。

2016年9月，赵用心回国出差，连请假在北京一共待了不到二十天。那是他这么些年以来，在家里时间最长的一次。离开的时候,他感觉又和当年出国留学时一样。

出国留学的那天,全家人一起送他去机场。父亲拉着一个小行李箱,没几步就提了起来。

"多沉啊,您拉着吧!"赵用心对父亲说。这箱子,他原本是要自己拉的,可父亲不让。

"破轮子,听着烦。"父亲回答。他那阵子,烟抽得比从前更凶。

二十多年后,再次从家出发,赵用心也没走几步就提起了箱子。

"拉着吧,多沉啊!"母亲说他。

"就当锻炼了。"赵用心回答。

在路边拥抱了母亲,赵用心上了出租车。他没敢回头。他知道母亲一定还在路边目送他。

司机是个大哥,花白的圆寸倍儿显精神。他问赵用心:"您抽烟吗?"

"不抽,很久都不抽了。"

"那我能抽一根儿吗?"

"没事儿,您抽您的。"

"忒感谢您了,可憋坏我了。"司机点着烟,降下车窗,把烟盒朝后一递,"您还是来一根儿吧,我自己抽,过意不去。"

赵用心犹豫了一下,从烟盒里抽出来一支。这司机抽的和他父亲抽的是同一个牌子。司机又把打火机递给了赵用心。

赵用心点着烟,吸了一口,咳了两声。

"您是有日子没抽了!"司机一脸快活,握着方向盘的手,还能给歌打着拍子。

赵用心又吸了一口，这次没再咳嗽。他在美国有一阵子抽烟抽得厉害，但是后来说停就停了，没上瘾。

"可别上瘾。"父亲提醒过他。

自从小时候偷烟被发现，赵用心就再没碰过烟。他第一次抽烟已经读大一了，那是在医院外面，爷爷弥留之际。父亲当时抽着闷烟，烟盒和打火机在长椅上撂着。赵用心在一旁坐下，父亲只看了他一眼。他拿起烟盒和打火机，取了支烟，模仿父亲点烟的样子，用力嘬了一口。辛辣在舌尖爆燃，瞬间烧至舌根，浓烟也乘着火势，蹿入鼻咽，冲入嗓底。父亲默默地帮赵用心拍着背，等赵用心平复，又继续闷头抽他的烟。

赵用心也闷着头，小心翼翼地抽了第二口、第三口……

父子俩一起抽着，什么话也没讲。在赵用心记忆里，父亲和爷爷这对父子，在一起抽烟也时常是这样子。烟灰坠落在地上，归于尘土。赵用心的泪珠也随之掉落，浸过灰尘，及至地下。一颗又一颗，这些泪珠全都不顾他的阻挡，把悲声传给了父亲。

他腮上又是一热。赵用心抬起夹烟的手，用拇指指背抹了抹。烟却离眼睛更近了。

司机的指头轻敲着方向盘，随着收音机哼起了歌。这歌，赵用心从没听过，可他的灵魂却像被它触摸过。"……每当我迷惑的时候，你都给我一种温暖，就像某个人的手臂，紧紧搂着我的肩膀……有时我会失去方向，就像天上离群的燕子，可是只要想到你的存在，就不会再感到恐惧……有些人会慢慢消失，有些情感会渐渐破碎，可你却总在我心中，就像无与伦比的太阳……希望你把我记住，你流浪的孩子，无论在何时何地，我都想念着你，希望你能够知道，你对我的意义，无论在何时何地，你就像我的生命……"

这次，赵用心没再阻挡。他任由泪水涌动，任由它们奔流，悄无声息。

返回新加坡不久，赵用心就递交了辞呈。老板用升职加薪挽留他，也拿合同条款甚至法律条文劝诫他，但赵用心都不为所动。

三个月后，赵用心回到了国内，加盟了一家与原公司没有任何竞争关系的企业。又过了一年，他加入了同芯半导体，成为该公司的新任 COO。

父亲的号码还在手机里存着。多年以前，赵用心就注销了它。现在他后悔不已。他当时只是不愿自己和家人再向打给这个号码的人解释，为什么接电话的人不是父亲了。

赵用心凝视着"爸爸"，指尖传回了触碰后的冰凉。他想用体温将冰凉暖热，指尖却无心地拨出了电话。

听筒里传来了回铃音，赵用心屏住了呼吸。应该挂断电话，但他的手指依然悬在那里。

回铃音消失了。短暂静默之后，响起一个苍老的男性声音："喂？"嗓音也像常年浸泡在焦油和尼古丁里一样。

赵用心泪崩了，虽然明知不是真的。

"喂？"那声音又一模一样地重复了一遍，没有不耐烦，也不像要挂断。

"对不起，打错了。"赵用心控制住情绪。

"没关系，我有时候给我儿子打电话，也会拨成别人的号码。"

"是，存的号码太多了，一不留神就按错。"

"年轻人，有工夫多给爹妈打打电话，别光顾着忙工作。"

"我知道。"赵用心说完，使劲抿住了嘴唇。

"那我挂了。"

"好的，再见。"

"再见。"

赵用心把手机放回桌上，手捂着嘴，好长时间。

"爸，我回来了。"这行字从清晰变模糊，又从模糊慢慢变回清晰。过去已经失去，失去也会过去。赵用心提起笔，在右手空白页上，用力写下了当天的日期。

叶
明
义

　　林同根比约定时间早到了十分钟，他也是个"不守时"的人。叶明义给他和自己都点了茶，然后端详着林同根满头刺眼的黑发。

　　"用心对我说，您提出来要用同芯半导体的股权充抵和解费用。这是您的主意，还是林道简的？"

　　"是我的主意，这也是不得已而为之。"叶明义深感抱歉地解释说，"我也想不出更好的办法了，要让晶益电子的董事会在和解金额上大幅让步是很难做到的。"

　　"我明白。"林同根面色戚然，"如果抛开我和林道简的个人恩怨，这确实是个两全其美的好办法。"

　　双方沉默了一会儿，叶明义问林同根："接下来有什么打算？"

　　"我打算自驾去新疆。"林同根强打起精神，"来大陆这么久，我居然都还没去过，这回终于有时间到那边走透透①了。"

　　"散散心也好，有机会我也很想到那边看看。"

---

① 走透透，意为走遍。

"我们可以结伴,不过您不一定有时间。"

"时间总会有的。"叶明义呷了口茶,又问,"除了去新疆,还有什么打算?"

"打算退休吧。"林同根也端起了茶杯,自嘲说。

"现在就退休实在太可惜了,你至少还能再奋斗十年呢。"

林同根摇了摇头,看上去心灰意懒。

"这次之后,你和董事长之间的恩怨也可以彻底了结了。"叶明义说。

"是啊,我被他打得一败涂地。"

叶明义心中一阵难过。一而再地被打倒,还能再站起来的又有几个? "他没有打败你,你更没有一败涂地。你把同芯半导体带到今天这样的位置,就是你最大的成功,这是谁都改变不了的事实。"

"可我不甘心……"

"你应该好好地想一想,你不甘心的是什么。"

林同根没有言语。

"做人嘛,本来就该'事了拂衣去,深藏功与名'。何况你的功绩和名誉自有公论,谁都没有办法抹杀,你自己真的没必要太计较这些。"

"要是能像您一样进退自如就好了。"

"我们可以同进退。"

林同根笑了:"您不是不建议我退休吗?"

"不是同退,而是同进。"

"怎么同进?"

叶明义看着林同根,说:"来北京之前,我先去了一趟海川,和岳书记深聊了一次。他希望能够整合当地资源，成立一家 CIDM 模式的企业，然后再透过这样的企业，进一步带动海川当地的半导体产业发展。"

"国内还没有 CIDM 模式的企业。"林同根有了兴趣。

"所以这也是一种有益的探索和尝试。当然岳书记本人也要承担一定风险，毕竟是他力主的，成败都同他密切相关。"

"所以，他请您牵头来做这件事？"

"他之前找过我一次，我当时没有答应。"

"这次答应了？"

叶明义点头。

"您希望我帮您一起做这件事？"

"不是你帮我，而是我帮你。"叶明义诚心诚意地说，"我希望由你来主导这件事情。如果你同意，我现在就打电话给岳书记。"

"不行不行，岳书记邀请的是您！"

"那是因为他还不知道你的事。如果知道，他肯定也希望由你来主导。"

"不会不会，您才是最理想、最合适的人选！而且您是我的老长官，我在您麾下效力也理所当然。"

"那样就太委屈你了。"叶明义想了想，说，"或者我们一起来做执行长，你负责营运，我负责技术，你觉得怎么样？"

"对我来说当然好啦，但是对您……"

"对我也很好啊！我还是更喜欢做研发，而且也没有那么多精力去管其他事情。"

林同根几乎落泪，"真是太感谢您了，那我就恭敬不如从命了！"

"你应该感谢用心。这个办法，是我从他那里学来的。"

"是他帮您想出来的办法？"

"是他帮他自己想出来的办法，他希望我帮他邀请萧牧云。如果萧牧云肯来，他愿意和萧牧云一起担任联席执行长，甚至把执行长的位子让给萧牧云，他都愿意。"

林同根啧啧称赞："这样的女婿，您一定非常满意吧？"

"Irene 能和这样的人在一起，我真的很开心，也很放心。"

"能把公司交给这样的人，我也很开心，很放心。"

"他肯定能把你的事业继续发扬光大。岳书记希望成立 CIDM 模式的企业，也是为了避免和同芯半导体这样优秀的 foundry 竞争。"

"还能避开晶益电子。"林同根仍有些悻悻然，"他们的 3 奈米厂终于过关了，这回马上也要把 10 奈米产线迁来大陆了吧？"

"Jack 已经在推动这事了，游东云希望能把产线建在海川。"

"我们的 7 奈米产线也要落户海川，用心正在负责这事。"

"所以我们就更加没有必要去拷贝 foundry 了。做 CIDM，我们只要提供 10 到 20 种制程给客户选择就 OK，起点也不必太高，先从成熟制程做起，等到将来有了累积，再挑战先进制程。"

"有多少企业参与这个项目？"林同根问。

"目前为止有 20 家左右，大都是些不太大的企业，但是也包括星东方这样的巨擘在内。"叶明义进一步介绍说，"这个项目将完全依照市场规则来运作，市政府会谨守分际，不参与到项目的具体执行中来，只发挥引导和支持作用。我相信，一旦项目正式运作起来，一定会有更多企业加入进来，这样，产能利用率就将更加有保障。"

林同根略显担心："越多企业加入肯定越好，但是相应地，避免相互之间产品的同质化竞争，难度也会越来越大。"

"所以我们要事先做好协同，帮助这些企业尽量区别目标市场。当然，如果真的没有办法事先协同，那么就只有以大局为重，行使最终的裁量权了。"

"可能会有人不满。"

"本来就不可能让所有人都满意，大家权衡得失嘛。"叶明义说，"我是坚信大家在权衡了得失之后，还是会非常支持这种模式的，因为参与进来，他们就会发现，CIDM这种模式对他们的设计研发真的能够帮助很大。因为设计和制造是一家人了，我们就可以把制造过程中的各种讯息都及时反馈给他们，遇到问题也会尽快帮助他们解决，他们提出产品改进的要求，我们也会积极响应和协助，这些都能增加他们对CIDM这种模式的黏度。相比之下，foundry就做不到这些。"

"对呀，foundry怎么可能share（分享）自己的技术机密给客户呢？"

"客户要增加foundry的工作量，foundry还要向客户额外收取费用，这对设计业者来说，也是一笔不小的支出。"叶明义说，"岳书记要成立CIDM企业的初衷，也是想帮助这些设计业者降低成本，同时也希望CIDM自身能够累积更多的自有IP，培养更多的本土人才出来。他尤其和我强调了培养人才的重要性，要我不仅关注经济效益，还要关注社会效益，他说只有人才梯队建设起来，中国的半导体事业才会后继有人，中国的半导体产业才能持续发展，这也是他最令我钦佩和感动的地方。"

"他不光懂专业，还有情怀，和您一样。"

"志同才能道合嘛。所以企业营运就要你多费心了，我的精力和重点还是要放在技术研发和人才培养上面。而且我年纪也大了，身体还允许我工作多久，我自己也不知道，也说了不算。"

"您不要担心这些。快乐工作能让人更快乐，身体也更健康。我就非常害怕闲下来……"

"是啊，我们都是以工作为乐的人。"叶明义又想起了海川的那位店家和他幸福的一家。

林同根的眼圈儿突然又红通通了："真的非常感激您，两次在我人生谷底的时候都把我提携起来。您当初送我的根雕一直摆在我办公室，每每遇到困难，我都告诫自己要像那根雕一样，不辜负您的期望。"

"你也真的让同芯半导体扎下根来了呀！而且将来一定会枝繁叶茂，长成参天大树的！"

林同根更动情了："我现在真的感觉豁然开朗，可以真的放下了。如果继续被那些沉重的东西压着，早晚有那么一天，我会被压垮、压趴，然后就再也起不来了。"

"轻装上阵，你的路还长着呢！人嘛，都要拿得起，放得下，这样才能行稳致远，到达真正想要到达的地方。"

"能继续追随您，是我的幸运和荣幸。"林同根发自肺腑地说，"晚上我请您和用心吃饭，已经好久没和您一起吃过饭了。"

"我请你们。"叶明义说，"我要带你们去一个特别的地方。"

"什么特别的地方？"

"特别好吃的地方。"叶明义又想念起那"掏心掏肺"的味道来。

赵用心、叶明义

傍晚，赵用心再次见到林同根的时候，感觉有点儿晨昏颠倒：上午还日落西山的一个人，此刻竟又日出东方了。

"有什么喜事儿吗？"赵用心迷惑地问。

林同根告诉他，自己要去海川和叶明义一起创业了。他向赵用心道明了原委。

"那得好好庆祝一下！"赵用心兴奋不已。

这与他白天的状态也截然相反。白天的时候，他就像没倒过来时差一样，一会儿走神，一会儿发呆，一会儿又犯起困来。8%像四个问号一样在他脑袋里转啊转，把他的脑壳搅成了一口粥锅，锅里五谷杂粮、咸淡荤素什么都有，就是没有脑子想出落实这8%的战略和战术来。

这时，Vivian又像闻着他脑袋里的粥香一样来给他添堵，问他和解文件要不要现在就开始起草。

赵用心没好气地说："之前不是签过两份协议吗？拿那两份当模板，到时候往上套。"

"好的，赵总。"Vivian 特别顺从，两行泪从眼里流下来。

"怎么了这是？"赵用心更烦了，就像有人打翻了他的粥锅一样。

"没什么……"Vivian 一边哭着，一边憋着。

赵用心自认迁怒她了，便安慰说："别哭了，是我态度不好。"

"您没有态度不好……"

"虽然林总就要离开公司了，但是你也不必担心，有什么事儿可以找我，我一定会尽力帮你解决。"

"什么事情都可以找您吗？"

"也不是所有事儿……"赵用心说，"毕竟，我也不是孙悟空，什么事儿都能搞定。"

"那我也不是白骨精啊，您害怕我干吗？难道我还会吃了您吗？"

"怎么聊起《西游记》来了？"

"不是《西游记》，是《大话西游》。"

"这天儿聊得，太无厘头了。"

"她才是你的一生所爱，是吗？"

"是啊。"赵用心蹙起眉头，拿起桌上的文件，"如果没有其他事……"

"既然你这么坚定地爱着她，为什么不早一点儿告诉我？为什么还要瞒我、骗我？难道是因为你们的爱情故事缺少观众吗？"Vivian 的两行热泪又滚滚而出。

赵用心定定地盯着面前的女人。他跟谁在一起，不需要经过其他人许可吧！

"你为什么不说话？你为什么不解释？难道你真是成心、有意要欺骗我、伤害我吗？"

"我没有。"赵用心语气淡淡的。

"既然没有，那你为什么不解释？让我明白到底是怎么回事，然后好彻底地死了这条心呀！"

"没什么好解释的。"

"你就是个骗子！混蛋！"Vivian夺门而出，和正好在门口的大詹姆撞了个满怀。

大詹姆揉着胃进来，问："怎么回事？她怎么哭着跑了？"

赵用心耸耸肩，什么也没说。

"台湾女生就是娇气，一有事情就哭哭啼啼。"大詹姆坐到了赵用心办公桌对面的椅子上，兴味十足地问，"过几天曼彻斯特德比，一起看呀？"

"这周六吗？"赵用心突然想了起来，很抱歉地说，"恐怕不行，我周六有事。"

"周六晚上的比赛。"

"就是晚上有事。"

"好吧，忙你的吧。"大詹姆扫兴地站起身来，"我忘记了，你已经是CEO了，肯定不会再像从前那样有时间了。"

"或者，我们可以一起……"

赵用心的话，令大詹姆停下脚步。

"周六晚上，我约了游东云。他和你一样，也是曼城球迷。"

大詹姆这回笑了，半举起双臂，用左手手指比了个"二"，用右手手指比了个"一"。

办公室终于又只有自己了,赵用心的脑袋却已经熠得像烧干的粥锅一样。

所以,瞧见菜谱上配着图的"干锅鸭头",赵用心的第一反应是恶心,第二反应是想吐。

好在叶明义带他们来的这家馆子不只有"干锅鸭头",它的最大特色是把猪下水炖得喷香喷香的卤煮。

赵用心上下打量这装修得特别"老北京"的老北京饭馆,问叶明义:"您是怎么找着这地方的?"

"很多年前,岳书记请我在这里吃过饭。"叶明义随着领路的堂倌儿,边走边左右看,"前些天在海川,他告诉我这家店还开着,我就很想来瞧瞧,也不知道味道是不是还像当年一样。"

"您老放心,咱这儿当年什么味儿,现在还什么味儿。"堂倌儿讨巧地打起了广告。

"当年还没你吧,兄弟?你怎么知道当年是什么味儿?"赵用心一旁打起了哈哈。

"客官您真逗!不瞒您说,这店是我爷爷当年开的。姆们家最牛的地方,就是一锅老汤煮到现在,连火儿都没灭过。"

"哎哟,还是少东家。失敬,失敬!"赵用心朝堂倌儿拱了拱手。点过菜后,他问未来岳父:"岳书记可够抠门儿的,当年就请您吃这个?"

"也请我吃烤鸭啦,他其实是想带我认识和了解真正的北京。"

"食物确实能够代表一座城市。"林同根赞同地说,"但是在我的概念里,能够代表北京的似乎还是北京烤鸭。"

"烤鸭和卤煮都能代表北京,但是层次不一样。"赵用心现身说法,"我从小就喜欢吃卤煮,我们家大院儿旁边儿当年就有一家,只要想吃,不怕'三高',就顿顿可以去吃,因为吃得起。不像烤鸭店,连续去吃个两三顿,就没钱过日子了。"

"平民的食物,"叶明义评价道,"虽然据说也是来自皇宫。"

"皇帝也吃这个吗?"林同根惊讶不已。

"皇帝吃的当然更讲究也更精致,而且名字也不一样,好像叫作'苏造肉'。"

"是叫'苏造肉'。"赵用心说,"'苏造肉'也是老北京小吃,卤煮相当于它的降配版。因为皇宫里的'苏造肉'用的都是五花肉,平民老百姓吃不起,所以有人就把五花肉换成了猪内脏,就成了咱们现在吃的这卤煮。"

"平民的智慧。"叶明义感叹,"我是觉得,人们对于食物的态度,能够反映出来他们对于生活的态度。比如动物内脏,西方人是不吃的,可是我们中国人不仅吃,还能够把它做得很好吃。每一种食材都像宝物一样被对待,花样翻新,制作成各式各样的美食,这需要多么热爱生活才能够做到啊!"

"所以我一看国外新闻说他们河里的小龙虾泛滥成灾,我就替他们惋惜。"赵用心戴上手套,帮叶明义剥了只刚端上来的十三香小龙虾。

"这是我第一次吃小龙虾,真是太美味了!"林同根也有样学样,剥了只小龙虾给自己。

"小龙虾其实跟卤煮一样,也是因为老百姓吃不起螃蟹,才把它摆上了餐桌,结果硬生生从龙套被吃成了主角儿,连螃蟹现在都得给它搭戏了。"赵用心说着,也给自己剥了只"主角儿"。

"第一个吃小龙虾的人也非常勇敢。"叶明义说笑着,又上上下下打量起这家店来,"北京虽然有故宫、天坛、颐和园这样雍容华贵的皇家地方,但是我认为,这座城市最为厚重的,还是深植于民间的平民气质和平民精神。"

"不只北京,全中国都一样。"赵用心捏着"主角儿"的尾巴说,"就是因为这种平民精神,中国人才这么有创造力,这么有生产力,才能百折不挠地坚守着老祖宗传下来的这片土地,生生不息。所以才说,不管沧海还是桑田,我们就在这里;不管世道如何变幻,我们永远都在这里!"

"讲得太棒了!"林同根兴奋地又给自己拿了只小龙虾,"我记得好像有一篇文章,名字就叫作《庶民的胜利》。"

"对,是有。"赵用心说,"那是李大钊先生写的,可惜他没见着胜利的那一天就牺牲了。"

"有牺牲,才有胜利;有奉献,才有成功。"叶明义动容地说。

"为人民牺牲,死得其所,也死得光荣,死得伟大。"赵用心也很感慨。

堂倌儿又端了三大碗卤煮过来。叶明义露出了老友相逢一样的笑容。

赵用心率先尝了一口,称赞:"这卤煮确实地道,少东家没吹牛!"

"证明人家真的有传承。"林同根试过一口之后也说。

"还是当年的味道。"叶明义品尝到的不只卤煮,他还深受启发,"平民精神就是通过这样普通的食物传承了下来,融入进普通人的普通生活，也让为政者更有平民情怀，更加亲近普通民众。"

"从群众中来，到群众中去，密切联系群众。"赵用心补了一句。

"对呀！"叶明义更动容了，"为政者对老百姓掏心掏肺，老百姓就也会对为政者掏心掏肺。这样，整个国家就因为寻常可见的食物变得更团结、更凝聚，这真是古人留给我们后人的智慧财产。"

"这是咱们的知识产权，外国人想学也得掏钱。"赵用心认真起来说，"中国人对生活的热爱，是其他任何国家的人都比不了的。中国人就喜欢安安稳稳地过日子，不喜欢瞎折腾，因为中国几千年的历史已经证明了，历史是人民创造的，只要人民能安安稳稳地过日子，就不光能创造历史，还能创造楼房、创造公园，创造大飞机和北斗卫星，创造一切能让平民老百姓过好日子、能让国家民族强大复兴的东西出来。"

"中国人不仅善于创造，也善于学习。"林同根也很同意，"半导体我们能做好，foundry 我们能做好，CIDM 我们一定也能做好！"

"那是一定，您两位都双剑合璧了，一点儿都不用担心。"赵用心话锋一转，"担心的人应该是我，您二位这等于是给同芯半导体又创造了一个有力的竞争对手出来。"

"我们之间不会有多少竞争啦！"林同根忙安抚赵用心，"市场主流依然还是 foundry，我们要做的只是对这个市场进行有益的补充。而且，叶董准备给这家企业起名叫作'合力半导体'，寓意就是要与同芯半导体'同心合力'，一起为中国的芯片制造出力。"

"这名字起得太棒了！"赵用心大赞，"志同道合，同心合力，真是太有寓意了！"

"所以将来你和 Irene 有了 baby（宝宝），也要请叶董来起名字。"

"那是，那是。"

"我感觉像是又回到了年轻的时候。"叶明义看上去更容光焕发了，"当年入行，我进的就是 IDM 企业，但是我们要做的这间企业，并不会像从前的 IDM 那样追求'大而全'。我们要力求'小而美'，在这样的发展战略下面，把所有精力全部灌注到更加细分的市场中去，比如物联网和车用电子这些 mature nodes（成熟技术应用）。也正因为我们规模小，才能够采取更加灵活的战术，充分发扬 IDM 的优点，规避它的缺点。"

"技术和设备从哪儿来？"赵用心关注起实际问题。

"技术，我准备和欧洲那边去谈。"叶明义指指林同根，"设备就由他去搞定啦，他是这方面的 expert（专家）。因为这个项目的一期，准备先建设8英寸的产线，可是现在8英寸的机台已经全球停产了，所以只能有劳他这位专家亲自出马，去想办法购进二手设备。"

"二手设备更不好搞定。"林同根又一边挠头一边笑着对赵用心说，"现在全世界都掉回头去扩充8英寸产能，二手的8英寸机台价格比之前猛涨了一大截，货源还不充足，有些时候甚至一台难求。"

"那就更得您亲自出马啦！谁让您是'建厂达人'呢？"赵用心调侃说。

"作为'建厂达人'，他不只要建生产厂，还要建全世界第一座二手设备翻新厂。"叶明义告诉赵用心。

"真的吗？"赵用心对林同根说，"那您这'建厂达人'可就更名副其实、实至名归了！"

"为'实'不为'名'啦！"林同根不仅笑开了花，还笑结了果，

"建这座翻新厂,一方面是为了节省成本,另一方面也是为了培养人才,减少对原厂技术支持的依赖。而且,采用二手设备本身也有利于降低投入和减轻折旧负担,有助于尽快实现盈利。"

"您二位一定能马到成功!"赵用心举杯,以茶代酒。

"我也会尽快联系萧牧云。"放下杯子后,叶明义说。

"这个不急。"赵用心有些口不应心。

"不能不急呀。"林同根替赵用心操起心来,"我请他请了那么久,他都没有答应,如果等到银河电子的3奈米厂量产,肯定就更难请动他了。"

"他一定是想报仇。"赵用心更不乐观了。

"我尽力而为,希望能请到他。"叶明义说。

"您也别太为难,不行就算了。"赵用心的话出自真心。

"这样讲就见外了。"叶明义慈祥得像父亲。

埋单的时候,三个人都要付款。由于叶明义和林同根只有信用卡,所以赵用心的支付宝抢得了先机。叶明义对刷手机的支付方式很是赞叹:"从前我和人家讲,'世间哪有双全法,不付现金不刷卡。'没想到,这'双全法'居然真的被创造出来了,真是只有想不到,没有做不到。"

"所以说,中国人什么都能创造。"赵用心收起了手机。

从饭馆出来,三个人在胡同里随意溜达。叶明义和林同根稀奇于此间斗拱飞檐的四合院,走走停停,观兴浓厚。赵用心却没有他们的闲情雅兴,他只陪着,偶尔做几句说明。

皎月当空,地球那端的林道简肯定已经起床了。他还不知道8%的事情,如果知道了,他会做何反应?林道简绝不是个好相与的人,而8%是一个必须完成的使命。

　　白天的时候，赵用心已和叶明义进行过沟通。叶明义当时就说，林道简还从未在底线问题上对谁做出过让步。

　　"等我通过电话再说吧，我会尽量劝他接受的。"叶明义毫无把握地说。

　　自己的担子不能指望别人来扛。赵用心走着，用尽气力去想，可依旧没想出个所以然来。

　　"我还从来都没有这么近距离地接触过北京。"林同根像发现了新大陆一样，"平时见到的北京都太现代了，跟纽约没什么区别。"

　　"纽约"两个字一下子被正冥思苦想着的赵用心抓住了。"刚刚您说什么？"他忙问林同根，还以为林同根所讲的话，跟正在纽约的林道简有关呢。

　　"我说，平时见到的北京都太现代了，跟纽约没什么区别。"林同根把话重复了一遍。

　　赵用心略感失望，他说："还是有区别的。"

　　"哪里有区别？不都是楼很高、路很宽、车很多吗？"

　　"外在只是表象，区别在于内涵。"赵用心举例说，"比如刚才那家饭馆，它安装了空调，它有非常大的液晶电视，它使用了连纽约都还没普及的支付方式，这很'现代'吧？但是，它的食物是传统的，它的装修风格是传统的，就连服务员也都穿上了堂倌儿的衣服，像当年那些跑堂的人一样吆喝，招呼客人。这是为什么？"

　　林同根和叶明义一起认真倾听着。

　　"因为这些背后，有着强大的文化心理和文化需求做支撑，是对传统的接续和回归，是对民族文化的再认同。我们的文化和传统既不是美国的，也不是欧洲的，它是中国的。"

林同根像刚认识赵用心一样："你的这些话，一点儿都不像是从一个有 engineering background（工程背景）的人嘴里讲出来的。"

"'工业党'也是有人文情怀的！"赵用心笑着，继续说道，"我的理解，所谓现代或者现代化，并不是必须放弃自己的文化传统，接受人家的文化传统才能实现。现代化只是工业化的结果，是工业进程的体现。中国现在是世界上工业体系最完备的国家，中国人现在越来越重视和喜爱自己的传统文化。这说明什么？这说明实现现代化和坚持自我一点儿都不矛盾，反而工业化、现代化在让国家变强大之后，国家的强大又进一步内化成了人民的自信，所以才有越来越多的中国人更乐于去展现自己国家的历史文化，去弘扬中国的文化传统。当然，不同的文化可以相互借鉴，不同的文明也可以相互融合……"

赵用心察觉到叶明义正满面笑容地看着他，就像父亲的眼里只有自己出色的儿子一样，满是欣赏，满是鼓励。他忽然讲不下去了，喉咙像被什么哽住了似的。他用力吞咽着，眼里泛起了微光。这光越来越闪亮，积蓄起了一股强大的力量，想要夺眶而出，让他越来越难以阻挡。

赵用心用力连眨了几下眼睛，他的视线才终于清晰，眼前的世界也随之看得格外清楚，仿佛是有人帮他吹散了雾、驱走了霾，让他豁然开朗。

"如果林董事长不接受8%的比例，我们可不可以……？"他兴奋地问叶明义。

叶明义

叶明义读完和解协议的关键部分，把协议合了起来。他只要确认眼前这份协议无误即可，其他还需要讨价还价的部分就与他无关了。

上午的时候，赵用心特意把打印好的协议给他送了过来，还贴心地用了大号字。真是个细心的小伙子，叶明义想。他下意识地看了眼手机，即便他知道并没有新的来电。他已经打给那个号码两次了，两次都无人接听，他还在犹豫要不要再打第三次。

昨晚，在打电话给林道简之前，叶明义也像这样踌躇了好一会儿。

他反复掂量着赵用心想出来的那个解决办法，反复思量着该怎样把赵用心的话变成他自己的话。果然，林道简不同意从10%降到8%："如果他们仍然坚持8%，你就提高到12%。"

环路上的车流并未因人们急于回家而加快流动，叶明义望着窗外，建议说："或者，我们同意8%，但是要求以低于当前股价的价格认购其余的2%，您看怎么样？"

"这是你的主意吗？"沉默之后，林道简问。

"我只是提出了认购股票的价格要比当前低。"

"2%的股权需要1亿美元。"又一阵短暂的沉默之后，林道简说。

"我们可以用他们付给我们的现金来支付。"

林道简轻笑两声："这样，不还是我们让步了吗？"

"我们是以退为进。"叶明义说。

"怎么进？"林道简语气里透着怀疑。

"如果您是投资者，您会怎样看待我们购入同芯半导体股票的行为？"

"你是说投资？"林道简似乎懂了。

"是的，我认为股票市场也会持有相同的看法。而且，在我们的带动下，市场也会重估同芯半导体的股价，让它上升到一个合理的价格区间，那样，我们和他们就真正实现了双赢。"

"你不是说，世间没有'双全法'吗？"林道简变得风趣起来。

"确实有。"叶明义如释重负。

"让他们尽快草拟协议吧。"林道简交代。

"草拟之后，我会发给您看。"

"不必了，你看过就可以了。这应该也是你帮我处理的最后一份协议了吧？"

"是啊……"叶明义也意识到。

他帮林道简处理的第一份协议，还要追溯到将近四十年前。那时的他，比此时的赵用心还要年轻几岁。

林道简创立晶益电子之后的第一份订单协议，也是他一手处理的。林道简难掩激动地在上面签下了名字，然后请他盖上了公司印章。

"谢谢你！"林道简罕见地动了情。

"谢谢您。"叶明义尽量不让自己伤感。

"谢谢您！"当叶明义把林道简同意了的消息告诉赵用心时，赵用心也兴奋而动情地对他这样讲。当赵用心送来协议后向他告辞时，又感激地把这句话重复了一遍。

赵用心还特意和他握了握手。这次的握手很结实，叶明义既感受到了力度，也感受到了热度。把女儿的手交在这样的手上，他真可以放心了。而且赵用心和他握手时的眼神，也如同儿子看着父亲。他对自己的感激，也如同儿子对父亲的感恩。

萧牧云还是没有回电话。

是继续等待，还是再打一次？或者，就此作罢？叶明义很快就排除了第三种选择。他如此选择，不仅是为了赵用心，也是为了晶益电子和林道简。

叶明义想要最后再为公司、再为老长官做点儿什么，削弱他们的强敌无疑是最好的选择。那样，无论是公司还是老长官，压力都会减小许多。同时，这样也能够帮到快要焦头烂额了的田行健，因为他的麻烦已经够多了，压力也够大了，叶明义真担心他快要坚持不住了。

可或许，萧牧云并不想给他这样选择的机会？也许，萧牧云真如赵用心估计的那样，不愿错过那千载难逢的复仇机会？毕竟，他当年也是被人排除掉的选择。

这样的伤害，叶明义能够理解；带来的痛楚，他也能够体味。

萧牧云是叶明义亲自招进晶益电子的。他对萧牧云的才华赞赏有加，因而对萧牧云更加悉心点拨，甚至倾囊相授。萧牧云的成长异常迅速，没用多久，就成了叶明义离不开的好帮手。

如果没有他，我能那么顺利地做到吗？叶明义回忆起28纳米工艺节点时的一段往事。当时，晶益电子骤然宣布要将工艺路线从gate-first（先栅极）转向gate-last（后栅极）震动了业界。

gate-first和gate-last都是用来实现HKMG（高介电金属栅极）的工艺手段，区别主要在于金属栅极究竟是在高温退火步骤之前还是之后沉积到晶圆上。

晶益电子在28纳米之前，一直采用gate-first的方式来实现HKMG。这也是以林道简和叶明义的"老东家"为首的阵营极力倡导的技术手段。然而，在到达28纳米工艺节点之后，继续采用gate-first却遭遇到了如何控制门限电压的难题。

同样的难题，在晶益电子到达28纳米的十年之前，就曾困扰过整个半导体行业。当时的业者试图在NMOS（N沟道金属氧化物半导体）和PMOS（P沟道金属氧化物半导体）晶体管中统一采用"N+掺杂"的多晶硅材料来制作栅极。然而，业者却失望地发现，在PMOS晶体管里采用这种栅极材料，不仅晶体管的性能表现不佳，晶体管的门限电压也很难降低到理想水平。

为此，部分业者又试图向PMOS晶体管的沟道中掺入补偿性杂质来达到控制门限电压的目的。可是此举又带来了其他副作用。

当年未能破解的难题，在十年之后又不期而至。尽管又有业者迎难而上，尝试在上覆层上面做文章，可是相当难。

当历史照进现实，叶明义毅然决然地放弃了gate-first而选择了gate-last，因为gate-last工艺不仅可以解决门限电压的控制难题，还能够为 PMOS 晶体管带来额外的硅应变力。然而，这一转向却承受了来自"老东家"的压力，因为"老东家"当时主要的竞争对手英泰，早在 45 纳米的时候就采用了 gate-last 工艺。

  作为全球晶圆代工市场的龙头企业，晶益电子如果改换阵营，无疑将对"老东家"及其阵营造成不小的打击。何况，晶益电子原始的技术转移和成立之后的第一笔订单，全都来自"老东家"，这就更让"老东家"在向晶益电子施加压力时，居于道义的高地。

  由 gate-first 工艺转向 gate-last 工艺本身也并非易事，因为同等条件下，gate-last 工艺的芯片要比 gate-first 工艺的芯片晶体管密度低，要想保持芯片的晶体管密度不变，不仅需要晶益电子对自己的工序和工艺进行调整，还需要芯片设计业者也就是晶益电子的客户们加以配合，对他们的电路设计进行大幅修改，甚至重新布线。

  这果然招致了客户们大量的不满与抱怨，乃至质疑。虽然叶明义预断整个行业迟早要向 gate-last 工艺转换，也尽力对客户进行了说明和安抚，但是，他终究不是一个喜欢强求别人的人，很多客户的顽固都令他头疼不已，无计可施。

  正是在这个时候，萧牧云让叶明义见识了他专断和激进的一面，强迫客户不得不接受了工艺转换的现实。

  而现实也证明了叶明义的预断和萧牧云的专断都是正确的。当工艺节点来到20纳米的时候，"老东家"阵营的更多成员都纷纷"跳反"到了英泰一边。甚至"老东家"自己也宣称，在坚守 gate-first 工艺的同时并没有耽误其对 gate-last 工艺的研究，因此，如果要从 gate-first 工艺转换成 gate-last 工艺，"将不会遇到太大困难"。

叶明义还记得萧牧云得知这个消息时，嘴角闪过的那丝讥笑。这丝讥笑，叶明义后来又在告诉萧牧云那个改变他命运的任命决定时见到过。

他再次打给萧牧云。他告诉自己这是最后一次拨打这个电话，所以要耐心，不要着急挂断。可是，回铃音仍然毫不在乎地考验着他的耐心，消耗着他的耐心……

叶明义挂断电话。他已经尽力，已经无能为力。萧牧云还是那个内心冷傲的萧牧云，即便他看上去更加谦谨，也更加客气。谦谨和客气并不是他的伪装，叶明义相信萧牧云也有柔软的一面，但柔软同样也不妨碍他的冷傲，就像雪。

萧牧云似乎从没想过要让自己变热一些，哪怕叶明义曾经不止一次提醒他，要带领一支团队，就要学会用热情去感染人，用亲和去团结人。可萧牧云宁愿继续在低温下冷藏自己，似乎唯有如此，他才能屡屡做出冷静的判断和决定。

他的冷静有时近乎冷酷。他认为对的，就一定会坚持下去，坚持到底，哪怕没有一个人支持他，让他如在寒风冷雪中独自赶路。

叶明义至今都无法确定萧牧云的专断和激进是对是错。如果是错，那么他凭什么带领银河电子一路高歌猛进？可如果是对，他又怎么会在失去接班可能之后，很快就失去周围所有人的支持？

对和错尖锐地对立着，却又在萧牧云身上似是而非了。如果要在古龙《七种武器》里挑选一件武器，那么萧牧云应该就是"离别钩"吧？

离别钩也是似是而非的，既不像剑，也不像刀，甚至连钩都不像,即使它前锋弯曲如钩。可它又是那么矛盾,虽然叫作离别,但却是为了相聚。

对于林道简来说,这并不是一件称心称手的武器。林道简更喜爱那杆直来直去、不打折扣、既能战胜一切阻挡也能阻挡一切的"霸王枪"。所以,他选择了田行健。

田行健就是刚硬如钢枪。这杆钢枪里面,蕴藏着巨大的执行力,一旦爆发出来,不管多么艰巨的任务和难以企及的目标,都要开始倒计时了。单枪匹马,"虽千万人吾往矣",这便是田行健的最佳写照。他当年也是毅然辞掉美国优渥的工作,加入了草创时期的晶益电子,然后从当时晶益电子唯一一座晶圆厂的厂长干起。后来,他又衔命兴建了晶益电子第一座8英寸晶圆厂,并在短短两年之内就实现了量产,又更在短短四年之内就将晶圆厂数量扩展至五座,在强敌环伺中,为晶益电子杀出来一条血路,也为晶益电子日后的霸业打下了坚实基础。

然而,这杆枪虽霸道,但被真正的王者握在手里之后,却没有了原先的霸气。叶明义很惋惜,不管是人还是枪,都要敢于做自己,从这方面讲,萧牧云似乎是对的。

萧牧云和田行健如同两极,选择了一极,便意味着远离了另一极。这更让叶明义惋惜不已,如果这两个人能够合体……

叶明义给赵用心发了条微信,告诉他,协议自己已经看完,没有任何问题。他把这份协议装进了行李箱,无比地珍惜。

没能联络上萧牧云,叶明义真的很抱歉,所以他要当面把这个消息告诉赵用心。赵用心得知这个消息后,一定会很失望,这是叶明义能够想见的，但是，赵用心也一定会告诉他，没有关系。

赵用心举手投足间，总是有一种举重若轻的从容，潇洒如同剑客。他应该是把"长生剑"。长生剑就总是把它的锋利收束在平常无奇的剑鞘之中，只当万不得已的时候，才亮剑给人看。女儿总说他其实很严肃，叶明义却发觉他的笑容总能恰到好处。他的笑有一种无形的感染力，如同从不轻易出手的剑客，每次出手，都能于无形之间直击人心，一击即中。

他的确是把长生剑，因为古龙也说过，征服人心的不是剑，而是笑。

这时，叶明义的手机响了，他拿起手机，终于也笑了。

赵用心

赵用心早上先去了趟公司，把昨天加班到很晚才赶制好的协议打印出来，然后开车给叶明义送了过去。不管于公于私，他都对叶明义满怀感恩之心。如果不是叶明义，他想这么快就谈妥协议是万万不可能的。

赵用心把车又停回了他的专用车位。左边车位依旧空着。他一早来的时候就空着，他开车外出的时候也空着。

是累着了，还是……

Vivian昨天很早就到了公司，和公司聘请的律师团队弄了一天协议条文，待到赵用心和她在停车场分别的时候，已经过了午夜时分。她昨天的工作状态确实格外投入和专注。虽然有模板可套，但是新增条文里面的每一句话甚至每一个单词都被她反复认真地推敲了好几遍。

赵用心没有一直参与。他只是在开始工作之前，给大家开了个简短的小会。其间，他偶尔过来转转，询问一下进展。有的时候，Vivian对他视而不见，有的时候，Vivian又成了彬彬有礼的下属，恭敬地向他请示意见。

傍晚时候,赵用心又给大伙儿订了高级盒饭。他对这家的盒饭已经产生了美好而深厚的情感,因而在会议室和大伙儿一起吃得格外香甜。而Vivian则坐得离他远远的,也几乎没动面前的盒饭。

"不好吃吗?"赵用心特意过去问了一句。

"不饿。"她说。

快到十一点的时候,他收到了叶明义的微信,叶明义告诉他协议OK。赵用心拿起电话,摁下Vivian办公室座机的号码。电话无人接听。他从办公室出来,来到Vivian的办公室门外。门关着,他敲了敲,里面没有声音。

他去旁边法务部的办公室问了一声:"Vivian没来上班吗?"

有个小伙子马上起身说:"马上到,赵总,我刚给她打过电话。"

"到了让她来找我。"

不一会儿,Vivian就来找赵用心了,她手里还提着一大塑料袋东西,看外观,像外卖。

"中午吃外卖?"赵用心随口说。

"不是外卖。"Vivian答得很认真。她在赵用心桌对面的椅子坐下,把塑料袋放到了桌角。

"协议确认了,没问题。"赵用心马上布置起工作,"你下午就和晶益电子那边联系,让他们再确认,如果没问题,就把正式版定下来。"

Vivian没有讲话。她脸色不太好看。

"没睡好吗?"赵用心终于关心了一句。

"没睡。"Vivian 眼珠红红的，眼圈儿也红红的。

"累得睡不着？我有时候就那样，越累越睡不着觉。不行你就回去补觉，工作在家干也行。"

"不必了，谢谢。"Vivian 彬彬有礼地回绝了他的好意。她将塑料袋拽过来，拽到赵用心面前，"给你的。"她疲累地说，仿佛刚刚的动作耗费了她许多体力。

"什么呀？"赵用心将塑料袋解开，里面整整齐齐码了四个一次性餐盒和一个塑料汤盒，还有筷子和勺子，也是一次性的。"这不就是外卖吗？怎么说不是呢？"赵用心好笑地问。

"不是外卖，"Vivian 听上去很难过，"是我亲手做的，从清早就开始做了，做了整整一个上午。"

赵用心说不出话来了，嘴唇只翕动了几下。

"快吃吧，都凉了。"

"不知道说什么好了，"赵用心把手从塑料袋上拿开，"不用这样，真的。"

"就吃一次我做的饭，行吗？"Vivian 忽然激动起来，"就这一次，求你了！我亲手为你做的，以后你即使想吃，恐怕也吃不到了！"

"什么意思？"

"这个也给你。"Vivian 掏出一张折叠着的 A4 纸，放在塑料袋旁。

赵用心把 A4 纸拿了过去，里面是 Vivian 的辞职申请，手写的。Vivian 的字很娟秀，字与字的间隔不疏不密，若即若离。

"你要辞职?"赵用心明知故问,因为他还没有想好,是否应该提出挽留。

"签字吧。"Vivian 替他做了决定。

赵用心把辞职信放到桌上,"你是认真的?"

"当然是认真的。"

"工作是工作,生活是生活,别混为一谈。"

"工作不就是为了生活吗? 不能好好生活,还要工作干吗呢?"

"生活不是只有一种可能,还有无数种可能。"

"可是,我不想要无数种可能,我只想要那一种可能,难道这样很贪心吗?"

赵用心望着 Vivian 求解的脸,回答不出这个无解的问题。

"你对所有人都这样吗? 你和她在一起也这样吗? 你知道你这样沉默,很伤人吗?"

"我是不知道该说什么了。"赵用心无奈地说。

"随便说点儿什么,别让我这样傻傻地坐着,自说自话。"

赵用心又沉默了。他还是不知道说什么好。

"你知道我昨晚为什么没睡吗?"Vivian 帮赵用心找了个话题,"因为我看了一整夜《大话西游》,上下两部,看了两遍——"

"能不谈《大话西游》吗?"赵用心有些厌烦地打断她。

Vivian 猛喘了两口粗气,显然动用了极大气力克制着自己,她平复一会儿才说:"我越看越觉得自己像白晶晶,而她才是你的紫霞仙子,对不对?"

"有可比性吗?"这句话几乎从赵用心嘴里脱口而出。

Vivian 的泪水又在眼睛里凝聚，盯了他好一会儿才说："她比紫霞仙子还好看，是不是？"

"她不是紫霞仙子。"赵用心否认。他不喜欢这个比喻，因为至尊宝辜负了所爱的人，孙悟空更没能保护所爱的人。

"那她是谁？"Vivian 追问。

"是我未婚妻。"赵用心不想再纠缠下去。

Vivian 走了，带着她的伤心。

昨晚，也是在这间办公室，Vivian 把修订完成的最后一版协议拿过来给赵用心过目。他当时正在和叶韵聊天，Vivian 进来后，他暂时将视频中断。

赵用心看着协议，Vivian 看着他，屋子里安静得像没有人一样。赵用心比对着上一版，把所有改动过的地方都核对了一遍。

"没问题了，辛苦你了，快回去睡觉吧。"

"那我先走了。"

"路上小心，注意安全。"

"您不走吗？"

"我还要等会儿。"

之后，赵用心又和叶韵视频了半个小时。临近午夜的时候，他才坐电梯下到停车场。此刻的停车场，空荡荡的，虽不缺少光，但仍仿佛有什么东西在游荡，或者隐藏在拐角。

只有他的车和 Vivian 的车还停在那里。

赵用心远远望见 Vivian 正从她的车里朝这边望着。

他径直上了自己的车。发动了汽车，也扣好了安全带，赵用心向左扫了一眼，Vivian 在盯着他看。

他没有驾车离开，他想等她先离开。可是她也没离开，她在等着……

Vivian 抽起了烟，在剧烈咳嗽之后，她马上又抽了第二口、第三口……那一点红光亮了又暗，暗了又亮，如同信号灯，用明灭传递着信息给赵用心。

赵用心收到了信息，也读懂了信息，他皱起眉头，迅速发动了汽车。

塑料袋和辞职信还在赵用心的视线里，他想把它们拿开，却又不知该如何处理。

叶明义这时给他打来电话。赵用心忽然一阵紧张，他知道一定是萧牧云那边有了消息，不管同意还是不同意。

"他刚好明天要来北京开会。"叶明义在电话中告诉赵用心，"我把你的想法全都转告了他，他希望再和你当面聊一聊。"

"没问题，真是太好了，太谢谢您了！"赵用心喜出望外。

叶明义也很开心："他明天傍晚的飞机，夜里才能到达北京。"

"那麻烦您再问一下他航班号，如果他方便，我开车去机场接他。"

叶
明
义

　　叶明义在机场的贵宾通道口等着，飞机还在天空中盘旋，要接到塔台指令才能降落。他最近甚至比退休之前还要忙碌。

　　人的际遇的确很奇妙。有的人可以在很年轻的时候就当上CEO，然后五十几岁退休；而他，则是七十几岁退休，然后又当上了CEO。从前，他都是坐在副驾，而这次，他即将坐上主驾驶的位子。他终于可以飞那条他一直想飞的航线了，其来有自，前方既是征途，也是归途。

　　有工作人员过来建议叶明义先去坐着歇会儿，他感谢了对方的好意，可他一点儿都不觉得累。

　　他依然站在通道口，就像那天也是在通道口，他站在赵用心和萧牧云身旁，亲眼见证了他最赏识的两位后辈，将手紧紧握在一起。

　　萧牧云那天把电话打了回来，在叶明义连打了三次电话之后。

　　萧牧云在电话里非常抱歉，说他刚从欧洲回来，又得了重感冒，所以一直在家休息，在睡觉。叶明义不知道他是否真的一直在睡觉，但见面的时候，他确实感冒得不轻。

"我还以为你不接我电话了呢。"叶明义微笑着表达了他的"不满"。如果萧牧云没有把电话打回来,师徒二人可能今生都不会再通电话了。

"我看到有您三个来电的时候也非常惊讶,因为您许久都没有给我打过电话了。"

叶明义感到一丝尴尬。就算扯平了吧,他心想。

萧牧云问起叶明义打电话的用意,叶明义便把缘由告诉了他。

他在电话那边沉默了一会儿,说道:"Tony 也找过我两次,当然,不是请我去做执行长。"

"我知道,但是这次和 Tony 没有关系。他马上就要离开同芯半导体了。"

"我听说了。他是要退休了吗?"

"没有要退休,他要和我一起去海川,我们要成立一家新的芯片制造企业。"

"您也重出江湖了?"萧牧云惊讶不已。

"受人之托,忠人之事。而且,我也确实还有未竟的愿望想要实现。"

萧牧云又问了叶明义几句新企业的情况,然后转回正题:"您这次是受谁的委托来联系我?"

"赵用心,他将接替 Tony 的位子。"

"您是说,同芯半导体未来会有两名执行长?"

"是的,这是赵用心主动提议的。他甚至说,如果你肯来同芯半导体,他甘愿把执行长的位子让给你。"

"我见过他,在海川,和 Tony 一起。"

"你们能够相处得很好的,他是个非常 nice 的人。"

"能够成为朋友的人,未必能够一起共事。"

"或者,你们可以当面聊聊。他是个很有胸怀也很有情怀的人,是个懂得如何去实现理想的理想主义者。"

"您很少评价别人,评价还这么高。他真如您所说的一样吗?"

"如果我不确定他的为人,是不会同意自己女儿和他在一起的。"

"您是说,他和 Irene 在一起了?"

"他们两个已经在准备结婚的事了。"

"那要恭喜您双喜临门了!"萧牧云稍做停顿,"刚好我也要去北京,到时候可以约时间好好地聊一聊。"

叶明义深知,萧牧云不是一个轻易就能被打动的人,他会让妄图"征服"他的人消失在冰天雪地当中。而赵用心确实"征服"了他,靠的不是功名利禄,而是他可以融冰化雪、直击人心的笑。

萧牧云仍然存有顾虑,但不是对赵用心。"如果我直接加入同芯半导体,那么对银河电子就很难交代了。而且,现在正是关键时期,他们也不会轻易放我离开。"

"这点我和沈国伟董事长已经商量过了,他说他可以向上面求助,请更高级别的领导帮忙去协调这件事。"赵用心为萧牧云打消顾虑。

"沈董事长有把握促成这件事情?"萧牧云仍然顾虑重重。

"你放心,没把握的话,沈董事长是不会说的。最重要的是,他也非常看重你,愿意为你去做这些事情。"叶明义接着说,"如果成行,你可以先来欧洲微电子研究院在海川的研发中心过渡一下,这件事我可以去安排。"

终于拨云见日，萧牧云露出了洒满阳光的笑容。"非常感谢，让你们为我费心了！"他感激地说。

"这么说就太见外了！以后咱们就是自己人了，同心协力，不分彼此。"

工作人员这时打开了贵宾通道，手持"长枪短炮"的记者们蜂拥而上，把叶明义挤到一旁，甚至还和晶益电子的其他接机人员起了冲突。林道简终于出现在人们的视野里，"长枪短炮"齐刷刷瞄准了他。他昂首挺胸，步履稳健，周身王者归来的气势，全然看不出一丝一毫的病态。

叶明义站在那儿，恍若隔世。

林道简赴美那天，他也来送机了，当时还有记者追问林道简，到底要不要把3纳米厂建到美国去。林道简只丢下句"Wait and see（等着瞧）"，便扬长而去。如今3纳米厂终于过关，可这中间林道简却遭遇了怎样的惊险和劫难？

林道简来到叶明义近前，伸出手。叶明义紧紧握住了他的手，他的手依然柔软而坚实。那一瞬间，叶明义心里所有情绪都不见了，他平静地欢迎林道简："您回来了，董事长。"

"辛苦你了。"林道简也平静地对他说。

"董事长，您还会把3奈米厂建到美国去吗？"又有尖厉的声音响起，像要刺探进耳鼓膜一样。

林道简充耳不闻，随着为他开道的接机人员离开了因他而混乱、聒噪的现场。

叶明义和林氏夫妇坐进了同一辆商务车。一上车，林道简就软在座位上,额角的汗也凭空冒了出来,争抢着滚落进脖颈,胸前的衬衣湿了一片。

林夫人赶快叫司机关掉冷气,然后拿纸巾为林道简擦汗。

林道简拿过夫人手里的纸巾,自己擦着,说道:"躺太久了,路都走不动了。"

"让你多休养一些日子,你偏不听,非要着急回来。"林夫人心疼地埋怨。

"多留几天又能怎么样?只能让那些坏人再多几天时间造谣和中伤我。"

"反正你从来都不听我话。"

"谣言止于智者。"叶明义说。

"哪有那么多智者?"林道简换了张纸巾,"更多的人,不是傻就是坏,坏的可能还要更多一些。"

叶明义笑了,林道简有力气生闲气,说明他确实好起来了。

"同芯半导体的股价居然涨了五成多。"林道简把擦完的纸巾递给夫人,"这完全出乎了我的意料,但却在你的意料之中。"

"我也没预料到会涨这么多。"叶明义忙说。

"但是你对股票市场的心理,把握得还是很准确的。"林道简复盘道,"我们同他们和解,并且入股他们,这些都被市场视作重大利好。尤其我们还自掏腰包,认购了他们2%的股权,更是被市场视作我们准备长期持有他们的股票,而不会短期套现牟利的证明。"

"股市很会解读题材,"叶明义依然自谦,"同芯半导体现在已经成了'两岸概念股'的指标性企业了。"

"这很好。"林道简非常满意,"我们的股东和投资人也都很开心,还专门打电话给我,我告诉他们,这全是你的功劳。"

"我只是传递消息的人,决定权还在您。"

林道简笑了。

"讲完了就闭目养神休息一下。你瞧,你还在流汗。"林夫人又帮林道简擦了擦汗,把纸巾给他看。

林道简遵从了夫人的指示。

车中放起了贝多芬的《田园》交响曲。不太快的快板,让车子仿佛行驶在乡间。车外的清新与芬芳轻抚着车身,拂去了躁动,拭去了焦灼。车子化作一匹乌黑的骏马,健蹄轻踏,循着溪流,沿着溪岸。

岸上,有农人在耕作,有游人在欢笑。溪中奔腾的骏马如一道黑色闪电,将他们全都定在原地。挥起的锄头擎于头顶,举起的酒杯端在面前。闪电寂灭,他们才又动弹,随即爆发出欢呼,目送他们惊为天马的乌骓远去。马儿冲入一片晦暗。天光被完全敛走,关山与岸草也被浓墨勾销,唯有胯下的溪流仍亮如白练,引来一声长嘶,快板催着马儿,更驱向前。

飙风逆雨阻不住骏马强渡关山。遮罩天地的晦暝,在马儿飞跃过深堑的一霎戛然而止,仿佛换了人间。

林道简鼻息均匀,似已沉睡,但轻敲律动的食指告诉叶明义,他一直在听。

不如归去,恐怕是他此刻的心境吧?叶明义暗自揣测。可是既已归来,又要何时才能归去?

《田园》归于静寂,紧接着,奏响了《命运》交响曲……

"退回去！退回去！"坐在副驾的助理急忙催促司机。林道简的专车在宅邸外被一群人拦了下来。这些人打着横幅，缠着头带，统一的T恤衫上，印的全是声讨晶益电子的文字和图案。

"不要退，停车！"林道简喝令，须臾之前还不露光华的双目，此刻已精光迸射。

"你不能下去！"林夫人拉住林道简，"让我下去和他们谈。"

林道简火了："我怎么可能躲在女人身后？"他挣了挣胳膊，没有挣开。

突然，有人拍打车窗，吓得林夫人惊叫了一声。那个人的脸，几乎贴到了车玻璃上。

"您先不要出面，我下去和他们谈。"叶明义说着推开了车门。

车外的群众很多都认识叶明义，有的喊他叶董，有的叫他副董事长。

"辛苦大家了，让你们在这里等候董事长回来。"叶明义温和地告诉众人，"你们的诉求，董事长已经全都了解了，请大家放心，董事长一定会给大家一个满意的交代，所以大家先回去吧。"

"不行！我们不见到董事长，就坚决不会离开！"

叶明义认出了带头喊话之人，他就是之前酿成病毒事故的那名员工。

"董事长在车里为什么不出来见我们？"那名员工情绪激动，几近吼叫，"他是不愿见我们，还是不能见我们？或者不敢见我们？"

"不是不愿，也不是不能，更不是不敢。"叶明义仍然耐心解释，"董事长毕竟年纪大了，刚刚飞了十几个小时，已经非常疲惫。如果大家要和董事长面谈,也请再找个更加适当的时间,好不好?请大家务必体谅。"

"不好!"那名员工毫不退让,"我们体谅他?谁来体谅我们?像我们这样的人,哪能那么容易就见到董事长?"

"我向大家保证,董事长一定会和大家面谈的。"

"你保证有什么用啦?你都已经退休了!"那名员工将怒火喷向了叶明义,"像你这种身份地位的人,即使退休,也能够领到高额的退休金,怎么会顾及我们这些人的死活?"

"对!我们要见董事长!董事长不见我们,我们就坚决不离开!"众人的情绪又被火上浇油了。

车门开了。林道简吃力地从车上下来,手扶着车门,环视众人:"大家有什么话,都请对我讲吧。"

终于见到了本尊,吵嚷的人群反而安静下来。有些人不忍地望着林道简,欲言又止。

"董事长,我们不是成心要来搅扰您,而是我们实在想不到其他办法了,因为田行健执行长之前答应过见我们,可是又反悔不肯见了。我们告诉他,如果他肯见我们,我们就不会来打扰您,可是他一直没有给我们回复,我们就只好跑来向您求助了。"那名员工一口气把话说完。

"你继续讲。"林道简示意他。

那名员工作为代表,继续陈情说:"我们这些人都有家庭需要照顾,公司强行把我们裁掉,对我们是不是太残忍了?而且公司并不承认这是裁员,而是坚称我们是由于考绩结果落在了最后的5%才被淘汰。我请问董事长，公司现在的考绩标准是什么？还是您从前制定的那套PMD（绩效考核制度）吗？如果还是，为什么许多优秀的员工也被纳入这5％里面来了？这样良莠不分地强势淘汰，难道还不是裁员吗？公司假考绩之名，行裁员之实，还有半分诚信可言吗？让我们背负被裁的名声，如何回去面对家人？如何去找新的工作？"

"真有你说的那种情况？"林道简面如玄铁。

"他就是例证！"那名员工指着一名年纪没有很大，但是头发却已灰白的男子，"他来公司已经十几年了，兢兢业业，表现出色，还曾经拿到过考绩前10％的奖励。就是这样一个人，去年因为妻子怀孕，需要他多顾及家庭，没法再像之前那样频繁加班，于是，HR在强制各部门交出5％的淘汰名单时，他的主管就把他的名字写了进去。"

叶明义蹙起眉，他没想到公司竟会这么颟顸地对待自己的员工。

"是像他讲的那样吗？"林道简问那名被推到他面前的员工。

那人微微点头，用痛苦、委屈的表情回答了林道简。

"你愿意和你的主管，当着我的面，沟通这件事吗？"

"愿意。"那名员工嗓音干涩地说。

"我们也要董事长主持公道！"人群中有人呼喊。

顷刻间，众人七嘴八舌地向林道简倾诉甚至哭诉起他们的苦痛。后面的人如潮涌，一波一波，把站立不稳的林道简挤靠到车身上。

"拜托大家不要挤啦！"林夫人焦急万分。她和助理搀扶住林道简，帮叶明义阻拦想更靠近些的人们。

林道简挣开搀扶，抬起双臂，向下按了按。人群渐渐安静下来，如落叶及于地面。

"大家的心声，我都听见了。"林道简使尽气力，像是要把话讲进每一个人心坎儿里，"公司在处理大家的问题时，确实存在不少失当之处，这些，我都会要求管理团队进行重新评估与改正，请大家务必放心。没有照顾好大家，我非常愧疚，所以请大家接受我的道歉。"

说着，林道简向众人深深鞠了一躬。

"对不起，董事长……"不少人也向林道简鞠躬还礼，还带着哭腔。

叶明义合于胸前的双掌拍了起来，一下一下，越来越连贯，越来越用力。他从没见老长官对谁弯过腰，他的眼角潮湿了。很快，人群中有人用掌声应和了他。这掌声零星响起，随即连成一片。众人自动分开一条去路，夹道恭送他们依旧敬爱的董事长离开。

林道简并未急于离开。他缓慢地行进着，一一握紧递向他的手。这条路走了许久，甚至比整个晶益电子的历史还长。

叶明义回想起林道简创办晶益电子前对他讲过的话。他说他们要走的，将是一条从没有人走过的路，不管这条路是坦途还是荆途，他们都要对加入他们、跟随他们的同路人永怀感恩之心、感激之情。

晶益电子永远都要做一家懂得感恩和回馈的企业，这个初衷永远都不能忘记。

林道简终于站到了宅邸的台阶上，他不忘回身，向身后的人们抱拳致意。进入宅邸，他摘下眼镜，也不知弄湿镜片的是汗水还是什么。

"他们仍然非常爱戴您和信任您。"仍被刚才的气氛感染着的叶明义说。

"所以我才更加愧对他们。"林道简看上去疲惫已极。

"您休息吧，我回去了。"叶明义向林道简告辞。

林道简摆摆手，重新戴上眼镜："我们去书房。"他又吩咐助理，马上请田行健过来。

"您请 Jack 过来，是想……？"叶明义关上书房门，转身随林道简坐下。

"我是想问问他，为什么答应了见人家，却又改变了主意。"

"他这样确实不应该，这样相当于是把您推到了大家面前。"

"我不怕站到大家面前。"林道简靠在沙发里，遥想当年，"当年在美国，我裁掉过上千人，但是我敢直视他们任何一个人的双眼，因为我诚实地告诉了他们被裁掉的原因，也亲口向他们说了对不起，所以我问心无愧。可是他呢？我曾经告诉过他，但凡裁员，都要经过我同意，结果他给我来了一个偷梁换柱，通过考绩变相裁员。他是认为自己足够聪明，可以蒙混过关，还是觉得我老糊涂了，可以任意欺骗？"

"Jack 不敢欺骗您，他应该是害怕您。"

"他害怕我？他害怕我什么？"林道简像听到了笑话。

"他害怕您不同意裁员，因为他知道您对员工的热爱。可是，他也认为公司必须要裁掉一部分人，才能让架构变得精简，让留下来的员工重新充满斗志，也更有活力。"

"所以，他就想出来这么个'高明'的办法？"

"当然不高明。"叶明义不得不承认，"他这样处理，真的有失水准。"

"也许真是我压制了他，妨碍他施展拳脚。"林道简失神地望着天花板,"可是,如果我把位子给了他,让他大展拳脚,他又会把公司折腾成什么样子?"

"任何人接替您都不容易,他还需要多加磨炼。"

"留给他的时间不多了,留给我的时间也不多了。我不想有朝一日,真的坐在这个位子上,再也站不起来了。"

"您不要这样讲,也不要这样想。"

"不能不想啊……"林道简合上双目,好一会儿,他才幽幽地问叶明义,"你觉得 Andy 和 David 怎么样?"

"他们都很优秀。"

"和 Jack 比呢?"

"他们都是 Jack 的得力助手。"

林道简笑了,睁开双眼,"你还这么维护他?"

"我不是维护他。"

"我明白,你是在维护我。"林道简又闭上了双眼。

田行健进门的时候,显得有些慌乱,他道歉说:"我一接到电话,就赶快中断了会议往这边赶,可还是让您两位久等了。"

"你应该把会开完再过来。"林道简淡淡地说。

田行健看看叶明义,叶明义示意他坐下。"您感觉怎么样?"落座后,田行健关心地询问林道简。

"是问我被示威抗议感觉怎么样吗?"林道简说。

"我没有想到他们真的会来骚扰您!"田行健赶忙解释。

"那你想到什么了?"林道简的声音变冷了,如同上冻的溪水。

"我……我以为他们只是说说……我是想等您回来,再和他们见面。"

"为什么一定要等我回来?"林道简逼视着田行健的双眼,"是想看看我的状态再做决定吗? 如果我不能管理公司了,你就会继续坚持你的做法,推行你的主张,对不对?"

"不是这样的,董事长! 我之所以想等您回来再和他们见面,是因为他们要求重回公司工作,我做不了这个主,必须要先向您请示才行,可是您那时候正在美国养病,我实在不忍心再为这种事情打搅您。"

"这种事情……这种事情,你可以和叶董商量啊。我不是告诉过你们,叶董的意见就是我的意见吗?"

"我……"

"你也不要说你做不了主,你是执行长,掌握着生杀大权,那些人不就是你做主裁掉的吗?"

"我没有想要裁掉他们,我只是告诉 HR 要加强考核力度,不能让 PMD(绩效考核制度)流于表面。"

"所以,HR 就比你还'雷厉风行'地去执行了。"

"他们的标准确实过于严苛,手段也粗糙了一些,我已经严厉告诫过他们了,要他们今后务必更加细腻才行,必须要让员工即使离开,也能够感受到公司的温度。"

"别讲这种文青式的语言。"林道简斥责道,"被裁永远都是冷冰冰的现实,即使有温度也不会是零度以上。而且,对这些被裁掉的人来说,诚实地告诉他们被裁的理由才更人道,欺骗他们是对他们的二次伤害。"

"我明白了。"田行健低头认错,"我会向他们公开道歉的。"

"每个人都要为自己的所作所为负责。"林道简看上去很难过,他难过了好一会儿,才说,"明天我要召开董事会,免去你的执行长一职,你的职务将会由我重新担任。"

"您是要让我离开公司吗?"田行健猛然抬头,无比震惊。

林道简此时已静如止水,"是否离开,取决于你自己。我准备成立一个专门的大陆业务部门,主要是为了推进产线的迁移工作,你可以去领导这个部门,如果你不拒绝的话。"

田行健呆坐在沙发上,双手按着膝盖,指节惨白。叶明义不知是否该挽回,更不知该如何挽回。他也被林道简的断然决然震撼到了。

"我接受您的安排。"田行健双手垂到两侧,似滚鞍落马之后重新爬起的将军。

林道简点点头,"你可以走了。"田行健离开后,他告诉叶明义,"如果他不接受我的安排,我会对他更失望的。"

"可是3奈米厂怎么办?"叶明义追问。

"让 David 接手。"林道简似乎早已打定主意。

"Jack 已经认错了,您为什么不再给他一次机会?"

"这就是机会呀!"林道简长叹,"我的人生,不也有过这样的起落吗?"

赵
用
心

　　Vivian 仍旧一如既往地认真工作，和晶益电子的联络窗口敲定了协议文本内容，但她辞职的消息已经在公司内部流传开来。沈国伟特意把赵用心叫到办公室，问他具体情况。赵用心只能答复说，是由于个人原因。

　　"什么个人原因？"沈国伟凝视赵用心。

　　"不足为外人道的个人原因吧？"赵用心回避了问题，但是没有回避沈国伟的凝视。

　　"她来找过我，向我辞行，还哭了。"

　　"她那天也在我办公室里哭了。"

　　"她对你……"沈国伟欲言又止。

　　"她对我就像对其他同事一样，只是最近因为工作，我们两个接触比较多。"

　　"你和叶明义女儿的事情，也是她告诉我的。"

　　赵用心苦笑着摇了摇头。

　　"处理好她的问题。别让她再影响到其他人，那样会对你不利。"

回到办公室，赵用心异常烦躁。原本茶杯里的风暴，如今漫延开去，掀起的远不止是涟漪。他找出 Vivian 的辞职信，拿起了笔，可是犹豫再三，又放下了笔。他还没在上面签下"同意"。任何解决问题的可能，他都不能随意放弃。

形势永远比人强，赵用心厌恶这种迫不得已，可是如果必要，必须，他就不得不去恳请 Vivian 收回辞呈，因为谁让他是刚刚走马上任的新任 CEO 呢！

整个上午，赵用心都浸泡在风暴引发的洪水里，虽然想尽办法要游上岸，可是岸边却离他越来越远。

门被轻敲两下，暂时将赵用心从急流中捞起。他抬眼看去，林同根正笑盈盈地站在门口。

"好专注啊。"林同根来到近前。

"林总。"赵用心连忙起身，将林同根让到沙发上。

"刚和沈总谈完，过来看看你。"林同根解释起他的不请自来，"我把去海川工作的事情告诉了沈总，沈总不仅没拿竞业禁止来为难我，还说如果将来有什么需要他帮忙的，一定要告诉他。"

"您这样就没有任何负担了。"赵用心很替他高兴。

"沈总是个很有人情味儿的人，非常重情重义。"林同根甚是感激。

"也是因为您劳苦功高。"

"话虽如此，但是毕竟还是在同一个行业内。如果沈总不高抬贵手，我就只能先回家摆弄花草去了。"

"他怎么可能让您荒废呢？那样就太浪费了。"

"是啊，年纪大了，荒废不起了。"林同根说，"我也向沈总保证了，请他放心,合力半导体和同芯半导体是绝对不会成为竞争对手的。"

"成为竞争对手也没关系,只要不是恶意竞争。"赵用心打趣。

"怎么可能恶意竞争呢? 咱们的最终目的是一致的。"林同根问他,"你怎么还没有换办公室? 我早就把办公室给你腾出来了啊。"

"不急,在哪儿办公不一样?"

"那件根雕,我没有带走,就留给你吧。"

"那怎么好意思? 您那么宝贝它。"

"虽然是宝贝,但是它已经在这里扎下根了,我可不忍心再把它连根拔起。而且,交给你也最合适,因为这件宝贝是叶董当年送我的,以后就麻烦你帮我好好地照料它了。"

赵用心感到却之不恭,便接受下来。"其实,我也有件事儿想要麻烦您。"他对林同根说。

"什么事?"林同根似乎猜到了几分。

赵用心把 Vivian 的辞职信递给林同根。

看完信,林同根说:"咱们一起吃饭的那天晚上,她就把辞职的决定告诉我了,和我在电话里讲了好久。我劝她不要辞职,可她听不进去。"

"她确实很固执。"赵用心说。

"她为什么辞职?"

"她没告诉您,她为什么辞职吗?"

"她只是说,我走之后,她也待不下去了,想要换一个环境。但是,我知道这肯定不是真正的原因。"

"她也没告诉我原因,就直接把辞职信给我了。虽然每个人都有决定自己去留的权利,但是这个时候提出辞职,会对其他同事造成很不好的影响,尤其是那些跟您来的或是您招进来的台湾同事,我担心他们会因为您和 Vivian 接连离开,对未来感到不必要的担心。"

"确实已经有好几个人找过我了。你需要我帮你做什么?"

"我还没在辞职信上签字,就是希望您能帮我去劝劝她。如果她能回心转意,当然最好,如果不能,也不强求。更重要的是,我想麻烦您跟比较重要的台干都好好地谈一谈,帮我安抚一下他们,我保证他们将来一切都不会改变,即使改变,也是越变越好。"

"放心吧,我一定做到,这也是我应该做的。之前找过我的那几个人,我也都劝他们安心留下来了。其实你不必焦虑,毕竟我走了,还有萧牧云来,这对人心也能起到不小的安稳作用。"

"可是他的事儿还没有最终敲定啊。他人一天不到位,我就焦虑一天。"

林同根忽然难以启齿地说:"其实,我来找你,是想向你要个人。当然,我知道,这时候提出来,肯定会让你感到为难。"

"您想带 James 走?"赵用心一下子就猜到了。

"被你说中了。"林同根不好意思地承认。

"我知道他是您的爱将,可是这时候……人家更会觉着公司动荡了。"

"我明白,我其实也不想开这个口。但是,一方面是他主动找的我,另一方面我也确实需要他去帮我。"

"这事儿,您跟沈总和叶董说了吗?"

"告诉叶董了,还没告诉沈总。"

"叶董怎么说？"

"他说他没意见，让我来决定。"

"那好吧，就当是支援革命了。"赵用心勉为其难地应允，"James还约我这周六晚上一起看球呢，正好可以给他饯行了。"

周六傍晚，赵用心见着游东云，比他俩约定的时间晚了将近一个小时。

游东云很抱歉。他是个时间观念极强的人，对迟到格外在意，也格外过意不去。

赵用心倒没在意，他发动汽车，问道："兴冲冲的，是不是有啥好事儿啊？"

"当然有好事儿，要不然也不会让你久等。"游东云兴奋地告诉他，RISC-X基金会准备迁到瑞士去了。

"真的？"赵用心也喜出望外，"是你们要求的？"

"我们可从来没要求过。我们只是表示了担心，怕他们将来也受到限制。"

"确实有那种可能。所以你们不要求，他们自己也得想办法。要成为主流架构，就离不开中国市场。"

"我和他们CEO下午聊的也是这事儿，商量下一步合作。他们CEO还特意跟我说，迁到瑞士去的决定，是他们董事会一致通过的。"

"通过这种决定，压力肯定小不了。RISC-X这是在用脚投票。"

"活人哪能让尿憋死？"游东云朝赵用心挤挤眼。

赵用心按大詹姆共享给他的位置开过去。到了之后才发现，他们看球的地方原来是一家曼城球迷的主题酒吧。

游东云很高兴："你这也算深入敌营了吧？"

赵用心打趣道："当一回卧底也挺刺激。"

酒吧里蓝汪汪的，他俩一进去，就瞧见大詹姆也套了件曼城球衣，正坐在吧台边儿上跟老板眉开眼笑。大詹姆也瞅见了他俩，扯着脖子朝走在前面的赵用心大喊："晚上好！曼联球迷！"

一出场就暴露了。赵用心被所有听见叫声的曼城球迷齐刷刷地瞪着，不管中国的还是外国的，都把他当成了"敌国的"。

"晚上好，蓝精灵！"赵用心跟迎上来的大詹姆握了握手，"你是故意的吧？"

"德比战嘛，没死敌，不刺激。"

"所以，你就利用主场优势欺负我，是吧？"

"客场照样欺负你！"大詹姆又和游东云握手，"热烈欢迎！我们都是曼城球迷，对吧？"

游东云笑而不语，然后和赵用心一起，被领到了为他俩预留的座位上。

"初次见面，请多关照！"刚坐好，大詹姆就用他所会不多的别扭中文跟游东云套起磁来，"不瞒你说，我也是星东方的铁杆。"他切换回母语设置，掏出最新款的星东方手机，"我完全被它迷住了，真是太完美了！"

"下次换手机找我，我给你内购价。"游东云貌似挺待见这个外国活宝。

大詹姆马上接过话来："今后新手机试用你也找我，我会给你最周详的用户体验报告。"

"这就是你去海川工作的理由？"赵用心抢白大詹姆。

"Tony 嘴太快了，我本来是想今晚当面对你说的。"大詹姆忙赔笑脸，"今晚我埋单，开怀畅饮！"

"今晚我请，就当给你饯行。"赵用心话锋一转，"但是你不能喝醉，喝醉了没人抬得动。"

"放心，喝啤酒我从来没醉过。"大詹姆"挑衅"地问两人，"你们酒量怎么样？我一个人扛你们俩也费劲。"

赵用心挑挑眉毛，游东云撇撇嘴角。

不一会儿，老板亲自给他们端来自酿的德国啤酒。敦实厚重的扎啤杯上挂着薄薄一层"朝露"，杯口的泡沫也只浅浅地浮了一线，仿佛清晨天边最初的那抹白。

"举杯吧！"赵用心提议，"祝你在海川一切顺利！"

"是祝我们俩在海川一切顺利！"大詹姆又借机跟游东云拉近关系。

"祝我们仨！"游东云把酒杯和他们碰在一起。

"这家的黑啤真的可以！"赵用心喝下一大口之后，不由得称赞。

"老板，这位曼联球迷夸你家的黑啤好喝，你可千万不要骄傲哟！"大詹姆扯着脖子朝吧台叫喊，酒吧老板朝他比了两根手指。

"你怎么才一口就跟喝多了的似的？"赵用心讽刺起大詹姆，"在中国，一般都是喝完一打啤酒才会有你这种表现。"

"我这是状态来得快，就像我们曼城一样！"

果然，开场不到一分钟，曼城就一球领先曼联了。

"怎么样？怎么样？"在震耳欲聋的欢呼声里，大詹姆扯着脖子问赵用心。

赵用心朝大詹姆晃了晃手腕上的手表，意思是说，留给我们的时间还多着呢。等酒吧平静下来，大詹姆又举杯，三个人干了一大口之后，他问赵用心："你是怎么喜欢上曼联的？"

"因为1999年欧冠那场决赛，曼联二比一逆转了拜仁慕尼黑。"

"那确实是一场伟大的逆转，堪比后来的'伊斯坦布尔奇迹'。"

"你呢？为什么喜欢曼城？"赵用心反问。

"因为我们全家都是曼城球迷。"大詹姆异常骄傲，又问游东云，"你是怎么喜欢上曼城的？"

"我喜欢曼城，是因为'中国太阳'孙继海。那段时期，中国球迷全都以他为荣。"

大詹姆马上兴奋了："他是我城名宿，我爸妈都非常喜欢他，尤其是看过他那脚狂奔大半个球场回追之后的门线救险，我老爸从此就成了他的死忠。所以，当初听我说要来中国工作，他非常支持，举双手双脚赞成！"

"严格来讲，我其实不算曼城球迷，因为我支持的是人不是队。而且，我还特别崇拜曼联的弗格森爵士。"

"因为弗格森和你老板很像？"

"确实很像，他们的威望都非常高，治军也都非常严格。"

"弗格森那著名的'吹风机'。"大詹姆模仿着，"谁表现不好，他就对着谁脸一通狂吹。"

游东云笑说："当年，我老板不满意我带人做出来的手机，也直接把手机扔我脸上了。"

"弗格森也把球鞋扔贝克汉姆脸上了。"大詹姆提起同城对手的伤心往事,特别开心。

赵用心喊了一声。游东云说:"但是贝克汉姆是被砸跑了,我是被砸开窍了,知道以后手机该怎么做了。"

"因为你比贝克汉姆聪明。"

"不,是因为我比他丑,不在乎这张脸。"

"你不丑,虽然你们的手机的确非常漂亮。"

游东云大笑,说:"没有我老板当初那一扔,就没有星东方手机的今天,更没有我个人的今天。"

"敬你老板!"大詹姆举杯。

"也敬弗爵!"赵用心也举杯。

"敬所有伟大的领导者!"游东云和他俩碰杯。

"星东方也非常伟大!"三轮酒后,大詹姆更有状态了,"坦白讲,我之前一直都是艾普尔的忠实粉丝,之所以爱上星东方,除了因为现在全世界都知道了星东方以外,和他也有很大关系。"他指着赵用心,对游东云说。

"和我有什么关系? 我又没像强迫不让你用星东方那样强迫你用星东方。"

赵用心的话有点儿绕,大詹姆"运算"了一下才把自己给绕出来。"当然和你有关系!"他告诉赵用心,"虽然你没强迫我,但是你打消了我对中国制造的偏见,更打消了我对中国的偏见。"

"对,咱俩是不打不相识。"赵用心和大詹姆碰了下杯。

"我们俩当初因为国产 CMP(化学机械抛光)设备的事情险些

动手。"大詹姆放下杯子，打了个酒嗝，"不好意思！"他忙道歉，然后继续给游东云讲他和赵用心的"斗争"经过，"我当初是坚决反对他用国产 CMP 的，可他却坚决要用国产 CMP。我当时心想，放着那么好的美产货不用非要用国产货，这中国人是不是脑子有毛病？"

"你脑子才有毛病！"赵用心笑骂。

"我脑子是有毛病，但是后来治好了。因为后来有人给我讲，我才明白，你那样坚持不是因为脑子有毛病，而是因为情怀。"大詹姆的"情怀"发音格外重，还是中文发音。

"你中文终于进步了，都知道情怀了，来，我再敬你！"

老板又过来给三人上了一轮啤酒。大詹姆的状态也逐渐走向了巅峰："所以，将来同芯半导体在你领导下，肯定也是一家有情怀的企业。"

"这话不对。"赵用心纠正，"同芯半导体从创立伊始，就是一家有情怀的企业，就像星东方一样。"他指了指游东云。

"对！星东方也非常有情怀！"大詹姆马上跟进。

游东云摆摆手，说："情怀都是别人替我们总结出来的，我们老板从来都非常务实，更要求我们踏实做事，踏实做人，不要空谈。空谈误事，星东方没有一件事是谈出来的，都是大家脚踏实地干出来的。当然，我们老板肯定是个非常有情怀的人，不然，他不可能四十多岁开始创业，然后领导公司一路走到今天，达到现在这样的水准，他通过每天16小时、每周112小时的工作量把情怀展示给我们看，而且一连展示了二十几年，把它传递给了我们，灌输给了公司，让这样的情怀，成了我们的企业精神。"

"真要为这样的领导者鼓掌了！"大詹姆拍起手来，"我发现，务实是你们中国所有优秀领导者都具备的美好品质。这样的品质，你们两个也都有。"

游东云和赵用心拿啤酒感谢了这位超级会说话的外国人，他果然掌握了对一名超级 sales 来说至关重要的那项本领，并且运用得极其纯熟。赵用心想，难怪林同根要带上他，他将来肯定会是一名非常出色的 CMO（首席营销官）的。

"你们俩确实很像，既有情怀，又很务实。"麦芽香让大詹姆尽情展现着他作为优秀 CMO 的天赋，"他呢，当初坚持要用国产设备。而你呢，我也知道，星东方手机使用自家设计的芯片，当年也是你力主的。"

"这事你都知道？"游东云也开了怀。

"当然知道，当时几乎所有人都说你吹牛！"

"确实是吹牛。可是，为什么我敢吹牛呢？就是因为我清楚，我们每年往芯片设计里面投入了多少钱，我们从全球各个国家雇用了多少优秀人才，和我们本土优秀人才一起，组建起了我们自己的设计团队。而且，这支设计团队还非常脚踏实地，兢兢业业，干成了许许多多别人认为我们干不成甚至我们自己都担心自己干不成的事情。就是因为他们真的很牛，所以我才敢在外面替他们吹，这'牛'是他们应得的。"

这时，酒吧里又爆发出震耳欲聋的欢呼声，就像在为星东方的芯片设计团队喝彩一样。

曼城两球领先曼联了。

"马上就中场休息了，你们得抓紧时间了。"大詹姆得意地朝赵用心举起了重重的酒杯，仿佛提前握住了沉甸甸的奖杯。

中场休息的时候，有两名球迷来到他们这桌。"请问，您是游总吧？"

"我是游东云。"游东云大方地承认。

"见到您真是太高兴了！"其中一名球迷马上跟他握手，"瞧您半天了，一直没敢过来，没想到真是您！原来您也是曼城球迷呀？"

游东云笑笑，既没承认，也没否认。

"能跟我们合个影吗？"另一名球迷兴奋地问。

游东云跟球迷合影去了。

大詹姆问赵用心："什么时候咱俩也能有这样的知名度？"

"干我们这行，永远都不可能。"

求合影的球迷越来越多，中场休息俨然成了互动时间。酒吧老板不失时机地呼吁大家："我们欢迎游总给我们讲几句，好不好？"大家用欢呼响应了他。

游东云笑容可掬地站到大家面前，如同登台领奖的运动员："感谢大家跟我合影，尤其感谢那些拿星东方手机跟我合影的球迷，希望我像你们手里的手机一样，没有让你们失望。"

大家大笑。

"当然，也感谢那些没拿星东方手机跟我合影的球迷，因为你们的存在，一直都是我们做得更好的动力。"游东云的话，又被掌声打断。他等了会儿，继续说道："大家刚刚那么踊跃地跟我合影，老实说，我很感动。我知道这不光是对我个人的抬爱，更是对星东方这家企业的厚爱，而大家之所以对我抬爱，也是源于你们对星东方的厚爱！希望你们今后继续厚爱星东方，支持星东方，好不好？"

"他貌似很会演讲。"大詹姆在欢呼声里大声问赵用心，"他都讲啥啦？"

游东云等全场再次安静下来，说道："能在这里和大家见面，是我们的缘分，我们能有这样的缘分，还要感谢我来自同芯半导体的两位好朋友！是他们，把我们设计出来的'中国芯'制造了出来，让我们一起把掌声送给他们，好不好？"

掌声雷动。振奋人心的音乐随即响起，酒吧瞬时成了星东方和同芯半导体的主场。赵用心拿起手机，想把这一刻分享给叶韵。他看到了林同根发来的微信。微信里说，Vivian坚持辞职，并要同去海川，问赵用心，他可否答应。

赵用心考虑了两秒，然后键入了"OK"，点击了"发送"。

叶
明
义

临时董事会只开了将近十分钟就结束了。之后，晶益电子的全体员工都收到了一封电子邮件，邮件里宣布：董事长林道简重新兼任执行长，原执行长田行健转任新成立的大陆事业部总经理。

叶明义去到田行健办公室，门虚掩着，他犹豫了一下，轻轻敲了敲门。里面的人应该也犹豫了一下，才清了清嗓子，用一如往常的声线回应："请进。"

叶明义推门而入，田行健坐在电脑后面，迟疑地望着他。"过来看看你。"叶明义说。

"谢谢。"田行健把头埋了下去，像在忙着很重要的工作。

深色西服又回到了他身上。田行健不再穿订制西装了，反而让叶明义感觉到不适应，还有点儿难过。"我也没有想到董事会这样决定，他在美国的时候，还说不会理会那些股东怎样讲你。"叶明义感到抱歉地说。

"我知道我让他为难了，可是，他的决定太突然了，我……"田行健再也掩藏不下去了，他的失意像被摔破的扑满一样碎了一地。

"董事长不就是这样一个杀伐决断从不迟疑的人吗?"

"我不也是想要成为他那样的人吗?"

"你还是不够了解董事长的为人,他虽是雷霆手段,但也有菩萨心肠。"

"他对我也有菩萨心肠吗?"

"他原本可以直接把执行长的位子交给其他人,可他为什么还要勉为其难地挑起这份重担?"

"我懂了……"田行健眼圈儿红透了。

"他希望你不要气馁。"叶明义语重心长,"想要弄潮的人,就不要害怕起落。"

"人之有德慧术知者,恒存乎疢疾。独孤臣孽子,其操心也危,其虑患也深,故达……"田行健忍住了哽咽,"昨晚我一夜没睡,反复念着您对我讲过的这句话,在沙发上一直坐到天亮。这是我有生以来第一次看日出,看着黑暗一点一点在我眼前消失。这也是我第一次害怕黑暗从我眼前消失,所以我赶快把窗帘拉上了,又在沙发上坐了很长时间。"

"你需要好好地睡一觉。该睡觉的时候就睡觉,黑暗的时候也是积蓄力量的时候,否则等天亮了,你即使有心也会无力。"

"谢谢您……"田行健摘下眼镜,捂住了眼睛。

叶明义抽了两张纸巾递给他,等田行健重新戴上眼镜,才说:"我也是来和你道别的。"说完,他发觉自己的话有歧义,马上又补了一句:"我要走了。"

"您要回美国了?"田行健很是不舍。

"我要去大陆。"叶明义微笑。

"您去那边……？"田行健相当惊讶。

"去那边做一些事情，到时候你就知道了。"

"是帮公司吗？"

"公司如果需要，我一定会全力帮忙。"他不便多言，于是起身告辞，但是仍然不忘叮嘱田行健，"大陆山高水阔，新职务对你来说，未必不是好事。"

带上田行健办公室的门，叶明义深吸口气。林道简的办公室在楼上，他还要再去那里。

"我刚刚去看了下 Jack。"叶明义进到林道简办公室说。

"他怎么样？"林道简擦拭着他的玳瑁眼镜，头也没抬。

"不太好。"叶明义坐了下来，"他肯定还需要一段时间。"

林道简停下手，看了看镜片，然后将眼镜戴上，缓缓地说："每个人的时间都是有限的，他花在这件事上的时间多了，做其他事情的时间就少了。"

"希望他能尽快振作起来，我是担心他想不通。您当年是怎么想通的？我知道您那时候肯定比谁都难受，但是您从没在我面前显露过，我也不敢问您。"

"坦白和你讲，直到现在我都还没有想通，他们当初为什么宁可选择那个笨蛋也不选择我。"

"是因为您没经常带咖喱牛肉请他们吃吧？"叶明义笑着说。

林道简十分嫌弃地皱了皱鼻子："所以，想不通就不去想了。有时候，改变脑袋里面的世界，要比改变脑袋外面的世界困难得多，干吗非要舍易求难呢？如果一味地为难自己，除了浪费时间，还会变得更加灰心丧气，该干的事情也没心情去干了，整个人就会一直消沉下去。"

"能像您一样既拿得起也放得下的人，毕竟还是太少。"

"你不也是这样的人吗？当初执意不肯接替我，然后又执意放弃副董事长的位子，回去陪伴家人。"

"但是您一召唤，我就又回来了呀。"

"是啊，所以我发自内心地感谢你，感激你，也只有你，才会为我这么义无反顾。"

"其实……"叶明义使足了力气才又开口，"其实，我也是来向您辞行的。"

林道简半晌才问："不能再等一等吗？"

"我也舍不得您，舍不得公司。可是，我已经答应了岳敏行，要去帮他做一些事情。"

"什么事情？"

"他希望在海川成立一家 CIDM 模式的企业，想让我作为负责人，召集各方共同运作这个项目。"

林道简什么也没说。

"他找我的时候，您刚好入院，所以我没有答应。后来，我们又深谈了一次，他的想法真的打动了我，所以我这才来当面告诉您我的决定。"

"你的决定也很突然啊……"

"我原本计划的也是结束这里的事情，就回美国继续过我的退休生活，可是……"

"可是，计划永远赶不上变化。"

"对我来说，变化也真的蛮大的。"

"但你依然选择了变化。你不只放得下，更拿得起。"

"我并不是完全为了我自己。"

"我明白，你还有很多角色，但唯独不再是晶益电子的正式员工了。"

"我永远都是公司的一员，也永远……"

"没有永远，就连我都会离开公司，何况是你。"

"大陆离台湾很近的，比美国近多了。"

"是啊，所以你要常回台湾来看我。"

"一定，我保证。"

"真的好羡慕你呀，进退自如。你瞧瞧我，不仅没挣脱，还给自己套上了新的枷锁。"

"Jack 已经明白了您的苦衷。"

"他呀……"林道简对田行健的所有情绪和情感，仿佛全都凝聚在了这句话里。

"还有件事要告诉您。"叶明义的语调轻快了些，"萧牧云也要离开银河电子了。"

"他要去同芯半导体了？"

"您已经知道了？"

"猜的，预感。也是你从中运作的？"林道简仿佛洞悉了一切。

"我只是替赵用心打了个电话，是赵用心最终说服了他。"

"怎么说服的？"林道简似乎觉得很有趣，"萧牧云会对同芯半导体的技术长感兴趣吗？"

"不是技术长，是联合执行长。为了请到萧牧云，赵用心甚至愿意把执行长的位子让出来。"

听到这里，林道简没有讲话。

"萧牧云当然也在乎职务，但他更看重的应该还是诚意。"叶明义说。

"为什么我当初没有想到联合执行长这个办法呢？如果这样安排了，现在也不用这样子伤脑筋了。"

"这样安排，也有个性和配合度的问题。到头来，董事长的位子终归还是只能由一个人去坐。"

"如果让你选，你会选谁？Jack还是John？"

叶明义摇了摇头。

"没有关系，我们只是假设，反正都是过去的事了。"

叶明义沉吟了一下："作为晶益电子的当家人，懂技术是一定要的，这个行业最终还是要由技术驱动和引领。但是，只懂技术还远远不够，就像您从前说的，作为领导者，还要器大、识深，既能听取不同的声音，也要深谋远虑，当好最后的把关者和一锤定音的那个人。"

"你的意思，我明白了。"

"我也有个问题想要问您。如果我没有提出以股权充抵和解费用，您是不是也会提出来？您早就想到了这个办法，对不对？"

"这的确是个好办法。"林道简神色淡然，如同随手拈了片叶子，轻轻置于蜿蜒流淌的溪面上,目送它如轻舟一般顺着溪流漂向远方。

送叶明义出门的时候,林道简问起了林同根。

叶明义说,林同根将会去海川,和他一起筹划那个项目。

"是你邀请他的?"林道简问。

"是的。"

林道简没再说什么,亲手为叶明义开了门。

叶韵、赵用心

一切都似曾相识。

叶韵盯着机舱顶,眼神像被拴在了上面一样。那上面有除父母之外,她最爱的那个人,以及他俩在一起的每分每秒。他俩在一起的时间真的很少,甚至都不够播完一部剧集。但是,虽然短暂,却每一分每一秒都是上天精心编排好的,没有一帧可以剪掉。

这真是上天的安排。她上一次登上从美国到中国的飞机时,是绝对不会想到自己就要遇见那个人了。她上一次盯着机舱顶,也绝对不会想到下一次登上从美国到中国的飞机时,她已经属于那个人了。

而上一季的结局,又是下一季的开始。

身旁的母亲正睡着。她比父亲爱讲话,也比父亲爱睡觉,更比父亲严厉一些,为了女儿的幸福,也更挑剔一些。这段日子以来,母亲不厌其烦地抛出各种问题,几乎每天都要挑战叶韵对于爱情的坚信,也挑战她对于选择的坚持。叶韵明白,母亲所做的一切,终归还是为了确认赵用心是否真是那个能够经受得住挑战,可以让她托付终身的人。

"他就是那样的人。"叶韵很确信地告诉母亲。

"你真的了解他吗？你们在不同的环境中长大，又接受了不同的教育和文化，你们对世界的认知、对价值的判断，真的不会发生矛盾吗？"骆梓枝说。

"即使发生矛盾又怎样？"叶韵毫不在乎，"这些都会被爱情消解掉。"

"这些也会消解掉爱情。"

"可至少还有爱情可以消解，总好过和不爱的人在一起，或者遇见那种混蛋。"

"你的想法还像小孩子一样任性。我希望你可以足够成熟地面对爱情，足够理性地认识爱情。"

"您和爸爸在一起的时候足够成熟吗？你们当时理性吗？"

骆梓枝脸微红："你父亲用事实证明了他爱我，我们共度一生的事实，也证明了我们的爱情。"

"事实也证明了他爱我。枪响的时候，他主动站到了我身边。"

"可如果他面对的不是枪响而是枪手呢？他还会主动站到你身边吗？甚至是挡在你身前？"

"那样证明太残忍了……"

飞机在下降过程中稍稍颠簸了一下，叶韵的心也微微一动。爱情真需要那样来证明吗？真的应该期待那样的爱情吗？

骆梓枝这时也动了动，不一会儿便醒了。"没睡吗？"她问叶韵。

"睡醒了。"

"快到了吧？"骆梓枝把毯子往上拽了拽。

"已经开始下降了。"

"一直在做梦，梦见你外公外婆了。"骆梓枝说着，把脸扭向了舷窗。

飞机正在云层里穿行，一切都不可见。仿佛坠入一团迷雾，一切都不可知。骆梓枝的脸映在舷窗上，有些茫然，有些紧张，还有些……

叶韵猜测着母亲的想法。上一次和父亲一起坐飞机，父亲也一定这样偷偷地观察她、猜测她来着。一家人就这样默默地关注着彼此，关心着彼此，父亲说得很对，最重要的，就是和家人在一起。

"你笑什么？"骆梓枝回过头来。

"您是不是很紧张？"

"没有很紧张。"骆梓枝把"很"字否认了。

"不只您紧张，我也紧张。"

"紧张我为难他？放心，我不会的。"

"我知道您不会。我是担心他，怕他见到您紧张。"

"你不必担心，"骆梓枝又把脸扭向舷窗，"他如果那么容易紧张，就不敢万里迢迢跑来向你求婚了。"

是啊，当真是万里迢迢，叶韵心想。古时车马慢，幸好如今车马快。古人只能天涯共此时、千里共婵娟，而如今的她，却可以坐着飞机，飞在天上，只消不到一天的时间，就能抵达一世的彼岸。

飞机下，终于出现了灯火。叶韵睁大眼睛。这也是她第一次到北京，第一次从夜空中见到北京。灯火又何止万家。那一片片通明被连成一片，有些部分是流动的，有些部分是宁静的，但全部，都是温暖人心的。

叶韵爱这光,就像她的心被他暖着一样。而很快,她就将见到他,坐进他的车里,融进这片光里。

叶韵忽然意识到,即使纽约,也不曾这样亮着。是因为他吗?

叶韵最先看到的,是赵用心右侧的肩膀。即使他的脸仍被挡着,即使他大部分的身形依然隐没于人丛,但叶韵就是认得出,那肩头和臂膀是属于赵用心的。依靠指纹可以识别一个人,依靠肩膀也可以识别一个男人,这是女人独有的天赋,更是她对所爱之人才有的第六感。

如果不是母亲在侧,即使推着更沉的行李车,叶韵也一定会加快脚步,每一步都比上一步更快地向前迈着。而此刻,她却只能按捺住自己,与母亲保持平行,稳步前进。

可她却无论如何都控制不好自己的表情,虽然她已经尽力地尝试。这太难了,尤其是在赵用心整个人都出现之后,尤其是当他展开笑颜,仿佛张开臂膀急切地想要将她拥入怀中之后。他一定也在拼命克制,不然不会将笑容紧绷在脸上,而不放它扑向自己。他举起右臂,向她们招手,手像一面招展的旗。

叶韵手里的行李车很自然地被赵用心接了过去。他推着车,贴心地慰问着母女二人一路上的劳顿。

骆梓枝似乎真的倦了,到停车场这长长一段路,她都是有问才答,上车之后,她才主动说了句:"没有想到,北京的机场这么大。"

"还有一座更大的,刚刚投入使用。"赵用心在前排扣好安全带。

如果不是母亲在，叶韵一定会坐到副驾，那才是属于她的位置。而此时，她只能从后视镜里看他。她看到，他也在看她。

骆梓枝靠在椅背上，脸对着车窗。大陆的繁华，叶韵已在海川见过，可这对母亲来说，应该还是新奇的吧？所以，她才那么专注，甚至有时候，赵用心和她讲话，她都没能即时听见。

赵用心将车停在了酒店大堂门前，立刻有门童上前帮骆梓枝打开车门。赵用心也下了车，和门童一起将行李提下，然后嘱咐叶韵："你和阿姨先去办入住，我停好车就来找你们。"

叶韵和母亲把证件交给前台。她打量着大堂的装饰，还有服务人员的衣饰。"怎么样？"她问母亲。

"还不错。"骆梓枝语气平淡地说。

赵用心很快就停好了车，只比她们拿到门卡稍晚了一点儿。行李已经有服务生帮忙送上楼了，赵用心对她俩说："你们先上楼好好歇歇，我在大堂等你们，然后咱们一起去餐厅吃饭，我已经订好位子了。"

叶韵随母亲进了电梯。一起进电梯的还有好几个人，并且都比她们楼层高。叶韵回想起被赵用心架进架出电梯的糗事，不禁莞尔。

从电梯出来，骆梓枝问她："刚刚你笑什么？"

"没什么。"

"没什么你还笑？"

"您不笑，我就多笑笑咯。"

"没什么值得我笑的，我也累了。"

"那您就好好休息。等您休息够了，我们再下楼吃饭。"叶韵用门卡将房门刷开。

"你和他去吃吧,我要好好地睡一觉。"骆梓枝换上了拖鞋。

"您不饿吗?"

"我还好。"

"您不高兴?"

"我没有。"

"我不强求您喜欢他,但是我希望您能够接受他。"

"我当然能够接受他,不然我也不会万里迢迢陪你来这么远的地方了。"

"这里不也是您的祖国吗?"

骆梓枝点头不语。

赵用心正乖乖地在大堂候着。即使坐在沙发里,他的身子仍然直直的。叶韵朝他走去。他一瞧见叶韵,便迫不及待地起身迎了过来,将叶韵的双手紧紧握在手里。"该换新的了。"赵用心的拇指摩挲着她的手背,又顺着指节移到了戴钻戒的中指,柔声说。

"普通的就好了。"叶韵被幸福照耀着,她多想明天就是那一天啊。

"阿姨呢?"赵用心忽然问。

"她有些累了,想要睡觉,让咱们去吃饭,不用管她。"

赵用心没再多问。叶韵挽起他的胳膊,终于将头靠在了她"觊觎已久"的肩头。

餐厅是酒店的,走几步就到。他们只简单点了几样菜,然后就将时间花在了对方脸上。

"终于又能面对面地看你了。"赵用心将手臂摊开在餐桌上,等着叶韵回应。

叶韵很默契地把手交给他。"感觉像在梦里。"她说。

"就是美梦啊,而且被我们实现了。"赵用心合起双手,将叶韵的手包裹在里面。

"我想了一路,我到底是什么时候爱上你的。"叶韵感觉到自己的脸烫烫的。

"什么时候?"赵用心追问。

"我不说,太丢人了。"

"那让我猜猜。"赵用心闭上眼,皱起眉,一脸严肃,就像在感知叶韵的意念一样。

"干吗?快把眼睛开啦,会被人家看到的!"

赵用心睁开眼,很得意的样子。

"猜到了?"

赵用心得意地点点头。

"什么时候?"

赵用心将她的手攥得更紧,"是我掐你人中,把你掐醒的时候,对不对?"

叶韵微微颔首。

"你看,我跟你心意相通吧?你想什么我都知道。"赵用心更得意了。

"那是因为我透题给你了,因为我提到了'丢人'。"

"不,被掐人中掐醒一点儿都不丢人。"

"真的吗？"

"当然是真的！从跑步机上'起飞'，那才叫丢人呢！"

叶韵猛地抽回双手，又羞又气，但又忍不住笑。

"好了，不逗你了。"赵用心手指动了动，示意叶韵再把手给他。可是这时菜上来了，胳膊就没地儿放了，所以他不得不在女服务生的"观照"之下，把双臂收了回去。

"被瞧见了吧？一把年纪，会被人笑的。"

赵用心挑挑眉毛，把第一箸菜搛给了叶韵。

"好窝心呀！我妈妈如果瞧见了，一定会非常开心的。"

"可惜没让她瞧见。"赵用心也低头给自己搛了一筷子，"阿姨好像不大喜欢我。"

"也不是对你啦……她对这边的感情，一直都比较矛盾和复杂。"

"为什么？"赵用心抬头。

"It's a long story（说来话长）。"叶韵幽幽地说，"我的姥爷当年因为拒绝内战，被撤掉了军职。"

"你也叫'姥爷'吗？"

"是啊，姥爷姥姥，从小我妈妈就要我这样称呼。"叶韵继续讲着，仿佛那段年月，她也在场。

叶韵的姥爷从大陆到了台湾之后，不久即遭人诬告，被投进了监狱，一关就是十年。这十年当中，叶韵的姥姥带着叶韵的母亲还有她的两个舅舅生活在眷村，无依无靠。雪上加霜的是，眷村里的人全都怪罪叶韵的姥爷拒绝执行军令，不把他们一家人当成自己人。冷言冷语不时泼溅到他们身上，孩子们的拳脚也不时给叶韵的两个舅舅打上或青或紫的印记。

这些在那个还要为吃饭发愁的年代，成了他们一家人的家常便饭。骆梓枝曾经告诉叶韵，她"强悍"的性格就是那时候养成的。因为父亲不在，作为家中长女，她不仅要帮母亲让全家人吃上饭，还要保护母亲，替年幼的弟弟们出头，所以有一次，大弟弟被一伙儿孩子围起来欺负，小弟弟跑回来报信，忍无可忍的骆梓枝抄起菜刀就冲出了家门。

为首的孩子比骆梓枝还大两岁，右额角的一道刀疤使他这"孩子王"当得更威风，也因而更不肯在骆梓枝高举起的菜刀下落下风。

"照这块儿砍。"他指着自己的脑袋，肩膀歪斜着，仿佛扛了什么多余的东西。

菜刀在起哄声中微微颤抖。

"你们别停！""孩子王"得意地下令，地上随即又传来大弟弟的号叫。

骆梓枝闭起眼，眼前的惨叫和远远的尖叫连在了一起……

"如果他没躲开，就没有你了。"骆梓枝这样对叶韵说过。

但那听天由命的一劈，还是扫到"孩子王"脑袋上了，在他左额角开了道不深不浅的口子，和他右额角的那道刀疤对称得像个"八"字。

傍晚，"孩子王"的娘带人找上门来，声言要把骆梓枝抓走法办。叶韵的姥姥苦苦哀求，几乎跪到他们面前。最后，还是靠钱平息了这群人的盛怒。

临出门，"孩子王"的娘恶狠狠撂下话："就你们家这疯闺女，将来一辈子都找不着好人家！"

"妈，对不起！"众人走后，骆梓枝给母亲跪下。

娘儿几个抱头痛哭。因为拿出了全部积蓄，他们的日子更窘迫了。

赵用心放下筷子，手臂交叠在胸前。

叶韵的情绪也被她的讲述感染了，很难过，"幸好有了我爸爸，他和我妈妈两个人就是那段时间认识的。当时，他们两个只是刚刚升入初级中学的中学生。那时候，本省人和外省人对立严重，所以，眷村里的人听说我妈妈在和一个本省人交往，就全都指责我妈妈是叛徒，逼她和我爸爸断绝来往，否则就要把我妈妈和姥姥他们赶出眷村。"

"后来呢？"

"后来，我爸爸去了眷村，当面告诉眷村里的人，他的祖先也是从大陆来的，只不过比他们早来了三百多年，所以严格来讲，他也和他们一样，都是外省人。可能是因为我爸爸样子比较和善，态度又很真诚，所以眷村里的人慢慢就接受了他，甚至把他当成了自己人，我妈妈他在眷村的境遇也改善了很多。"

"看叔叔很文弱，原来那么小年纪，就敢替自己喜爱的女生扛事儿了。"

"所以我妈妈才那么爱他，甘愿一辈子为他付出。"

"再后来呢？"赵用心追剧似的问。

再后来，又生出个大波折。叶韵父母交往的事情传到了她爷爷奶奶耳朵里，两位老人甚至整个宗族都群起反对。叶明义被父母拽到宗祠，逼他向祖宗牌位发誓和骆梓枝断绝来往，否则两位老人连同整个宗族都会与他断绝关系，将他逐出宗祠、逐出家门。

跪在堂下的叶明义仰望着堂上开宗先祖的塑像，心中暗自恳求："因为有些东西是难以断绝的，就像血缘，就像亲情……"

之后，叶韵父母的来往由"地上"转到了"地下"，直到叶明义考上台大，他们才又从"地下"转回到"地上"。那时，叶韵的姥爷被释放了，在台北谋了份差事，然后把全家都接了过去。

"你姥姥姥爷没反对吗？"赵用心问。

"姥爷很开明，不仅不反对，还很赏识我爸爸，因为他认为，不管台湾还是大陆，未来都需要许许多多像我爸爸这样的工程师。"

"你姥爷当时能有这样的见识，真的很了不起。"

"他当年可是清华大学的资优生，后来才投笔从戎。"

"那你姥姥呢？"

"姥姥就更不反对啦，她把我爸爸当成亲儿子一样对待。"

"看来我任重道远呀。"

叶韵鼓励道："我妈妈说过，你的背影和我姥爷年轻时很像。"

"真的？这评价可够高的！"赵用心士气大振，"虽然我一天兵没当过，但是打小就站军姿、踢正步，身形的确锻炼得像个军人，很多人都以为我当过兵呢。"

"能锻炼得那么挺直，一定吃了不少苦吧？"

"吃苦是肯定的。但是打小我爸就教育我说，无论什么时候都要昂首挺胸，因为军人的脊梁永远都是直的，他们后代的腰杆儿也不能弯下去。"

"坦白讲，"叶韵有些羞涩地说，"在健身房第一次见你，我就被你的背影吸引住了，还没有哪个男生的背影让我目不转睛过。"

"真的啊?那我一定努力保持下去!人家交女朋友靠脸,我交女朋友靠背,哈哈!"

"我妈妈也总说我爸爸的背永远都挺得很直,让她特别有安全感。"

"原来你的审美偏好遗传了阿姨。"

叶韵想,某些方面,她确实和母亲很像。

赵用心拉回话题:"那你爷爷奶奶后来真跟叔叔断绝关系,把叔叔逐出家门了?"

"没有断绝关系,但是我爸爸毕业之后娶了我妈妈,我阿公阿嬷就不准他再进家门了。后来,我爸爸考上了美国的研究所,等到他研究所毕业,在那边有了稳定的住处和收入,才把我妈妈接过去一起生活,然后就有了我。但是直到六岁,我才第一次见到我阿公阿嬷。"

"你的出生真是费尽波折。"

"是啊,每个人来到这个世上都不容易,活在这个世上就更不容易了。"

"所以才更要珍惜。"赵用心沉默了好一会儿,才搛了一箸菜给叶韵,说,"快吃吧,都凉了。"

叶韵抛开了沉重的话题,变得很开心起来:"有件事情我一直想问你,那天在跑步机上,为什么我加速你也加速?你是故意要让我出糗吗?"

"我有那么坏吗?"赵用心解颐大笑,"我只是不想输给一个长得那么漂亮的女生。而且,第一眼看见你,你就跑进我心里了。"

"我跑得好快呀!"叶韵美滋滋的。

"再快你也跑不掉,永远都跑不掉了。"赵用心捂着心口说。

叶韵当然不会跑掉,她也同样不舍得放赵用心"跑掉"。

"咱俩以后有的是时间,阿姨不是还没吃饭吗?别饿着她了。"赵用心劝叶韵先回去陪母亲。

"她说过,她要睡觉,不用管她了。"叶韵仍然依依不舍。

"她说不用管,不代表真的可以不管。"

"我不管啦,反正你不许赶我走,我也不会放你走。"

"咱俩都快吃了两个小时了,再待久一点儿,估计阿姨就该唯我是问了。"

"那好吧……"叶韵不情不愿的。

骆梓枝果然没睡。"您不是说要睡觉吗?"叶韵将带回来的饭菜放下,问站在窗边的母亲。

"躺下又睡不着了。"骆梓枝回过头来。

"那您在干吗?"

"看外面,想过去的事情。"

"不要想那么多啦,快来吃饭吧。用心特意为您点的,都是您爱吃的。"

"他还真用心。"骆梓枝从窗边回到床边,"我不饿,你能陪我下去走走吗?"

"吃过饭再下去嘛,不然就凉了。"

"凉就凉了吧,我想先走走。"

"您知道该怎么走吗?"酒店楼下,叶韵问母亲。

骆梓枝似乎胸有成竹。

"您心里一定很感慨吧？"叶韵挽着母亲，随意观望着，虽然只在一隅，但北京之大却大大超出她想象。

"北京是一个我来过，但是没有任何记忆的地方。"骆梓枝说，"这里既不是我记忆的样子，也不是我想象的样子，奇怪的是，却感觉很熟悉、很亲切。"

"是因为和纽约一样，到处都是高楼大厦、车水马龙吗？"

"那些只是表面。"

"那是什么让您感觉熟悉和亲切？"

"也许是因为你姥爷姥姥就是在这里相遇的吧？"

叶韵来了兴趣，"姥爷和姥姥是怎么相遇的？浪漫吗？"

"浪漫不浪漫，我不知道。你姥爷当年作战负伤，转到了这里的战地医院，你姥姥当时是战地医院的护士。"

"战地爱情，一定很浪漫！"

"战地爱情浪漫，但是战争却不浪漫。你姥爷因为担心自己随时有可能倒在战场上，耽误了你姥姥，所以直到抗战胜利的前一年，才和你姥姥结婚，转过年有了我。"

"原来您的出生也费尽了波折。"

"为什么是'也'？还有谁的出生费尽波折？"

"我呀！您和爸爸不也是好不容易才终于走到一起的吗？"叶韵撒娇央求，"能告诉我你们当年是怎么相爱的吗？"

"怎么就喜欢问这种问题？"骆梓枝在女儿面前难为情了。

"我好奇嘛。而且，我都把我的爱情故事讲给您了，您也要把您的爱情故事讲给我才公平，您不是最讲公平吗？"

"真不该让你去读法律。"

"讲嘛,这也是家族历史,您讲给我,我以后才能讲给我的孩子听。"

"不害臊,还没结婚就说孩子。"骆梓枝拗不过女儿,终于开口讲道,"我和你爸爸是同一个年级,但不是同一个班级。也不知道是从什么时候开始,我发现,每天放学,都会有一个长相还蛮可爱的男生在后面跟着我。我在路的这边走,他就在路的那边走,速度比我稍慢一些,但是永远和我保持着差不多的距离。"

"那个男生是爸爸吗?"

"废话!当然!"

"然后呢?两条平行线是永远不可能相交的,是爸爸先走向您,还是您先走向爸爸?"

"是他先走向了我,但不是主动的。"

"是被您叫过来的?"

"你这孩子!"骆梓枝嗔斥了一声,"虽然你爸爸那时候的样子比较可爱,但是被一个不认识的男生每天跟着,终归还是一件令人担心的事情,尤其是我听到他讲闽南话之后。"

"您把这件事告诉姥姥了吗?"

"没有,我不想增添她的烦恼,所以我决定自己的事情自己解决。"

"怎么解决?"

"也谈不上解决,就是每天你爸爸在后面跟着我,我随时都做好逃跑的准备。"

"您慢跑的习惯,就是那时候养成的吗?"

骆梓枝白了女儿一眼:"那时候怎么可能慢跑呢?如果发生事

情,一定要快跑,有多快就跑多快。"

"那您快跑了吗?"

"没有。因为日子久了,我发现你爸爸一点儿想要伤害我的意思都没有,反倒某一天他没有在后面跟着,我却不住地回头看了。"

"是不是担心他跑了?"

"他跑了就没有你了。"

"那是什么让你们走到一起的?"

"是一次偶然的事件。"

"不是什么好事,对吗?"叶韵有种预感。

"不患难,怎么见真情?"骆梓枝的声音变幽暗了,犹如当时的天色。

那是她记忆之中台湾最冷的一天。台湾的冷不同于东北老家的冷,虽然骆梓枝也没有感受过故土凛冽的寒风和漫天的大雪,但那些常常出现在母亲的讲述和自己的想象里。因而那样的冷反令她感觉更温暖,不像台湾的湿冷,渗入每一个毛孔,虽不致刺骨,但却冰冰凉凉,在皮肤下连成一层,如同被凄风冷雨打透的衣裤紧贴在肉上。

那天没有风也没有雨,然而骆梓枝宁愿风雨交加,顶风冒雨。她放学回家的必经路上有一段羊肠小道,小道的一侧是山,另一侧是河,刮风下雨的时候,总有山洪或者泥石流冲埋这条小道,所以没有人敢风雨天里在这条小道上多做停留,可没风没雨的日子,这段小道的尽头就任由五个小混混并排堵着了。

那五个并排的小混混在等她,骆梓枝很确定,因为从她刀下捡回一条命的"孩子王"就在他们当中。他已不再是"王"了,那个对称的"八"字让他威风扫地,他越努力装作凶悍,那张四方脸就越像个斗大的"囚"字。于是,他成了全村人的笑柄,原先崇拜他的眷村子弟也拥立了新的大王,他因此远走村外,加入了本省孩子的队伍。

从"孩子王"沦落为"跟屁虫",这全都拜骆梓枝所赐,他扬言要报复,而骆梓枝也从他眼里看到过急于扑向她的狠毒。

骆梓枝当时很后悔,她不该只留心身后,等她惊觉前方的危险,她和危险的距离已经目力可及了。往回跑? 她一闪念。那样也会被追上,骆梓枝否定了这个想法。她向后看了一眼,将书包抱在胸前,大步朝前走去。

"您不害怕吗?"叶韵问。

"怕,但是有你爸爸在身后,我当时就感觉你爸爸会保护我。"

"后来爸爸就冲过来保护您了?"

"嗯。"母亲脸上的苦涩,被涌上来的羞涩赶跑了。甜蜜的羞涩。

"可是,爸爸说他从没和人动过手。"

"他的确没有动手,而是把我挡在了身后,我看见他当时紧紧地攥着拳头。"

"那些人动手打他了吗?"叶韵揪心地问。

"他们先是吵了起来。那些人叫你爸爸别管闲事,否则就打你爸爸;你爸爸也朝他们喊,本省人和外省人都是中国人,中国人不能欺负中国人。"

"他这样没挨打吗?"

"差一点点……"

骆梓枝当时掏出了书包里的菜刀。那个被她留疤的人到处造谣说她是疯子，后来她就真的经常拎着菜刀冲出家门，把这"疯子"的名号坐实了。

"谁不害怕一个有菜刀的疯子呢？"骆梓枝对叶韵说。

叶韵陪母亲走着，街灯在她们前后交叠着投下剪影。不远处的街心广场，一群年纪大的人正伴着明快的节奏尽情地舞着，仿佛人世间所有的烦恼、忧愁都与他们无关。

"过去瞧瞧。"骆梓枝似乎很感兴趣。

这群人的活力，叶韵倍感钦佩，她问母亲："他们不累吗？"

"人在开心的时候就不累。你看他们的脚步，多轻快，节拍也踩得很准，一点儿都不像我们这样年纪的人。"

"您也可以，去试试嘛！"叶韵鼓励母亲。

"我看看就好了。"

"刚好您可以消耗一下体力，然后回酒店舒舒服服洗个热水澡，美美睡一觉。"

"还是不要啦……"骆梓枝被叶韵推了过去。

叶韵望着母亲忙乱追赶的舞步，拿出了手机。

骆梓枝这名新加入者被友好地接纳了，她身旁的人还主动带着她一起跳。渐渐地，骆梓枝的脚步跟了上来，舞动的身姿也有模有样。叶韵帮她拍摄着，也替她高兴着，骆梓枝的笑脸偶尔和叶韵打个照面，母女俩相视而笑。

一场看似简单的舞蹈，跳完之后也足以让人大汗淋漓。骆梓枝的衣衫已然湿透，之前的郁郁也似乎随着汗液被冲刷出来。

趁着母亲开心，叶韵问她："用心明天想要带您在北京玩一玩，您想去什么地方？"

这一回，骆梓枝没有拒绝，说道："就去长城吧，我想看看你姥爷当年守卫过的地方。"

叶韵和赵用心在后面跟着，骆梓枝独自在前。她一定是想和他们拉开距离，独自悼念，所以脚步才更快些，也没有多和他们交谈。

这是骆梓枝第一次踏上长城，她的脚步，也许就落在她父亲当年的足印上。

叶韵用指尖轻轻摩挲着风蚀的城砖，生怕把这段斑驳、残损的城墙碰疼了。这也是她第一次见到长城，可她，却一点儿都不感到陌生。她搜索着记忆，想要找出自己与这段长城的联结，于是，她又想起了她年迈的姥爷。

姥爷离她记忆的起点很近，近到她只记得姥爷抱着她的笑容，和他咧嘴笑时露出的"黑洞洞"。那时的她，还只会用"黑洞洞"去形容，等到自己掉牙了，才明白那是因为姥爷的牙掉了，就像眼前这段城墙掉落了城砖。

叶韵见过姥爷年轻时的照片，他那时的严肃，应该很像这段长城"年轻"时的威严。母亲说，姥爷年轻的时候不爱笑，可他年迈之后的每一张照片却都满含着笑意。

骆梓枝终于累了，扶住了长城的垛口。这段爬坡的路程，对于她这样年纪的人来说，堪比严苛的路考。

叶韵感到赵用心的手攥紧了自己的手，他们一起紧走几步，赶到母亲跟前。

"歇歇吧？"赵用心提议。他从背包里拿出两瓶矿泉水，分别拧开瓶盖，递给母女二人。

骆梓枝谢过后，喝了两口。"这里应该就是当年和日本人交战的战场。"她指着城墙内侧，"你们看这些弹孔。"

叶韵抚摸着弹孔的凹陷，指尖触及子弹触及过的地方，"姥爷当时不怕吗？"

"也怕。你姥爷说，他怕没杀死日本人，就先被日本人杀死了。"

"一个够本儿，两个赚了，所有上过战场的都这么想。"赵用心说。

"你又没打过仗。"叶韵看着他。

"但是我爸打过呀。而且我打小就听我们大院的老首长们讲他们当年打鬼子的事儿。"

不经意间，骆梓枝的目光流露出了嘉许，她接着说道："那个时候，中国军队的装备比日本军队差太多了。我父亲说，差不多八九条中国士兵的命，才能换一条日本兵的命。但是，他们当时求战欲望都很强烈，因为他们从关外一直退进关内，大家都不想再退了，都要在老祖宗修建的地方，跟日本人好好地较量较量。所以子弹打光了，手榴弹扔尽了，敌人爬上来了，他们就用刺刀刺，用大刀砍，甚至用城砖砸，用牙齿咬……"骆梓枝讲不下去了。

"太惨烈了。"赵用心痛惜着。

"真的很惨烈，但是还是让日本人跨过了长城。"

"日本人跨得过砖石建成的长城，但是跨不过血肉筑成的长城。"赵用心说。

血肉筑成的长城……叶韵没有经历过那段岁月,但是她能想象,无数像她一样的血肉之躯,血脉相连,迎着来犯的枪炮和刺刀。忽然间,她也感受到了那种血脉相连。

此刻,只有落在城垛上歇脚的白头鹞子好奇地注视着他们。这段藏身荒野的长城,虽然许久都没感受过人的气息了,却也生怕再有人闯入,搅扰了他们凭吊的安宁。

一阵闷雷当空滚过,仿佛从遥远的过去传来了炮火,摧毁了安宁。

"得往回走了,看那天。"赵用心指着被黑云截去一半的山峰。

三个人赶忙动身。天暗下来的速度远超他们行进的速度,十分钟不到,他们就从白昼陷入了黑夜的重围。天空一闪,暴露了他们的方位,紧接着就是炸裂天地的轰响。

"这荒郊野外的,不做亏心事儿也可能遭雷劈啊!"赵用心竟还有心思开玩笑。

远处有座敌楼,如同赶来为他们阻挡追兵的援兵,形单影只的,立于天地之间。"去里面躲躲吧?"骆梓枝提议。

此刻,叶韵不仅不害怕,甚至还觉得像是和爱人在战场上奔命,简直浪漫得要命。雨点儿比子弹还密集,倾泻到他们身上。他们赶在被雨点儿打透之前,冲进了敌楼。

敌楼外已大雨如注。这年久失修的敌楼里面也大雨如注,只留给他们方寸之地容身。

"不会塌掉吧?"叶韵担心起来。她从没在这样不堪遮蔽的地方躲避过,即便这个地方历经了枪林弹雨都未曾倒下。

赵用心四下打量,安慰叶韵:"应该不会,也没什么可塌的了。"

叶韵向外看去，外面黑压压一片，只有闪电掠过时，才能隐隐望见鬼鬼群山似在摇曳。

"都怪我，把你们带到这种地方来。"骆梓枝非常过意不去，尤其是对赵用心。

"没关系，阿姨，也挺有意思的。您听外面跟打仗似的，多热闹！"

雨声、雷声、风声，果然就像枪声、炮声、号叫声。叶韵将赵用心的手攥得更紧，和他也贴得更近。她不确定这些声音是否真与战场上的一样，但她确信，哪怕是在真正的战场上，只要有赵用心在身旁，她便是安全的，就如那天一样。

赵用心扒着箭窗朝外观望。他一定看出了什么端倪，但是他不说，就像军官一定要比士兵承担得更多。

在他转回身来的一刹那，毫无征兆地，一记闪电当空劈下，击中了距离敌楼不足十米的地方，将整座敌楼甚至整片天地都照如白昼。紧接着，"一枚枚炸弹"倾泻下来，震动了整片"战场"，撼动了整段长城，敌楼仿佛一瞬之间涌入了千军万马，快要将脚下的石板踏碎，快要将断壁残垣撞塌。

叶韵被这突如其来的力量撞了个趔趄，她惊叫一声，猛向后退。母亲已然愣在当场，与此同时，赵用心快如闪电地扑向了叶韵……

好凉。赵用心的脸颊紧贴着城砖。城砖缝儿里生出来的几束杂草被践踏在地，但仍顽强地想要重新站起身来。

他的掌心也紧贴着城砖，还有点儿痒。赵用心稍微放松手掌，让手掌和城砖之间有了空隙。不一会儿，一只蚂蚁爬了出来，一瘸一拐地，似乎受了伤。赵用心感到抱歉，一定是他压到了它。蚂蚁与赵用心对视着，似乎惊异于眼前的庞然大物，又仿佛对眼前的庞然大物视若无睹。

小时候，赵用心也这样观察过蚂蚁，然后从地上爬起来，拿出放大镜，对准了蚂蚁……

对不起啊……赵用心发自内心地道歉，为他的幼年时光。父亲那时在部队上，缺少管束的他没少调皮捣蛋。

蚂蚁应该是原谅了他，朝他动了动触角，掉头爬上了他的手掌。还能爬上去，说明伤得不重，赵用心感到欣慰。他饶有兴致地观察着蚂蚁，就像小时候那样，但他这次没再一口气将蚂蚁从手背上吹飞。

蚂蚁爬下他的手掌，赵用心能感觉到，虽然他看不到蚂蚁爬向了哪里。

上一次趴在长城上是什么时候来着？赵用心想得头疼。他的背也疼，胸口也疼，像那次从墙上摔下来一样。

那次从墙头儿上摔下来，可把母亲吓坏了，母亲搂着他哭了好久，直到他苏醒过来。

"你要有个好歹，让我怎么跟你爸说？让我和你爸还怎么活？"母亲又气又疼地连连训斥。

从那之后，赵用心每次爬墙都格外小心。一晃这么大了，甚至都快老了。终于能把儿媳妇给母亲领回家，赵用心满足地笑了。

对了，叶韵呢？还有她母亲。他赶忙搜寻。

应该没被砸到，赵用心稍感放心，也希望她们没有受伤，他祈祷。

真不该带她们来，我从前来这儿不也是偷偷地和爸爸？这段长城比那时候更老了。那时候,他还是个小孩子,而爸爸还年轻。

爸爸……爸爸?

有人将赵用心翻了过来,让他脸朝上。他睁大眼睛,却无法将那人的脸看清。

头部受创会导致视力下降,赵用心听父亲讲过。父亲很长一段时间,看东西都有重影。可我怎么连声音都听不见了? 难道听力也下降了? 赵用心想用手指捅捅耳朵,手臂却仿佛不是他的了。

这是怎么了? 赵用心浑身冰凉。难道真是乐极生悲,就像第一次爬这条长城的时候,把膝盖磕破了一样?

那次是父亲用水壶里的水给他冲洗了伤口,又背着他走了好久。他伏在父亲的背上,说:"爸,等您老了,我也背您。"

赵用心叹了口气,他隐约听到一个苍老的声音也在叹息。这声音和他那天在电话里听到的很像,他循声望去,一个身影伫立在敌楼入口。还是看不清脸,但身影那样熟悉。他没有走向赵用心,仍在原地站着,看着。

"您怎么不过来? 拉我起来呀,爸!"

那个身影还是没反应。

"不是您吗,爸?"

赵用心失望了。如果是父亲,一定会第一时间走过来,即使不拉他,也会鼓励他自己站起来。那身影却无动于衷,冷漠得像是和他处于不同时空。

"你是谁?"赵用心问。他急于探明究竟,可身子却不由他操控。

身影纹丝不动,如同站岗的哨兵,又像是雕像,坚硬、坚定,肩负着绝不动摇的使命。伟大的雕像都是有情感的。赵用心感觉到了这尊雕像对他的深厚感情。他不是不愿过来,而是不能过来。赵用心明白了,领悟了,就像某天忽然理解了父亲为什么不能总是陪他一样。

"不管是不是您,我都想说,爸,我想您了……"赵用心用目光和雕像进行着交流,虽然他也讲不出话来,但是他的心意,他坚信雕像能懂。

雕像动了,背转过身去,肩膀宽厚如山,两侧垂下的双手攥起了拳头。

小时候,赵用心爬上父亲的背,父亲还会将他向上颠一颠。在父亲背上,感觉像是忽然长大,他那时候就盼着比父亲还高的那一天。

可等他长大,真的比父亲还高了,却又难过于这么快就长大了。

"您要走了吗?"赵用心问那雕像。

雕像定格在那里。

曾经有一张照片,是母亲拍的,赵用心和父亲并肩站着,背对着她。父子俩的背影几乎一模一样,赵用心也是从那张照片上,知道了自己从后面看是什么样子。

就像这雕像的背影一样。

"能让我再看您一眼吗?"赵用心用心地呼喊。

那雕像将背挺得更直,似是没有听见。他张开双拳,迈开步子,坚定地走进敌楼外的风雨,或是弹雨,背影如同所有的中国军人,或者中国军魂。

赵用心醒了。他看到了叶韵关切的双眼,以及她掐着他人中的指臂。他头痛欲裂，右肩像被千军万马踩踏过一样。

"终于醒了！"叶韵扑到他身上，泪珠滴在他脸上。

泪珠的温润令赵用心更清醒了一些，剧痛也随之减轻。他从叶韵身上嗅到了雨后的芬芳。"天晴了？"他疑惑地问。

"晴了。你一直都在昏迷，把我和妈妈吓坏了。"

叶韵的母亲也出现在赵用心的眼里。光线一簇簇从她头顶射入了敌楼，光源是明快的，也是友善的。她充满了疼惜。

"怎么回事儿？不会废了吧……"赵用心吃力地动了动右臂，肩头的剧痛像把他钉在了地上。

"别胡说。"叶韵将脸稍微抬起，含泪的双眸凝视着赵用心，"为了保护我，你被落下的石板砸中了。"

"我一定把石板弄疼了。"赵用心身旁，一拃多厚的石板断为两截。

叶韵脸上绽出笑容，像朵带雨的花。

"拉我一下，我起不来了。"赵用心再次挣扎之后，不得不向疼痛低头。

叶韵拉着他的左臂，助他从地上爬起。赵用心吃力地挺直了背，右肩上挂着右臂。"我要成了杨过，你还要我吗？"他问。

"又胡说！就算你成了杨过，你也永远都是我的大英雄！"叶韵问行动迟缓的赵用心，"需要我架你吗？"

"当然需要！你不嫁我嫁谁？"

绯红飞上了叶韵的脸，骆梓枝抿嘴微笑。敌楼外恍若世外。那雕像和背影依然真实。赵用心沉默不语，向这里告别。

"瞧呀！"叶韵指着步道上的黑印儿，"真的好险，再偏几米，我们就完了。"

"完不了,有人保佑咱们。"赵用心说。

去时的路还是来时的路,但心境却大不相同。不知道下一次再登这条长城会是什么时候,就像赵用心想不到这一次与上一次竟然相隔这么久。

他从小就热爱长城,因为父亲告诉他,长城是国家和民族的象征。"也是古代打仗的地方。"舞枪弄棒的他还给出了自己的理由。

他喜爱在长城上奔跑。每次父母带他爬长城,他都远远地跑在父母前面,然后使劲儿朝父母招手,呼喊他们跟上自己。他喜爱奔跑时掠过耳边的风。他那时总幻想自己是驻守此间的将领,策马扬鞭,在步道上尽情驰骋。

跑累了,他又会席地而坐,等着母亲过来将他拉起,等着父亲一把将他举过头顶。那时,他比真正骑在高头大马上的将军还威风。

"为什么不用再守着这儿了?"他低头问父亲。

"因为再也没有人能打到这儿了,因为我们有了'新长城'。"父亲的大手牢牢地将他固定在肩上。

"我长大也要建造'新长城'!更新的长城!"赵用心坐直身子,举起小胳膊,攥起小拳头,在骄阳下,在父亲肩上,用稚嫩又洪亮的童音立誓。

他还记得,父亲的大手,那时拍了拍他的小腿。

他的小腿已经酸了。这样一段跋涉,对他这样年纪的人来说,也并不轻松。

还是年少轻狂,骑在父亲肩上。脚下的步道有了更陡的坡度,赵用心小腿用力，尽量让步子不要落得太快。

这段长城在荒山野岭之间沉睡已久，斑驳、零落，就像赵用心对它的记忆沉睡在岁月里，越发淡漠。如果不是来到这里，唤醒了这段长城，他在父亲肩上立下的誓言险些就被淡忘了。父亲一直期盼他长大之后，能去建造"新长城"。虽然他已为制造"中国芯"出了力，实现了父亲的另一个心愿，但是这个誓言没能兑现，仍让父亲留有遗憾。

赵用心也永远遗憾，遗憾自己不能再为父亲做些什么，遗憾即使做了，父亲也看不见了。

脚下的城砖还在向前铺展，两侧的城墙已经落在了后面。快要回到这段长城开始的地方了，赵用心凝望着远处的山巅，那山巅上也有长城蜿蜒，似乎高不可攀。

但他仍想攀上那座高山，踏着古人筑就的长城。古人筑就的长城能够抵达峰顶，"中国芯"筑就的芯片长城也一定能。

芯片长城……"芯"长城……赵用心反复默念。一阵微风吹了他一激灵，"芯"长城不就是"新长城"吗？"新长城"可以保家卫国，芯片筑就的长城也同样能守护科技发展、拱卫产业链、供应链安全！

而且，芯片不也正和这四周的城砖、和填满城砖缝隙的砂浆一样，是同质的吗？城砖和砂浆修砌起长城，芯片就是"芯"长城的城砖。能够建造起长城的民族，也一定是可以制造好芯片的民族啊！

赵用心抑制着激动，克制着冲动，他想大声呼喊，告诉父亲，他建造了"新长城"，兑现了"肩上的誓言"，而这个国家也有了更多"更新的长城"……

"怎么了？"叶韵问他。

"有点儿舍不得。"赵用心的心情难以平复。

"以后再来嘛，我陪你。我也很喜欢这里。"

赵用心的脚离开了最后一块砖。他更钟情于这样隐于荒野的长城，这样的"野长城"在他心中更加伟大，也更受崇敬，它就像默默无闻的士兵，戍守着边疆，以及任何人迹罕至却必须去守卫的地方。

这时迎面走来了一对父子。父亲领着儿子的手，儿子紧随着父亲的脚步。父亲礼貌地冲他们笑笑，儿子开心地蹦蹦跳跳，主动打招呼说："你们好！"

"好可爱！"叶韵不禁说。

赵用心回望他们的背影远去，仿佛望见了他和父亲远去的背影。

叶
明
义

虽然航班是中午的,但叶明义不到六点就起床了。行李两天前便已收拾妥当,他就这样心绪安宁地坐着,仿佛沙漏,把在台湾逗留的时光再倒流回去。

也许是大陆离台湾太近了,这次离开,他竟然一点儿都不伤感。这次回来,更像是一次不期而遇的怀旧,让他有机会重温旧时光,再把新添的旧时光也归置进行李箱,一并带走。

行李箱的确比来时沉了许多,里面有研发部门全体同仁赠送给他的纪念礼物,还有对他的无数句感谢与祝福。叶明义也感谢和祝福了所有人,感谢他们的努力和付出,以及这段时间对他的悉心照顾。他说,他们就像家人一样,也永远都是一家人。

叶明义的家人此时已经身在北京。之前,妻子还打来电话,故作神秘地让他猜她们在哪里。

为了不让妻子失望,叶明义猜道:"台湾?"

"台湾有什么好炫耀的?"妻子得意地说,"我和 Irene 已经在北京啦!"

"怎么不提前告诉我呢？"叶明义装作惊喜。

"想给你惊喜呀！告诉你不就没有惊喜了吗？"

"确实很惊喜。"叶明义忍住笑说，"我也同样有惊喜给你。"

"什么惊喜？"妻子问。

"我的工作已经全部完成了，马上就可以离开台湾去北京找你们了。"

"这个呀，很抱歉没有惊喜到我，因为用心已经提前告诉过我了。"

叶明义站起身来，面向窗外攀升的朝阳。一家人终于可以被同一颗太阳照耀了，他不想再错过和她们在一起的任何一缕阳光。

沙漏里的流沙终于流尽。他环视了一圈儿房间的布置和陈设，这些也将被他装入行李箱里带走。

林道简的专车来接他了。助理帮他放行李时，指着后备厢内一套旧的高尔夫球杆，不明就里地说："董事长请您转交，他说您知道该转交给谁。"

"我知道。"叶明义应下，不免感慨万分。

正要登车赶往机场，安亿瑜匆匆地赶来送行。"路上堵车。"安亿瑜抱歉地说，他握住叶明义的手，"非常舍不得您，原本还想再多向您学习、请教呢。"

"今后常联络！"叶明义握着安亿瑜的手，拍拍他的肩膀，不忘嘱咐，"你平时要多向董事长请益，他喜欢力求上进的人。"

从酒店到机场的路，似乎要比从机场到酒店的路短一些。路上的时候，林道简打来了电话。"抱歉没有去送你，我应该去送你的。"他有些遗憾。

"没关系，以后我会经常回台湾看您。"

"你知道吗？我们也被同行起诉了。"林道简的语气，好像在说别人家的事情。

"谁？银河电子吗？"叶明义不淡定了。

"不是，是那家美国同行。我也是早上才得到的消息，他们向美国和欧盟的法院同时起诉了我们，告诉我们侵犯了他们20项专利。"

"他们和我们关系还不错啊，为什么突然起诉我们呢？"

"也不算突然。在美国的时候，我就得到过提醒，我们的客户也被要求尽量把订单留在美国生产。"

"这真是……"

"其实也没什么。我们可以告人家，人家就可以告我们，这个世界是公平的。"

"您需要我做什么？"

"不需要，我只是告诉你。你照顾好自己和家人就行了。"

"您也不要太辛苦。"

"辛苦都是我自找的。"

"您看，这件事是不是可以交给Jack去处理？"

"还在帮他讲话。"林道简在电话里笑了起来，"大陆那边的事情，现在变得对我们更重要了，我需要他心无旁骛，全力以赴。"

"那……"

"你放心吧，这件事情我会交给Andy去处理，他有这方面的经验。而且，我们的美国同行正在准备IPO（首次公开募股），如果我们反诉他们，他们也会很伤，对他们IPO的影响将会非常不好。"

"那就好。"叶明义这才释然，不用再带着记挂离开了。

办理完托运,他径直去了贵宾休息室。那位邰董竟然也在,两人要乘同一班飞机去大陆。

"林董事长没有大恙吧?"邰董问。

"一切都好,你放心,他就是在美国的时候太操劳了,毕竟年纪那么大了。"

"等我从大陆回来,就去拜望他。林董事长真的帮了我很大的忙。"

"他向来提携后辈,也很欣赏你。"

邰董点点头,"您到大陆,是去公干吗?"

"不是。我家人到北京了,我去同她们会合。"

"家人团聚!是要在大陆好好地游览一下吧?"

"对呀,难得一家人在一起。"

邰董很有心得地说:"大陆值得一去的地方实在是太多了。这两年,我每年都让我的小儿子参加夏令营去大陆,第一年是我逼他去的,第二年就变成他自己要去了。"

"大陆很适合年轻人。"叶明义问,"你到大陆,是去公干吧?"

"公私兼顾。"邰董说,"大陆刚刚开放了5G市场给台商,技术研发、标准制定、产品测试和网路建设这些,台商以后全都可以参与了,所以我想去看下有没有机会。另外,台湾人今后在大陆买房子也方便了,正好顺道看下,我是希望我的小儿子将来在大陆发展的。"

"你的反应好迅速,规划也好长远。"

"这就像是购买新创上市柜公司的原始股份嘛,当然越早入手越好啦!"

"一定要抢占先机。"叶明义很赞同,"未来世界是什么样子,将由5G来定义。就像4G让世界移动起来一样，5G未来能够让世界跑起来、飞起来。如果不跟着跑、跟着飞，未来和先进只会越落越远，最后完全被孤立。"

"对呀，我刚看到新闻讲，RISC-X基金会要迁到瑞士去了，为的就是能够深耕大陆市场。"

"我也看到了。如果成行，这个影响肯定蛮大的，RISC-X未来很有机会成为5G芯片的主流架构，他们现在的年复合成长率已经接近150%，主要依靠的是工业领域，在消费领域还有更多待开发的市场。无论工业还是消费，大陆都有最大的市场。"

"他们的CEO这些天都在大陆，应该和不少大陆厂商都谈过了。"

"供应链和市场都在大陆，所以必然要把重点放在大陆。"叶明义说，"那些脱链的论调真的蛮可笑的，也是做不到的。供应链怎么可能说迁走就迁走呢？就算迁得走，可是迁到哪里去呢？现在全世界没有任何一个国家能够承接大陆这么庞大的供应链体系。即便供应链迁得走，市场也迁不走，产品最后还要运回大陆去销售，这当中的物流成本全都要由企业自己来承受。"

"确实，有些企业跑到别的地方去，结果发现当地电也不够多，路也不够长，各种基础设施都不完善，还缺乏合格的产业工人。相对来讲，大陆还是最能控制成本的地方，虽然成本也有上涨，但是生产力水平也水涨船高。"

"'解放生产力、发展生产力'，大陆一直在强调，也一直在脚踏实地去做。"叶明义说，"中国人其实最擅长这个，不善于'解放生产力、发展生产力'就不可能在同一片土地上绵延存续五千年。"

"真的是这样！"邰董很受启发，"大陆从跟跑到领跑，才用了短短三四十年。现在不仅生产力起来了，购买力也起来了；不仅中国的商品卖到全世界，全世界的商品也卖到中国。不久前，我看到过一张揭橥全球经济重心迁移路径的地图，作者是一位著名的新加坡学者。他从1980年开始统计，这基本与大陆改革开放的时间点重合。在他绘制的那张地图上，迁移路径展示得非常明白，全球经济的重心正从西向东移动，预计到2050年，就会迁移到中印边界的位置。"

"与其说是迁移，不如说是回归。"叶明义仿佛看到了未来，"在过去的几千年里，中国一直都是全球经济的中心，中国只是要回到它该在的位置。"

"这是挡不住的。"邰董很认同。

"就算技术和设备能够阻挡一时，但是人心和大势是永远都没法阻挡的。"

"所以台湾更加不能舍近求远。"

"台湾永远都在这里，也永远都是中国的一部分。"叶明义说，"我们该登机了。"

邰董在商务舱落座，叶明义的座位在后面的经济舱。这架航班坐得满满当当，绝大多数旅客都是台湾口音。

叶明义的前排座位上，又是一个小男孩，不过他长的是一张纯正中国人的脸。他也不像"小瞪羚羊"那样调皮，而是两手扒着座椅靠背，只露出圆圆的脸，虎头虎脑的，朝叶明义忽闪着大眼睛。

叶明义冲小男孩笑笑。

435

小男孩也冲他笑了，露出小虎牙，问他："爷爷，您也是回家吗？"

"是啊。"叶明义慈祥地端详着小男孩。这小男孩脆生生的童音里，糅合了京腔和台韵，叶明义似乎看到了自己将来的外孙。

"您为什么说自己是回家呢？"小男孩歪着头，"您说话和我姥爷姥姥一样，您的家不也应该在台湾吗？"

"我的家以前在台湾，但是现在要搬到大陆去住了，因为我的家人在那边。"

"您的家人也是大陆人吗？"

"有大陆人，也有台湾人。"

"我爸爸就是大陆人，我妈妈是台湾人。"

"那你呢？你是哪里人？"

小男孩想了想，说："我是中国人，因为大陆和台湾合在一起就是中国。"

叶明义由衷地笑了，给小男孩讲道："中国很大，不只有大陆和台湾，还有香港和澳门。"

"对，对！我去过，我去过！"小男孩兴奋地说，"大陆人是中国人，台湾人是中国人，香港人是中国人，澳门人也是中国人，我们都是中国人！"

"你真棒！"叶明义竖起拇指。

飞机终于开始滑行，叶明义闭上了眼睛。关掉手机前，他发了条微信给女儿，告诉她，他马上就要起飞了。叶韵旋即回复说，赵用心会开车载着她们去机场迎接他，今晚一家人要好好地吃一顿团圆大餐。

"快回来吧,爸爸,我和妈妈都想您了!"女儿用语音告诉叶明义。

叶明义感到背后的推力越来越大,使劲儿把他推向他的家人。

猛地,飞机腾空而起,如离弦一般,仿佛也和他一样,归心似箭。

书中术语、缩略语列表

3D NAND flash（一种非易失性闪存技术）

64T64R（64通道天线）

AI（人工智能）

AMOLED（主动矩阵有机发光二极体）

AP（应用处理器）

ASIC（专用集成电路）

aspect ratio（深宽比）

asset-light（轻资产运营）

balance sheet（资产负债表）

BP（基带处理器）

CA（载波聚合）

CEO（首席执行官）

CIDM（协同式芯片制造）

CMO（首席营销官）

CMOS sensor（互补金属氧化物半导体传感器）

CMP（化学机械抛光）

COO（首席运营官）

CPU（中央处理器）

CTO（首席技术官）

data center（数据中心）

die（裸片）

DRAM（动态随机存取存储器）

DUV（深紫外光刻）

EE（设备工程师）

equity partner（权益合伙人）

EUV（极紫外光刻）

fab（工厂）

fabless（无晶圆厂）

fablite（轻晶圆厂）

FinFET（鳍式场效应晶体管）

foundry（晶圆代工）

FPGA（现场可编程门阵列）

franchise store（特许商店）

GAA（环绕栅极）

gate-first（先栅极）

gate-last（后栅极）

GPU（图形处理器）

high voltage（高电压）

HKMG（高介电金属栅极）

HPC（高性能计算）

IC（集成电路）

ICT（信息和通信技术）

IDM（垂直整合制造）

IE（工业工程师）

IIoT（工业互联网和工业物联网）

IP core（知识产权核）

IPO（首次公开募股）

IPP（独立发电厂）

junior partner（初级合伙人）

kill switch（切断开关）

KPI（关键绩效指标）

legal assistant（律师助理）

LINE（一款即时通信软件）

LNG（液化天然气）

mask（光罩）

massive MIMO（大规模天线）

MCU（微控制器）

mmWave（毫米波）

name partner（冠名合伙人）

NMOS（N沟道金属氧化物半导体）

NOR flash（一种非易失性闪存技术）

OIP（开放创新平台）

PA（功率放大器）

PC（个人电脑）

PDE（工艺器件工程师）

PE（工艺工程师）

PIE（工艺整合工程师）

PMD（绩效考核制度）

PMOS（P沟道金属氧化物半导体）

PR（公关人员）

pretrial conference（庭前会议）

QE（质量工程师）

QR（质监）

result orientation（结果导向）

RISC-X架构（一种基于精简指令集原则的开源指令集架构）

roadmap（技术路线图）

sales（销售）

smartphone（智能手机）

solution（解决方案）

SOP（标准作业程序）

sub-6 GHz（低于6赫兹频段）

sub-forum（分论坛）

supply chain（供应链）

TD（技术研发）

TikTok（一款音乐创意短视频社交软件）

UFO（不明飞行物）